纵我情深

木羽愿 著

时代出版传媒股份有限公司
安徽文艺出版社

图书在版编目（CIP）数据

纵我情深 / 木羽愿著 . -- 合肥 ：安徽文艺出版社，
2023.1
ISBN 978-7-5396-7641-8

Ⅰ．①纵… Ⅱ．①木… Ⅲ．①长篇小说－中国－当代
Ⅳ．① I247.5

中国版本图书馆 CIP 数据核字（2022）第 239479 号

纵我情深
ZONG WO QING SHEN

出 版 人：姚 巍
责任编辑：王婧婧　宋潇婧
装帧设计：白砚川　米 籽
图片绘制：籾山阿亚　吧 吭　富士碳素线
....
出版发行：安徽文艺出版社　www.awpub.com
地　　址：合肥市翡翠路 1118 号　邮政编码：230071
营 销 部：(0551)63533889
印　　制：上海盛通时代印刷有限公司　　(021)37910000
....
开本：880×1230　1/32　印张：12　字数：380 千字
版次：2023 年 1 月第 1 版
印次：2023 年 1 月第 1 次印刷
定价：45.00 元
....

"傅北辰，你输了"

"这么多年，在你身上，我前过吗？"

"习惯了，以了"

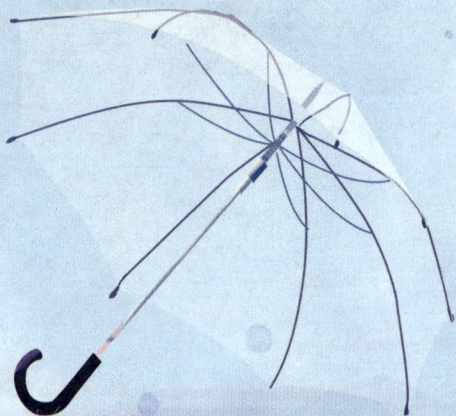

纵我情深

Qingshen

原来, 对同一个人,

也可以心动千千万万次。

目录

这是什么？

 亲属卡。

突然给我绑黑卡干什么？

 结婚之后，男方不都要上交工资卡吗？

你从哪听来的？

第 *1* 章

ZONGWO
QINGSHEN

好久不见

deep feeling

十月，江城。

一场暴雨来得突然而急促，雨丝倾斜而下，拍打在车窗上，汇成雨幕。

薄雾笼罩下，一辆出租车缓慢驶过蜿蜒曲折的山路，稳稳停在那所建在半山腰的五星级酒店门口。

放眼望去，酒店门前停满了让人眼花缭乱的豪车，这让这辆出租车显得十分寒酸和格格不入。

旋转门外站着三三两两的宾客，他们的视线都不约而同地朝这里投了过来。

车门打开，酒店的保安连忙撑着黑伞走过去接人。

"谢谢。"

一个轻柔动听的女声融在淅沥的雨声中，听得人心弦微颤。

保安忍不住侧眸，悄悄打量着那个人。

深秋的季节里，她穿着一件连身的黑色西装裙，一条紧束的腰带勾勒出盈盈细腰，十分夺目。

女人乌发雪肤，长着一双细长妩媚的狐狸眼，眼尾微翘，极具风情。她白皙的耳垂上戴着一对光泽晶莹的珍珠耳钉，让她这一身打扮更显复古端庄，生生压下了五官的浓艳感。

她的颈部白皙修长，低头时如高贵的白天鹅一般；唯一的缺憾，就是颈部因为没有项链的装扮而略显空荡。

她刚走进一楼大厅，便引来无数人的注目。

一个西装革履的年轻男人站在大厅内。他一眼便看见了她的身影，立刻抬脚朝她走过去。

"姜小姐，倪小姐让我带您进去。"

陈睿面上温和沉稳，实际上跟其他人一样被她惊艳了。

她颔首浅笑："麻烦你了。"

飞机延误了一小时有余，等姜知漓到场时，生日宴早已开始，甚至连宴会致辞都结束了。

宴会厅内富丽堂皇，目之所及，一片衣香鬓影，觥筹交错。

在人群中扫了一圈，姜知漓终于看见了被几个宾客包围起来的倪灵。

倪灵就是这场生日宴的主人公，也是姜知漓多年的好友。

也是借着倪灵生日的机会，姜知漓才找到了一个合适的理由，回到这座阔别已久的城市。

就在这时，倪灵也发现了角落里的姜知漓，眼睛顿时一亮。她正想走过去时，身边又来了一位西装革履的年轻男人。

知道倪灵暂时脱不开身了，姜知漓远远朝她一笑，用眼神表达同情，然后走到另一个人少的角落里等她。

她几年没回江城，宴会上已经没人能认出她这个落魄千金，但打量她的目光还是不少。时不时还会有衣冠楚楚的男人走过来跟她搭讪，但都被她礼貌地一一打发。

姜知漓百无聊赖地刷着手机，突然听见不远处传来一阵窃窃私语声。

其中一人说："倪灵的生日宴，你怎么还特意买了身高定礼服？至于这么隆重吗？去年酒会我都没见你打扮成这样……"

一个红裙女孩压低声音答："我前几天偷偷听见我爸跟别人打电话，说今晚有大人物要来。"

"大人物？谁啊？"旁边几个人瞬间竖起耳朵。

"我磨了我爸好一会儿，他才跟我说，好像是傅氏集团的傅北臣……"

姜知漓的动作僵了僵。下一瞬，她又恢复如常。

一旁的谈话还在继续。

有人倒吸一口凉气："傅北臣？"

　　"没错。听说他之前一直在国外，负责 M 国的并购投资什么的，现在忽然来到江城，我爸还担心他是要带着旗岳吞掉江城的房地产市场呢，为这事上火了好几天。"

　　红裙女孩美滋滋地整理着颈上的项链，总结道："如果我今天真能搭上傅北臣，那我以后在江城横着走都行。"

　　姜知漓忽然放下手里的香槟，没了听下去的兴致。

　　从嘈杂的宴会厅里出来之后，姜知漓找了个没人的阳台待着。

　　外面的雨已经停了，空气中残存着雨后的湿意，夹着丝丝缕缕的寒气。她深吸一口气，连五脏六腑都是凉的，脑中如录像带一般不停回放的记忆也终于偃旗息鼓。

　　静谧的环境里，她的手机忽然响起消息提示音。姜知漓解锁屏幕，点开微信。

　　韩子遇：抱歉，漓漓，公司这边报表出了点问题，我今晚恐怕过不去了。明天中午我接你一起吃饭好不好？

　　姜知漓顿了顿，一时竟然有点想不起自己未婚夫的脸。

　　这也不能怪她，毕竟两个人分隔两地，上次见面还是半年前。

　　给韩子遇回了一个"好"字，姜知漓便转身离开阳台，准备回到宴会厅去。

　　走廊里静悄悄的，地上铺着的地毯昂贵而柔软。姜知漓仍有些心不在焉，一不留神，鞋跟踩到了什么东西，她脚一歪，猛地跌倒在地。

　　脚踝处一阵钻心的痛袭来，痛得姜知漓倒吸一口凉气。她定睛一看，原来她踩到的是一枚钻石耳钉，应该是哪位客人不小心遗落的。

　　这么小的耳钉都能刚巧被她踩中，她还真是够倒霉的。

　　等那股疼劲过去，姜知漓试着活动了一下脚踝。她刚扶着墙颤颤悠悠地站起来，就听见一阵沉稳有力的脚步声从前方的拐角处传来。

　　她怔怔抬眸，一道身影已经映入眼帘。明亮的光线下，来人身材颀长挺拔，肩宽腰窄，给她一种莫名的熟悉感。

　　视线缓缓上移，待看清那人的面容，姜知漓的呼吸骤然一滞。

　　男人身穿一袭黑色西装，脸部轮廓利落分明，狭长深邃的丹凤眼内勾外翘，明明该是一双含情眼，黑瞳却冷淡得不像话，整个人都透着不易靠近的气息。

眼前的人和无数次在她梦里出现的面容渐渐重叠，让她觉得陌生又熟悉。在明黄色灯光的笼罩下，他显得更不真切。

姜知漓一时间忘了动作，怔怔地站在原地，看着前方的男人朝她所在的方向走过来。

眼看他越走越近，姜知漓尴尬得手脚都不知道该往哪放。

明明在脑中想象过无数次重逢的场景，也准备好了各种台词，真到了这一刻，她却大脑一片空白，连一句话都想不起来，完全不知道该说些什么。

她忽然开始庆幸，幸好自己今天细心打扮过，哪怕刚刚摔了一跤，现在应该也是美的。

熟悉的清冽气息钻入鼻腔，姜知漓的手指绞在一起，心跳如擂鼓。她缓缓抬眸，脸上扬起最好看的笑容。

"好久不——"

她连最简单的四个字都没有机会说完，只见男人面色疏离，目光甚至没在她的身上多做停留。他微微侧身，从她身边绕过，低沉冷淡的嗓音在她的身侧响起。

"借过。"

音色清冷，带有磁性，如窗外清冷的雨水从玻璃窗上滑落，消失于无形。

姜知漓嘴角的笑容顷刻凝固，甚至有那么一瞬间，她怀疑，他根本没有认出自己。

可惜傅北臣并没有给她求证的机会，如陌生人般擦肩而过，姜知漓回过神时，拐角处已不见任何人影。

心头刚生出的那一丝雀跃，还没来得及冒泡，就已经被彻底击碎。

姜知漓倚靠在冰冷的墙壁上，浑身卸了力，再找不到支点，凉意仿佛已经顺着背脊沁入心底。

原来，并不是每一场重逢都叫人欢喜。

休息室内。

医生刚给姜知漓的脚踝上完药，倪灵便提着大裙摆风风火火地冲了进来。

"没事吧？崴得严不严重？"

刚刚陈睿告诉倪灵姜知漓受伤的事后，她二话不说就过来了，把宴会都抛在了脑后。看姜知漓的脚踝确实只是有些红肿，没伤着骨头，她这才长舒一口气。

"不严重。"

姜知漓垂着眼，看起来神色有些黯然。

看出她的失神，倪灵顿了下，似乎猜到了什么，试探性地开口问："你见到他了？"

没等姜知漓回答，倪灵又连忙语气愧疚地解释道："我也不知道他怎么会在这里，我爸是说今天会来个 M 国回来的大人物，可谁知道竟然是傅北臣……"

是啊，谁又能想到，当初那个家境清寒的少年，如今竟然成了江城豪门都要恭敬相迎的人物？

倪灵忽然想到什么，话锋一转，问："他没对你怎么样吧？"

毕竟当初年少任性的姜知漓因为一个赌约，生生把"高岭之花"傅北臣拉下"神坛"，最后又不声不响地离开。这件事整个江城尽人皆知。

"他这次回江城不会就是因为你吧？"

话音落下，姜知漓的脑海中又不受控制地蹦出刚刚男人离开时利落的背影，还有那双平静而淡漠的黑眸。

"他不会是为了报复你才特意回来的吧？"倪灵大呼小叫的声音骤然响起，一下子让姜知漓从回忆中抽离。

这话实在惊人，姜知漓愣了下，才摇摇头，笃定道："他没这么无聊。"

傅北臣这个人从来不会把时间浪费在无用的人或事上，从刚刚他目不斜视地从她身侧走过，就可见一斑。

想到这，姜知漓自嘲一笑："报复也挺好的。"

总比无视好。

看着她面上显而易见的疲惫之色，倪灵心里轻叹一声，连忙转移了话题："不说了不说了，你今天刚回来，还把脚给崴了，我让陈睿先送你回去。你打算在酒店住多久啊？房子是不是还没找好？"

"住满一周吧，反正是白来的，不住白不住，我正好可以慢慢挑房子。"

倪灵啧啧感叹："你这运气也真是好，买张机票都能中个一等奖，能在五星级酒店免费住一周。"

这事说起来确实稀奇。上周姜知漓买完机票没多久，就收到了君茂酒店的短信，告诉她她中奖了，还是一等奖。刚开始她还以为那是诈骗短信，压根没理；后来她又收到了酒店打来的电话，在跟航空公司核实之后，才确认事情是真的。

有便宜不占才怪，拎包入住的好事谁能错过？刚好她还能趁这段时间物色一下房子和工作室。

姜知漓把脚上的高跟鞋脱下，换上了倪灵叫人送来的平底鞋，有点心不在焉地说："天上白掉馅饼，我怕物极必反啊。"

比如今晚崴脚，遇到傅北臣，都不像什么好征兆。

倪灵配合地"呸呸"两声，抬手开始赶人："别瞎说啊，等过两天我的酒吧开业了，你再过来好好给我补过今天的生日啊。快回去吧，陈睿在门口等着了。"

姜知漓顿时失笑，走之前没忘从包里拿出给倪灵的生日礼物。

倪灵欣喜地打开首饰盒，里面静静地躺着一条钻石手链。手链的设计简洁大方，又格外有灵气，流光溢彩，一看便知是出自姜知漓之手。

拿到生日礼物后，心满意足的倪灵大手一挥，非常大度地放走了姜知漓。

陈睿的车早就已经等在门口，姜知漓上了车，告诉了他酒店的名字，便靠在椅背上，疲惫地合上眼。

不知道是因为她今天穿得少，还是因为她傍晚在阳台吹了会儿风，迟到的头痛欲裂的感觉一阵阵袭来，像是有千万只蚂蚁在啃噬她的脑子。

姜知漓昏昏沉沉地不知睡了多久，再睁眼时，车已经抵达了酒店门口。

她道了声谢，抬手揉了揉隐隐作痛的太阳穴，推开下车。

酒店内灯火通明，富丽堂皇，甚至还能在空气中隐约嗅到香气。

快速办理完入住手续，姜知漓乘着电梯上楼，找到自己的房间，简单整理了一下行李就睡了过去。

她这一觉睡得并不安稳，早已经埋在脑海深处的记忆挣扎着破土而出，如过电影般一帧帧地闪过。画面里的主角，无一例外，都是傅北臣。

像是有什么念头在混沌的记忆里悄无声息地复苏，肆无忌惮地叫嚣着。

姜知漓醒来时，窗外雷声滚滚，枕头上一处暗色，似是被液体浸湿了。抬手摸了摸脸，脸颊上一片冰凉，她这才发觉自己竟然哭了。

她又伸手摸了摸额头，额头的温度烫得惊人，果不其然，发烧了。姜知漓在心底长叹一声。

她这次回国本就没带多少行李，也没带感冒药，本来还想着有空时去买一些常用药备上的，现在倒是不得不去了。

撑着疲惫的身体从床上爬起，姜知漓披上一件厚外套，慢吞吞地下楼去买药。

黑压压的乌云间，电闪雷鸣，狂风大作下，哪怕姜知漓撑着从酒店借来的黑伞，身上还是不可避免地被雨水溅湿了。呼啸的冷风仿佛能够直接穿透衣物，钻进骨缝里。

买好药经过大堂时，刚刚给姜知漓办理入住的前台小姐忽然开口叫住她："姜小姐，请等一下。"

姜知漓手里拎着塑料袋，回望过去，疑惑地问："有事吗？"

前台小姐手里拿着一张单子，紧张又歉疚地说："实在抱歉，姜小姐，刚刚办理入住时忘了让您填一下这个领奖信息，可以耽误您一会儿时间吗？"

虽然不适感已经达到了顶峰，但姜知漓还是点点头，笑着说："没关系，给我吧。"

"太谢谢您了！"

前台小姐将她带到一旁的沙发上坐下，感激地递过纸笔。

姜知漓接过来，认真地填写着。

酒店的灯光下，她长睫低垂，在眼下投出一小片阴影。被雨水打湿的发丝自然地垂落在耳边，勾勒出精致动人的侧脸，脸上肤色莹白如玉，隐约透着些病态。

看了看姜知漓手边放着的塑料袋，前台小姐担忧地开口："姜小姐，您是身体不舒服吗？我们酒店配备了医生，如果您需要的话……"

"没关系，我吃些药就没事了，谢谢你。"

此景此境下，陌生人的关心竟然让她有些眼眶发湿。

姜知漓感激地冲她笑笑，将填好的单子还给她，正要起身时，身形忽然一顿。

不远处的大堂前，站着一对姿态亲昵的男女。

男人身材清瘦，露出的侧脸轮廓分明，气质斯文清隽，很熟悉的一张脸。

是她的未婚夫，韩子遇。

是刚刚还在微信上声称公司忙、转头就搂着别的女人的未婚夫。

姜知漓的脑中嗡嗡作响，她缓缓闭上眼，吐出一口气，再睁开眼。

她没看错，这不是梦。

如果她的眼神和记忆没出错的话，他亲昵地搂在怀里的那个女人，她认识。

女人戴着口罩，看不清脸，却不难辨认——是她亲舅舅的女儿，她的表妹，沈思萱。

两人此刻就像八爪鱼一样粘在一起。办完手续后，韩子遇搂着女人的腰往电梯的方向走去，时不时地低头微笑着跟她说些什么，又亲吻了一下她的额头。

那一刻，姜知漓只能听到自己因愤怒而急剧加速的心跳，冰冷的衣物如牢笼一般紧紧贴在身上，闷得她喘不上气。

她忽然想起两年前，她答应韩子遇订婚的那天晚上。

那也是一个雨夜，雨中的 L 市恍若变成了雾都。

那时的姜知漓还在实习，韩子遇是大她两届的学长，也是江城有名的豪门子弟之一。那段时间，韩子遇对她展开了猛烈的追求，一副非她不可的痴情模样。至于他究竟是喜欢她，还是喜欢能够挽救韩氏企业的姜氏集团，姜知漓不知道，也不在乎，自然也从没考虑过要跟他订婚。

也就是那天夜里，姜知漓在从工作室回公寓的路上，遇到了意外。

常在附近公园徘徊的流浪汉临时起意，将姜知漓拖进了一条无人的巷子里。她死命踢打着流浪汉，冷冷的雨水拍在她脸上，混合着绝望之下流出的泪水，模糊了她的视线。

流浪汉掐住了姜知漓的脖子，窒息感越来越强，就在她以为自己要死在那条昏暗肮脏的巷子里时，有人出现了。

流浪汉被人踹翻在地，不知是谁的鲜血在薄雾中滑出一道痕。失去意识之前，她终是没能看清来人的脸。

再醒来时，她已经躺在了医院里。在病床旁守着的人，是狼狈不堪的韩子遇。

韩子遇说，是他及时赶到，救下了她。

后来，姜知漓也去问过医院的护士，送她来医院的人究竟是不是韩子遇。

护士的答案模棱两可，她只记得那是个面容英俊的华人。这也不意外，毕竟在外国人的眼里，大多数华人长得都是一个样。

姜知漓在 L 市认识的华人不多，她实习的工作室也有些偏僻，不常有华人出现。

愿意舍命救她的人，应该也只有经常送她上下班的韩子遇了。

那次之后，面对救命恩人，姜知漓怎么也没办法做到像以前那样毫不留情地拒绝他的示好。韩家出事之后，韩子遇又万般恳求她，希望能够得到姜家的助力，以渡过难关。

最后，姜知漓还是点了头。就当是为了还清那份人情吧，她想。

不过她同样跟韩子遇说得很清楚，婚约的期限只有一年，并且只是名义上的婚约，任何一方都可以随时解除婚约。也就是说，他移情别恋后，只要堂堂正正地跟她提分手，她不可能不同意。

而现在，血淋淋的事实摆在眼前，哪怕韩子遇当初不顾生命危险救过姜知漓一命，现在也明明白白地变了心，光明正大地打了她的脸。

她曾经对他有过的心软和感动，在此刻都显得格外愚蠢，像个笑话。

脑中空白了几秒后，刚刚被愤怒淹没的理智终于回笼。

她不会冲上去质问他，让酒店里这么多人白白看戏。

他们不要脸，她还要，姜家还要。

冷眼目送着两人走向电梯，姜知漓平复着胸口的剧烈起伏，划开手机，打开拍照软件。

咔嚓一声轻响，两人携手的身影以及韩子遇的侧颜，都被清晰地定格在手机里。

回到酒店房间后，姜知漓打开一瓶矿泉水，将买来的感冒药吞了下去，又迷迷糊糊地睡了一会儿。

一个多小时后，她再醒过来时，精神已经好了一些。

她拿出手机，点开微信里和韩子遇的对话框，敲下一行字：酒店一楼咖啡厅，我等你。

发完这条消息，姜知漓不紧不慢地打开电脑，处理了一下邮箱里的未读邮件，又仔细地补了补妆，确保自己此刻没有一丝憔悴的病态，一如往常般明艳动人。

微信发出后，过了半个多小时，她才慢条斯理地下楼到了咖啡厅。

已是深夜，咖啡厅里几乎已经没有客人了，姜知漓一眼就看见了坐在那的韩子遇。

他的头发还没干，他看见姜知漓时，目光慌张又闪躲。

她不用多问，答案已经昭然若揭。

姜知漓在他对面坐下，端起咖啡轻抿一口，才勾起红唇，轻笑道："怎么，打扰到你了吗？"

看着她旖旎勾人的笑颜，韩子遇选择性地忽略了她带刺的语气，心头微动，忽然有些后悔。

"漓漓，我——"

他的话还没说完，姜知漓已经想到了多种可能性。不管他忏悔也好，道歉也罢，哪怕他今天并没有出轨，这婚约也是一定要解的。即便她现在是有道理的一方，她也没了追究指责他的心思，因为她不在乎。

韩子遇喉结滚动了下，说出的话十分坚决："我们解除婚约吧。"

姜知漓眼皮一跳，微微挑起狐狸眼，气极反笑："解除婚约？这不是我的台词？"

韩子遇直勾勾地看着她，欲言又止。

如果姜知漓没因为生病而判断出错的话，韩子遇眼底的情绪叫同情。

外面的大雨是下进他的脑子了吗？

看着姜知漓错愕的神情，韩子遇语气和缓下来："漓漓，这次是我对不起你，解除婚约的事我会跟两家父母谈好。我仔细考虑过，我们的性格还是不太合适，做回朋友应该对彼此都好。"

姜知漓真的被气笑了，原来真有人可以这么不要脸。

"但如果你将来后悔了，还是可以来找我，我会帮你的。"

听着他越说越离谱，姜知漓脑仁一阵阵地疼，听出他话里有话，她冷声问："你什么意思？"

韩子遇抿紧唇，很明显不愿多谈："没什么。"说完，他站起身就要离开，"我先走了，你早点回去，照顾好自己。"

"等等。"

韩子遇停下脚步，刚转过头，一股温热的暖流迎面袭来。

被泼了一脸咖啡，韩子遇震惊得瞪大眼。他还没回过神来，姜知漓已经快他一步离开，只留下一句轻飘飘的话，极具嘲弄意味。

"有空的话，不如找时间把你脑子里的水倒倒。"

姜知漓在床上翻来覆去，脑子里回荡的全是韩子遇那句意味不明的话，还有他那副同情她的嘴脸，气得她半宿没睡着。

也是拜他所赐，姜知漓被愤怒冲昏头脑，终于不再纠结于傅北臣到底有没有认出她这个问题。

直到后半夜，借着感冒药的药效，她才迷迷糊糊睡着。

早晨醒来时，外面的雨已经停了，但天仍旧阴沉沉的，使得人心里发堵。

浓重的不安感始终萦绕在心头，姜知漓想了想，还是取消了今天出门看房子的计划，打算窝在酒店里继续画没完成的设计图。

没过一会儿，手机震动起来。

姜知漓拿起手机，看见屏幕上闪烁的名字，轻叹了口气后才接起电话。

"舅舅。"

电话那头是一个温和的中年男声："漓漓啊，我听说你昨天回国了？怎么没告诉舅舅？舅舅好去机场接你。"

姜知漓垂下眼，乖巧地道："我昨天回来时太晚了，您过来接我也挺麻烦的。"

闻言，沈宏光轻叹一声，有些无奈地说："你这孩子，怎么就麻烦了？舅舅去接你不是应该的吗？你一个人在外面这么多年，也不常回来……"

听着沈宏光在那头絮絮叨叨，姜知漓心头微动。

平心而论，沈宏光对她已经尽到舅舅该尽的责任了。姜家出事之后，沈宏光本来还想将她带到身边抚养，可她的舅妈严蕙和表妹沈思萱都坚决表示反对。

不想让舅舅为难，姜知漓便主动提出了出国。

而沈宏光这些年待姜知漓也是不错的，并没有因为严蕙和沈思萱而刻意疏远她；所以面对这位长辈，姜知漓到底是心怀尊敬和感激的。

"我明天就回家看看您——"

话说到一半，手机里传来一阵沙沙声，像是有人一把夺过了舅舅的手机。

紧接着，严蕙的声音从电话里传出来。

"别明天了，就今天吧，你直接到公司，我和你舅舅都在。公司出了些问题，你作为股东，也要亲自过来一趟，我们当面聊一聊。"

沈宏光压低声音呵斥她："你这是什么态度，有话好好说不行？"

严蕙冷哼一声："你倒是老好人，公司都要完蛋了，还能让她像个没事人似的享福？"

哪怕沈宏光捂着手机话筒，谈话声仍然清晰地传进了姜知漓耳中。

"我现在过去。"说完这句，姜知漓便挂了电话，不自觉皱起了眉。果然，是福不是祸，是祸躲不过。这趟门她是非出不可了。

姜知漓简单化了个妆，打车直接去了姜氏集团大楼。

她常年在国外，不常踏入公司，这些年过去，老员工陆陆续续走了不少，如今也没几个人能认出她。

严蕙提前跟人打了招呼，于是姜知漓畅通无阻地乘着电梯上了三十二楼，到了会议室。

偌大的会议室里，除了沈宏光和严蕙，还坐着几个公司股东。沈宏光看着比上次见面时苍老了些；而严蕙眉眼细长，一副刻薄相，身上穿着一套职业套装，整个人容光焕发。

沈宏光是唯一一个起身迎姜知漓的，他脸上的笑容却有些僵硬："漓漓来了。"

姜知漓环视了会议室一圈，心头的不安愈发浓烈。

等待她的，是一场鸿门宴。

比起电话里的语气，此刻严蕙倒也知道要顾及表面上的家人情分，面上挂着假笑说："漓漓来了，先坐吧。"

姜知漓微微点头，刚坐下来，就看见了面前摆着的文件，上面写着几个大字：财务报表。

她随手翻了翻文件，眉头越蹙越深。

严蕙一边观察着姜知漓的神情，一边悠悠开口："漓漓啊，这几年你舅舅一直让我们瞒着你，其实公司的资金链早就出了问题——去年投资的房地产项目，好好的楼盘突然被政府叫停了，谁也料不到，整整损失了几个亿。"

严蕙长叹一声："现在资金链出了这么大的问题，已经快要影响到公司正常运转了，你作为公司最大的股东——"

姜知漓已经隐约猜到了什么，没等严蕙把话说完，就淡声开口道："所以呢？"她直视着严蕙，字字清晰凌厉，"公司的经营权在我出国之前已经暂时转让给了你和舅舅，公司的重大决策都是你做的，项目出了问题，公司经营不善，几个亿的项目也从来没有征求过我的意见，现在出了事，舅妈难不成还想怪在我的身上吗？"

没料到姜知漓在众人面前会如此直接又不留情面，严蕙的脸色由白转红，原本想好的台词忽然卡壳了。

一旁的沈宏光正想开口打圆场，坐在严蕙旁边的一位股东阴阳怪气地开口："姜大小姐，话可不能这么说。公司的经营本身就是有风险的，你持有最多的公司股份，眼下公司遇到难关了，当然也应该当仁不让，给我们这些人做个表率，不然我们怎么能放心地留在姜氏呢？"

姜知漓眼皮一跳，锐利的目光扫向他："你什么意思？"

男人哼笑一声，脸上小人得志的笑容藏也藏不住："五个亿的窟窿，姜小姐作为公司合法继承人，当然应该负责填补。我们这群小股东可拿不出这么多钱来。如果姜小姐没办法在一个月之内拿到五个亿的投资，江城赫赫有名的姜氏恐怕就真要不复存在了。"

五个亿的投资，她上哪去找？话已至此，今天这场鸿门宴的目的已经很明显了。

姜知漓的声音冷下来："五个亿？是你们疯了还是我疯了？"

这时，严蕙站起身，整理了一下颈上闪得能晃瞎人眼的钻石项链，不徐不疾地补充道："你拿不出五个亿也没关系，还有一个办法。

"签下桌上的股权转让协议，姜氏的债务就不需要你来负责了。当然，重整旗鼓的姜氏也就不能再姓姜了。"

原来这就是他们的目的——用天价的窟窿，逼她放弃姜氏。

姜氏这块大蛋糕，一直都有人虎视眈眈。

姜知漓垂下目光，忽地轻笑出声。

严蕙皱起眉，就看见姜知漓缓缓抬手，一点一点撕掉了面前那份转让协议。

姜知漓站起身，居高临下地环视了一圈座位上的人们，目光又落回严蕙身上。

姜知漓勾起红唇，语气冰冷地讽刺道："想吞掉姜氏，你有这么大的胃口吗？"

严蕙愣了愣，没等她反应过来，姜知漓已经起身准备离开。

姜知漓转身时，及腰黑发在空中荡出一抹亮丽的弧线。她将满身的傲气融进了骨子里，没有因为时间和姜家的衰落而磨灭掉一丝一毫。

"一个月，足够了。"

严蕙嗤笑一声，将另一份合同摆在她面前："姜大小姐，口说无凭。"

姜知漓冷冷地扫了她一眼："律师没看过的合同我不会签。你也没必要担心我出尔反尔，如果我真的拿不出钱，你们不是一样有办法毁了姜氏？"

她不傻。如果姜氏真的出了那么大的问题，严蕙不可能像现在这样气定神闲地要挟她，把一个烂摊子拢在手里。这八成是他们搞的鬼，他们不过是想逼她交出股权罢了。

可哪怕她知道他们的目的，也无济于事。姜氏的大小股东都站在严蕙那一边，她只有一人，根本无法查清他们动的手脚，只能受人掣肘。她唯一能做的，就是争取时间，想办法守住姜氏。

见姜知漓执意不签合同，严蕙也不勉强，反正无论她签不签，一个月后的结果都是一样的。

姜知漓的身影消失在会议室的磨砂门后，一个股东慌了，连忙问严蕙："她不会真能弄来五个亿吧？"

严蕙回过神，嗤笑一声："江城怎么可能有人会白白给她投五个亿？疯了吗？"

更何况，她还听说，之前姜家出事时曾被姜知漓狠狠甩掉的那个少年就是旗岳的现任总裁，他如今是江城商界举足轻重的人物。

如果他有意报复，姜知漓无论想从谁那拿到这笔投资，都是天方夜谭。

想到这，严蕙嘴角上扬得更厉害了，她宽慰道："安心等着吧，一个月之后，一切就见分晓了。"

出了姜氏大楼，姜知漓一眼就看见了倪灵那辆扎眼的红色跑车。

坐到副驾驶座上后，姜知漓长舒一口气，只觉得前所未有地疲惫。

倪灵打着方向盘，用余光瞥了她一眼，问："脸色怎么这么不好？"

姜知漓掰着手指头，十分平静地叙述："先是摔倒的时候碰见前男友，然后是正发烧的时候看见未婚夫和亲表妹在一起，最后被亲戚逼宫。"

世界上还有比她更惨的人吗？没有。

坐在驾驶座上的倪灵听姜知漓冷静地描述了一遍后，气得差点没把手里的方向盘给掰下来："五个亿？你那极品舅妈还要不要脸？还有韩子遇，你没上去抽他们一巴掌？"

她一提到韩子遇，姜知漓才忽然明白了他昨晚那句话究竟是什么意思。

估计他是从沈思萱那里听说了今天会有这么一场逼宫大戏，她没了可以被利用的价值，于是就被他毫不犹豫地舍弃了。

倪灵愁得连连叹气："那你现在打算怎么办？毕竟五个亿也不是小数目。"

姜知漓故作轻松地笑了笑："走一步算一步吧，还有一个月时间给我想办法呢。"

其实刚刚在会议室里说那番话时，她根本没什么底气，只不过是骨子里的那股劲不允许她轻易低头。不管一个月之后会怎样，起码现在，她还不能认输。

车窗外的景色飞速滑过，前方红灯亮起，车子徐徐停下。

姜知漓望着窗外，视线落在不远处的大厦的 LED（发光二极管）屏上。

屏幕上正在播放一则新闻，主持人甜美的声音从车窗外传进来。

"近日，我市著名企业旗岳集团新任执行总裁回国，引起商界的轰动。旗岳集团隶属傅氏名下，业务范围有珠宝、房地产、酒店业等。据悉，旗岳新任总裁之前一直负责傅氏集团在 M 国地区的企业投资并购等，如今他突然归国，有望带领旗岳站上珠宝业的巅峰……"

主持人的旁边，是一张模糊不清的背影照。

这张照片像是在公司门口拍的，照片中，众人簇拥着一个男人，男人西装笔挺，是最显眼的存在。

"倪灵。"姜知漓忽然开口。

"怎么了？"倪灵顺着她的视线望过去，疑惑道，"傅北臣？"

姜知漓若有所思地问："他现在是不是特别厉害？"

昨晚的宴会上，那群名媛千金都在费尽心思地想要巴结他。

倪灵没反应过来她是什么意思，但还是认真点头："是。"

"有多厉害？"

倪灵想了想，用了个自认为非常恰当的比喻："钱多到能直接把你埋了的那种。"

姜知漓点点头："我知道了。"

"你知道什么了？"倪灵顿了下，终于反应过来，眼睛瞬间睁大，"你别告诉我你要去找傅北臣，跟他旧情复燃。"

姜知漓轻飘飘地看了她一眼，眼里像是写着——对啊，我就是钉上傅北臣了，那又怎么样呢？

倪灵深吸一口气，试图劝姜知漓清醒一点："姐姐，他不是当初那个'高岭之花'、单纯'学神'了，你知道他在 M 国商界的手段有多狠吗？他不来报复你就已经够大方了，你还要上赶着去追他？他动动手指头，姜氏可能就没了……等等，你不会还喜欢他吧？"

闻言，姜知漓眉眼弯起来，微微眯起的眼里情绪不明，她笑意盈盈地答："喜欢啊。我看他长得挺像五个亿的。"

倪灵觉得自己下一秒就要窒息了。

姜知漓又煞有介事地道："别的不说，追傅北臣这件事，我还是挺擅长的。"

说话间，姜知漓忽然想起那封躺在她的邮箱里的来自旗岳的邮件，旗岳好像是在招最新季度产品的设计师。

机会都摆在她眼前了，她哪有放弃的道理？

片刻后，倪灵彻底放弃劝说，最后一次警告道："你就不怕万一他以后知道你是为了这个去找他，下狠手报复你？"

"怕啊。"姜知漓漫不经心地答道。

傅北臣这个人，以前就记仇得不行。那次她偷吻他，让他耳根通红，后来他用这茬欺负了她多久，她都记得呢。

望着窗外飞快掠过的熟悉街景，姜知漓的心底有些情绪正不受控制地汹涌而出。

她该知道，分离是常态，重逢才是意外，而且并不是每个人都能拥有弥补遗憾的机会。

她已经足够幸运。

思及此，姜知漓忽然轻轻笑了，自言自语般喃喃道："就算被报复，我也认了。"

旗岳集团作为江城的龙头企业之一，办事效率也出奇地高。

回复完那封邮件，次日上午，姜知漓就收到了人事的回信，通知她周三上午去办理入职手续。

其实姜知漓本来根本没有去公司上班的打算，她原本计划回国后自己开一间珠宝工作室，当个小老板，毕竟姜氏股份每年带来的收入也够她吃穿不愁了。

可谁能想到，她才回来两天，一切就天翻地覆了。

想见到傅北臣，她必须进旗岳工作。

入职第一天，姜知漓特意早起花了两个小时打扮自己，力求从头发丝到脚上的高跟鞋都精致到挑不出一丝瑕疵。

身为珠宝设计师，她最在意的就是身上的首饰。

照着镜子，姜知漓的目光落在自己精致的锁骨上，脖子上什么都没戴，心里不免有些空落落的。

那晚的意外过后，姜知漓很长一段时间内都被死亡的恐惧围绕，常常会做噩梦。那段时间，她一闭上眼，就会想起自己差点被人掐死的那一幕。

高领的衣服、围巾甚至是她喜欢的项链，一切可能给她带来窒息感的东西，她都开始不敢触碰。她也去看过心理医生，做过各种心理治疗，却始终毫无效果。

恐惧深埋在心里，她战胜不了，只能一次次逃避。

在第八次瞟了一眼桌上放着的项链后，姜知漓最终放弃，直接打车去了旗岳总部大楼。

旗岳总部位于江城市中心，鳞次栉比的大楼里，旗岳大楼是最高最显眼的那栋。

设计部在三十七楼，人事办事效率奇快，短短十分钟就处理好了她的入职手续，领着姜知漓到了工位上。

珠宝设计部果然还是女性居多。还没等见到自己的顶头上司，姜知漓就在隔壁工位上看见了一张熟悉的面孔。

女人听见声响，抬起头看去，在看清姜知漓的一瞬间瞳孔骤然收缩。

"姜知漓？怎么是你？"

姜知漓也没想到在这还能看见老熟人，难怪说冤家路窄呢。

她看着夏梓悠，笑吟吟地问好："好久不见啊，学姐。"

夏梓悠是姜知漓同大学同专业的学姐，她从大学起就跟姜知漓不对付。有可能是因为她们之间的磁场天生不合；也可能是因为姜知漓来学校的第二年就夺走了那年设计比赛的一等奖，而原本备受期待的夏梓悠最后只拿了二等奖。

学姐输给学妹，这事本来就够丢脸了。再加上当时夏梓悠喜欢韩子遇，全校皆知，而韩子遇又在苦追姜知漓。桩桩件件累积起来，她们的梁子就这么结下了。

对比起笑容明媚的姜知漓，夏梓悠的脸色显然就不是那么好看了。

在姜知漓出现的地方，她就没碰见过什么好事，她怎么笑得出来？

就在二人间的空气几乎快要凝滞时，设计部总监焦艳走了过来。看见姜知漓的一瞬间，她的眼里流露出惊艳之色。

美的人和事物总是能让人心情舒畅，何况是履历这么优秀的新员工。

焦艳十分满意地移开目光，心里的天平下意识顺着爱美的本能偏移。她看着夏梓悠说："原来你们是一个学校的啊，正好，梓悠你也算是半个前辈了，以后多多照顾姜知漓啊。"

总监都当众发话了，夏梓悠只好艰难地挤出一个笑容，应道："我会的，总监。"

姜知漓非常适时地接上一句："谢谢学姐。"

"不客气。"

焦艳哪能看不出她们之间的弯弯绕绕？但只要员工们平时面上和谐，不影响工作效率，她也懒得干涉。

"走吧知漓，先过来开会，梓悠也来。是关于新项目的会议，霍总有几句话要交代。"

"好。"

进了会议室后，姜知漓不禁开始想：等会儿开会时我有没有机会看见傅北臣？

虽然概率不大，但也不是毫无可能。

如此想着，姜知漓调整好坐姿，挺直腰，还整理了下头发，确保自己脸上的笑容是最美的。

坐在姜知漓身边的夏梓悠注意到她的动作，狐疑地瞥了她一眼。

姜知漓今天穿了一身规规矩矩的职业装——米色的衬衫配雾粉色的铅笔裙，下面是白皙修长的双腿，耳垂上戴着一副别致的钻石耳钉，靓丽又不失温婉。

察觉到夏梓悠投来的视线，姜知漓转过头，冲她友好一笑。

夏梓悠看到这个笑容，只觉得她像是在说：想看美女直说，让你看个够。

夏梓悠："……"

几人等了五六分钟，一阵脚步声从会议室外传来。

姜知漓瞬间打起十二分精神。

会议室的磨砂门被打开，一个陌生的年轻男人走了进来。男人面容白皙，鼻梁高挺，一双桃花眼，看着就风流多情。

姜知漓眼底的光一下子就灭了。

坐在她对面的焦艳站起身，满面笑容："霍总，您来了。那我们现在开始？"

霍思扬大步流星走进来，挑了个主位旁边的位子坐下，跷起了二郎腿，语调懒洋洋的："先等会儿，傅总也来。"

这话犹如在会议室里投了一颗炸弹，会议室里的众人都沉默了，他们都显而易见地开始紧张。

姜知漓反而成了看上去最淡定的那个。

霍思扬眼前一亮，打量的目光落在姜知漓的身上。他眯起眼睛看了一眼她身前挂着的工牌，随后，忽然站起身朝她走过去，在她面前站定，笑着问："姜设计师？今天刚入职？"

一瞬间，所有人的目光都被吸引过来。

姜知漓淡然起身，礼貌颔首："霍总好。"

霍思扬脸上的笑容更灿烂了，他朝她伸出手："久仰大名，欢迎你来旗岳。"

这句"久仰大名"听着像是客套话，可霍思扬的笑又有些耐人寻味。姜知漓不知道自己是不是太敏感了，也礼貌地伸出了手。

就在两人的手交握的那一刻，会议室的门突然被人推开。

姜知漓怔怔地转头，就看见傅北臣从外面走进来，他身后还跟着一个男助理。

他穿着白衬衫，西装外套搭在臂弯处，比那天在宴会上的他多了几分随意。阳光从窗外洒进来，照在他身上，却让他更显冷淡疏离，不易接近。

会议室里的空气仿佛都凝滞了。

不知道是不是姜知漓的错觉，他的视线刚刚似乎落在她的手上，又不着痕迹地移开了。

姜知漓连忙抽出手，怔怔地看着傅北臣从旁边走过去，在主位上坐下。

"开始吧。"

低沉而充满磁性的声音在安静的会议室里响起，带来莫名的压迫感。

焦艳回过神，连忙打开演示文稿开始讲解。

"本季度产品的主题暂定为'守候'，最终季度的主设计师将由竞选的方式决定，部门内部选拔出的优秀候选者之一是夏梓悠设计师，另外两位参与竞争的设计师，目前只到了场的一位。"

姜知漓表面上认真听讲，实际上注意力都在傅北臣身上，焦艳前面讲的她一个字都没听进去，直到她听见焦艳提到她的名字。

焦艳站在前面，讲得慷慨激昂："虽然姜知漓设计师是新人，但在去年的世界珠宝设计大赛上，她的设计就获得了众多评委的青睐，并最终取得了非常不错的成绩。她是名声非常响亮的新秀设计师之一。"

姜知漓骤然回神，下意识地看向傅北臣。

如果那天宴会上他是真的没认出她，那这会儿他也应该想起来了吧？好歹相恋一场，他总不至于真的把她这个人彻底忘了吧？

姜知漓一边在心里琢磨，一边端详着男人的神情。

然而，让她失望的是，傅北臣连眼皮都没抬一下，仍在专注地翻看着手上的资料，神情淡漠平静，仿佛姜知漓的存在压根没掀起任何波澜。

反倒是他旁边坐着的霍思扬鼓了下掌，又清了清嗓子，慢悠悠地开口："这次的季度新品公司非常重视，大费周折地让三位优秀的设计师竞争是为了拿出最好的产品，也是为了彻底占领市场。姜知漓，我对你的期待值很高，别让我失望啊。"

什么竞争？我是来追人的，怎么就要竞争了？

姜知漓只能硬着头皮接话："谢谢霍总，我会尽力的。"

霍思扬颇为满意地点点头，又看向傅北臣，问："傅总还有没有什么想说的？"

姜知漓的神经迅速绷紧，她理了理耳边垂落的发丝，嘴角弧度拿捏得一丝不差，紧张又期待地看向傅北臣。

下一刻，傅北臣终于掀起眼皮，平静的目光仅在她的脸上停留了不到一秒，又回到了面前正在翻阅的资料上。

姜知漓苦心维持的表情忽然就僵硬起来。

她还没缓过来梗在胸口的那股气，就听见他淡声问："另外一位设计师呢？"

她仿佛猛地被浇了一盆凉水。

台上的焦艳连忙答道："简语凡设计师目前还在国外，大概半个月后回国报到。我打电话联系过，简设计师说她现在就会着手准备设计方案，不会影响项目进度。"

听见这个名字，姜知漓蓦地攥紧了手中的笔，忽然有点想笑。旗岳还真是会招人啊。要不是为了傅北臣，她真的在这座大庙待不下去了。

思及此，姜知漓又忍不住抬眸看去，只见傅北臣合上了面前的资料，拿起椅背上搭着的西服，毫不留恋地转身往外走。

"知道了，散会吧。"

一旁的助理安阳紧随其后，小声汇报着接下来的行程。

姜知漓收拾好东西走出会议室时，已经连个人影都看不见了，更别提能跟傅北臣单独说上几句话。

"叙旧"计划一，失败。

整整一上午过去，姜知漓依然坐在工位上盯着面前的素描本，严肃到似乎要把素描本盯出两个洞来。她像老僧入定一样认真，浑身上下散发着一种"我在创作，别打扰我"的气场。

旁边的夏梓悠时不时偷瞄姜知漓一眼，看姜知漓午休时连地方都没换，她心里的胜负欲瞬间燃起，在本子上唰唰画了起来。

殊不知姜知漓是在苦恼她要怎样才能见到傅北臣。直接去办公室的话，意图也太明显了，而且还会惊动公司里其他的人。

正当她费尽心思想办法时，微信提示音突然响起。姜知漓打开微信，才发现自己刚被焦艳拉进了工作群。

她随手点开群成员名单，上下划了划，看见了一个名字——安阳，就是上午跟在傅北臣身后的那个男助理。

姜知漓一下来了精神，果断申请添加他为好友。

两个小时后，好友申请才被通过。

修修改改了半天，姜知漓才把消息发了出去。

姜知漓：安助理，请问傅总今天有时间吗？我有一些工作上的事情想跟傅总聊一聊。

大概过了一小时，姜知漓才收到对方回的消息。

安阳：抱歉，姜小姐，傅总今天行程很紧，恐怕抽不出时间。

他拒绝得十分客气，也不知道傅北臣是真的忙，还是单纯地不想见到她。

如果她一直这样被挡回来，连单独见傅北臣的机会都找不到，那她和他旧情复燃不知道要等到猴年马月。

姜知漓索性心一横，戳着屏幕回复：我有些急事，能不能麻烦您再帮我看一看？不会占用傅总太长时间的，顶多半个小时，只有十分钟也行的。

无比漫长的等待中，已经到了下班时间。办公室里其他人陆续离开，只有姜知漓还稳坐在工位上，整个人如坐针毡。

一个小时后，手机终于震动。

安阳：傅总今晚有个应酬，但具体结束时间还不知道，可能会到深夜。

结束后，他或许能抽出时间，这个暂时没办法确定。

这话的言外之意就是：谁也不能保证她今天能见到傅北臣。

姜知漓犹豫了下，随后便毅然拎包起身。不管傅北臣的态度如何，她都别无选择。

收到安阳发送过来的地址，姜知漓在公司楼下拦了一辆出租车，打算直接过去等。

几年没回江城，姜知漓第一次感觉到堵车的可怕。原本一个小时的路程，用了整整三个小时才到，她甚至都有些晕车反胃。

出租车抵达的时候已经是晚上七点，外面的天彻底黑了。

安阳已经提前跟这家私人会馆的服务人员打过招呼，姜知漓就坐在一楼大厅里等着。

她旁边就是大落地窗，浓重如墨的夜色尽收眼底，大堂内灯火通明，客人来来往往。

姜知漓坐在沙发上，眼睛一眨不眨地盯着出入的宾客，生怕一个不留神，傅北臣就离开了。

三个小时过去，饥肠辘辘的感觉越来越明显，姜知漓这才想起自己还没吃晚饭。可她又不敢离开片刻，万一傅北臣刚好在这时候出来，她今晚就白忙活了。

小不忍则乱大谋。

姜知漓在心里一遍遍催眠自己，直到胃已经饿得有些麻木了，困意一阵阵袭来，连眼皮也开始止不住地打架。

等待是最难熬的，等待一个虚无缥缈的结果尤其难熬。

睡意蒙眬，姜知漓也不敢闭眼，只好强迫自己转移注意力，转头看着窗外来往的车辆，还有地上被秋风裹挟、肆意飞舞的枯叶。

她忽然就想起她跟傅北臣提分手后的那段时间。她没去学校，傅北臣找不到她，只能在她家门口等着。

听家里的用人说，整整一周时间，他每晚都来，每晚都等。

那时是冬天，北风凛冽，稍微在外面站一会儿就会被风吹到麻木，也不知道他是怎么撑住的，怎么就倔成了那样，一定要她给出一个答案。

思绪万千之际，姜知漓站起身，走到旋转门外。

呼啸的冷风一下子刮在身上，一寸寸蚕食掉身上的暖意，她站得久了，心脏的温度似乎也跟着冷却下来。

原来在冷风里等人的滋味是这样的。只有自己也尝过，她才知道自己当初对他究竟有多么残忍。

姜知漓垂着头，发丝在空中肆意飞扬，凌乱地遮挡住半张脸，让人无法看清她的神情。

不远处，一辆黑色轿车静静地停在路边，几乎快要融入周围的夜色中。

傅北臣坐在后座上，深邃平静的目光一直落在门口那抹身影上，不曾移开。

她垂着头，不知道在想些什么，身形在冷风中显得格外纤瘦单薄，大衣只堪堪遮住膝盖以上的部位，白皙的小腿暴露在空气中，看着都冷。

明黄的灯光下，周围经过的宾客都是结伴而行，越发衬得她孤独又凄凉。

车内一片安静，前排的安阳看着门口的姜知漓，犹豫着开口："傅总，姜小姐已经等了将近四个小时。"

车也停在这里将近四个小时了。

安阳实在摸不清老板的心思，只隐约猜测到，傅北臣一定跟这位新来的设计师有渊源。不然，他也不会将原本定好的应酬推了，愣是在门口亲眼看着人家等了四个小时。

安阳已经在傅北臣身边工作了三年多，他看着傅北臣用最短的时间坐到现在的位置——这几乎是不可能完成的事。整整三年，安阳几乎就没见过傅北臣浪费过一分钟时间在除了工作之外的事情上。他像是根本没有感情的机器，冷静自持到可怕。

安阳当然也从来没见过他做出如此匪夷所思的行为。

一片诡异的安静里，路灯的光亮投进来，笼罩在男人冷峻的眉眼上，一双黑眸深邃似海，看不出一丝汹涌的情绪。

傅北臣平静地收回目光，看了一眼手上的腕表。腕表在光线下折射出冰冷的光泽，映在他如墨般的眼底，似有什么隐隐碎裂开来。

忽然，他低声问："四个小时，很久吗？"明明连他的万分之一都不到。

听见这句意味不明的反问，安阳敏锐地察觉到傅北臣现在心情不好，于是彻底噤声。

车厢内再次陷入死寂。数秒后，后座的人终于开口："给她打电话。"

四下安静的环境里，手机铃声突兀地响起，一下子将姜知漓的思绪扯回来。看清来电人的姓名，姜知漓心里一喜，一刻都不敢耽误地接起。

还没等她开口，那头安阳的话如同一盆冷水从头浇下。

"抱歉姜小姐，傅总应酬结束之后有些紧急事务要处理，时间比较紧凑……"

意料之中。姜知漓抿紧唇，顿了顿，然后说："没关系，我知道了。麻烦你了，安助理。"

她挂了电话，风好像比刚刚刮得更厉害了，像刀子一样割在脸上。姜知漓裹紧大衣，走到路边，招手拦下一辆出租车。

出租车里开着暖风，上车没一会儿，寒意渐渐被驱散，姜知漓总算暖和了些，可胃部的饥饿感卷土重来。

人在又冷又饿时，委屈感就会达到巅峰，更别提她还空等了四个小时。城市的光影从车窗外飞快掠过，无形中放大着她此刻的孤独感。

姜知漓一只手捂着绞痛的胃部，忍不住掏出手机给倪灵发微信吐槽。

滴滴：我等了傅北臣四个小时，连人家的面都没见到。

滴滴：我连晚饭都没来得及吃。

那边，倪灵回了两个字：活该。

滴滴：嘤嘤嘤。

下一秒，倪灵的电话直接打了过来，她用一副"我就知道"的语气说道："你看看，他是不是就是存心整你呢？"

姜知漓下意识地反驳："应该不会吧？他好像真的挺忙的……"

倪灵已经彻底放弃劝说姜知漓回头是岸，转而问："你觉不觉得你们两个之间的故事就像一部电视剧？"

姜知漓想了想，尽量往好的方向猜："《何以笙箫默》？"

倪灵语气严肃："不，是《回家的诱惑》。"

倪灵的话匣子彻底被打开，她开始滔滔不绝："姜世贤、傅品如。当初他一片痴情，却惨遭抛弃；如今他涅槃重生，华丽归来，接近你就是为了复仇，可奈何心里爱恨交加……"

"挂了。"

姜知漓果断挂掉电话之后，出租车也到地方了。她没急着回去，先去了旁边的便利店打包了一份热乎的关东煮，才慢悠悠地往回走。

一路上，她的脑子里不停地循环播放着那首经典曲目。

"为所有爱执着的痛，为所有恨执着的伤……"

要命，真够洗脑的。

等到走回酒店，姜知漓还在努力把这段旋律从脑袋里踢出去。灯火通明的大堂内，玻璃旋转门徐徐转动。

姜知漓不经意间抬头，一道熟悉的高大身影正朝电梯处走去。她还以为是自己眼花了，使劲眨了眨眼。

好像没看错。

下一刻，身体先一步反应过来，她拔腿就冲了上去。

就在电梯门即将关闭的一刹那，按钮被人疯狂按动，门又缓缓向两边打开。

傅北臣怔了一下，掀起眼皮看去。

电梯外，姜知漓平静地走进来，故作不经意地抬起头，猛地撞上傅北臣的视线。

对视的那一刻，她的眼底迸发出惊人的光彩。

惊喜、意外、激动，又恰到好处地表现出了那么一点久别重逢的愉悦。

姜知漓忽然觉得她不应该学设计，应该去学表演。

姜知漓扬起笑脸，脱口而出："傅品——"

完蛋，技术性失误。

傅北臣抬了抬眉梢，用平静又带着探究的目光扫向她。

没说出口的那个字硬生生地卡在喉咙里。姜知滴深吸了一口气，努力装作刚才什么都没发生过，硬着头皮改口。

"傅总，好巧啊，您也住这？"

电梯明黄的灯光从上方打下，给她的眉眼镀了一层浅光，浓密卷翘的睫毛低垂着，遮不住她眼底盈盈的光。

狭小封闭的空间内，有淡淡的馨香蔓延开来，钻入鼻腔。

傅北臣收回视线，抬手松了松领口的温莎结，而后居高临下地看着她，低沉的嗓音中带着些倦意，问："巧吗？"

姜知滴愣了下，一时没反应过来这句意味深长的话是什么意思。

下一刻，她的目光落在了脚下柔软的地毯上，地毯中间清晰地印着傅氏集团的标志。

哦，原来酒店是你家开的。

这下电梯里彻底安静了。

姜知滴自诩能说会道，到现在为止，能轻轻松松堵得她哑口无言的，就只有一个傅北臣。

如果他们读书时就出现了"凡尔赛"这个网络流行词的话，那么傅北臣一定是"凡尔赛鼻祖"。

那年的江城一中里，傅北臣是最特别的存在。

明明那时候的傅北臣穷到要在便利店打工到深夜，可他偏偏满身的矜贵和傲气，叫人不敢轻视。

少年面容俊朗漂亮，一双丹凤眼却冷淡至极，再加上常年稳居年级第一的宝座，他便成了所有人眼里难以望其项背的"高岭之花"。

有一次数学竞赛，姜知滴也参加了。好巧不巧，那次的题目难到完全超纲，连其他学校的顶尖学霸都叫苦不迭。

比那次的出题人更让人咋舌的是傅北臣。

某天下午，姜知滴坐在教室里，手里拿着傅北臣那张满分卷子，缓了好一会儿，才深吸一口气，问："傅北臣，你是神仙吗？这么难的题，你考满分？"

教室的窗开着，晚风徐徐撩起窗帘，夕阳的余晖从外面洒进来，映在少年白皙的侧脸上。

他侧过头看她，细碎的乌发遮掩着的瞳仁黑得纯粹，被夕阳映照成柔和的浅棕色，狭长的丹凤眼微微挑起。

他薄唇轻启，声线清冷，如深秋时节淅沥的雨划破空气，又隐隐藏着少年独有的骄傲。

"题的难易程度和我考不考满分有必然联系吗？"

电梯到达顶层，发出叮的一声响，瞬间将姜知漓从回忆拉回现实。

电梯门徐徐打开，见傅北臣毫不留恋地要往外走，姜知漓连忙伸出手拉住他的袖口，慌忙间，连对他的称呼也变回了从前的。

"等等，傅北臣。"

话音落下，男人身形一顿。顶部的灯光照在他腕间的金属袖扣上，折射出冰冷的光泽。

傅北臣挣开她的手，语气不带一丝温度："还有事？"

他的抗拒丝毫不加掩饰。也许是因为见过了他曾经深情温柔的目光，眼下他的冷漠和疏离才更让姜知漓觉得无所适从。

手中突然空了，她的指尖蜷了蜷，停在空中的手只能讪讪地落回身侧。强忍着心底泛起的阵阵酸涩，姜知漓垂下眼，轻声说："有事。"

说这话时，她落在身侧的手也因为紧张而缓缓收紧。她害怕，害怕他不留情面地拒绝自己，可她又没资格怪他。

毕竟，是她先抛弃了他。

明亮的光线下，她眼睫低垂，紧抿着红唇，整个人无端透着委屈，看得人心疼。

傅北臣眸光微动，沉声说："工作上的问题找安阳。"

"不是公事，是私事。"姜知漓特意在最后两个字上加了重音。

姜氏的内部危机跟旗岳无关，当然只能算是她的私事。

姜知漓的指甲陷进手心。想到姜氏的四面楚歌，她只短暂地纠结了一秒，心一横，终于抬起头，笑意盈盈地望着他："傅总，您什么时候有时间？

我请您吃饭吧。"

话一出口，姜知漓忽然有点后悔，担心这句话的目的性过于明显。可如果她不主动出击，按照傅北臣无视她的态度来看，死灰复燃不知道要等到猴年马月。

电梯门开了又合，空气静得仿佛下一秒就会凝滞。

姜知漓紧张又忐忑地盯着他，下一刻，男人勾起唇，笑意却不达眼底。

他目光深邃，黑瞳里尽是讽刺的情绪，冷得让人心惊。

"天下没有免费的午餐，姜小姐这次又想得到什么？

"还是说，又是为了赌约纡尊降贵？"

那场赌约，应该算不上一次美好的开始。他们最后一次见面，也不是值得回忆的结束。

那夜，暴雨如注。

家里出事之后，姜知漓就办理了退学，没有告诉任何人。她悄无声息地从学校消失后，傅北臣找不到她，就只能每晚在她家门口等。他每天都来，每天都等。

那天她很晚才回家，看见他时，少年的白衬衫已经被雨水浸透，额前的黑发被打湿，狼狈又憔悴，细密的雨幕里，他的背脊挺得僵直。

她撑着伞，从他旁边经过时，蓦地被他扼住手腕，彻骨的冷意从他的掌心传过来。

他修长的手指攥着她的手腕，绷紧的骨节泛着白，湿发遮掩下，一双黑眸中情绪翻涌，闪着破碎的光。

"姜知漓，你真的只是玩玩而已？"

他的声线喑哑发颤，眼尾泛着红，连眸子都像进了雨，湿漉漉的。他静静地凝望着她，像是要把她的模样深深地刻进脑海。

每次回想起那样一双眼，姜知漓的心脏就像是被无形的手攥住，疼得无法呼吸。

而现在，她仰头和他对视着。明明是同样的一双眼睛，里面却再也没有那样汹涌的情绪，只剩彻骨的冷意。

他嘲讽的话像刀子一样扎在她的心底。

姜知漓浑身的力气忽然卸去，所有的话都被她咽了回去。

曾经做错了就是做错了，她又何必再多做解释？他对她有恨也好，总强过把她当作陌生人。幸好，她还有机会弥补。

良久的沉寂。

傅北臣的目光一寸寸掠过她低垂的睫、雪白的颈，他那漆黑的眸中积压着某种不知名的情绪。

姜知漓沉浸在自己的思绪里，浑然未觉。很快，他收回视线，毫不留恋地转身离开。

姜知漓怔怔地抬眸，电梯门已经在她面前徐徐合上，她再看不见他的身影了。

回到自己的房间，姜知漓在书桌前趴了一会儿，慢慢将刚才不受控制涌出的回忆尽数压回去。

刚才那次偶遇算得上是不欢而散。

直到电梯达到顶层，姜知漓才发现，这是专属 VIP（贵宾）电梯，压根不在除了一楼和顶楼之外的楼层停。当时她一心只想着跟傅北臣搭话，看也没看就冲了进去，没注意到这个细节。

也就是说，从她闯进电梯，自以为演技登峰造极的时候，她那点小心思就已经在傅北臣面前暴露无遗了。

而傅北臣，从一开始就看穿了她刻意制造的偶遇，却没戳穿她。

一直等到他出了电梯，姜知漓才终于回过神来。最后，她只能灰溜溜地乘电梯回到一楼，再搭其他电梯回到自己住的楼层。

一场蹩脚的独角戏，他看着她演完，也不忘刺痛她。傅北臣这人，这么多年过去了，记仇这点倒是一点都没变。

姜知漓心里闷得慌，随手拿起桌上摆着的草莓牛奶，用力用吸管戳开。熟悉的甜味在口腔内蔓延开来，姜知漓满足地眯起眼，刚刚心里不快的情绪一下子散了不少。

喝了几口之后，姜知漓才反应过来，草莓牛奶好像是酒店免费供应的。这瓶牛奶是进口的牌子，在国内不怎么常见，价格也有些贵，是她之前最喜欢喝的牛奶。

君茂果然是五星级酒店，太有钱了。

等等，君茂好像是某人开的酒店。

姜知漓垂眸思考片刻，带着心里憋着的那股情绪，又连着打开了三瓶牛奶。

酒店不是你家的吗？牛奶不是免费的吗？看我怎么喝穷你！

含泪喝光三大瓶草莓牛奶，姜知漓的气是撒了，胃也被撑得难受，连觉也睡不着了，只好打开本子画图。

等到睡意铺天盖地袭来，她脑中的回忆才彻底偃旗息鼓。

空了的牛奶瓶被暴力地捏变了形，垂直飞入垃圾桶里。

次日，是天气晴朗的周六。

姜知漓醒来后，一边琢磨着怎么接近傅北臣，一边也没忘了她今天还有正事。

她之前在L市结识的老客户，昔日的知名明星许婧，前几天在微信上约她，想要定做一条手链送朋友。

私人定制的作品需要大量参考客户的意见和想法。为了最终的成品能达到理想中的效果，姜知漓索性约了许婧面谈。

地点就在许婧家中，江城郊外的一家私人庄园。

之前，姜知漓就隐约听说，许婧隐退是因为嫁了个大富豪，不过媒体消息大都真假参半，她也不知道这到底是不是真的。

用人领着姜知漓走进庄园时，许婧正在自家果园里摘葡萄。

郁郁葱葱的果园里，葡萄粒粒饱满，晶莹剔透。许婧着一身碎花长裙，栗色鬈发披肩，手上戴着精致的白色蕾丝手套，身旁还有用人提着果篮。

虽然已经年过三十，许婧的身材却仍窈窕婀娜，打扮也颇具少女感，举手投足间尽是豪门贵妇的端庄优雅。

见姜知漓来了，许婧把手中刚摘下的葡萄放进果篮里，拉着姜知漓去花园里坐。

用人端上红茶。寒暄几句过后，许婧便直入主题。

"我这次是想送一个设计师朋友礼物。上次参加晚宴，她夸了那枚你给我设计的戒指，说是很喜欢你的设计。她的生日就快到了，我想着请你设计一条手链，她一定会喜欢的。"

姜知漓微笑颔首，算是应下了这句夸赞："没问题。您朋友的风格大概是什么样子的？或者有没有什么偏爱的设计元素……"

许婧回答时，姜知漓就在本子上手写记录。

不知不觉一个小时过去，等关于设计的问题都聊得差不多了，许婧端着茶杯，忽然想起来什么，笑着道："对了，知漓，我那个朋友也是珠宝设计师，她在你们业内好像挺有名的。她叫沈茵。你应该听说过她吧？"

话音落下，姜知漓手中的笔尖狠狠一顿，一滴墨点突兀地印在了雪白的纸页上。

不到一秒，姜知漓垂眼，将一瞬的失态掩饰好，合上手里的本子。

她唇边笑容浅浅，明亮的眸子里再看不出任何情绪。

她回答道："沈茵设计师的确是很厉害的前辈，很多年轻设计师都是因为喜欢她的作品而入行的。"

包括她。

闻言，许婧笑了笑，顺着话闲聊道："珠宝设计这行不好做，得有天赋、有灵气，还得有自己独特的风格，跟当演员差不多。我也在展会上看过她女儿的设计，跟她的风格不像。反倒是你设计出来的作品更合她的心意……"

姜知漓嘴角僵了下。

或许，沈茵并不知道那是她设计的，所以才会说出一句喜欢。

人总是这样虚伪，在扔掉一件东西后，还要违心地跟旁人说一句，她是喜欢的。仿佛这样就可以将所有的背叛与抛弃归结为不得已而为之，从而减轻自己内心的愧疚和负担。

归根结底，不还是弃如敝屣？

察觉到姜知漓的失态，许婧的目光中带上了几分探究。她正想开口说什么，却被前方逐渐走近的两道身影转移了注意力。

许婧惊喜地起身去迎："老于……哎，北臣来了？"

听到那两个字，姜知漓骤然回神，还以为自己听错了，怔怔地转头看去。

不远处走来两个男人。

其中一个是姜知漓没见过的中年男人，他面容硬朗端正，气质里带着一股成熟男人的魅力，应该就是许婧刚刚提过的，她的隐婚对象，于佑鹏。

而傅北臣就站在于佑鹏的身边，他身材挺拔修长，双手插着兜，姿态闲散。

他今天没穿平时在公司里时常穿的衬衫西装，而是穿了一件白色的休闲衫加一条黑色长裤，休闲又清爽的打扮衬得他更加白皙如玉，像个没毕业的大学生。

傅北臣背光而立，温暖的阳光映在他的身上，流畅分明的脸部线条也变得柔和。

姜知漓忽然有些恍惚。

她像是看见了八年前穿着白衬衫的光芒万丈的少年。

许婧向姜知漓介绍于佑鹏，姜知漓回过神，跟于佑鹏打了个招呼，然后看向傅北臣。

她尚未从刚刚的情绪里完全抽离，又不知道为什么会在这里遇到傅北臣，一时间脑子里乱糟糟的，压根不知道该说什么。

傅北臣该不会以为她是跟踪他来的吧？

眼下的偶遇让姜知漓既开心又忐忑，她怕傅北臣误会她对他穷追不舍，更反感她。

姜知漓纠结时，傅北臣也不说话，静静地站在那，像是在等着看她到底要怎么解释。

气氛一时间不免有些尴尬。

许婧的目光在两人中间转了一圈，好像明白了点什么，笑着开口问："北臣，知漓，你们认识？"

姜知漓脑子飞速转动，脱口而出道："认识，但不熟。"

"不熟"两个字，她说得既大声又清晰，生怕别人不信似的。

话音一落，傅北臣终于抬眼看向她。

她答得有点急，神情也显而易见地有些紧张局促，像是巴不得跟他撇清关系一样，反而有些欲盖弥彰。

任何人看到她这样的神情，都会觉得两人关系匪浅。

她是故意的。

片刻的沉默后，傅北臣轻笑出声，漆黑如墨的眸子直勾勾地看着姜知漓，道：“嗯，不熟。”

重逢之后第一次在他面前耍小心思，姜知漓不免紧张，迎着傅北臣极具压迫感的视线，她心里直发怵。

姜知漓只能强装镇定地补充了一句：“傅总是我老板。”

许婧顿时了然于胸。

傅北臣单身这事许婧是知道的，而姜知漓这边，许婧从没听她提起过有关男朋友的事，也没见过姜知漓在朋友圈里秀恩爱，也就理所当然地默认姜知漓也是单身了。所以此刻在许婧眼里，两人只是还处在暧昧阶段的年轻男女。

似乎人越是上了年纪，就越喜欢做撮合人的事。

许婧悄悄在背后捏了一下于佑鹏的手，眨着眼睛暗示：“老于，你是不是要带北臣去射击场？正好我刚跟知漓聊完正事，要不带知漓一起过去玩玩？”

于佑鹏年轻时当过兵，后来转行继承家业做了商人，一直也没丢掉射击这个爱好，索性在自家建了一个室内射击场。

看懂了自家太太的暗示，于佑鹏点点头，顺着许婧的意思，随便找了个借口，对傅北臣说：“北臣，你先跟姜小姐过去。我让人去把中午钓上来的鱼炖上，等会儿留下一起吃顿午饭。”

在一旁安静听着的姜知漓顿时眼睛一亮，一双漂亮细长的眼里盛满了期待。她语气崇拜地道：“傅总也会射击吗？”

傅北臣眼皮一跳，莫名有种不祥的预感。

还没等他开口，于佑鹏就笑呵呵地答：“他也玩四五年了，准头不错。”

“哇！”姜知漓红唇微张，满眼崇拜。

于佑鹏想到什么，又笑着说："小姑娘应该没怎么玩过这个吧？正好等会儿让北臣给你演示一下。北臣啊，你带着姜小姐过去吧，好好玩。"

姜知漓等的就是这句话。

姜知漓笑容越发灿烂。每次用自己层出不穷的小心思在傅北臣这里扳回一城，她都会开心得翘起尾巴，刚刚的低落情绪已经一扫而空。但碍于有其他人在场，她不敢表现得太得意、太猖狂。

而傅北臣的目光一直都没有从她的脸上移开。

他静静地看着姜知漓，敏锐地捕捉到她所有的表情变化，眼中隐含一抹意味不明的笑意。

"好。"

他就说了这么一个字，姜知漓的笑容顿时一僵，一股凉意忽然直击天灵盖。

傅北臣什么时候这么好说话了？

然而，事实证明，姜知漓或许想多了。

姜知漓一路跟着傅北臣到射击场，他连搭理都没搭理她，仿佛直接把她当成了空气，径直走进了换衣间。

姜知漓还没说什么，就有专业的射击教练迎了上来，细致地给她讲解，帮她穿戴设备，热情得让姜知漓根本无法脱身去找傅北臣，只能把心思先收了起来。

握着手里沉甸甸的冰冷的枪，姜知漓吓了一跳："这是真枪吗？"

射击教练是个三十多岁的男人，看着神情紧张的姜知漓，他顿时笑起来："是仿真枪，做得很精密，在握感上几乎跟真枪没什么差别。"

姜知漓第一次体验射击这项运动，还是觉得挺新奇的，身边又有专业教练指导，没一会儿，她握枪的姿势便有模有样了。

"手臂再伸直一些，开枪时会有后坐力，要注意把控。"

教练一边讲解着，一边上手调整着姜知漓的手臂高度。

起初，姜知漓还聚精会神；没一会儿，她就隐约察觉到一道目光落在了她身上，凉飕飕的。

她别过头去看，发现傅北臣已经走到了射击场上。他动作熟稔地把子弹上膛后，举起枪，瞄准了远处的靶心。

他带着透明的护目镜，镜片后的丹凤眼微微眯起，目光犀利而专注，细碎的黑发垂在额前，侧颜轮廓分明，又带着股拒人千里之外的冷感。

傅北臣并不是那种清瘦的身材，他手臂的肌肉线条流畅紧实，肩宽腰窄，极富男性的力量感。

他瞄准目标的那一刻，眼神中的强势和志在必得，跟八年前骄傲恣肆的少年如出一辙。

时隔多年，姜知漓还是很没出息地被他迷惑了。

下一刻，砰的一声枪响回荡在空旷的射击场内，连带着姜知漓的心都跟着狠狠跳了一下。

她骤然回神，刚刚消停了一会儿的小心思此刻又开始跳跃。

姜知漓琢磨了下，放下手里的枪，笑意盈盈地道："抱歉教练，您稍等我一下，我马上就回来。"

随着最后一发子弹射中靶心，傅北臣放下手里的枪，摘下耳罩，走到旁边的休息区取毛巾。

干净到反光的茶几上，一瓶矿泉水静静地立在那里，瓶子底下似乎还压着什么东西。

傅北臣轻皱起眉，抬手将水瓶移开，抽出底下压着的纸片。那是一张粉红色的便利贴，上面还洋洋洒洒地写着几个字："傅总好帅！"

顿时，熟悉的字体将他的记忆拉回几年前。

上学那会儿，姜知漓也经常偷偷趁着傅北臣不在的时候，在他的书本里夹各种小字条，一点都不知道"害羞"两个字怎么写。

直接又大胆的倾慕和撩拨，全都写在她那双漂亮的眼睛里。

她最会骗人。

傅北臣捏着便利贴的指尖收紧，他盯着那行熟悉的字体，目光逐渐变得晦暗不明。

半晌后，他将便利贴折叠收起，阔步往外走。

与此同时，射击场上，姜知漓戴好护目镜和耳罩，已经准备好开始实战练习。

由于戴着耳罩，她连周围教练的说话声都听得不太真切，整个世界都安静了下来。

姜知漓眯着眼睛，目光锁定着不远处的靶子，心里回想着刚刚教练教过的技巧，做着最后的手臂高度调整。

忽然，熟悉的气息从身后包裹住她。姜知漓没听见脚步声，猛地被吓了一跳，握着枪的手都跟着晃了一下。意识到身后的人是谁，姜知漓的手抖得更厉害了。

完蛋了，她刚才得意过头了。

一双手臂从她的身侧环绕过来，牢牢扶住她轻微晃动的手，将她手臂的高度固定。

在姜知漓看不到的地方，傅北臣唇角微弯，淡声问她："抖什么？"

姜知漓也不知道为什么这该死的耳塞在关键时刻一点都不隔音。难道是因为傅北臣离她太近？总之，这句隐隐像是戏谑的话，她听得一清二楚。

她怀疑他就是故意的。

男人的温度从两人肌肤相贴的地方一寸寸传递到她全身，姜知漓只觉得脸颊都冒着腾腾的热气。

不就是离得近了点，姜知漓你能不能有点出息？

她咬紧牙关，试图让扑通乱跳的心脏冷静下来，连说话的语气都有点咬牙切齿。

"傅总亲自教学，我太开心，所以帕金森犯了。"

傅北臣语气平静："是吗？那就忍着。"

他的语气轻飘飘的，隐隐透着讥诮，姜知漓被气得快要冒烟。

还没等她在心里骂完，她又听见他沉声说："放松。"

姜知漓猛地怔住了。

电光石火间，扳机忽然被扣动。

子弹呼啸而出，砰的一声枪响近在咫尺。

姜知漓正愣着神，这一声犹如平地惊雷，险些把她的灵魂都震飞出去。

她宛如被一只手狠狠攥住了心脏，一时间呼吸都有些不畅。

一股后坐力紧接着袭来，姜知漓的身体不受控制地向后倾倒，被身后的人稳稳托住。

姜知漓是真被吓到了。她刚刚注意力都在傅北臣身上，他一声不吭地开枪，她一点心理准备都没有，不被吓到才怪。

胸膛里突突直跳的心脏几乎快要跳出嗓子眼，姜知漓只能不停地深呼吸，平复刚才受的惊吓。

她这下终于能确定了。

这是报复，赤裸裸的报复。

就在姜知漓心里狂风暴雨肆虐时，身后的人毫不犹豫地收回手，转身朝换衣间的方向走去。姜知漓回过神，立刻抬脚跟了上去。

换衣间的门是虚掩着的，她伸手轻轻一推就开了。

换衣间内灯光明亮，姜知漓轻手轻脚地走进去，做贼心虚地环视一圈，却没看见人影。

人呢？

突然，身后传来砰的一声，门被人紧紧合上。

她惊慌地转头，就看见傅北臣倚在墙边，将深沉的目光落在她的脸上，意有所指地道："没想到姜小姐还有这种癖好。"

姜知漓神情坦然，睁眼说瞎话："我走错了。"说完，她又眨眨眼，脸不红心不跳地补充道，"傅总刚刚的魅力太大，迷得我找不着路了。"

说这话时，她笑得明媚又漂亮，细长的眼微微挑起，却让人看不出里面究竟有几分假意、几分真心。

傅北臣眸光渐暗，忽然抬脚走近她。

具有极强压迫感的气息突然逼近，姜知漓下意识地后退一步，背抵在了身后的墙上，退无可退。

他双手插兜，微微俯下身凑近她，与她的视线齐平，泛着冷意的眸子直勾勾地望着她。

隔着过于亲密的距离，两人的呼吸仿佛都交织在了一起。气氛忽然变得暧昧起来，男人的语气却像掺了冰一样。

"姜小姐这么光明正大地对其他男人献殷勤，就不怕你的未婚夫知道？"

姜知漓呼吸一滞，脑中的神经迅速绷紧。

这话已经近乎变相的警告了。更严重的是，他知道她跟韩子遇的事。

她这些年发生的事，他究竟知道多少？

那他又知不知道姜氏目前的状况，包括她重新接近他的企图之一？

稳了稳心神，姜知漓缓缓摇头，答非所问道："没有其他男人。"

下一刻，她抬起眼与他对视，明亮的眼中倒映的只有他，像是有赤诚而热烈的火焰燃在眼底。

"只有你。"

清脆的三个字像是一把小锤子，轻轻敲击了下冰封的湖面。

见他的目光越来越暗，姜知漓又很是无所谓地笑了下："我不怕，傅总怕吗？"

话音落下，周围陷入一片死寂。

片刻后，他忽然靠得离她更近了，薄唇勾起玩味的弧度。

"我怕什么？怕再被你耍一次？"

他一边声音沙哑地问她，一边慢慢朝她靠近，黑瞳中像是积压着不知名的情绪，危险又蛊惑人心。

姜知漓的呼吸乱了，心跳漏了一拍，虽然她表面看着镇定，可轻颤着的长睫暴露了她的紧张。

就在她快要不受控制地闭上眼时，身后像是有什么东西被取下了。

她倏地睁开眼，看见傅北臣已经拉开距离，手里拿着刚刚挂在她身后的外套。

看着姜知漓瞬间涨红的脸，傅北臣轻嗤出声，眼尾微扬。

那眼神像是在说：你以为我要吻你？不如早点洗洗睡吧。

她又被他耍了。姜知漓的拳头不自觉地又攥紧了。

下一刻，傅北臣转身打开门，忽然想起什么，手在门把上停住："姜小姐之前是怎么说的来着？"

像是自问自答，他笑起来，一字不差地复述了一遍她曾经说过的话："打发时间，玩玩而已。再纠缠下去，就没意思了。"

他转过头，看着她骤然发白的脸色，狭长的丹凤眼挑起，里面是彻骨的冷意。

"正好，我原话奉还。"

话音落下，一片死寂。

姜知漓垂在身侧的手收紧，指尖因为用力过度而泛了白。

她没法反驳，因为这就是她曾经说过的话。

看着她垂眸沉默的模样，傅北臣的嘴角渐渐落下，他收回视线，转身往外走。

姜知漓没有再开口叫住他。

等到傅北臣离开之后，用人来叫她吃饭，她才从换衣间里走出来。

"姜小姐，我来带您去餐厅。"

她微笑着，脸上已经看不出任何异样的情绪："好，谢谢。"

姜知漓跟着用人来到餐厅，于佑鹏和许婧已经在等着了，偌大的长桌上摆满了香气四溢的菜肴。

姜知漓在许婧的右手边落座，傅北臣则坐在了于佑鹏的左手边。这样一来，姜知漓和傅北臣正好是面对面坐着。

不过即便有这么好的眼神交流的机会，姜知漓也没敢太放肆，毕竟许婧和于佑鹏也在场。

于是这顿饭，她全程都是安安静静的，只时不时地竖着耳朵听于佑鹏和傅北臣聊天。

于佑鹏一边倒酒一边问："老爷子的身体最近怎么样了？你这次回国，应该没少挨骂吧？"

姜知漓握着勺子的手指微微收紧。

没等傅北臣回答，于佑鹏又笑着道："要是我我也骂你。你在 M 国总部发展得那么好，干吗回来？年轻人就是爱折腾。"

一个不切实际的念头忽然从姜知漓的脑中冒出来——有没有可能，傅北臣是因为她回来的？

下一秒，姜知漓就听见傅北臣答："江城的发展潜力很不错，房地产和珠宝行业近几年的利润大概率会持续上升，投资前景很好。"

果然，商人做事都是因为嗅到了利益的味道，她还是别太自作多情为好。

思及此，姜知漓忽然没了胃口。她刚把手中的勺子放下，就听见旁边的许婧问："知漓啊，我记得之前听你说想回国自己成立工作室来着，怎么现在又去旗岳上班了？"

话音刚落，旁边聊天的两个男人的注意力都被吸引了过来。

察觉到傅北臣的目光，姜知漓顺势抬眸，目光盈盈地与他对视了一眼，才转头回答许婧："旗岳的工作待遇很好，各方面我都很喜欢，是我心里的第一顺位，所以我就去了。"

她还特意在"喜欢"两个字上加了重音，暗示她主要是比较喜欢老板。

然而，傅北臣像是根本没听懂她的挑衅和暗示，又或者是，他根本不屑于搭理她。

这个认知让姜知漓备感挫败。

算了，慢慢来吧。他还怨她恨她，她一时半会儿也急不来。姜知漓只能在心底这么安慰着自己。

饭后，傅北臣和于佑鹏去了射击场，姜知漓则留在客厅，又陪许婧喝了会儿茶。

两人闲聊的过程中，用人送上茶和点心，服务得细致入微，这让姜知漓都有点羡慕豪门贵妇的生活了。

等姜知漓收拾好东西出去，司机已经等在门口。

白色的保姆车旁边还停着一辆黑色轿车，待看清轿车的车牌号，姜知漓的脚步蓦地停住。

0907，是她想多了吗？还是只是一个巧合？

还没等她把思绪捋顺，不远处，于佑鹏和傅北臣并肩走过来。

看见站在车旁的姜知漓，于佑鹏率先开口问："姜小姐不再多留一会儿了？你可以再陪许婧待一会儿，晚点再让司机送你。"

姜知漓骤然回过神，朝他笑了笑："不了，今天已经打扰你们很久了。"

于佑鹏和蔼地摆摆手，目光在姜知漓和傅北臣之间转悠了一圈，没忘了许婧刚刚叮嘱他的事，笑呵呵地道："对了，姜小姐，你没开车来吧？你是不是也回市内？"

姜知漓笑着应道："是的，我还住在酒店。"

"那正好，不用让司机多跑一趟了，这有现成的。"

姜知漓看着他带着揶揄意味的笑容和眼神，终于反应过来：真是好会来事的一对夫妻啊！

她强压着上扬的嘴角，非常矜持地说："我回君茂酒店。"

然后她斟酌了下，微微一笑："傅总贵人事多，我可以——"

傅北臣掀了掀眼皮，声线冷淡，像是不想再跟她多浪费一秒时间。

"上车。"

车子缓缓驶出庄园，汇入车流。

姜知漓乖乖地坐在后座上，扭头看着窗外飞快滑过的风景，一声不吭。

刚刚在庄园里她已经透支了傅北臣的忍耐力，如果在车上再胡闹，她怀疑傅北臣可能会毫不犹豫地把她赶下车，不留一点情面的那种。

十分钟过去。

姜知漓还是没忍住，悄悄别过头瞥了身旁的人一眼。

恰好车子驶入隧道，车厢内的光线瞬间变得朦胧昏暗，男人的轮廓也被光影勾勒得柔和了几分，锋芒微敛，鼻梁依旧高挺。幸好后座足够宽敞，容纳得下两条长腿交叠。

他正闭目小憩，呼吸平稳得像是睡着了，眉目间隐隐有倦意。

她见过类似的场景。

那时的傅北臣还不是傅家名正言顺的继承人，只是一个在单亲家庭长大、过早承担了太多责任的少年。

自从傅母生病住院后，高昂的医药费如山一般压在了他身上。他每天放学后要做家教，有时还要通宵在医院陪床。

可每天早上，他依然能准时到达教室上课，就像是一个完全不知道累的机器。

姜知漓几乎没见过他歇下来。

有一次午休，她来找傅北臣一起吃饭，透过教室的窗，她看见少年趴

044

在桌子上补眠。

教室里那么嘈杂，他却睡得很沉，眉眼间净是疲色，在冷白肤色的映衬下，眼下的那片乌青越发显眼，让人心疼。

放学时，她在教室门口拦住他。看着他憔悴的脸色，姜知滴十分心疼。

她想帮帮他，想问问他，可不可以接受她的帮助，可到最后，话终究没能说出口。

少年满身傲气，不会轻易接受别人的馈赠，也不会轻易向磨难低头。

哪怕身世并不光彩，他也依然能活得比旁人优秀，活得光芒万丈，不被任何人轻视。

这样的傅北臣，是她见过的最耀眼的光，让她再也看不见别人。

所以时隔多年，她依然无法释怀。

丁零零——

手机铃声在静谧的车厢内突兀地响起，将姜知滴猛然拉回现实。

她手忙脚乱地掏出手机，担心吵醒傅北臣，刚想挂断电话，却不小心点到了接听键。

来电的是陌生号码，已经接通电话了，姜知滴也不好意思直接挂断，只好捂紧手机，看了一眼傅北臣，见他似乎没被吵醒，才压低音量问："您好，哪位？"

"滴滴，是我。"

听见熟悉的声音，姜知滴重新看了一眼屏幕上显示的陌生来电，不确定地道："韩子遇？"

电话那头的韩子遇低声应道："是我。"

撞见韩子遇出轨当天，姜知滴就把他的微信和手机号都拉黑了，没想到他居然还换了个手机号给她打电话，真够阴魂不散的。

姜知滴无语至极，刚想抬手把电话挂断，那边的韩子遇似乎猜到了她会挂电话，急急开口："滴滴，你先别挂电话，我有重要的事想跟你说，是关于姜氏的。"

姜知滴动作顿住，扭头看了傅北臣一眼。

见他仍紧闭着眼，应该没听见什么，姜知漓才松了一口气，语气不耐烦地说："有事就快点说。"

韩子遇说："事情很复杂，电话里三言两语说不清，我们见面再说吧。我等下把地址发给你，到时候见。"

说完，韩子遇就挂了电话，也没管她答不答应。

姜知漓深吸一口气，强忍着骂脏话的冲动。

韩子遇果然知道哪里是她的软肋。如果他没有拿姜氏做借口，姜知漓绝不可能去见他，反而会在电话里狠狠骂他一顿。

可一旦牵扯到姜氏，她就不能由着自己的性子来，因为姜氏还需要她守护。

下一刻，手机震动了一下，韩子遇已经把地址发了过来，就在市中心的某家咖啡馆。

姜知漓看了一眼窗外，车子已经驶入市区，离韩子遇发给她的位置不算太远。

她又转过头看了看身侧的人，正犹豫着要不要现在下车，就看见闭着眼的男人薄唇轻启，道："停车。"

姜知漓怔了下，才反应过来，原来他根本没睡着。

前面的司机反应很快，立刻在前面找了个路口停下。车子缓缓停稳，后座是一片诡异的宁静。

姜知漓不自觉地咬紧唇，指尖绞在一起，迟迟没有动作。

终于，傅北臣慢条斯理地睁开了眼，语气漫不经心："怎么？要我亲自送你去？"

姜知漓没吱声。

他勾起唇，又问："你就这么想让你那个未婚夫目睹你从别的男人的车上下来？"

毫不掩饰的讥讽，刺得她脸色发白。

姜知漓很快收敛了神色，不再看他，抬手打开车门，轻声说："我先走了。"

车门重新关上的那一刻，傅北臣目光沉沉，凝视着她离开的背影。

直到再也看不见她了，他才收回视线，再度合上眼，隐去所有情绪。

"开车。"他低沉的嗓音有些哑。

等姜知漓到那家咖啡馆时，韩子遇已经坐在窗边的位置等着了。姜知漓走过去，拉开他对面的椅子坐下，不想跟他多说一句废话。

"有话快说，我还有事。"

她的态度冷淡得不加一点掩饰，摆明了不想再跟他有任何多余的交谈。

看着面前依旧明丽动人的姜知漓，韩子遇心里像是堵了一块巨石。他原本以为，她被严蕙那群股东逼得走投无路了，到头来还是会主动找他。

可直到现在，她连一点要求他帮忙的意思都没有，反而把他的微信和电话全都拉黑，不留一点余地。

他忘了，即便姜家落魄了，她也还是那个高傲骄矜的姜知漓，她怎么可能随随便便低头求人？

可她越是这样，他就越想看到她走投无路、被迫低下高贵的头颅的模样。

韩子遇不紧不慢地喝了一口咖啡，才缓缓开口："漓漓，我劝你放弃姜氏。你玩不过严蕙他们。趁早放弃姜氏，才是明智的选择。"

姜知漓被他这副为她好的样子气笑了："韩子遇，姜氏是我家的，我凭什么放弃？还有，我的事，跟你有什么关系？"

她句句带刺，韩子遇也不生气，轻笑一声，说："你去旗岳，不是单纯为了上班吧？傅北臣，你曾经抛弃过的那个旧爱，你想让他帮你夺回姜氏吗？"

姜知漓神色微凝，冷冷地看着他。

韩子遇嗤笑一声，像是在笑她天真："你跟他分开了这么多年，恐怕还不知道他现在是个什么样的人吧？

"傅氏的资产到他的手里，才三年就整整翻了一倍。他经手处理的每一起并购案中，傅氏的利益都能最大化。曾经有一家公司暗地里在账目上动了些手脚，明明只让傅氏损失了几十万的利益，傅北臣后来就让那家公司赔得倾家荡产，还把那家公司的负责人送进了大牢。

"一个睚眦必报、只求利益的资本家，你还幻想着他念及曾经那点旧情，帮你抢回姜氏这个烂摊子？"

看着对面有些失神的姜知漓，韩子遇笑容更深，语气耐人寻味："据我所知，你们应该连那点旧情都没有了吧？

"如果我是他，对你应该只剩下恨。你不主动地远远避开他，反而往前凑，会不会太天真了？"

良久后，姜知漓才缓缓抬眸："说完了？"

她的神色过于平静，韩子遇一时竟然也看不穿她的想法，顿时一噎。

姜知漓站起身，拿起身边的包就要离开。她冷声警告他："既然说完了，以后就别再打电话给我，否则我会告你骚扰。"

事情的发展跟韩子遇想象的完全不一样，他连忙开口拦住她："等等，还有一件事，不知道你知不知道。"

韩子遇接着说："傅北臣这个人也不是全无弱点的，他根本不是什么名正言顺的继承人，只是一个——"

"闭嘴。"他的话被她毫不留情地打断。

姜知漓冷冷地挑眉，漂亮的眼睛里多了一丝寒意，她语带讥诮地问他："知道小明的爷爷是怎么活到一百零三岁的吗？"

韩子遇一时没反应过来。

她勾起红唇，讥讽意味十足地一字一句道："因为他从不多管闲事。"

旗岳总部总裁办公室内。

已是深夜，室内却灯火通明。忽然，沉重的玻璃门被叩响，随即被人从外面推开。

霍思扬大步流星地走进来，旁若无人般在皮质沙发上坐下，看向办公桌后端坐的男人，戏谑地开口："老板，还不下班啊？"

签字笔不停，傅北臣连眼也没抬。

察觉到此刻冷到快要结冰的氛围，霍思扬挑起眉，意有所指地问："怎么了老板，今天心情不好啊？"

签完手中最后一份文件，傅北臣终于掀了掀眼皮："你很闲？"

明明只有三个字，却相当有威慑力。

霍思扬脸上的笑容顿时消失，求生欲促使他立马从沙发上起身，把刚才拿进来的文件送到傅北臣手边。

"我这不是给你拿好东西来了嘛，你看完再骂我也不迟。"

傅北臣低下眼，翻开手边的文件。

白纸上写着几个大字：《姜氏集团收购方案》。

霍思扬观察着他的神情，笑得意味不明："怎么样，老板，做不做啊？"

这份方案是霍思扬连夜准备出来，故意拿给傅北臣看的。从和傅北臣在大学认识到现在，霍思扬就没见他身边出现过女人。排除一些可能性，通常这种情况都是因为心里住了个白月光。

自从前段时间傅北臣突然决定回江城，又专门跑去参加设计部门的会议，霍思扬就已经品出不对劲了。新来的设计师，排除傅老爷子安排的还没到场的那位，就剩下一个顶漂亮的了。

他知道了名字，就不难调查了。

不过查到的消息还是让霍思扬惊了一下。虽然被甩之后想求复合这种事挺稀松平常，可放在傅北臣身上，就显得不太正常了。

刚毕业时，他曾经跟傅北臣做过一起投资案，中途出了点意外，其中最大的投资方临时变卦，二话不说就撤了资，让事态雪上加霜。那次他们险些赔得倾家荡产，幸好最后有惊无险，还是得到了预期的结果。

后来那家公司又抛出橄榄枝，傅北臣不计前嫌地接下合作，大赚了一笔。就在霍思扬以为之前这事就算过去时，那家投资方却突然翻了车。丑闻爆出，股价大跌，投资人走投无路求上门，而傅北臣连面都没露，直接让保安把人赶出了公司。

一个利益为先、睚眦必报的商人，会主动不计前嫌地回头找把自己甩了的旧爱复合？

反正霍思扬不信。如果他是为了报复她，那倒还有可能。

不管傅北臣是想要复合还是想要报复，都挺新鲜。毕竟，一直以来，傅北臣都是冷漠禁欲的工作机器。

只可惜，霍思扬期待在傅北臣的脸上看见的表情，一个都没有出现。

傅北臣翻看完文件，目光淡淡地扫向他："资产评估，风险预测，都被你扔了？"

　　事态发展跟霍思扬想象的不太一样。方案他只是随手一做，没想到傅北臣竟然真有这个想法。

　　霍思扬瞪大眼，声音颤抖："不是吧，你还真打算收购姜氏？"

　　你把人家的公司收购了，人家见鬼才会跟你复合。

　　傅北臣合上文件，抬手揉了揉眉心，起身走到落地窗旁。脚下夜景繁华，一片车水马龙，在玻璃窗上倒映出层层光影。

　　"你就不怕人家恨你？"霍思扬意有所指地又问。

　　傅北臣眸光微闪，很快又恢复平静。

　　他没回头，低沉的声音回荡在空寂的办公室里："我是商人，不是做慈善的。"

　　话说得倒是绝，霍思扬见今天是套不出话来了，只好最后一次试探着问："都说先礼后兵，我明天打算请姜小姐吃顿饭，免得人家以后连我一起恨上。不知道人家的未婚夫介不介意……对了，傅总不介意吧？"

　　伫立在窗前的身影似是一僵。

　　所谓的烟火气像是一点也不会沾到傅北臣的身上，也没人能轻易靠近他。

　　他好像还是在 M 国时的那个没有七情六欲的傅北臣，没有因为任何人的出现而改变。

　　下一刻，傅北臣扬唇轻笑，柔光下的侧脸线条依旧凌厉分明。

　　"别人的未婚妻，跟我有什么关系？"

　　翌日，天气晴朗。

　　旗岳设计部里，氛围却有些莫名焦灼。

　　姜知漓今天来得早，她端着杯子正要走进茶水间，就听见两个同事在里面窃窃私语。

　　门没关严实，里面的两个人估计也没想到这么早就会有人来，谈话声姜知漓听得一清二楚。

　　"我刚才听群里的小道消息，说是等会儿咱们部门好像还要来新人。

最近这是怎么了，以前焦艳那眼光苛刻得一年也招不进来几个新人。"

另一人冷笑一声："嗝，我倒是觉得不简单。听说是上面安排进来的。"

姜知漓这下听出来了，是夏梓悠的声音。

先开口的人惊呼出声："霍总？真的假的？"

夏梓悠冷笑了声，意有所指地道："也不一定就是霍总，最上头不是还有个傅总吗？"

听到这，姜知漓皱起眉，端着空杯子回到了工位上。

中午午休时间快结束时，姜知漓还是觉得有点困，便打算到楼下咖啡厅买杯咖啡。

在柜台等待咖啡制作的间隙，她随便找了个空位坐下，就听见隔壁传来一道娇俏的女声。

"霍思扬，你怎么管那么多？我不就是早上睡了会儿懒觉嘛，你比我妈还唠叨。"

一听见霍思扬的名字，姜知漓顿感好奇，转头就看见一个年轻女孩坐在那。她握着手机的手上连指甲都镶着钻，面容也生得漂亮，一副富家小姐的气派。

不知道电话那头的人说了什么，女孩又赌气说："你也就能拿我哥来压我，我不仅会迟到，我还要天天在办公室偷懒，气死你！"

姜知漓瞬间联想到那位新同事，原来她真是和霍思扬有点关系，听她说话的语气，看来他们关系不浅。

姜知漓挑了挑眉，没听下去，她本来好奇心就不重。咖啡做好了，她便端着咖啡回了公司。

下午，正当大家低头忙碌时，焦艳果然领着那个女孩过来了："大家都停一下啊，欢迎一下咱们部门新来的设计助理，叶嘉期。"

众人都循声看去，稀稀拉拉地鼓起掌，姜知漓也跟着抬起头。

焦艳简单介绍了一下叶嘉期，便开始给她找位置。

办公区只有姜知漓对面和左手边的位子还空着，叶嘉期看着百叶窗里透进来的阳光，蹙紧眉头。

她可不想短短几天就被晒黑，于是果断选择坐在姜知漓左边的工位上。

"你好，我叫叶嘉期。"

"姜知漓。"

客套十足地寒暄了下，姜知漓便重新投入到自己的工作里。

一下午，姜知漓忙着调阅旗岳之前的季度设计品的资料，对旗岳的产品风格进行更深一步的分析，同时还要兼顾许婧那边的单子，忙得连手边的咖啡没了也没时间去接。

而旁边工位的叶嘉期，跟姜知漓形成了鲜明的对比。

她光明正大地偷懒——睡觉、看小说，悠闲得像在自家客厅里似的，真把她今天在电话里说的话践行到了极致。

快到下班时间时，叶嘉期慢悠悠地掏出粉饼补了补妆。在时钟的指针指向正点的那一刻，她走得比谁都快。

姜知漓沉浸在工作里，等闲下来些，她揉了揉酸痛的颈，终于有时间打开微信看一看。

"新的朋友"一栏里出现一条新的好友申请，备注：我是霍思扬。

姜知漓不明所以地按下通过键，霍思扬很快发过来一条消息：姜小姐，最近工作适应得怎么样？遇没遇到什么问题？

虽然不明白他是什么意思，但姜知漓还是礼貌地回复了。

霍思扬又回：姜小姐今晚有空吗？不知道能不能赏脸跟霍某共进晚餐？

姜知漓盯着那条消息，忽然想起上次在会议室里，霍思扬露出的意味不明的笑。

她总觉得没好事。

正当姜知漓犹豫时，焦艳来到办公区。她正打算张罗晚上的部门聚餐，欢迎欢迎新同事，怎料新同事已经连影子都看不着了。

焦艳只好转向姜知漓："知漓呢？晚上要不要出去聚餐？"

姜知漓摁灭手机屏幕，拎起包，抱歉地笑了笑："抱歉啊，焦艳姐，我晚上有约了。"

焦艳只好作罢，听见她说有约了，又忍不住好奇道："跟男朋友啊？"

对面工位的夏梓悠抬头看过来，打量的目光落在姜知漓脸上，有些不善。

姜知漓笑了笑，淡淡地揭过这个话题："不是。"

焦艳看出她不想多说，也就没再多问，大手一挥放姜知漓走了。

而夏梓悠的视线紧紧锁着姜知漓的背影，眉头逐渐皱紧。

出了公司，姜知漓径直打车去了霍思扬说的地方。

这是一家偏离市区的高级法餐厅，环境高端优雅，姜知漓刚一进门，就有训练有素的侍者上前了。问过预订人的名字，侍者带着她走到了最里面的桌位。

霍思扬订的不是包间，也许是担心私密空间内她会不适应，所以选了一桌位置偏僻的散台，周围的桌子都隔得很远。

姜知漓抬眼望过去，霍思扬已经坐在那等着了。

他西装革履，桃花眼微眯着，嘴角的笑容温和有礼，像是花花公子披了一层绅士的皮，总让姜知漓觉得他不怀好意。

他上下打量着她，目光里是不加丝毫掩饰的惊艳，也隐隐含着笑意。

"姜小姐今晚肯赏脸，霍某不胜荣幸。"

姜知漓不露声色地回："霍总言重了。"

客套寒暄几句过后，姜知漓随便点了两样菜，霍思扬就让侍者退了下去。

等上菜的间隙，霍思扬只围绕着公司的事跟姜知漓聊，不露半点意图，但她也不急。她神情平静柔和，仿佛真的只把这当成了一次再简单不过的饭局。

霍思扬自认为是个耐力不错的人，没想到今天竟然败下阵来。

他无奈地看着姜知漓笑："姜小姐不好奇我今天约你出来到底是因为什么吗？"

姜知漓放下叉子，诚实地答道："好奇。"

她说得直白又坦荡："所以霍总现在可以说了吗？我们没必要再继续浪费彼此的时间。"

霍思扬冷不防被她噎了下，表情瞬间一僵。

很快，他又戴好了温文尔雅的面具，语气含笑："姜小姐是个聪明人，我也就不拐弯抹角了。"

“我今天约姜小姐，是想跟你谈笔生意。”

姜知漓有些意外，抬眸看向他。

“姜小姐想要夺回姜氏集团吧？我可以帮你。”

霍思扬温和地笑着，端起酒杯轻抿一口，端详着姜知漓终于有了变化的表情，不徐不疾地补充完后半句：

“条件是，我要你离开旗岳。”

餐厅最隐蔽的位置上，容貌出色的年轻男女相对而坐，引来不少人注目。

咔嚓一声，这一幕被无比清晰地定格在手机里。

“梓悠，你拍什么呢？”

闻言，夏梓悠收起手机，强压着上扬的嘴角：“没什么，我看那边摆着的花挺好看的。”

坐在她对面的年轻女人点点头，又问：“对了，你今天怎么突然这么破费，请我到这么贵的餐厅吃饭？升职了？”

夏梓悠摇头，唇边的笑容意味不明：“贵吗？我觉得还挺值的。”

姜知漓一个新人，又跟韩子遇有婚约，怎么着都不该来旗岳，更何况她一来就能参与季度新品的设计。夏梓悠总觉得，这其中肯定有猫腻。

原来姜知漓是勾搭上霍思扬了。

夏梓悠慢条斯理地端起酒杯，眼中笑意渐深，心底一个计策已然成形。

与此同时，这边的谈话已经临近尾声。

气氛并不像夏梓悠想象的那样暧昧，却也不剑拔弩张。

躺在桌面上的手机忽然震动起来，霍思扬拿起手机，看见上面的来电显示，嘴角溢出一丝笑意。

他抬起头，对姜知漓说：“抱歉，姜小姐，我接一下电话。”

“没关系。”

霍思扬起身走到一旁，确保餐桌那边听不见谈话内容，才不徐不疾地接通电话。

他刻意拖长音调：“怎么了，老板？大晚上给我打电话，这叫搅人好事啊。"

电话那头的声音毫无感情："Y 国分部有笔账出了问题，你今晚飞过去处理一下。"

"今晚就飞？一笔账？"霍思扬瞬间睁大眼，"老板，高级劳动力是这么浪费的吗？"

一阵毫无意义的反抗之后，霍思扬忽然不出声了，竖起耳朵听电话那头传来的声音。

等等，这背景音乐有点耳熟啊。

他抬头看向不远处正有人弹奏的钢琴，动听的旋律在空气中静静流淌，跟电话听筒里传来的声音一模一样。

霍思扬这下终于反应过来了，气极反笑，道："傅北臣，你这叫公报私仇——"

控诉的话还没说完，电话已经被无情挂断。

霍思扬刚返回桌旁，机票信息就已经发到了他的手机里。

他只能咬紧后槽牙，把手机揣回兜里，对着姜知漓挤出一个比哭还难看的笑："实在抱歉，姜小姐，我恐怕没法送你回去了。公司出了点急事，我得过去一趟。"

姜知漓看着他一副要去奔丧的样子，颇为善解人意地点点头："没关系，你忙你的，我可以自己回去。"

见霍思扬走得急，姜知漓叫来侍者，想着自己先把单买了。侍者却礼貌地告知她，他们这桌已经结过账了。

姜知漓皱着眉，理所当然地认为，是霍思扬已经提前结过账了，遂没再多想。

等她走出餐厅时，天已经彻底黑了下来，乌压压一片。

这家餐厅的位置实在太偏僻，姜知漓走到路边准备拦车，在冷风里四处张望了半天，也没看见一辆出租车驶过。

终于，一望无际的黑幕里，一辆出租车缓缓驶到她面前停下。

还没等姜知漓上车，司机师傅先开门下来了。他一脸着急地绕到车轮胎处："姑娘，你先等会儿啊，我这轮胎好像有点漏气，你等我检查一下。"

"好，您先看着。"

姜知漓正要拉开车门上车，就见不远处一辆豪车缓缓从夜幕中驶来，在附近的路边停下。

姜知漓下意识地多看了两眼，就看见一道熟悉的身影从上面下来。

安阳?

以车的价格来看，那应该不太可能是安阳的车，难道傅北臣就在附近?

姜知漓想了想，绕过旁边修车修得目无旁人的司机师傅，朝安阳走过去。

她笑着开口："安助理，真巧，你也来这边吃饭?"

安阳扶了扶眼镜，礼貌地答道："不是，我来接傅总。"

哪怕刚才已经猜到这点，姜知漓还是故作惊讶地"啊"了一下："傅总今晚在这边有应酬吗?"

闻言，安阳顿了一下，神色坦然地说着假话："是的。"

行程表上，今晚傅北臣是没有应酬的。安阳自己也没摸清状况，只接到电话让他来接人。

原本安阳还纳闷，傅北臣怎么会突然来这么偏僻的餐厅;现在看见姜知漓也在这，他忽然又觉得不是那么意外了。

说话间，两人身后传来沉稳有力的脚步声。

傅北臣手里拎着西装外套，白衬衫领口的扣子随意地散开几颗，模样懒散又矜贵，素来深邃的黑眸不似往日那般深沉，像是多了几分醉意。

安阳反应迅速地上前打开后座的车门。傅北臣像是压根没看到站在旁边的姜知漓一样，径直躬身上了车。

"傅总。"姜知漓连忙出声叫住他。

男人掀起眼皮，刚刚还拢在眼底的醉意已经散去，恢复了往常的清明。

姜知漓扬起笑，目光真诚地望着他说："这里位置太偏，我打不到车，你方便顺道送我一程吗?"

语气真挚，面不改色，她忽然觉得自己的演技被傅北臣锻炼得炉火纯青了。不仅如此，她还快被他给逼成"蹭车侠"了。

姜知漓话音刚落，嘀嘀两声车喇叭声突然在后方响起，刺眼的车灯晃了两下。

刚才还在修车的师傅此刻好巧不巧地把车开过来，从车窗里探出头，声音极为响亮地问："姑娘，你还坐不坐车啊？"

救命！这位司机师傅，咱能不能有点眼力见啊？

上一秒，她还在心里感叹自己的演技天衣无缝；现在，她只想连夜换个星球生活。

姜知漓在尴尬中挤出一个笑容："不坐了，师傅，谢谢您啊。"

"哦，行。"出租车绝尘而去，留下姜知漓独自尴尬。

哪怕姜知漓自诩心理素质极强，眼下也需要点时间做一下心理建设。

只要她不尴尬，尴尬的就是傅北臣。她低头盯着自己的鞋尖，目光严肃得像是要在上面盯出一个洞来。

她需要时间重新措辞，在这种令人窒息的尴尬里涅槃重生。

突然，她听见傅北臣沉声说："姜知漓。"

清冷低沉的嗓音融在晚风里，明明冷淡至极，却听得姜知漓心一颤。

"啊？"她还没缓过神，怔怔地抬头。

"上来。"

"哦，好……"

车缓缓驶入夜幕，汇入一片车流。车厢内一片静谧，姜知漓充分吸取刚才的教训，缩在后座，一声不吭。

隐隐约约地，她在空气中嗅到了一丝酒气。

没几分钟，姜知漓就把刚刚的教训忘得一干二净。

她转头看向身侧的男人，小心翼翼地试探着问："你今晚喝酒了？"

傅北臣合着眼，抬手揉了揉眉心，"嗯"了一声。

姜知漓又嘀咕道："以前我都没怎么见你喝过酒……"

他轻嗤一声："你见过我几天？"

姜知漓无话可说，果断放弃这个话题，默默转过头。

车窗外，夜幕低垂，只有路灯飞快闪过。

她的思绪飘回半个小时前。

餐厅里，霍思扬说完那句后，桌上便陷入了短暂的沉默。

平心而论，霍思扬开出的条件真的很有诱惑力。

这段时间里，姜知漓一直在不停地联系姜氏以前的老员工，想试着找出严蕙做的手脚，可没有一个人愿意帮她。物欲横流的时代，人人都把自身利益放在第一位，谁还愿意念及从前跟她父亲的情分，冒着风险帮她扳倒严蕙？

而在一个月之内说服傅北臣，显然就更不可能完成了。

虽然不知道霍思扬提出这个交易的目的是什么，可这对她来说的确是有百利而无一害的。

霍思扬微笑着继续道："姜小姐，你要知道，如果傅北臣知道你是因为这些接近他，你将来会面临的情况很可能会比现在更糟糕。"

姜知漓静了一瞬，目光清明而坚定："抱歉，我暂时还不会离开旗岳。"

她留在这，并不只是为了挽救姜氏，更是为了她自己。

如果傅北臣不愿意帮她，那就算了。

无论如何，这一次她都不会再像八年前那样。

有些选择，只做错一次就够了。

姜知漓睡着了。

也许是因为车的后座太舒服，又或许是因为她这几天熬夜画图有些累。这一觉她睡得很熟。

等她迷迷糊糊地睁开眼时，车已经停在了君茂酒店的地下停车场。

她悄悄瞥了一眼身旁的傅北臣，发现他正在低头看文件。车内光线昏黄，他神情专注而平静，已经看不出一丝醉意。

姜知漓瞬间清醒了。他都已经开始看文件打发时间了，她到底是在车上睡了多久啊？

可傅北臣也没舍得把她叫醒，看来傅某还是有心的。

忽然，翻动纸页的窸窣声在车厢内响起，姜知漓连忙闭上眼装睡。

来之不易的独处时间，她想人为地延长一会儿。

大概装睡了将近十分钟，姜知漓觉着差不多了，才装作刚悠悠转醒的样子扭头看向傅北臣。

傅北臣恰巧也抬眼看向了她。

迎着他打量的目光，姜知漓咽了咽口水，面不改色地问："我们到了？"

他没回答她这句废话，利落地开门下车。

见她还不动，傅北臣单手搭在车门上，抬了抬眉梢。

"还没结束？"

什么还没结束？她的表演吗？

他的嘴角扬起若有似无的弧度，他也不多说，就丢下两个字："下车。"

错付了，终究是错付了，姜知漓忽然有那么一瞬觉得她就是在对牛弹琴。她下了车，破罐子破摔地跟在傅北臣身后往电梯口走，脚下的高跟鞋被踩得噔噔作响。

这时，另一个高跟鞋声从前方传来，随之响起的是一个温柔动听的女声。

"傅总，好巧啊，没想到会在这碰到你。"

姜知漓警惕地看向朝他们走来的年轻女人。女人面容清秀，打扮得优雅知性，微笑着望着傅北臣。

傅北臣礼貌颔首，语气疏离："林小姐，好久不见。"

林之薇没想到傅北臣还记得她的名字，面上顿时浮现出惊喜之色。可等她的目光落在姜知漓身上时，她嘴角的笑容不免僵了一下。

没听说过傅北臣有女朋友啊，可大晚上的，一男一女到酒店……

林之薇很快恢复了笑容，柔声细语地问："这是傅总的新秘书吗？真漂亮。"

姜知漓表情一僵：她怎么就不能是他的女朋友了？

她低头看了看，好巧不巧，她今天正好穿了一身职业装，白色丝质衬衫搭配黑色包臀裙，还真有几分秘书的样子。

闻言，傅北臣抬了抬眼皮，目光从姜知漓表情错愕的脸缓缓移至她纤瘦窈窕的曲线上。他淡淡地收回视线，刚想开口，姜知漓却抢先一步踮起脚，旁若无人地凑近他。

她用细白的指尖握上他的领带，动作轻柔地调整了一下压根不需要调整的领带，然后抬眼望着他。

停车场光线昏暗，她的眼睛却异常明亮动人，纤长卷翘的睫毛扑闪扑

059

闪的。

姜知漓眨了眨眼睛，刻意用娇滴滴的声音道："傅总，您的领带歪了。"

她只要再靠近一点点，就能不偏不倚地吻上他的唇。因为距离过近，两人的呼吸都交织在了一起。

傅北臣双手插兜，没躲她的动作，静静地垂眸望着她。深邃的目光慢条斯理地从她的眼睛处一寸寸移至唇瓣。

姜知漓脸颊的温度随着他目光的移动急剧攀升，她下意识地屏住了呼吸。不得不说，傅北臣看她的眼神——

像是心思深沉的猎人盯住了自己送上门的猎物，又充满了蛊惑人心的力量。

他仿佛是在引诱她，继续下一步动作。

我们能不能
重新开始

deep feeling

叮的一声从电梯处传来，骤然打破了两人间旖旎的气氛。

姜知漓被这一声惊到，猛地回神，连忙松开手，退后一步，拉开跟他的距离。

心跳彻底乱了，姜知漓感受到对面林之薇不算友善的目光，故作镇定地拿走傅北臣臂弯处搭着的西服外套。

她弯着眼睛，余光瞥着林之薇，语气暧昧不明地道："傅总，您先聊，我去房间里等您。"

闻言，林之薇的眼睛瞬间睁大。

傅北臣微眯起眼，一言不发地看着姜知漓一步三扭地朝电梯走去。

她拐了个弯后，人就看不见了。

"傅总？"

他没应声。

林之薇咬紧唇，强撑着温柔的笑容，又喊了一声："傅总？"

傅北臣终于收回目光，语气淡淡："抱歉，你说。"

"我想问问傅总明天有没有空，我想请您吃饭。我记得傅总对城西那块地好像很感兴趣来着，刚好我父亲的朋友是那边项目的负责人，或许我可以帮忙引荐一下。"

她正说着，傅北臣的注意力又回到了电梯处的门上。一道躲在墙角偷听的身影清清楚楚地倒映在电梯门上，包括她气鼓鼓的表情。

他看着那道人影，慢条斯理地答："明天应该可以。"

林之薇曾经在宴会上见过傅北臣几次，却是第一次见他的脸上出现近乎柔和的神色，尤其是对着刚刚那个长得跟狐狸精一样的女秘书时。

林之薇面上不动声色，垂头娇羞一笑，道："那我明天定下地址再联系您。"

"嗯。"

话音刚落，躲在拐角处偷听的姜知漓转身就走。

她走得飞快，脚下踩着的高跟鞋仿佛下一秒就要被她踩断了。

她说要请他吃饭，他一点反应都没有，搞了半天是看人下菜碟啊。

姜知漓嘴角溢出一丝冷笑，走进电梯，一气呵成地按下关门键。

电梯门徐徐向中间合拢，姜知漓深吸一口气，终于忍不住怒骂出声。

"臭男人臭男人臭男人，别人找你吃饭你就吃啊？跟我就是'天下没有免费的午餐'，你怎么不跟人家这么说呢？

"第一次见到这样的'双标男'……"

没等姜知漓骂完，原本快要关严的电梯门忽然又缓缓朝两侧打开。

看到电梯外站着的人，姜知漓默默地把没骂完的话咽了回去。

她刚刚骂的声音应该不大吧？算了，反正是他"双标"在先，她又没说错。

姜知漓这次非常有骨气地扭过头，满脸写着"不想理你"四个大字。

傅北臣放缓了语调道："我明天出差。"

姜知漓"哦"了一声，还是没看他。

傅北臣的目光透着一丝无奈："有什么事等我回来再说。"

"哦……"

习惯性地"哦"完之后，姜知漓顿了一秒，才突然反应过来什么。

可惜，傅北臣已经转身离开，电梯门重新关紧，他没再给她任何发问的机会。

直到回了房间，姜知漓脑中还是一遍一遍不停地回放着傅北臣最后说的那两句话。

他明天出差，也就是说，他明天不可能跟那个女人去吃饭？他这算是跟她报备？

还有，有什么事等他回来再说？她又没说有事找他啊。

等等，他说的该不会是姜氏的事吧？

傅北臣难道真的开始考虑帮她夺回姜氏了？真有这种好事？

姜知漓仰躺在沙发上思考着，手指不自觉地摆弄着怀里的东西。

过了好一会儿她才反应过来，自己抱着的是顺手从傅北臣那拿来的西装。

原本西装没有一丝褶皱，现在成功被她弄皱了。

姜知漓连忙心疼地用手抚了抚西装，嘀咕道："西装比人还金贵……本来还打算用你当擦手毛巾的。看在你的主人今天表现得还不错的分上，我今天就先让你逃过一劫。"

于是，这件成功躲过进一步被蹂躏的西装被姜知漓妥帖地悬挂在了衣柜里。

当然，西装是被挂在了一众裙子中间。

虽然委屈了些，但总比待在卫生间好。

次日，阳光明媚，是难得的好天气，旗岳总部里来来往往的员工都是一副元气满满的模样。除了姜知漓旁边坐着的那位。

早上姜知漓来时，意外地发现叶嘉期竟然准时到岗了。只不过，看她脸上的表情，她不太像来上班的，倒像来奔丧的。

小姑娘眼下的黑眼圈连遮瑕膏都盖不住，她早起一次像是耗了半条命似的。

看见叶嘉期的桌上堆着厚厚一沓资料，姜知漓面露诧异之色，不太敢相信地问："这些都是焦艳姐给你留的任务？"

前几天，叶嘉期都是混过来的，焦艳也是睁一只眼闭一只眼；今天，焦艳突然给了她这么多任务，显然是接到上头谁的命令了，要强行制止小姑娘继续这么混下去。

叶嘉期从资料堆里挣扎起来，面无表情地点头。

姜知漓觉得，小姑娘多半是被霍思扬"制裁"了。她心里不由得感叹：看来一般的人还是打败不了资本家啊。

午休时间，倪灵突然打电话过来，办公室的同事们都趴在桌上午休，姜知漓索性去了顶楼天台接电话。

电话里，倪灵开口问："今晚来我的酒吧？正好今天开始试营业，你过来玩玩，顺便给我点建议。"

"今晚？"姜知漓想了想，说，"可以是可以，但我得晚点去。我下班之后约了中介看房，结束才能过去。"

倪灵诧异地问："看房？你不住酒店了啊？"

姜知漓"嗯"了声："总住下去也不是办法，反正早晚得搬出去，先物色着吧。"

"行，你找不到满意的就直接搬我那住去，五个亿我拿不出来，一套房还是不成问题的。"

姜知漓被倪灵这暴发户似的语气逗笑了，还没等她开口说话，倪灵紧接着又道："对了，你跟傅北臣怎么样了？"

一提到傅北臣，姜知漓就忍不住想吐槽："我跟你讲，傅北臣他这个人简直就是——"

她的话突然被后方一个更响亮的声音打断。

"傅北臣他简直就是傅扒皮！"

姜知漓被吓了一跳，惊恐地转过头，朝声音的来源看去。

她倒要看看是哪条好汉敢这么嚣张。

天台的另一头，叶嘉期还在喋喋不休地向电话那头的人吐苦水。

"妈，你先别骂我，你评评理。我刚从国外回来没几天，他就故意让部长给我留这么多任务，至于吗？还有霍思扬，他就是个狗腿子！"

"什么为我好，他这就是赤裸裸的压榨！"

电话那边的人好像呵斥了她几句。叶嘉期瞬间变脸，抽泣着继续哭诉："我好可怜啊，我怎么这么可怜……"

很快，电话被挂断了，叶嘉期哭天抢地的声音戛然而止。

世界都清静了。

姜知漓看热闹看得入迷，猝不及防地跟刚转过身的叶嘉期对视上。

四目相对，无声的尴尬蔓延开来。

　　姜知漓的心理素质还真是在傅北臣那彻底练出来了，眼下的"社死现场"对她来说根本不算什么。

　　她从兜里摸出一包卫生纸，试探道："先擦擦眼泪？"

　　上帝做证，叶嘉期真没哭，眼角闪烁的泪花完全是因为生理上的困。不过她还是接过了那包纸巾，抽出一张擦了擦眼角，顺着台阶下："谢谢啊。"

　　"不客气。"姜知漓应了声，看小姑娘的表情确实挺委屈，忍不住安慰道，"你也别太生气，傅北臣就是——"

　　叶嘉期抬起头看她，姜知漓立马反应过来，改口道："我是说，傅总他确实对下属比较严格。"

　　叶嘉期连连点头，情绪又激动起来，瞬间跟姜知漓吐起了苦水："还有霍思扬，他更可恶……"

　　姜知漓又安抚了叶嘉期十多分钟，这场以吐槽为主题的对话才终于结束。

　　人一旦有了共同的吐槽对象，关系就可以一日千里。

　　两人一起回到工位上时，姜知漓若有所思，装作随意地问："嘉期，你跟傅总是什么关系啊？"

　　"啊……"叶嘉期顿了下，眼珠转了转，才答，"我是他爷爷朋友家的孩子。"

　　姜知漓又想了想叶嘉期骂霍思扬的语气，看来他们应该是这层关系，总之她跟傅北臣不会是那种关系就对了。

　　她放下心来："那你先工作吧。"

　　"嗯嗯！"

　　下班从公司出来之后，姜知漓先是打车去了跟中介约好的地方，一套一套地看完房子，最后选了一套离旗岳近一些的精装公寓。

　　公寓设施齐全，可以直接拎包入住，过两天，姜知漓从酒店搬出来就能直接住进去，十分省事。

　　签完合同、交了定金之后，姜知漓就马不停蹄地打车去了倪灵的酒吧。

酒吧位于江城比较繁华的地段，虽不像寻常酒吧那么闹腾，试营业期间人却也不少。

倪灵知道姜知漓不喜欢太吵，特意给她留了一个清静点的卡座。

姜知漓走过去坐下，脱下高跟鞋，揉了揉酸痛的脚腕："看房子可真是太累了，还要一间一间地走。"

倪灵甩了甩肩头的大波浪长发，递给她一杯鸡尾酒，打趣道："以后结婚了，让傅总给你买海岛，坐私人飞机挑。"

姜知漓轻抿一口酒，失笑道："这个主意好。"

倪灵又问："他人呢？晚上不想办法约他出来？"

姜知漓轻叹了口气："他出差了。"

"那就打电话问候一下，这还用我教你？"

姜知漓顿时更郁闷了："我没他的电话，微信也没。"

她哪有机会跟他要联系方式？就算她跟他要，也十有八九要不到。

倪灵扑哧一声笑了，嘴里的酒差点喷出来："不是吧，到现在你连他的电话都没有？以前的号码呢？你打过吗？"

这姜知漓倒是没想过。她迟疑片刻，不确定地说："他应该早就换号码了吧？都这么多年了……"

倪灵一副看热闹不嫌事大的样子："试试呗，死马当作活马医。你还有他之前的号码吗？"

姜知漓点点头。她被倪灵撺掇着，犹豫再三，还是掏出了手机。她指尖轻触屏幕，调整好呼吸，缓缓按下那串烂熟于胸的号码。

整整八年，她都没能鼓起勇气拨出这个号码。

很快，电话里传来嘟嘟声，这竟然不是空号。

姜知漓的心都随着电话里的声音紧紧地提起了，她心跳加速，怦怦地敲击着耳膜。

下一刻，电话通了。

熟悉的嗓音随着电流声传入耳中，低沉而有磁性。

"您好，哪位？"

姜知漓没想到，抱着试试看的心态打的电话，竟然真的被接通了。

她动了动嘴唇，心里其实根本没想好要说什么。

慌乱之下，姜知漓只好故意捏着嗓子问："先生，你最近有买房的打算吗？"

"我们最近刚好有一座心形海岛出售，可以用来做新婚蜜月旅行的场地呢。做婚房也是个不错的选择，可以免费配备私人飞机的……"

都怪倪灵刚才说什么买海岛把她洗脑了，姜知漓越说越离谱，都快编不下去了。傅北臣一直没挂电话，他对骚扰电话都这么有耐心的吗？

电话那头传来的似乎是机场的广播声，紧接着，姜知漓就听见他淡声问："在哪？"

"什么？"

他轻笑一声："我说海岛的位置，在哪？"

姜知漓这下真卡壳了，半天想不起来一个地名。

她支支吾吾道："嗯……就在那个马尔代夫左边……毛里求斯隔壁——"

还没等她编完，傅北臣实在听不下去了，出声打断她："旗岳给你的薪水已经低到让你需要兼职电话推销了？"

他的语气似笑非笑，姜知漓这才明白过来，原来他早就听出来是她了。合着他刚才是在逗她玩呢。

啊！傅北臣你好烦啊！

姜知漓在心里无声地骂了他一百遍，嘴上乖巧地问："你不是出差去了嘛，怎么还有时间接电话？"

他的语气又恢复了往常的冷淡："今晚有雨，航班取消了。"

姜知漓顿时兴奋起来："那你今天不走了？"

问完这句，姜知漓才发现自己的兴奋表现得太明显了。她努力压了压嘴角，声音放得又轻又软："那你等会儿可不可以顺路接我一起回酒店呀？下雨天打不到车，我喝酒了……"

姜知漓撒娇这本事也是高中时期在傅北臣这练出来的，那时候，她就发现傅北臣这人吃软不吃硬。

就是不知道他现在还吃不吃这一套。

电话那边静了一秒，冷冰冰、不近人情的声音再度传来。

"我在工作。"

她撇了撇嘴，语气顿时变得格外哀怨："你可以想象到现在外面的风有多大吗？等车的时候得多冷啊……"

她特意强调道："一个醉酒的少女独自一人，淋雨等车，多可怜啊。算了，大不了我就在酒吧过夜好了，反正酒吧里人这么多，挺安全的——"

姜知漓还没发挥完，就又被他无情打断："地址。"

简单的两个字，昭示着傅北臣的耐心全部用完，但也表明了姜知漓的胜利。

她扬起笑脸，声音瞬间明朗起来："好呀，我现在就把地址用短信发给——"

"你"字还没说完，电话里就传来一阵忙音。

傅北臣挂了电话。

算了，挂就挂吧，反正他已经答应了来接她。

姜知漓把酒吧地址编辑成短信给傅北臣发过去后，美滋滋地放下手机，端起桌上的酒又喝了一口。

倪灵在旁边见证了姜知漓这一系列操作，心服口服地竖起大拇指："还是漓姐牛，不过你还是少喝点吧。"

姜知漓嘴里的酒差点喷了出来，耳根一下变得通红："你别瞎说……"

倪灵笑得更开心了，压低声音说："一醉泯恩仇，听说过没？绝对好用。"

姜知漓慌忙地找纸巾，连连摆手："都是姐妹，你别害我。"

开什么国际玩笑？她又不是要喝醉了找傅北臣当保姆，她不被他扔出车门外就不错了。

姜知漓忍不住想象了一下那个画面，觉得傅北臣还真有可能干出这种事。

算了，她还是循序渐进吧，弯道超车可没什么好下场。

一个多小时过去，酒吧里的人越来越多，倪灵忙得不可开交，也就没顾上姜知漓这边。

姜知漓连着喝了三杯鸡尾酒下肚，虽然酒度数都不高，但也实打实地上了脸，明亮的眼底多了几分醉意。

酒壮人胆，不借着点酒劲她等会儿可不敢跟傅北臣抱怨，他居然让她等了这么久。

姜知漓趴在桌上，手边的手机忽然震动起来，她迷迷糊糊地拿起手机，解锁接通。

"喂，哪位？"

"出来。"

淡漠的嗓音传进耳中，姜知漓的酒意一下子散了一半。

她垂头看了看因为穿高跟鞋看房子而磨破的脚跟，顿了下，才娇声说："我出不来。"

借着那点酒劲，姜知漓又说："脚很痛，走不了路，你进来接我吧。"

她说完就挂了电话，没给傅北臣拒绝的机会。

挂了电话之后，一阵醉意袭来，姜知漓又迷迷糊糊地闭上了眼睛。

很快，她就被一阵嘈杂声吵醒。

"快看快看，那个男人是不是朝我们这边来了？我要不要主动去要个微信？"一个女孩兴奋地道。

另一个女孩嗤了一声："算了吧，那种极品你勾搭不上的。"

"你懂什么？越是那样外表看着冷漠的男人，就越让人有挑战欲。"女孩跃跃欲试。

一字不漏地听完她们的对话之后，姜知漓慢吞吞地抬起头，顺着她们的视线看过去。

傅北臣西装革履，身材挺拔，西装裤包裹着的双腿笔直修长，眉眼极为冷淡，气质高雅。

他和她遥遥对视上，脸色一沉，迈步朝她走过来。

哪怕姜知漓现在醉得不行，她也能隐约察觉到，傅北臣有点生气了。

等傅北臣走到她身边时，姜知漓非常清楚地看清了对面那群女孩失落的表情。

她忽然开心起来，也没管傅北臣冷若冰霜的表情，大大地张开双臂，笑得无比灿烂："抱我走吧。"

因为醉酒，姜知漓的嗓音比往常听起来更柔了，像有羽毛在他心尖上浅浅拂过。

傅北臣没动，冷冷地垂眸看着她。

姜知漓讪讪地放下手，不敢再继续挑战极限了。她认命地弯腰穿好高跟鞋，嘴里还在念叨："不抱就不抱，这么小气。"

脚后跟被磨破的地方已经不疼了，只是看上去有点吓人，染上血迹的高跟鞋也算是废了。

姜知漓穿好鞋，正要起身，身体却忽然腾空了。她下意识地紧紧搂住他，还没反应过来，就被傅北臣抱着往外走。

姜知漓愣愣地看着他的侧脸，被酒精麻痹的神经终于重新运转起来。

一时间，周围所有人的视线都朝他们这里投过来，有诧异的，有羡慕的。

"原来人家有女朋友啊。"

"'公主抱'，我酸了。"

让傅北臣放自己下来的话被姜知漓咽了回去。

她慢慢把头靠在他的肩上，闻着他身上清冽的气息，感受着他近在咫尺的呼吸，她的心跳忽然开始不听话地加速。

姜知漓悄悄抬眼，目光从他高挺的鼻梁移到他轻抿着的薄唇上。

明明已经过去这么久，他们早就不再是过去的傅北臣和姜知漓，此刻在他的怀里，姜知漓却觉得，好像什么都没变。

"傅北臣——"她轻声开口，尾音有些发颤。

怎么办？她好想哭。

"下次不用给我打电话。"他冷声打断她。

"为什么？"

傅北臣轻笑着，声音冷得像是掺了冰。

"直接打给警察，他们更擅长处理醉酒的少女。"

傅北臣说这话时，语气里是浓浓的讽刺意味。

姜知漓刚刚才酝酿出来的伤感情绪一瞬间烟消云散了。残存的理智提醒她，这种时刻，她还是不要说话为好。

就这样一路安静，姜知漓迷迷糊糊地被抱上了车。她喝的那几杯鸡尾酒，后劲真不是一般地大。

姜知漓完全没意识到自己被放在了副驾驶位上，而傅北臣今晚是自己开车过来的。

她晕乎乎地歪头靠在车窗上，酒精一点点模糊了她的意识。

傅北臣弯腰给她扣好安全带，坐到驾驶座上，发动车子。

手机铃声突然响起，他拿出手机，接通电话。

电话那边是安阳的声音："傅总，您今晚还过来吗？林总他们已经到了。"

傅北臣微微侧头，视线里是姜知漓熟睡的侧颜。

她细眉轻蹙，白皙的脸颊染上绯红，纤长浓密的睫毛低垂着，时不时轻颤，她睡得并不安稳。

"不去了，你处理吧。"他低声说。

那头的安阳明显愣了一下："好的，傅总。"

挂掉电话，傅北臣将车缓缓驶出停车场。

外面的雨下得很大，前路雨雾弥漫，细密的雨丝拍打在车窗上，汇成层层雨幕冲刷着玻璃，将车内隔绝成另一个静谧的世界。

傅北臣忽然想到了八年前的那个雨夜。

当时也下着这样的瓢泼大雨，他孤身站在雨中，狼狈不堪。

她从车上下来，打着伞走到他面前，那双漂亮的、望着他时总是充满炽热爱意的眼睛，漠然得让人心惊。

"傅北臣，你输了。"她如胜者般宣判，语气不带一丝感情。

"你不会真的以为我喜欢上你了吧？"她弯起眼睛，嘲弄他，"打发时间，玩玩而已。再纠缠下去，就没意思了。"

那是傅北臣第一次输得一败涂地。

但他也因此明白了一个道理——太容易得到的东西，往往会被人们最先丢弃。

寂静中，前方红灯亮起，车子缓缓停稳。

"傅北臣……"姜知漓忽然轻喃出声。

傅北臣转过头，看见姜知漓还睡着。她微侧着头，额头出了些汗，眉头深深蹙起，像是做噩梦了。

她紧闭着眼，眼尾处闪烁着一点晶莹。

"傅北臣，对不起……"

握着方向盘的手指蓦地收紧。

他侧眸，鬼使神差地伸出手，用指腹轻拭去她眼角的泪花。指尖触到一片冰凉，伴随着肌肤细腻而柔软的触感。

傅北臣目光暗下来，收回了手。

姜知漓再睁开眼时，已经是第二天中午。

太阳穴还在隐隐作痛，她挣扎着坐起身，才发现自己竟然在一间陌生的房间里。

姜知漓瞬间被吓得清醒了，低头看向自己身上的衣物。

哦，完整的，还是昨天那套衣服。

她的记忆从昨天傅北臣把她从酒吧抱出来之后就断了，难不成她现在在傅北臣的总统套房里？

想到这，姜知漓连忙从床上下来，一把拉开房门。好家伙，还真是总统套房。

只不过，傅北臣人呢？

姜知漓只好回到房间里，从包里翻出手机。都已经快上午十一点了，她得先给焦艳打个电话。

"喂，焦艳姐，我上午临时有点事，忘了——"

姜知漓的话被焦艳打断了。

"啊，你上午不是去做市场调研了吗？你放心，安助理那边已经跟我打过招呼了，不会算你旷工的。"

姜知漓愣了下。安助理？安阳？她什么时候去做调研了？

挂了电话，姜知漓才反应过来：不会是傅北臣帮她请的假吧？

姜知漓越想越觉得：就是这么回事！

男人，嘴上说着忙，实际上不还是把她带回来了，还用特权给她请了假？

姜知漓倒回床上，兴奋得来回滚了好几圈，然后又拿起手机，拨了傅北臣的号码。

电话里传来嘟嘟的声音，过了一会儿才被接通。

姜知漓握着手机，红唇张合着，准备好的话突然卡壳了。

她要是问他是不是他特意帮她请了假，他万一说不是，那她多尴尬呀。不能让傅北臣有机会讽刺她。

姜知漓咬着嘴唇，最后干巴巴地问出一句："你昨晚干吗把我带回你自己的房间呀？"

她的潜台词便是：快说，你是不是对我图谋不轨？快说，你心软了。

电话那头传来一阵杂音，紧接着就安静了下来。

傅北臣轻哂一声："我什么时候把你带回我自己的房间了？"

姜知漓一下子从床上弹起来，又仔细地环顾了四周一圈。

衣柜空空如也，洗手台上也空无一物，的确没有任何生活痕迹。

像是为了印证她的猜想，傅北臣慢条斯理地补充道："我昨晚让酒店又开了一间套房。"

行，您还真是不按套路出牌。

姜知漓深吸一口气，笑眯眯地说："好呀。房费多少？我转给您。"

后面几个字她还特意加了重音，像是生怕他听不出来"我很愤怒"。

电话那头，办公室里，安阳敲门探身："傅总，会议还有五分钟开始。"

"知道了。"傅北臣低头看了看腕表，示意他先出去。

办公室内再次安静下来，他语气平淡地对她道："如果我没记错的话，总统套房一晚三十八万。"

"……"

你家酒店是用金子盖的啊？这么贵你不如去抢钱算了！我说傅氏的资产怎么到你手里这么快就翻了三倍呢，合着是这么来的啊。姜知漓气极反笑。

她还没来得及说话，他便淡声道："忙，挂了。"

姜知漓气得一口气差点没喘上来。叶嘉期果然没说错，傅北臣就是一个普普通通、冷血无情又嘴毒的资本家罢了。

哦，除了这些外，他还很嫌弃她。没关系，她不是早就习惯了吗？

姜知漓深呼吸着，努力给自己做心理疏导。

然而，三秒之后，君茂顶层总统套房内，一只无辜承受女人怒火的抱枕被狠狠扔到了床下。

下午，姜知漓刚到公司就被焦艳叫进了办公室。

"知漓，昨天你发给我的设计图我看了，非常不错，设计得很有灵气，风格也算是业内独树一帜的。"

焦艳又说："梓悠那边交上来的设计图我也看了，我个人比较喜欢你的设计风格，不过最终还得由霍总那边定夺。"

姜知漓点点头，心态非常平和："我明白的。"

等跟焦艳聊完出来，姜知漓非常敏锐地察觉到，办公室的氛围似乎变得有点不一样了，周围同事看她的眼神，好像都有点难以言喻。尤其是坐在姜知漓对面的夏梓悠，脸色阴沉沉的，她的目光仿佛下一秒就能在姜知漓身上盯出两个洞来。

姜知漓忽然想起刚刚焦艳跟她说的话，顿时就明白了几分。前年学校的设计比赛，夏梓悠只拿了个二等奖，当时她也是这副表情。就好像她输了比赛是姜知漓的错一样。

世界上总有这样的人，只能靠厌恶别人来为自己的无能找借口。姜知漓才不会蠢到受这种人的影响，她坐下来，照常工作。

快下班之时，姜知漓去了趟卫生间。她还没推门出去，就听见一阵高跟鞋声传来，紧接着谈话声响起。

"梓悠，照你这么说，这个季度的设计你真没戏了？"

另一个女同事嗤笑一声，接话道："你没看见群里的照片呀？人家都勾搭上霍总了，哪还轮得上梓悠。"

"我就说吧，一个新人能厉害到哪去？果然是靠关系进来的。"

"可霍总不是已经有未婚妻了吗？我听说她在 M 国。"

女同事的语气顿时更不屑了："有钱人现在不都是这么玩……"

听到这，姜知漓已经开始有点控制不住火气了。从"霍总""照片"这几个关键词判断，有人闲得慌，在玩偷拍造谣这套呢。

姜知漓不打算忍这口气，刚想推门出去，就被隔壁砰的一声巨响吓得缩回了手。

叶嘉期从厕所隔间里走出来，双手环在胸前，语气很不客气："你们在这说谁呢？"

她目光不屑，上下打量着她们："怎么着，霍思扬亲口告诉你的？凭一张照片就能编这么多话出来，你怎么不去当娱乐记者呢？"

没等对方说话，叶嘉期又嘲讽一笑："有在背后嚼舌根子的时间，你们不如好好去提升提升自己。真不知道旗岳招人的标准什么时候低成这样了。"

被嘲讽的其中一个女同事脸色青一阵白一阵，又根本骂不过她："叶嘉期，你怎么说话呢！我们说话跟你有什么关系？"

她话还没说完，又是砰的一声，另一个厕所隔间的门也被人一把推开。

姜知漓脸上带着笑，慢悠悠地走出来。

"跟她没关系，跟我总有关系吧？"她淡淡地瞥着夏梓悠，勾起红唇，"大家聊得这么开心，要不要我也加入？"

背后编派别人，还当场被人家抓包，的确是够叫人尴尬的。

姜知漓笑眯眯的，眼里看不出一点怒意，却让人觉得危险莫名。

"这么好奇我跟霍总的关系，怎么不亲口来问我？我一定知无不言，言无不尽。"

被骂的那个女同事这下彻底虚了，额头都开始冒汗。万一姜知漓给霍总吹枕边风，她工作丢了都算轻的。

夏梓悠面上镇定，实际上手心也开始冒汗。

她气得咬紧牙，语气暗含威胁："姜知漓，靠着一张脸上位，你还得意上了？你说，这些事韩子遇知不知道啊？"

姜知漓不徐不疾地走到镜子前，慢条斯理地补了补口红，扭头对着夏梓悠粲然一笑。

她的红唇饱满鲜艳，笑起来更是明艳动人，眼睛微微上挑，带着极富攻击性的美。

"我怎么就不能得意了？想得意也得有这个资本，你说对吧，学姐？"

夏梓悠的脸色一下白了。

姜知漓红唇张合着，打量她的目光极含讽刺意味，嘴跟机关枪似的一句接着一句。

"还有，这都什么年代了，总拿男人说事就没劲了吧？心里脏的人真是看什么都脏。这么关心我的事，还玩偷拍那套，你的副业是娱乐记者吗？整天忙着追星？"

夏梓悠连还嘴的空子都找不到，气得差点没把指甲上的水钻直接抠下来。

她的胸口剧烈起伏着，嘴唇被咬得煞白，最后只愤恨地丢下一句："我看你还能得意多久！"

高跟鞋声渐渐远去，卫生间里再度安静下来。

围观完整场的叶嘉期忍不住开始鼓掌，感慨道："姐，你开个班教骂人吧，我坐屋顶学都行。"

姜知漓失笑，非常谦虚地说："你也很厉害，咱俩不相上下。"

她看着叶嘉期，感激地笑了下："刚才谢谢你啊。"

不知道怎的，叶嘉期看着她的笑容，有点心疼，急忙安慰道："哎，姐，多大点事？那群人就那样，你别听进去。我前段时间刚来的时候，她们也这么说我。"

这倒不是安慰的话。叶嘉期刚进公司的时候，就当众骂过好几个背地里嚼舌根的同事。身边的人也没几个真把她当同事看的，他们都觉得她就是个靠关系混日子的富家小姐，除了巴结她的，就是怕她的。

只有姜知漓，真的愿意把她当成一个普通同事来对待。

叶嘉期这人从来不爱管闲事，但今天这事，她还真就管定了。在公司楼下跟姜知漓分开之后，叶嘉期就掏出手机，气势汹汹地拨通电话。

"又怎么了，祖宗？"电话那边传来霍思扬吊儿郎当的声音。

"霍思扬，你怎么当副总的？底下员工的风气能歪成这样？"

霍思扬冷不防被骂了一通，人都蒙了："谁又怎么着你了？"

叶嘉期把事情的来龙去脉完完整整地讲了一遍，还对其中的一部分内容大肆添油加醋了一番。

"你都不知道那群人说话有多难听，知漓姐都快被气哭了，眼眶都红了，有她们这么欺负人的吗？都怪你，没事请人家吃什么饭！要不是你，知漓姐能被说成这样吗？"

电话那头，叶嘉期的声音从车子的中控台里传出来，清清楚楚地回荡在车厢里。

霍思扬的手都快要握不稳方向盘了，冷汗一个劲地往外冒，还得时不时分神瞥一眼后座的人的脸色。

"姑奶奶，我错了行不行？开车呢，先挂了啊。"

霍思扬连忙摁断蓝牙通话，叶嘉期的声音戛然而止，车厢内恢复安静。

通过后视镜，霍思扬看见傅北臣正低头看手机，脸上没什么表情。

完了，他才刚从Y国不分昼夜地赶回来，屁股还没坐热呢。他不就跟姜知漓吃了顿饭吗，怎么惹出这么多事来了？

霍思扬咽了咽口水，试图挣扎一下："那个，老板，你听我解释啊，真是误会。"

傅北臣抬起眼，目光淡淡地瞥向他，声音冷淡："公司对于这种恶性竞争、造谣生事的人该怎么处理，还需要我教你吗？"

霍思扬缩了缩脖子，张了张嘴想说什么，但最后只说了句："懂，我这就打电话给人事。"

他算是看明白了，什么报复，纯属放屁，傅北臣明明就是对人家旧情难忘。他已经好死不死地碰到逆鳞了，这下又来了几个撞枪口上的。

霍思扬只能马不停蹄地给焦艳和人事部经理打电话。

后座上，傅北臣平静地收回目光，将注意力放回到手机上。

屏幕上弹出两条短信。

——你的西装还在我这，我什么时候还给你呀？

——老板能不能加一下微信呀？短信费一条很贵的。

微信通讯录里还有一条好友申请。

傅北臣看了一眼，刚想关掉手机，耳边忽然又响起刚刚叶嘉期说的话。

他顿了顿，回复过去两个字。

出租车上，姜知漓正在争分夺秒地修改设计稿。

今天跟夏梓悠撕破脸之后，她深刻地领悟到了一个道理：对有的人来说，你不把自己的成绩狠狠甩在他们脸上，光凭嘴说是根本出不了气的。

所以她必须拿出百分之二百的精力，交出一份完美无缺的设计。

晚高峰期间，马路又一次堵得水泄不通。

姜知漓改完明后天要交上去的稿子，开始继续画许婧的那单。快一周过去，她连一点思路都没有。大概是因为她知道了这条手链要被送给沈茵。

姜知漓知道，作为设计师，她不应该在设计作品时掺杂任何的个人情绪。可是她做不到，她想拿出自己最好的一面，做出任何人看了都会赞叹不已的作品。

她想让沈茵看到，她不比沈茵现在的女儿差；她还想知道，沈茵看到她一步步站上行业顶峰以后，究竟会不会后悔——后悔曾经毫不犹豫地，像丢垃圾一样丢掉她。

叮——短信提醒音突兀地响起，惊得姜知漓一下子从回忆中抽离。

短信是傅北臣发来的。

他只回了两个字：今晚。

今晚还他衣服？

她想了想，嘴角勾起，开始打字：好呀好呀。

等会儿，这会不会显得她太期待了？

姜知漓把刚打出来的那行字删掉，重新输入。

——好。晚上什么时候？在哪见面？

不错，这次看着矜持多了。

姜知漓这下满意了。消息发出之后，她左等右等，等出租车到地方了也没等到傅北臣回复。姜知漓只好收起手机，打开车门下车。

她今晚约了父亲曾经的好朋友之一，姜氏的大股东，徐仁达。

姜知漓目前势单力薄，前段时间到处询问才要到徐仁达的号码。她想方设法约他今天出来见面，就是想试试看能不能从他那里得到一点关于姜氏的内部消息。

她总得先弄清，那五个亿的窟窿究竟是真是假。

姜知漓一进门，侍者就领着她到了窗边预订好的位置坐下。姜知漓用手撑着下巴，百无聊赖地刷着手机等人。

三十二层的高度，窗外霓虹闪烁，夜色繁华。

半个小时过去，一个小时过去。

人怎么还不来？

就在姜知漓又一次用手机查看时间之后，她终于忍不住拨了对方的电话。电话里是一串忙音，根本无人接听。

她被拉黑了。

姜知漓皱起眉，隐隐察觉到一丝不对劲。

明明前两天徐仁达在电话里态度还算和蔼可亲，今天怎么会不声不响地爽约？

正当姜知漓想借服务生的手机再打一遍电话时，一个人走到她对面的位置坐下。

"别打了，徐仁达不会来的。"

姜知漓闻声抬眸，看清来人的瞬间，愣是被气笑了。

"韩子遇，我说你这个人怎么还阴魂不散呢？"

韩子遇轻笑一声，不紧不慢地说："漓漓，我来是想诉你，别再白费力气。你以为徐仁达为什么会在电话里答应你？

"如果不是我提前打过招呼，他连你的电话都不会接。"

他给自己倒了杯酒，又看向姜知漓，语重心长地说："姜氏早就不是以前的那个姜氏了，你也不再是众星捧月的姜大小姐，谁愿意帮你呢？"

姜知漓看着他这副令人作呕的面孔，听到他这种自以为是的语气，只觉得自己当初心软简直是这辈子做的最错误的决定。

有的人一旦沾上，就再也甩不掉，还时不时会出来硌硬你一把。

她双手环在胸前，就这么静静地看着他，她倒要看看，他还能说出什么长篇大论来。

"我今天来见你，是想告诉你，后天韩氏集团的新品发布会上，我会公布我们已经解除婚约的消息。如果你现在后悔了的话——"

姜知漓眉心狠狠一跳，她真的从来没有这么无语过。

她极为认真地打断他："韩子遇，我真心建议你去精神病院检查一下，你是不是有臆想症。"

姜知漓目光中含着警告意味："如果你再这么三番五次地纠缠不休，我真的会报警，听懂了？"

说完这句，她起身就要走。

韩子遇放下酒杯，嗤笑着问："怎么，你已经跟傅北臣和好了？"

话音落下，姜知漓动作一顿，难以置信地看向他。

"咱们订婚这么久，你连手都没让我碰过，去了旗岳才几天，你就跟他一起去酒店了？"

韩子遇清俊的面容微微扭曲，语气里是浓浓的讥讽之意："曾经那么高高在上的姜大小姐，现在为了五个亿就能自降身价了？"

餐厅内。

傅北臣刚刚结束一场应酬，正准备往外走时，身旁的霍思扬忽然一把扯住他。

"哎，等等，那不是姜小姐吗？"

"她对面还坐了个男人。"霍思扬眯起眼睛，打量着不远处坐着的那对男女，"那不是她的未婚夫吗？"

傅北臣的脚步猛地停住。他掀了掀眼皮，不远处一男一女的身影瞬间落入视野。

餐厅的布局设置得很巧妙，他们所坐的位置隔壁刚好放置了一道屏风。

傅北臣迈步走过去，在屏风后停住脚步，旁边传来的对话声清晰入耳。

"咱们订婚这么久，你连手都没让我碰过，去了旗岳才几天，你就跟他一起去酒店了？

"曾经那么高高在上的姜大小姐，现在为了五个亿就能自降身价了？"

姜知漓深吸一口气，怒极反笑，懒得跟这个人继续纠缠下去，故意点头，道："是啊，怎么了，跟你有半点关系吗？"

她看着韩子遇，语气不屑："别把五个亿说得有多轻松，傅北臣拿得出，你拿得出来吗？"

声音清清楚楚地从屏风那边传过来。

闻言，霍思扬脸色一变，转头看向傅北臣。

傅北臣的目光越来越暗，漆黑的眸子如寒潭般深邃冰冷，不带任何情绪，平静中透着令人窒息的压抑感。

片刻后，他毫不犹豫地迈步离开。

姜知漓回到酒店时，已经将近夜里十一点。

刚刚在餐厅把韩子遇骂了个狗血喷头之后，她还忍不住泼了他一杯红酒。

他简直有病。

她这一天的好心情先是被夏梓悠破坏，然后被韩子遇给毁得彻彻底底。难不成她最近走霉运了？

姜知漓洗了个澡出来，疲惫感总算消散了些。她躺在床上，刚拿起手机，屏幕上就蹦出一条短信，来自傅北臣的。

姜知漓像打了兴奋剂一样，原本晕乎乎的脑子瞬间清醒，她想也没想就点开了置顶的那条短信。

记录里的倒数第二条短信是她晚上那会儿发的——好。晚上什么时候？在哪见面？

而现在，这条短信下面终于出现了一行寥寥几字的回复。

——房间号 4501，现在。

深夜本来就是极为暧昧的时间段，加上他发过来的房间号……真的很难让人不想歪。

姜知漓一个翻身坐起来，冲到化妆镜前。

因为刚洗过澡，她白天的妆都卸掉了，眉眼间富有攻击性的美艳感减少了几分，红唇依旧饱满，比平日多了几分纯真意味。

姜知漓犹豫片刻，最后只薄薄地涂了一层玫瑰色的口红。

放下口红之后，姜知漓从衣柜里挑出一件玫红色的吊带裙换上。裙子色彩艳丽，衬得她的肤色更为白皙，整个人像一朵娇艳欲滴的玫瑰。

姜知漓满意地看着镜中的人，确保自己每一根头发丝都美到了极致之后，才从柜子里把那件黑色西装拿出来抱在怀里，出了门。

大概是傅北臣已经在楼上提前输入了专属电梯的密码，姜知漓顺利乘上电梯，一路畅通无阻地来到顶层的总统套房。

站在了总统套房门口后，姜知漓才后知后觉地开始紧张。

她大半夜敲响前男友的房门，好像有点危险啊。算了，她紧张什么？有可能被骗财骗色的是傅北臣才对，要紧张也该是傅北臣紧张。

想通这一点，姜知漓深吸一口气，按下门铃。咔嚓一声轻响，门锁从里面自动打开。门后空无一人。

姜知漓脸上的笑意淡了些，她抬脚走进去。

总统套房的布局她前两天已经见识过，面积大得惊人，走过玄关，光线越来越暗，只有客厅沙发旁的一盏落地灯亮着。

借着微弱的光亮，姜知漓环视客厅一圈，却没看见那道身影。她只好又往里面走了几步。

终于，她听见微弱的水声从最里面的房间内传出来。

他在洗澡。

这个认知让姜知漓的耳根一下子开始发烫。她不敢乱走了，老老实实地抱着西装坐到了沙发上。

周围环境昏暗，那一盏落地灯亮着，反而更让人昏昏欲睡了。

姜知漓等了没一会儿，眼皮就止不住地开始打架。

十分钟后，房间里传出的水声停了。

傅北臣从浴室里走出来，下意识地抬眼看向客厅的方向。

沙发上，女人微歪着头，黑发披散着，巴掌大的脸被遮住大半，只露出一小截下巴。身侧的手臂纤瘦漂亮，肌肤在灯光下莹白如玉。

他目光暗了暗，抬脚走到客厅旁的酒柜处，打开柜子找酒。

姜知漓被这细微的声音吵醒了。她揉了揉眼睛，怔怔地顺着声音的来源看去。

不远处的酒柜前，傅北臣穿着一件黑色丝质衬衫，最上面的几颗扣子是解开的，露出一截性感白皙的锁骨，水珠顺着微湿的发梢滴落在衬衫上，洇出一小片暗色。

姜知漓很少见他穿纯黑色的衣服。她一直觉得傅北臣最适合白色。他的气质本就冷淡，白色衬得他更像皑皑雪山中最不可触碰的那抹存在。

可现在，她忽然有点想改变想法了。

姜知漓还没回过神，就听见他冷淡的声音响起。

"衣服放那，你可以走了。"

姜知漓一度怀疑自己听错了。他还真是单纯地想让她跑腿送一趟衣服？

姜知漓掐了掐手心，冲他扬起一个笑，嗓音清亮："傅总，我还有几句话想跟你聊聊。"

不知道是不是姜知漓的错觉，她一说出这句话，房间里的气氛仿佛更冷了。

傅北臣终于抬眸看向她，他的瞳仁是纯粹的黑色，五官凌厉，泛着彻骨的冷意，含有危险的气息。

姜知漓此刻终于感觉到，傅北臣今天心情好像不太好。

那她到底要不要在今天晚上主动跟他说一下姜氏的事？

可是，万一她说了，傅北臣把坏心情迁怒到她身上，她就功亏一篑了。脑海中短暂地天人交战了一番，姜知漓有了主意。

她从沙发上站起来，被裙子勾勒出的细腰顿时一览无余。

一对上傅北臣的目光，姜知漓就扬起一抹无比灿烂的笑。她眨了眨眼睛，表情天真无邪，话没经过脑子就说出了口。

"傅总，你的房间这么大，你一个人住怕不怕？"

话里话外，暗示的意思已经非常明显了。

傅北臣，是男人你就别给我装！姜知漓在心里吼道。

然而，房间里一片寂静。

傅北臣就那么直勾勾地望着她，黑眸里看不出一丝情绪。

半晌后，他忽然意味不明地轻笑一声。

姜知漓被他这一笑弄得有点犯怵。

还没等她琢磨明白他这声笑到底是个什么意思，她又听见他说："去把桌上的文件拿过来。"

姜知漓愣了下，不懂话题怎么转变得这么快。

但她还是听话地走到落地窗旁的那张办公桌前，拿起了桌上摆放着的唯一一份文件。

看清文件第一页上的几个大字，姜知漓嘴角的笑蓦地僵住。

——《姜氏集团收购方案》。

姜知漓的心重重一坠，失神间，指腹已经被纸张锋利的边缘划破，沁出血珠来。

白纸上清晰的几个黑字一瞬间将她这些日子所有的幻想全部击碎。她原本还天真地以为，过去的真的已经过去了。原来一切都只是她的错觉而已。

傅北臣从来都没有原谅过她。

也许真的就像韩子遇说的那样，傅北臣这些天纵容她蓄意接近，只是为了更好地报复她。

明明很多人都劝过她，她却还是像飞蛾扑火一样去招惹他。

她怨不了傅北臣。毕竟，她曾经对他那么狠心——她亲手把他从"神坛"上拽下来，却又毫不留情地把他丢掉了。她早就猜到，会有这种结果的。他恨她，也是理所当然。

可她还是好难过，难过到，像是有无数根针密密麻麻地扎在心脏上面，所有神经都在隐隐作痛。

姜知漓的脸色一瞬间变得煞白，她手足无措地站在原地，细白的指尖越攥越紧。

好半晌后，她才艰难地找回自己的声音。

"一定要收购姜氏吗？"她轻声问。

傅北臣脸色阴沉，望着她的目光冷漠而疏离，像是根本不认识她这个人一样。

他静了一瞬，再度压下眼底的情绪，冷嗤出声："我为什么要放过姜家，平白丢掉几个亿的利润？"

果然，在商人眼里，利益为先。

姜知漓点点头，嗓音轻柔："好，我知道了。"

她表现得出乎意料地平静，傅北臣眼底的暗色有一刹那的崩裂，但很快便恢复如常。他忽然抬脚走过来，在离她极近的位置站定。

他似笑非笑地垂下眸，居高临下地望着她，嗓音低哑，又极尽讥讽之意。

"怎么，你是不是又要回去找你那个未婚夫帮你了？"

他勾起唇，语气冰冷："你真的以为，整个江城，除了我之外，还有人能帮你？"

他的气息近在咫尺，夹杂着洗发水残留的清冽香气，危险而蛊惑人心。

姜知漓咬紧唇，忽然抬起眼，对上他的视线："我已经和他解除婚约了，就在我回国的那天晚上。"

她声音平静："我跟韩子遇之间什么都没发生过，我也从来没有喜欢过他。他救过我的命，我之前答应跟他订婚也只是为了还他人情。"

不管傅北臣是怎么想的，姜知漓都一定要把这些跟他说清楚。她不希望他们之间因为这些事再多出不必要的误会。

她接近傅北臣，的确是想让他帮她挽救姜氏，但这只是其中一小部分原因。

她的目光赤诚而直接，不加丝毫遮掩，就那样直勾勾地望着他。

傅北臣垂在身侧的手指慢慢蜷起，指节隐隐泛白。

姜知漓垂下眼，缓缓地继续道："傅北臣，如果你收购姜氏真的是为了报复我，那我认了。可我想跟你聊的事，不止这一件。"

她顿了顿，嗓音轻柔，带着不易察觉的小心翼翼。

"傅北臣，我们能不能重新开始？"

她说这话时，眼尾泛着红，眼睛湿漉漉的，像一汪清潭，能让人情不自禁地陷进去。

他曾经就是这样被她骗了的。

"傅北臣，你到底有没有一点点喜欢过我？"

"傅北臣，你别怕，阿姨一定会好起来的。"

"傅北臣，今年夏天我们一起去看海好不好？我想和你一起。"

久久的寂静无声，压抑得让人快要窒息。

突然，办公桌上的手机响起，打破一室死寂。傅北臣回过神，面色淡得看不出情绪，走过去接起电话。

也就是在他接电话时，姜知漓很没骨气地逃了。

她害怕听到傅北臣的回答。反正不管他的答案是什么，她都不会放弃的，又何必留在那听他用那副冷冰冰的语气讽刺她？

回到自己的房间之后，已经是深夜十二点，姜知漓失眠了。

她的脑子里不停地回放着刚才傅北臣说话的场景。他冷漠，不近人情，就好像真的对她一点感觉都没有了。

可她说完想跟他重新开始，他又没有立刻拒绝。那他到底是什么意思啊？

姜知漓在床上翻来覆去，最后忍不住给倪灵发微信，把今晚发生的事从头到尾讲了一遍。

应该是酒吧业务比较忙，直到夜里一点多，倪灵才回微信。

倪灵：听你讲完今天的事，我更觉得你们这是现实版的《回家的诱惑》了，姜世贤。

姜知漓几乎是秒回：？

倪灵：我总觉得他是故意的。他要是真打定主意报复你，为什么还让你看见那份收购方案？啧，"心机男"。

姜知漓：什么意思？

倪灵：男人心，海底针。反正你今天都跟他提复合了，你就先晾他几天，欲擒故纵一下。

姜知漓：行吧，我试试。

次日清晨，整个设计部弥漫着一股低气压。

姜知漓昨晚睡得太晚，今天差点迟到，刚进公司，又被焦艳叫进了办公室。

见姜知漓面色憔悴，焦艳理所当然地以为她是因为昨天的事糟心。

焦艳清了清嗓子，说："知漓啊，关于昨天有人恶意散播谣言的事，公司已经做出处理了。这种事件的确很难找到始作俑者，不过当着你的面造谣生事的那个同事，已经被公司辞退了。"

姜知漓因为太困，连反应都有些慢半拍。

她没想到会有这么严重的处分，皱起眉，道："辞退？"

按理来说，这种事，公司里的上级很少会管，睁一只眼闭一只眼就过去了。但焦艳昨天下班之后接到霍思扬亲自打来的电话了，这事就不能轻易翻篇了。

焦艳笑了笑："你别想太多，她被辞退不单是因为这件事，她在本职工作上也一直存在问题。

"至于夏梓悠，公司取消了她今年的年终奖，也打算等这一季度的工作结束之后外派她。"

话音刚落，焦艳办公桌上的座机就响了。

她接起电话，朝姜知漓摆了摆手："好了，你出去继续工作吧。"

姜知漓回到自己的工位上时，还没回过神来。她下意识地点开短信页面，看见置顶聊天的一瞬间，心里忽然有了一个猜测。

难不成这些是傅北臣授意的？姜知漓握紧手机，心里忽然冒出了一种说不清道不明的情绪。

这个问题的答案，似乎只有亲口问他，她才能知道。可倪灵昨晚刚跟她说过，要晾傅北臣几天，她太主动了好像也不好。

她到底要不要主动给傅北臣发短信，成了一个棘手的难题。

纠结了一上午之后，姜知漓还是发了一条"午安"。

倒也不是因为别的，只是姜知漓左思右想之后还是觉得，如果她再不主动找傅北臣，按照傅北臣那个性格，她想跟他旧情复燃可能还要向天再借五百年。

事实证明，什么欲擒故纵，什么玩套路，在傅北臣这统统无效。

因为，他根本都不回她的消息。

一天时间过去，姜知漓把"早安""午安""晚安"都发了个遍，还有类似"吃饭了吗""你在干吗"一类的消息，全部石沉大海。

看来她那天晚上提出复合还是草率了，这下好了，翻车了。

姜知漓甚至都开始怀疑傅北臣把她拉黑或者屏蔽了，于是整整一天下来，姜知漓周围的气压都低得让人窒息。

中午午休，叶嘉期和姜知漓结伴去买咖啡，她看姜知漓还是一脸颓色，以为姜知漓还在因为夏梓悠那件事生气。

"姐，你最近没事吧？"叶嘉期关心道。

姜知漓摇摇头，又点点头，忍不住问她："嘉期，我问你个问题。就是吧，我有个朋友，她有个前男友，前几天她跟她前男友提了复合。"

叶嘉期一听见"我有个朋友"这个开头，立马就懂了："然后呢？"

"这两天，她前男友不回她短信，但是好像知道她被欺负了，又悄悄帮她出了口恶气。你说他到底是什么意思啊？"

叶嘉期被逗乐了："这男的还挺有意思，想复合又拉不下脸。"

"算了。"发现叶嘉期不怎么靠谱，姜知漓索性不问了。

等咖啡做好的间隙，姜知漓微信上忽然收到了一条倪灵转发过来的微博链接。

她打开链接，最上方赫然是一行醒目的标题——《惊！韩氏集团总裁韩子遇宣布解除婚约，疑似女方出轨在先，有图有真相》。

姜知漓的脑子瞬间嗡嗡作响。她深吸一口气，手指往下滑，下面连着两张高清大图，下面还附有拍摄时间。

第一张拍的是她那晚和霍思扬吃饭的场景，第二张拍的是酒店停车场里她从傅北臣的车上下来的画面。

两张照片里，男人的身影都被打上了厚厚的马赛克，摆明了不敢得罪人家，唯独姜知漓的脸十分清晰。

整篇文章写得引导性十足，字里行间全在暗示韩子遇解除婚约是因为姜知漓出轨在先，因为念及旧情，韩子遇才没有追究，而是选择隐瞒。

文章完美地把韩子遇塑造成了一个重情重义的好男友，而她姜知漓就是那个一心只想傍大款的落魄千金。

姜知漓又打开微博，果不其然，前几条热搜全是类似的内容，评论区是清一色的辱骂，甚至有人攻陷了她的私人微博——

网友A：不是吧，不是吧，我还很喜欢她的设计来着，没想到她是这种人，好恶心。

网友 B：长得好看的女人果然都不是省油的灯，就这她还好意思当设计师？

网友 C：我听业内人士说，她妈妈是沈茵大设计师。不过她爸死了之后，沈茵再婚，就不认她了。要是我，我也不认这样的女儿。

看到最后一条，姜知漓的目光骤然冷下来。

除去这些内容，"韩氏集团季度新品"之类的词条的热度也被顶了上去。

姜知漓又翻了几条，才发现沈思萱竟然是韩氏集团季度新品的代言人。

没等她看完，倪灵的电话就打了过来。

"我刚才找朋友查了，底下那群水军都是沈思萱找人雇的，韩子遇也不简单。今天韩氏集团发新品，韩子遇前脚刚在发布会公布你们解除婚约了，后脚就在网上爆出消息。"

倪灵气得声音都有点发抖："不仅坏了你的名声，还能借机蹭一波热度，他们还真是够不要脸啊。"

事已至此，姜知漓反倒冷静下来了。她还真是低估了韩子遇。

他想跟她玩"得不到就毁掉"这套？这是做梦。

姜知漓勾起红唇："倪灵，我记得你好像有一个做娱乐记者的朋友？把他的微信推给我。"

"好，我现在发给你。"

半个小时后，微博热搜再一次"炸"了，新的词条挤上了榜首——韩氏集团总裁韩子遇出轨代言人沈思萱。

同样，有图有真相。

那是一张没打码的高清图——酒店电梯前，女人小鸟依人地依偎在男人身旁，两人的侧脸清晰可见。

与此同时，图片下方还附有醒目的拍摄时间——十月十五日，拍摄时间明显早于之前那两张偷拍照。

究竟是谁出轨在先，一目了然。网上顿时炸开了锅。

姜知漓也没想到，她当时随手拍的那张照片能有这么大的用处。如果不是韩子遇和沈思萱先对她下手，她也不会把事情做到这么绝的地步。

毕竟她知道，这事一旦公布出来，不仅韩家会受影响，姜氏也会受到影响。

果不其然，消息公布没超过一个小时，沈宏光的电话就打了过来。

"知漓啊，舅舅也是才知道这件事。这事是思萱的错，她应该向你道歉，可毕竟我们是一家人，事情闹得这么难看，对姜氏也——"

听着听着，姜知漓忽地笑了。她的声音很轻，却又莫名悲伤。

"舅舅，我知道把这种事公之于众对姜氏会有多么不好的影响。可是舅舅，如果我不公布出来，我要怎么保护我自己呢？"

沈思萱出了事，沈宏光会第一时间打来电话质问她，因为他跟沈思萱是家人。可凭什么她要忍气吞声，承受那些恶毒的辱骂和攻击？因为只有她没有家人吗？

沈宏光声音顿住，忽然有些不忍："知漓啊——"

下一刻，电话已经被挂断。

挂了电话，姜知漓又刷了一会儿微博，看着"韩氏股价暴跌""沈思萱代言被撤"一个接一个登上了热搜榜。

她微博下面的骂声也终于弱了下去。

事情发酵到现在，只有倪灵和叶嘉期打来电话关心她的状况。没有沈茵的未接来电，也没有傅北臣的。

她又等了半个小时，手机仍然安静。

姜知漓垂下眼，藏住眼底的失落和黯然，将手机关机。

与此同时，D城。

会议室的门打开，里面西装革履的精英鱼贯而出。长达五个小时的会议终于结束，安阳焦急地来回踱步，终于等到傅北臣出来。

"傅总，我有件事要向您汇报。"

傅北臣嗓音微哑，眉眼间是显而易见的疲色："说。"

安阳一刻不敢耽误地将平板电脑递过去："是关于姜小姐的。"

傅北臣扫了一眼屏幕，目光蓦地冷下来。

他一边快步往外走，一边交代："让公关部撤热搜，订最快回江城的航班。"

"是，傅总。"安阳顿了下，又说，"对了，傅总，等会儿的行程是参加城西那块地皮的竞标，韩氏也是竞标者之一。"

傅北臣眸色一沉："知道了。"

一个小时后，拍卖场。

甜美的女声通过音响清晰地传到会场的每一处角落："恭喜傅氏集团以十亿元成功夺标。"

下一刻，二楼的看台内，一只茶杯被狠狠砸碎在地上，伴随着韩子遇气急败坏的声音："你不是说竞标价最高也就五个亿吗，怎么突然就变成了十个亿？"

秘书被吓得连连擦汗："韩总，这我也不知道是怎么回事。十个亿远远超出了我们的预估价，谁也没想到傅氏今天会突然出手抢那块地皮……"

韩子遇气得胸口剧烈起伏，一路怒气冲冲地出了会场。刚一出门，他就看见一辆车停在门口。

车窗缓缓降下，待看清后座的人，韩子遇一愣："傅……傅总？"

傅北臣侧眸睨向他，目光虽淡，却给人一种极强的压迫感："觊觎一样东西的时候，先看看自己配不配。"

韩子遇一愣，脸色一下子变白。

傅北臣勾起唇，笑意却不达眼底，语气中带着不加掩饰的警告之意："再有下次，为你的行为付出代价的，就会是整个韩氏，懂了？"

这一个下午过得兵荒马乱，折腾完后，姜知漓索性请了一下午的假用来搬家。

等搬到之前租好的房子后，姜知漓就把手机关机放到茶几上，开始专心致志地打扫房间。

直到外面彻底暗下来，夜幕低垂，姜知漓才擦完最后一处角落，直起腰来。

她揉着酸痛的肩颈，原本堵在心里的那股郁气也散了不少，整个人都变得心平气和了。都说打扫房间能让人的心情变好，果然没错。

姜知漓把手机开机，点开微博看了一眼，才发现所有跟她有关的热搜词条全部都消失不见了，只剩下韩子遇和沈思萱的还高高挂在上面。

舆论风向逆转，韩氏的股价一跌再跌，沈思萱的微博下同样一片骂声。沈思萱好不容易才跻身二线明星的行列，这下算是跌了个大跤。

姜知漓还没好心到要同情伤害自己的人。也幸好，当初她还留了一手，否则今天她就要蒙受不白之冤了。

姜知漓退出微博页面，正想着点份外卖把晚饭问题解决了，就接到了君茂酒店前台打来的电话。

"姜小姐，抱歉打扰您了，下午您退房时有一本笔记本落在房间内了，我们的保洁人员已经放到了前台。请问，是我们帮您邮寄过去呢，还是您亲自过来取呢？"

姜知漓刚想说邮寄，转念一想，反正自己晚上也没什么事，过去取了东西，回来正好可以在路上随便找个地方吃晚饭。

"不用了，我等会儿正好有时间，我自己过去拿就好，麻烦你们了。"

"您客气了，姜小姐，这是我们应该做的。"

"谢谢。"

挂了电话，姜知漓换了身衣服，就打车去了酒店。

等拿到东西，姜知漓一边往酒店外走，一边忍不住拿出手机，看看傅北臣有没有回她的短信。

她用指尖戳了戳屏幕，一片漆黑，毫无反应。

姜知漓这才想起，她下午打扫卫生时忘了给手机充电，这会儿手机已经没电自动关机了。

也不知道傅北臣到底有没有回复她。

姜知漓在心里叹了口气，刚想走到马路边拦一辆出租车，抬头就看见一辆熟悉的车驶过来，在酒店门口停下。

酒店门童上前打开后座的车门，下来的人却不是傅北臣。

这是一个年轻漂亮的女人。她有着一张秀丽的鹅蛋脸，气质温柔，举手投足间尽显优雅。

她是姜知漓最不想见到的人之一，简语凡。

姜知漓呼吸一滞，耳边忽然开始嗡嗡作响。简语凡回国了，是不是说明，沈茵也快回来了？还有，为什么她会从傅北臣的车上下来？

姜知漓的大脑几乎已经停止了思考，眼睛一眨不眨地盯着那个方向。很快，另一侧的车门打开，傅北臣高大挺拔的身影也出现在她的视野中。

像是冥冥中被什么牵引着，傅北臣忽然回头看去。

两人的视线在空中遥遥交错，下一刻，姜知漓转身就走。

幸好她今天出门没有穿高跟鞋，走得再快也不怕摔倒。

耳边车水马龙，喧嚣的喇叭声此起彼伏，姜知漓的心里却仿佛裂开了一处深洞，里头空荡荡的，似有风刮过，让她什么都听不见了。

她漫无目的地走着，视线一点点模糊起来。下午被强行压下去的委屈，在此刻忽然被释放出来，如汹涌的浪潮般瞬间将她淹没。

独自面对那么多突如其来的恶意辱骂，她怎么可能不怕呢？只不过，姜知漓知道，她什么都没有，只能依靠她自己。

没有人有义务守护她，也不是每个人都能有机会被爱。过去孤身一人的八年里，她早就明白了这个道理，所以她不怪任何人。

在这种时候，哪怕姜知漓看到别的女人从傅北臣的车上下来，她的情绪都不会有这么大的波动。

可这个人偏偏是简语凡，是过去的八年里，不费丝毫力气就能得到沈茵所有的爱和关心的人。

姜知漓不明白，明明她才是沈茵的亲生女儿，为什么她却一无所有？她究竟做错了什么？

甚至现在，连傅北臣也站在简语凡的身边了吗？

她生命里最重要的两个人，全都抛弃她了。

她什么都没有了。

姜知漓不知道自己这是怎么了，像是积蓄在身体里的所有情绪在此刻尽数迸发出来，吞噬掉了她所有的理智。

拥挤的人潮里，她跌跌撞撞地走着，身体已经被冷风吹得近乎麻木。

身后好像有人在叫她的名字，可是她已经有些听不清楚了，也不想回头。

突然，手腕被人从身后一把扯住。

"姜知漓。"这次的声音更清晰了，比呼啸的冷风还要冻人。

姜知漓终于回过神来，慢慢转过头。

是傅北臣。

他垂眸看着她，攥着她的手腕，抿了抿唇："我送你回去。"

姜知漓想挣开他的手继续往前走，却失败了。

她深吸一口气，转头看着他，努力让自己的声音听起来平静："傅北臣，我现在心情不太好，没办法像以前那样说好听的话给你听。你让我自己一个人待一会儿好不好？有什么话明天再说。"

姜知漓不知道，她说这些时，眼眶是红的，连尾音都有些发颤。

她可怜得像只受了委屈的小猫，孤零零地躲在路边的草丛里，有人来便缩回去，谁也不让碰。

那双漆黑的眸子直勾勾地望了她的脸好几秒。终于，他松开她的手腕，一言不发。

姜知漓长舒一口气，转身朝着不远处的公交车站走去。

也许是时机恰好，她才刚刚走到车站，一辆公交车就缓缓在她面前停下。车门打开，姜知漓上了车，正想掏钱投币，才发现自己根本没带钱包。

她有些懊恼地垂下眼，心里不免更加失落。

她刚想转身下车，身后忽然伸出一只白皙修长的手，腕上的腕表反射着冰冷的金属光泽。

一张百元大钞被塞进投币箱里。

姜知漓愣了下，错愕地转头看去。

傅北臣就站在她的身后，神色从容："上去吧。"

姜知漓没想到他会跟过来，顿了顿，心里忽然涌起一阵酸胀感，抬脚往车里走去。

刚好一个靠窗的座位空着，姜知漓坐下来，不受控制地朝车门处看去。

傅北臣没跟着上来。

　　她终于松了一口气。

　　姜知漓一直有一个习惯——以前在 Y 国那几年，每一次抵抗不住负面情绪时，她都会坐上一趟公交车，从头坐到尾，完全地放空自己。

　　她需要一段独处的时间，让她可以慢慢消化掉一些情绪。

　　公交车缓缓行驶起来，在这座偌大的城市里兜兜转转个不停，按着既定的轨迹行走。

　　窗外霓虹闪烁，像一幅美丽却空洞的画。

　　深夜，公交车终于行驶到终点站，结束了一天的枯燥的循环反复。

　　司机透过倒车镜，看着后面那辆跟了一路的豪车，觉得莫名其妙。

　　他把车熄了火，揉着酸痛的手臂站起来，才发现后面竟然还有人没下车。

　　那人靠着窗，原来是睡着了。

　　司机犹豫了下，正想走过去叫醒她，车门处忽然传来两声轻叩声。

　　一个西装革履、气质高雅的男人走上来。

　　司机一眼就认出来他就是刚刚往投币箱里扔了一张百元大钞的那位。

　　不为别的，他的长相已经足够让人过目不忘。

　　"您——"

　　司机话还没说完，就见那个男人从身上拿出一只钱夹，掏出一沓钞票递过来。

　　男人礼貌地道："抱歉，能不能借用您一个小时的下班时间？"

　　姜知漓是被耳边淅淅沥沥的雨声吵醒的。

　　她应该睡了很久很久。

　　公交车不知道什么时候停下了，玻璃上挂满了雨珠，时不时汇成一道雨痕，将窗外的景色割裂开来。

　　熟悉而清洌的冷香包裹着她。姜知漓低下头，看见了身上披着的西装外套，神情有刹那的愣怔。

　　像是隐约猜测到了什么，她站起身，拿着西服走下车。

　　不远处，一辆黑色的车停在夜幕里，不知道在那里停了多久。

　　路灯昏黄的光将影子拉得很长很长。

　　他就站在路灯下，轮廓被光线勾勒得柔和起来，狭长的丹凤眼微垂，神情依旧冷淡，指间闪烁着一点猩红。

似是察觉到她的目光，傅北臣抬起眼，回望过去。

视线交会的那一刻，姜知漓的心里忽然不受控制地涌起一阵酸胀感。

不是委屈、无措那种情绪，而是心里空荡荡的一处忽然被填满，暖流充满心脏，满到快要溢出来，让她无所适从。

看她站在原地不动，傅北臣掐灭手里的烟，迈步走过去。

"送你回去？"他低声问，声音有些喑哑。

姜知漓弯起眼睛，缓缓摇了摇头，嗓音轻柔："傅北臣，我饿了。"

她目光清亮，像小猫撒娇似的："好饿好饿，饿得快要走不动路了。

"你陪我一起吃夜宵，好不好？"

他抬眼看她，抬了抬眉梢："又来了？"

姜知漓还没反应过来傅北臣是什么意思，就看见他朝她走过来。

下一刻，她突然双脚离地，被人横抱起来。

"喂，我不是这个意思啊！"

清冽好闻的气息铺天盖地地袭来，姜知漓瞬间浑身僵硬起来。

上次被他抱是因为她喝醉了，神智不清醒；可现在，她的感官都是清晰的。

他每一次呼吸时，胸膛轻微地起伏，仿佛都能令她的呼吸紊乱起来，与他相触的肌肤一寸寸地升温。

她抬头看着他，他的侧脸线条凌厉又分明，面容平静得看不出一丝情绪。

姜知漓忽然很想开口问问他。

——傅北臣，你是不是还喜欢我？

——还是，只是为了更好地报复我，才让我越陷越深？

又一次被傅北臣以"公主抱"的方式抱上车，姜知漓的耳根已经彻底红了。

而傅北臣则像是例行公事一样淡然。

"吃什么？"他问。

姜知漓悄悄用余光打量着他的神情，嘟囔道："想吃火锅。"

深秋、下雨天和火锅最配了，就是大半夜吃火锅不太健康。

果不其然，傅北臣的眉心蹙起："非要吃？"

他妥协了！

姜知漓忍住心里的开心，小鸡啄米似的点头："嗯，我想吃江城一中南门那家。"

八年前她转学时，学校南门那边刚好开了一家重庆火锅店。当时姜知漓还计划着，等到周末，傅北臣不用做兼职，她就拉着他去。

只可惜，计划赶不上变化。还没等她实现这个小小的愿望，她就已经离开了江城。

她好想弥补这个遗憾。

可过了这么久，她也不知道那家火锅店还在不在。

一路上，姜知漓的心都是悬着的。等看到那扇眼熟的牌匾还在黑夜里闪烁着五光十色的光时，她终于松了一口气。

临近深夜，学校南门附近的小吃一条街依旧人潮汹涌，门庭若市，各种各样的小吃应有尽有，空气里还飘着麻辣烫的香气，勾得人饥肠辘辘。

姜知漓还记得，街头有一家麻辣烫，她以前是那里的常客，不过认识傅北臣后就没怎么吃了。因为傅北臣这人当时明令禁止她晚上放学后去吃垃圾食品。

这么一回忆，原来八年前傅北臣身上霸道独裁的气质就已经展露无遗了。

夜里十一点钟，火锅店里零零散散坐着几桌客人，还有不少空位。

姜知漓挑了个靠窗的位置坐，傅北臣就在她对面坐了下来。不得不说，他的气质跟周围嘈杂的环境完全不搭。

他们刚一坐下，旁边就有不少目光投了过来，也许是因为旁边就是江城一中，客人中有不少都是穿着校服的小姑娘。

服务员端着餐具和水壶过来，傅北臣接过去，拆开餐具后，又熟练地用开水仔细清洗了一遍。这一套动作他做得慢条斯理又从容不迫。

他握着杯子的手指白皙修长，骨节分明，漂亮得不像话，连带着被他握在手里的玻璃杯都变得矜贵了起来。

难怪周围的女孩们看得移不开眼，当初年少任性的姜知漓就是这么被他迷住的。

说来也奇怪，也许一个人的气质真的可以不受家境的影响。

明明她认识傅北臣时，他还是那个为了奖学金和兼职可以成宿不睡的少年，并不是人人羡慕的傅氏继承人。可他偏偏活得从容而骄傲，不因家境自卑，是很多人都无法企及的存在。

姜知漓收起思绪，清了清嗓子，拿着菜单问他："你想吃什么吗？"

他声音冷漠："不想。"

行吧。姜知漓耐着性子，又非常好脾气地问了句："那你想吃什么？"

傅北臣把擦干的餐具放到她面前，语气很淡："随便，你点吧。"

旁边的服务员差点扑哧一声笑出来，但硬生生地憋住了。

姜知漓："……"

这场面仿佛男女性别对调了。

仔细回忆起来，这还是她第一次跟傅北臣一起吃火锅。

姜知漓点完菜，抬头又跟服务员说："锅底要鸳鸯锅，清汤里面不要加香菜，辣的那边要中辣。"

话音一落，对面的人动作微不可察地一顿。

很快，他恢复如常，转头对服务员说："微辣，谢谢。"

闻言，姜知漓猛然抬起头来，不可置信地看着他，仿佛被命运扼住了后脖颈。

"为什么？"她的脸都皱成了一团，哀怨地看向对面的人。

姜知漓是个无辣不欢的人，而傅北臣不吃辣，又不吃香菜，所以她才点了鸳鸯锅。

她的目光哀怨又可怜兮兮，某人却根本不为所动。

他薄唇轻启，惜字如金地道："太晚了。"

姜知漓没反应过来。旁边的服务员忍不住笑了下，应和了句："是啊，小姐，我们家的辣锅很辣的，现在都这么晚了，吃太辣伤胃，你男朋友也是关心你。"

闻言，姜知漓怔了下，终于后知后觉反应过来，他是在关心她。

听见服务员的最后一句话，姜知漓的嘴角都快咧到后脑勺了，也没纠正对方的说法。

"嗯嗯，那就要微辣吧，谢谢。"

服务员唰唰几笔记完，就收起菜单走了。

只剩下他们两人，姜知漓状若无意地抬起头，对上傅北臣打量的目光。

"怎么了？你看着我做什么？"她天真无邪地道。

姜知漓捣鼓着手边的蘸料，因为心虚，没等傅北臣说话，又忍不住嘟囔："虽然说秀色可餐吧，但看我又不能当饭吃啊……"

傅北臣看她的目光一时变得有些微妙，好像有点无语，有点嫌弃，又隐约带着笑意。

姜知漓就算脸皮再厚，此刻也被他看得有点不好意思了。

她放下筷子，盯住他，气势汹汹地道："再看收费，看一眼一百块。"

说完这话，姜知漓还真的开始担心，傅北臣会拿出一张黑卡拍在桌上，再非常霸道地来上一句："先包一年的吧。"

然而，姜知漓显然想得过多了。

傅北臣只淡淡地瞥了她一眼，语调慢条斯理，甚至还带着一丝轻佻："还挺贵。"

姜知漓的脸腾一下热了起来。

傅北臣总有本事，让姜知漓在令人窒息的尴尬里，想要换个星球生活。

大概是上帝听见了她的心声，下一刻，傅北臣手边的电话忽然响了起来。

他扫了眼手机屏幕，随后便起身去外面接电话。傅北臣出去接电话期间，服务员陆陆续续把菜端了上来。

趁着上菜的空当，姜知漓随口跟服务员闲聊起来："你们家生意真不错，居然开了这么多年。"

服务员一边麻利地上菜，一边答："其实前几年生意也不太好，之前好像因为经营不善都快倒闭了，老板就把店转手了。据说新老板是个出手阔气的，人好像都没来过店里，说买就买下了。这才开了这么多年。"

姜知漓笑了下："那还真得谢谢这个老板。"

否则，不能跟傅北臣来这里吃一次火锅，恐怕会成她这辈子的遗憾之一了。

服务员把菜上齐之后，姜知漓正慢悠悠地往锅里下菜，肩膀忽然被人从后面轻拍了下。

姜知漓回过头，就听见身后的男人惊喜地道："姜知漓？真的是你？"

看清男人的面容后，姜知漓愣了下，没想到世界竟然这么小。

"是我啊，李明硕，还记得吗？在 Y 国，我比你高一届。"

她得是记性多差才能不记得他？要是姜知漓没记错的话，这个李明硕当时还跟她表过白。只不过，后来就出了她为了还人情答应韩子遇订婚这事，她也就顺理成章用这个借口拒绝了他。

姜知漓礼貌地笑了笑："我记得你。好久不见啊。"

李明硕十分兴奋："是啊，我还真没想到会在这里看见你，原来你回国了啊？"

"嗯，前阵子刚回来。"

"啊，这样啊。"李明硕点点头，又掏出手机，笑着说道，"对了，我们加个微信吧，以后有什么设计比赛的消息，我可以第一时间告诉你。我前段时间换号了，丢了不少人的微信，正好今天碰到你，省得我再找同学们去要。"

毕竟都是大学校友，李明硕看起来都已经没把当初表白被拒的事放在心上了，姜知漓也不好意思矫情下去。

她点点头，拿出手机，打开微信二维码让他扫。

不知道为什么，明明火锅店内温度很高，姜知漓却感觉背后凉飕飕的。

"扫上了。"李明硕一边发送验证消息，一边瞄了一眼她对面的空座，问道，"哎，你今天是跟韩子遇一块过来吃饭？他人呢？"

闻言，姜知漓手一哆嗦，差点把手机扔进火锅里。

这位大哥，您是用的 2G 网"冲浪"吗？她都跟韩子遇闹成什么样了，还一起吃火锅？

心里骂骂咧咧，姜知漓面上笑容不变，勉强挤出两个字："不是。"

与此同时，她背后那股凉飕飕的感觉更强烈了。

李明硕似乎看出来姜知漓的面色不太好看，遂没在这个问题上深究，转而笑道："对了，过几天有一个私人珠宝展览会，是陈蔚设计师的，我刚好多要来一个名额，你要不要一起去看看？"

一听见陈蔚的名字，姜知漓眼睛都亮了。

陈蔚是珠宝设计界的泰斗，私人珠宝展览会上应该都是陈蔚的私人藏品，并不是什么人都有机会去的。以姜知漓现在在业内的名气，如果不靠关系，她是根本不可能得到正式邀请的。

见她好像很有兴趣，李明硕心里一喜，正想再说什么，身后一个低沉冷淡的嗓音响起。

"麻烦让一让。"

紧接着，一道身影从他旁边绕过去，坐在了姜知漓对面的位子上。

见状，李明硕愣了。

男人面容俊美，气质高雅，明明扫过来的目光很淡，却给人一种莫名的压迫感。他从容淡然地坐在那，双眸望着姜知漓，仿佛李明硕压根不存在一样。

身为男人，李明硕很明显地感知到，他是在宣示主权。

气氛诡异又安静，桌上的火锅沸腾着，咕噜咕噜地冒着泡。

姜知漓被傅北臣盯得一阵心虚。正当她想做点什么缓解一下尴尬的局面时，李明硕很识相地道："那我就不打扰你们吃饭了。"

临走之时，李明硕又转头对她说："对了，知漓，你如果决定去展览的话，直接微信联系我就行。"

姜知漓几乎被这一声亲昵的称呼惊出一身鸡皮疙瘩。她尴尬地弯了弯嘴角："好的，谢谢学长。"

等李明硕离开之后，姜知漓面色镇定地看着对面端坐着的人，试图转移话题。

"你怎么不吃？"没等傅北臣回答，她瞟了他面前的空碗一眼，非常殷勤地把碗拿过来，"我帮你调蘸料。"

他终于淡淡地瞥了她一眼，没说话，算是默认了她的举动。

姜知漓也不知道自己到底在心虚个什么劲。见傅北臣好像没话要说，她以为这事就算翻篇了。

姜知漓都吃得差不多了，也没见傅北臣吃几口。可能他是真的不吃火锅。

吃完这顿夜宵，走出火锅店时，姜知漓整个人都比来的时候有精神了。

她看了看一旁的奶茶店，兴致勃勃地问他："傅北臣，你喝奶茶吗？我请你呀。"

以前她也常常这么问他，不过那只是给自己喝奶茶找个借口罢了。

"不。"他冷漠地丢下一个字，径直上了车。

姜知漓只好打消念头，快步跟了上去。

两人一路无言。

姜知漓吃饱喝足，正昏昏欲睡时，手机的消息提示音突然响起。

她点开微信，发现是李明硕发来了一条语音。

姜知漓以为他说的是关于珠宝展的事情，正想悄悄摁下"转文字"，却不小心直接点开了语音。

李明硕的声音瞬间响彻车厢："知漓，你安全到家了吗？"

气氛瞬间紧张起来，车厢里静得仿佛连根针落下都能听见。

姜知漓表情一僵，连眼睛都不敢转一下，尴尬得脚趾都蜷缩了起来。

忽然，傅北臣轻哂一声："知漓？"

他学着李明硕的叫法，语气却是冷的。听着同样的两个字被他慢条斯理地念出来，姜知漓的心都跟着一颤。

心跳乱了拍的同时，她也无法忽视掉他语气里浓浓的讽刺意味。

他阴阳怪气地刺她，原因只有一个——他吃醋了！

姜知漓强压下不自觉上扬的嘴角，扭头看着他，眼里的得意怎么都藏不住。

"怎么，有什么问题吗？他是我学长。"

然而，姜知漓在心里想象的一百零八种吃醋的表情，她在傅北臣脸上一种都没看见。

他理了理西装，脸上没什么表情，直接打开车门下了车。

姜知漓愣了下，才发现车已经停在了君茂酒店门口。她连忙开口道："我

103

已经搬走了，不住这里了。"

傅北臣动作一顿，终于抬眼看向她，话却是对着前排的司机说的。

"送她回去。"丢下这句话，他转身就走。

姜知漓眨了眨眼，就这么目送着傅北臣的背影消失在旋转门后。他连头都没回，背影冷漠。

姜知漓刚刚才因为他的反应兴奋不已，转眼就像泄了气的皮球，身体陷在柔软的车座里。她还以为傅北臣吃醋了，到头来，好像还是她自作多情了。

既然没有吃醋，那他刚刚在那讽刺她做什么？

李明硕不过是邀请她一起去看展览，简语凡从他的车上下来，她还没说什么呢。

姜知漓越想越气，屁股下坐着的柔软的坐垫忽然就不那么令她觉得舒服了。

等回到住处，姜知漓才想起来在微信上回复李明硕：谢谢你啊，不过我后天有点事，应该去不成了。

说实话，姜知漓的确很想去陈蔚的私人珠宝展，这对她来说是一次相当难得的机会。可她跟李明硕根本没有熟到那个地步，她这次如果答应他的邀请，也就相当于欠了他一个人情。

她一向讨厌欠别人人情，所以她宁可不去。

她刚回复完李明硕，手机界面上方就弹出了一条倪灵发过来的微信。

倪灵：后天你要不要跟我一起去临市？我爸让我回去看看奶奶，你正好可以跟我一起去散散心。

姜知漓想了下，回道：应该没什么问题，等我明天看看，跟老板请个假。

旗岳的设计稿她前两天已经交上去了，最近只剩下许婧那单，公司里倒也没什么急事。虽然后天是周五，但她请一天假应该也没什么关系。

然而第二天，姜知漓把请假单填好递交后，就被焦艳叫进了办公室。

"知漓啊，你请假的事暂时被驳回来了。"焦艳说道，看着她的目光有些意味深长，"是傅总的意思。他让你现在去他的办公室。"

姜知漓皱起眉：傅北臣这是要干吗？

"好的，我现在去。"

从设计部出来，姜知漓乘着电梯径直上了顶层的总裁办公室。

她带着憋着的那股郁气，一路噔噔地踩着高跟鞋，没理会旁边秘书办的众同事投来的目光，目不斜视地走进办公室。

明知她进来了，男人坐在办公桌后，注意力还在电脑上。

哪怕姜知漓心里急，面上也没表现出来半分，她就那样站在办公室中间，大有他不主动说话她也绝对不先开口的架势。

办公室里只有他们两个，姜知漓肆无忌惮地打量起他。

昨天简语凡那件事在她心里还没翻篇，今天他又莫名其妙驳了她的假。新仇旧账加起来，她要是再主动跟他说话，她就是小狗！

但不得不说，男人在专注工作的时候，的确是很有魅力的。傅北臣这种皮相优越的人尤其如此，做什么事都让人觉得赏心悦目。

她忽然感觉，好像也没有那么生气了。

姜知漓就这样一会儿生气，一会儿泄气，脸上的表情变换个不停。

余光瞄到她脸上精彩纷呈的表情，傅北臣终于合上手里的资料，掀了掀眼皮，像是才注意到她的存在。

"你要请假？"

姜知漓瞬间挺直了腰板，仰起下巴看着他，心想气势不能丢。

"对。"她声音清亮地答道。

他往后一靠，抬手松了松领带，不紧不慢地问："理由？"

姜知漓抿了抿唇，不情不愿地道："我在请假条上已经写得很清楚了。"

傅北臣淡淡地道："没看。"

他没看就驳我的假？还这么理直气壮？她能不能合理怀疑他这是在公报私仇？

姜知漓深吸一口气，冲他扬起一个笑容："那我直接跟您说一遍，我明天请假是为了跟朋友一起——"

没等姜知漓把话说完，傅北臣干脆利落地道："不准。"

姜知漓瞬间睁大眼，下意识地反问："为什么？"

傅北臣的目光直直地望着她，黑眸深邃，里面盛满了她的倒影，姜知漓的呼吸跟着慢了一拍。

"因为你明天有事。"他沉声道。

姜知漓眨了眨眼，一脸蒙地问："什么事？"

他字字清晰："代表旗岳设计部，参加陈蔚设计师的个人珠宝展。"

姜知漓愣了下，等她反应过来他这句话的意思时，眼中瞬间迸发出耀眼的光彩。

她本来对看这个展已经不抱任何希望了，傅北臣这句话无疑像是天上突然掉下的馅饼，砸在了她的身上。

几秒后，一个念头紧跟着蹦了出来：馅饼不是天上砸下来的，是傅北臣砸的。

此刻，姜知漓的脸上已经再也看不出一丝刚进来时的不情不愿，取而代之的是快要溢出来的期待和欣喜。

几秒后，她还是有点难以置信："真的吗？"

"假的。"

"……"

能去看自己翘首以盼的珠宝展，对姜知漓来说，无疑是一场意外之喜。

前一天晚上，她敷了面膜，早早地上床睡觉。当然，她睡觉前也没忘把手机里之前跟倪灵吐槽过傅北臣的记录都删掉。

虽然吐槽都吐槽完了，但为了证明自己不是个没良心的，她还是选择亡羊补牢一下。

离出门还有半个小时，姜知漓紧张又忐忑地发了一条短信。

姜知漓：老板，等会儿方便顺道来接我吗？

等了十分钟，姜知漓没收到傅北臣的回信，反倒接到了安阳的电话。

"姜小姐，傅总这边临时参加了一个紧急会议，我已经把举办展览会的地址发给您了，可能需要您自己先去，傅总会议结束之后会尽快赶到。"

原来他在忙啊。姜知漓轻叹了口气，应了声："好的，我知道了。"

挂了电话，姜知漓只好先自己打车去了展览会。

个人珠宝展并没设在常规的公共展厅，而是设在陈蔚自己的私人别墅内。这场展览邀请的人有限，门口等待入场的人也并不多，只有两名工作人员在核对来访人员信息。

"您好小姐，请问您的名字是？"

姜知漓正要答傅北臣的名字时，一阵清脆的高跟鞋声传来。

工作人员抬头一看，惊喜地道："沈设计师！久仰大名，没想到您今天也来了。"

"你好。"

听见身后那个温和熟悉的女声，姜知漓动作一僵，浑身的血液仿佛在这一刻停止了循环。

还没等她做出反应，女人迟疑的声音缓缓响起："漓漓，是你吗？"

姜知漓攥紧手，深吸一口气，慢慢转过头。

身后的女人着一身米色大衣，保养得宜，面容美丽，同样生着一双妩媚上挑的眼，与姜知漓的面容有七成相似。

沈茵并不是自己来的，她还挽着简语凡。看见姜知漓时，简语凡也明显愣了一下，很快面色便恢复如常。

沈茵面带欣喜之色，柔声问道："漓漓，你怎么会在这里？"

姜知漓的指甲几乎要陷进肉里，她动了动嘴角，语气客气而疏离："沈设计师，好久不见。"

沈茵怔了怔，没想到姜知漓会表现得如此冷漠，仿佛根本不认识她这个母亲一样。

见状，简语凡松开挽着沈茵的手，轻声道："妈妈，我先进去，您跟姜小姐慢慢聊。"

看着简语凡如此善解人意，姜知漓忽然很想笑。她的妈妈，她没有资格叫，别人却有资格叫。

难怪，沈茵会更喜欢这个女儿。

周遭顿时陷入诡异的沉默中。

这时，工作人员小心翼翼地开口询问："沈设计师，请问这位小姐是跟您一起的吗？"

沈茵刚想回答"是"，姜知漓却抢先一步答："不是。"

她面容平静，明艳动人的眼睛冷冷的，掌心已经沁出血珠，她却仿佛根本感觉不到一丝疼痛。

她没兴趣进去看沈茵和简语凡演绎母女情深，也不想继续将自己置于这样难堪的境地之中。

如果她要跟沈茵沾上关系才能进去，她宁愿不看这场展览。

姜知漓垂下眸，正要抬脚离开时，不远处传来一阵沉稳有力的脚步声。

"姜知漓。"她脑中一片混乱，几乎无法思考，却还是清清楚楚地听见了他在叫她。

她怔怔地抬起头，只见傅北臣正朝她走过来。

人群里，他只是静静地望着她，却给了她无限的安全感。

"过来。"他对她说。

姜知漓不知道该怎么形容这一刻傅北臣给她的感觉。浑身的血液仿佛在这一瞬间恢复了温度，再度缓缓流淌起来。

原来，她不是只有自己。

身体先大脑一步做出反应，姜知漓走到傅北臣身边。看着她眸中一片黯然，傅北臣目光暗了暗，用手指扣住她的手腕，将她拉到自己身后。

见两人姿态亲近，沈茵微不可察地皱了皱眉。

察觉到沈茵投过来的视线，傅北臣面色不变，语气客气疏离："沈设计师。"

沈茵收回目光，微笑点头："傅总。"

傅北臣礼貌颔首："没什么事的话，我们先进去了。"

说完，他便拉着姜知漓往里走。沈茵看着两人的背影，眉心越蹙越深，终是没说什么。

会场里的人并不多，每个展示柜前基本都三三两两站着互相低声耳语的宾客。

走到一处无人的展柜前，傅北臣松开手指，垂眸凝望着姜知漓，低声问：

"现在要离开吗？"

姜知漓怔了怔，随即若无其事地笑了下，语气轻松："我没事啊。干吗要走？来都来了。"

她弯起眼睛，扬起一抹笑："对了，傅总，有没有人说过你很帅啊？"

比如刚刚。

也不知道傅北臣有没有听懂她的夸奖，只见他微眯起眼，目光沉沉地看着她，语气很凉："有没有人说过你的演技很差？"

尤其是故作无事、强颜欢笑的时候，平日笑起来时明艳的一双眼都失去了往日的神采，偏偏她还自以为伪装得天衣无缝。

闻言，姜知漓嘴角的笑容一僵，顿了一秒后，她又笑得没心没肺："有吗？我还觉得我的演技挺好的呢，不做设计师的话，我就去吃演员那碗饭了。"

傅北臣语气极淡："那你恐怕需要担心温饱问题。"

被傅北臣这么不轻不重地讽刺了一下，不经意间，姜知漓的注意力已经从刚刚的事上转移过来了。

想起之前在他面前演戏翻车的大大小小的"社死现场"，她轻哼一声，嘀咕道："我演技差，傅总不照样看得挺开心的吗？我还没管你要片酬呢。"

姜知漓的目光忽然被面前展柜里摆放的戒指吸引了。

玻璃柜里，一枚橙粉色的帕帕拉恰蓝宝石正闪烁着耀眼的光芒，橙色与粉色两种色彩的组合如热带的落日余晖。

这还是她第一次见到色彩如此纯正的宝石，不愧是顶级设计师的私人珍藏。

她不由得感叹出声："真漂亮啊。"

姜知漓微弯着腰，耳边散落着几缕发丝，勾勒出白皙精致的侧颜，细长上挑的眼亮晶晶的，刚刚的沮丧和失落好像已经一扫而空。

傅北臣站在一旁，静静地看着她，眉眼不经意间也跟着柔和下来。

这时，他们身后传来一个成熟动听的女声。

"北臣，你这么快就到了？"

傅北臣转过身，嗓音低沉和缓："陈姨。"

姜知漓也循声看去，只见那里站着一个长相端庄大气、风韵犹存的美丽女人。

姜知漓认出来，她就是这场私人珠宝展的主人，珠宝设计界的泰斗人物，也是她一直以来的偶像之一，陈蔚。

等等，傅北臣刚才叫她什么？

陈蔚的目光落到一脸震惊的姜知漓身上，语气含笑："北臣，这位小姐是？"

姜知漓连忙露出一抹笑，按捺住内心的激动，落落大方地道："您好，我是姜知漓，旗岳的设计师。"

陈蔚挑了挑眉，微笑着说："姜小姐，早有耳闻。"

姜知漓有些意外，紧接着就听见陈蔚解释道："去年的国际珠宝设计大赛，你是一等奖，不是吗？我刚好是评委之一，对你的设计很有印象。"

亲耳听到偶像的夸奖，姜知漓的嘴角不受控制地上扬："谢谢您的夸奖。"

说话间，一个相貌俊逸、气质温和出众的年轻男人走过来，低声说道："师母，宋老师让我叫您过去。"

男人抬头时，目光不经意地在姜知漓身上停了一瞬。

"好，我知道了。"陈蔚应完，转头看向傅北臣，柔声问："北臣，你跟我一起过去？老宋一直说想见你呢。"

傅北臣微微颔首，低头跟姜知漓说："待在这，别乱跑。"

虽然他语气冷淡，但不知为何，姜知漓从这句话里品出了一丝丝甜味。虽然她可能又自作多情了，也许傅北臣只是担心她会给他添麻烦。

姜知漓乖乖点头应下："好。"

离开展厅后，陈蔚笑盈盈地看着傅北臣，意有所指地道："第一次见你带女伴出席公开场合，我还以为你会带嘉期过来呢。"

傅北臣语气淡淡："您哪件设计作品她没见过？"

陈蔚又笑着调侃道："啧，老爷子也真舍得把你们两个都放回来。嘉期前两天还抱怨说你压榨她，你们兄妹俩呀，都够不让人省心的。"

说完，她的目光隐隐透着些揶揄的意味："对了，刚刚那位，是你女朋友？"

傅北臣顿了下，神色淡然，依旧看不出什么情绪。

"不是。"他说。

与此同时，姜知漓只在周围简单地逛了几个展柜，便没再逛了。

为了避免再碰见沈茵和简语凡，她打算找个人少的地方待着，等傅北臣回来。

找了一处没人的阳台坐下后，姜知漓开始在脑中慢慢整理今晚逛发出来的一些灵感。

不一会儿，身后响起一个温和有礼的年轻的男声："姜小姐。"

姜知漓循声回头，发现说话的是刚刚叫陈蔚师母的那个年轻男人。

男人穿着白衬衫，眉目清俊，气质温润如玉。

姜知漓迟疑地点点头："您好，请问有事吗？"

男人的眼中飞快闪过一丝失落，他温和地笑了笑："姜小姐，好久不见。"

姜知漓一怔，还是没想起来她什么时候见过面前的人。

"看来你是不记得我了，我是商琰。"他目光温柔地望着她，缓缓道，"四年前，在医院里，你帮了我大忙。"

记忆的闸门终于被这几个关键词开启，无数画面接连浮现在姜知漓的脑海里——

四年前，姜知漓刚刚孤身一人来到 Y 国。因为水土不服，她刚到不久，就生了一场大病，在医院住了整整一周。

身体好些后，她偶尔会在医院里散散步。在花园里，她常常看见一个华人少年，他穿着旧但整洁的白衬衫，推着轮椅上的母亲散步。

偶尔她会听见母子二人在花园里聊天，听着久违的中文和母子二人温馨的对话，姜知漓也从中得到了一丝慰藉。

她以为，那个坐在轮椅上的母亲会一点点好转，命运是会心软的。

可她出院那天，路过重症监护室的门口时，她看见那个穿白衬衫的少年正在哀求着他母亲的主治医生，请求医院能够多宽限一些时间，让他筹齐手术费。

姜知漓远远地看着那幅让她熟悉又心酸的画面，看着少年被毫不留情地拒绝，看着他低下头，再看不见一丝生机，被绝望和死寂笼罩。

他太像那个人了。每次想起那个人，她都会觉得心如刀绞。

于是，她将自己为数不多的积蓄给了那个少年，又暗中打听了他的情况，想办法让医院多宽限了一些时日。

人命关天，她能帮一点是一点吧。她那时也没有那么多钱，只能做那么多了，剩下的，只能看他自己的造化。

当初，她面对这样的情况时帮不上任何忙；这次她至少有了那么一点能力，能让一个人承受与亲人分离之痛的可能性变得小一点。虽然力量微薄，可起码，会让她觉得不那么心痛。

做了那些之后，姜知漓只留了真实姓名，写下的电话号码是假的。

以致后来，她也不知道，那个华人少年和那位母亲究竟怎样了。

姜知漓回神，犹豫道："你的母亲她……"

商琰神色柔和，语调平静："她已经过世了。手术之后，因为一些后遗症，她没能熬过那个冬天。"

"抱歉。"

"没关系。"商琰笑了笑，语气轻松，"如果当初你没有出现，那场手术就没办法进行，我一定会自责一辈子。只不过，你连真实的电话号码都没有留给我，我连感谢的话都没机会说。"

商琰凝望着她，浅褐色的瞳孔在光的映照下泛起温柔的光。

他微笑着缓缓道："所以，能够在这里遇见你，我很开心。"

会场内，傅北臣环视了一圈，都没看见姜知漓的身影。

他眸光微沉，正要出去找人时，前方的路忽然被人拦住。

简语凡在他的面前站定，微挑被精心修饰的细眉，笑意盈盈地开口："傅总是在找姜小姐吗？"

傅北臣停住脚步，终于正眼看向她。

简语凡笑了笑，语调柔柔的："我刚刚看见姜小姐了。她在阳台那边，正在跟商先生聊天。商先生好像以前就认识姜小姐，两人相谈甚欢，我没敢过去打扰。"

闻言，傅北臣掀了掀眼皮，顺着她的视线看过去，目光骤然冷下来。

不远处的阳台上，两道身影清晰地进入他的视野。虽然听不见他们在聊什么，可隔着玻璃门，傅北臣仍然能清清楚楚地看见姜知漓脸上的表情。

她在笑。对着一个陌生男人，笑得像朵花一样招摇。

一旁，简语凡侧眸观察着傅北臣平静深沉的神色，一时试探不出他究竟是个什么态度。她敢肯定，傅北臣和姜知漓之间关系一定不简单。

可如果说两人是男女朋友，又不太像。

她跟傅北臣在 M 国就认识了，她回国也是因为傅老爷子特意将她安排进了旗岳设计部，为的就是让她离傅北臣近一些。虽然傅老爷子有意撮合他俩，可他的意见显然完全影响不到傅北臣。

那天简语凡刚出机场，就在门口碰见了傅北臣，所以才搭上他的车去了酒店。原本她还想约他一起吃晚饭，可刚一到酒店，男人就毫不留情地离开了。

简语凡知道，他让她上车是男人的礼貌使然。她认识傅北臣三年，也从来没见他带过任何一个女伴出席公共场合。

她得不到的，别人也同样得不到。既然如此，她也就无所谓了。

可今天，他破例了。那个高不可攀、冷心冷情的傅北臣，好像跟她以前认识的他不一样了。

一种危机感油然而生。

所以，简语凡迫切地想要印证，傅北臣和姜知漓的关系究竟是不是她想的那样。

片刻的沉默后，简语凡犹豫着刚想开口，男人却忽然抬脚离开了。他没有朝着阳台的方向走去，而是走向了出口的方向。

跟商琰互留了手机号和微信之后，姜知漓的手机突然弹出一条短信。

傅品如：出来。

姜知漓蒙了下，下意识地抬头扫了附近一圈，没看见他人。

她回：你在哪？

对方几乎是秒回。

傅品如：停车场。

姜知漓蹙了蹙眉，不知道他怎么突然就要走了，只好带着歉意抬头对商琰道："抱歉，我现在得走了。"

商琰看了一眼她的手机，瞬间明了，淡笑着问："是傅总在找你吗？"

姜知漓应了声，有些好奇地道："你们认识吗？"

商琰点了点头，一边帮她拉开身前的玻璃门，一边答："我曾经有幸跟傅总合作过，在投资界，傅总着实是让人难以企及的存在。"

姜知漓笑了下，语气真诚："你也很厉害啊，白手起家，很让我佩服。"

她这话并不是在恭维他。虽然她刚刚跟商琰聊天时，他只简单地说了句自己在国内做投行，可刚刚他叫陈蔚师母。据姜知漓所知，陈蔚的丈夫宋治彰是金融界数一数二的教授，商琰既然是宋治彰的学生，那他现在的地位和实力一定比她想象的还要出众。他已经不再是医院里那个对高昂的手术费无能为力的少年了。

她抿了抿唇，迟疑地道："商先生，如果你工作比较忙的话，我刚刚拜托你的事情还是——"

"算了"两个字她还没说出口，商琰便温声道："你放心，没什么问题，我这边一有消息就联系你。"

听他这么说，姜知漓总算放下心来，嘴角不自觉地上扬，感激道："太谢谢你了。"

商琰看着她明艳动人的笑，心跳蓦地慢了一拍。目送着她的背影消失在拐角处，商琰收回目光，嘴角温柔的笑却没落下。

他喃喃道："是我该谢谢你。"

走到停车场，姜知漓踩着高跟鞋来来回回绕了两圈，才发现傅北臣已经把车开到路边了。而且，他今天好像是自己开车过来的。

姜知漓走到他的车旁，拉开副驾驶位一侧的门坐上去，先揉了揉酸疼的脚腕，才开口问他："你这么快就聊完了？"

傅北臣没看她，而是低头瞥了瞥手上的腕表。

他慢条斯理地道："两个小时零十三分钟，快吗？"

傅北臣侧头，抬了抬眉梢，语气极淡："怎么，你还想留在那？还没跟他聊完？"

姜知漓怔了下："你说商琰？"

傅北臣没答，把头转了回去，发动车子。

姜知漓的眼睛一亮，她好像发现了什么不得了的事。

"你怎么知道我在跟商琰聊天？你刚刚看见了？那你怎么不来叫我一起走？"

她像倒豆子一样一股脑问了三个问题，傅北臣却像没听见一般，目不斜视地注意着前方的路况。

姜知漓没试探出自己想看见的反应，像是一拳头打在了棉花上。

她不轻不重地哼了一声，转头看向窗外，自言自语似的嘀咕道："商琰这人真是很不错呢，人长得帅不说，脾气又温和；不像某些人，嘴毒自大，冷酷无情……"

虽然她说话的音量小，却还是有大半话落进了傅北臣耳中。

他侧眸，目光冷冷的："你说什么？"

姜知漓立刻怂了，眼睛四处乱瞟起来："啊，我说话了吗？你听错了吧？"

在她看来，男人心才是海底针，傅北臣这种人的心思更是深不可测。

每次姜知漓隐隐约约感觉这人吃醋了的时候，他给她的感觉又像是她在自作多情。

至于傅北臣到底还恨不恨她，姜知漓自己好像也得不出答案了。

不管她承不承认，她好像在一张名为傅北臣的大网里，越陷越深了。

窗外，夜色渐浓，冷风瑟瑟；车内，温暖如春。

姜知漓再次被困意席卷，沉沉睡去。熟睡中的姜知漓并没有看见，中控台显示的车速数字越来越大。

傅北臣单手握着方向盘，侧脸陷在昏暗的光影里，神色晦暗不明。

一个小时后，车在公寓楼下稳稳停住，姜知漓却还没醒。

傅北臣侧头看着她的睡颜，目光暗了暗，忽地伸出手，将她歪着的头扶正。

姜知漓睡得很香，露出几分白日里难见的乖巧，一副没心没肺的样子。

姜知漓并不知道，傅北臣今天自己开车过来，是因为他毫无征兆地翘掉了后半场的临时会议。安阳临时顶上去，司机赶过来也需要时间。知道沈茵也会出席后，为了节省时间，他只能自己驱车赶过去。

幸好赶上了——这是当时傅北臣心里唯一的想法。

不知道过了多久，姜知漓忽然感觉脸颊被人轻轻刮过，一阵酥酥麻麻的触感传来。

她睁开惺忪的睡眼，看见傅北臣仍靠坐在驾驶座上，姿态闲散，骨节分明的手随意地搭在方向盘上。

姜知漓又转头看向窗外，才惊觉已经到家了。

她缓了缓，打开车门下车："我先走了，回去的路上你注意安全。"

没人答话。

姜知漓皱了皱眉，想着：这人今天真是有点不对劲，从晚上她上车开始就不对劲。

她关上车门，刚走了两步，身后的汽车就已经疾驰而去，只剩嚣张的车尾气混杂着灰尘在空气中飞扬。

市中心某高档会所。

包间的门忽然被人暴力推开，沙发上坐着的霍思扬被吓得手一哆嗦，杯子里的酒都溅出了几滴。

叶嘉期踩着高跟鞋噔噔走进来，把手里的包扔到沙发上，毫不客气地坐下来。

"我哥呢？"

霍思扬一边拿纸巾擦手，一边随口应付道："估计快到了。"

叶嘉期忽然凑近他，嫁接了睫毛的大眼睛扑闪扑闪的。她问："对了，霍思扬，你昨天跟我说我哥回来是为了找旧情人，真的假的？消息可靠吗？"

霍思扬把用完的纸巾精准地抛进垃圾桶："我没事骗你干什么？"

叶嘉期摸着下巴，啧啧两声："我听说他这个旧情人还是个狐狸精类型的啊，能把傅北臣这么难搞的人勾到手，还能拍拍屁股就走了，够牛的，我还真想认识认识她。"

叶嘉期感叹完，话锋一转，问道："不过我哥还回来找人家干吗？酝酿着怎么把人家搞破产？多损呢。"

霍思扬笑了声，意味深长地道："小屁孩，你可不懂男人。"

闻言，叶嘉期皱了皱眉。她没听懂他是什么意思，刚想继续问下去，包间的门就又被人推开了。

看见来人，叶嘉期立马把没问完的话吞了回去，心虚地问："哥，今晚陈姨的展，你怎么不带上我一起过去？"

傅北臣在沙发上坐下，闻言，淡淡地瞥了她一眼："陈姨的那些设计作品你从小看到大，还没看够？"

虽然他的语调十分平静，可叶嘉期凭借着女人的直觉，还是敏锐地察觉到他今晚好像心情不太好。

叶嘉期嘀咕道："那我不是还可以找找灵感吗？"

傅北臣轻嗤一声，嘴上毫不留情："那你恐怕还得再找个二十年。"

赶上傅北臣心情不好的时候来触霉头，真是够晦气的。叶嘉期心里骂骂咧咧，嘴上不敢再多说，生怕傅北臣一个心情不好，再把她发配到偏远国家的分公司去体验生活。

她悄悄用鞋跟踢了踢旁边的霍思扬，挤眉弄眼地暗示他"先赴死"。

霍思扬翻了个白眼，先是给傅北臣倒了杯酒，才小心翼翼地斟酌着开口："老板打算什么时候回 M 国啊？"

他话音落下，没得到应答。

叶嘉期眨了眨眼，看着傅北臣仰头喝光一杯酒，连忙又踢了踢霍思扬。

霍思扬深吸一口气，硬着头皮再次开口："那个，老爷子今天打电话，下最后通牒了。一个月之后，如果他见不到你人的话……"

傅北臣靠在沙发上，被西裤包裹的长腿交叠着，姿态懒散。他合着眼，忽地低笑出声。

安静的空气中，他的嗓音有些哑："就怎么样？亲手毁了我，还是毁了傅氏集团？”

话音落下，气氛变得更加紧张。

霍思扬在心里叹了口气，跟叶嘉期对视了一眼，犹豫着开口："老爷子倒也没这么说，毕竟他跟你还是有血缘关系的，也把你当成……"

忽然，傅北臣睁开眼，直直看向霍思扬。他勾起唇，眼底尽是讥讽之意，深邃的瞳孔如寒潭般，幽暗而冰冷。

"把我当成机器，还是傀儡？"

闻言，叶嘉期的脸色变了变，她刚想开口说什么，傅北臣便冷声道："告诉他，无论是我，还是傅氏，他都掌控不了。"

他笑起来，语气却冷漠至极："他既然败了，就得愿赌服输。"

结婚协议

deep feeling

这天晚上，姜知漓做了一个很长很长的梦。

梦里，她回到了小时候，回到了姜家还没出事之时。

那时候，姜知漓还是江城人人羡慕的存在。她容貌出众，家境优越，家庭美满，连她自己都认为，她足够幸运。

可幸运，是会透支的。

父亲出事那天，一切来得毫无征兆。

姜知漓不明白，为什么一个活生生的人会那么突然地从这个世界离开。

也许是因为父亲的身体一直不太好。从他白手起家建立姜氏起，多年来，他付出了太多的心血，才让自己的身体差成了那样。

病床前，她哭得昏天黑地，床上的人却再也无法睁开眼睛，无法像以前那样，摸摸她的头，温柔地告诉她："漓漓，别怕。"

父亲突然因病离世后，姜知漓才隐隐约约地明白过来——

她以为的家庭美满，其实只是父母之间的相敬如宾。在这场商业联姻里，动心的原来只有父亲一个人。

料理好父亲的后事不久，沈茵离开了。

所谓的豪门联姻、恩爱和睦，不过是演戏罢了。这场婚姻里，沈茵付出的真心恐怕最多只有百分之一。也许她当初结婚本就是迫于无奈，或是退而求其次。现在她终于有了机会重新选择自己的爱情，和她想要的比起来，姜知漓就变得没有那么重要了。

姜知漓也想过，自己可能并不是什么父母爱情的结晶。

而有些事情一旦发生之后，原因相较起结果来说，就不是那么重要了。

因为结果就是，沈茜无比果决地舍弃了她。

一夜之间，如同从天堂坠入地狱一般，她一无所有了。

后来，姜知漓孤身去往Y国，也曾经不受控制地去关注有关沈茜的消息。

她成了很有名气的设计师，后来又与商界巨擘简泓逸结了婚。那时，简泓逸离异，只有一个女儿。

沈茜爱那个男人，因此爱屋及乌地去爱那个人的女儿，却唯独不爱她这个亲生女儿。

后来，沈茜也尝试过打电话联系姜知漓，可她一次都没接。

深夜在异乡的医院里醒来时，她是独自一人；无数个跨年夜和生日，她同样只有自己。

有些弥补和忏悔来得太迟，她也就不需要了。

可她依旧没办法不怨，没办法释怀孤身一人度过的那八年。

次日醒来时，姜知漓的头昏昏沉沉的，大概是因为她做了梦所以没睡好。一看手机，才凌晨四点，她却已经睡不着了。

姜知漓顺手点开微信，突然发现消息列表里多出了一个头像陌生的联系人。

她最近主动加过的人，貌似只有一个。姜知漓浑身一激灵，整个人都精神了。

她点开聊天框，小心翼翼敲下几个字。

姜知漓：是傅北臣吗？

忐忑的十分钟过去，姜知漓才反应过来——现在才凌晨四点，他应该正在睡觉吧？

她正这样想着，聊天框中忽然弹出一条消息。

冷冰冰的两个字：不是。

这种语气，用膝盖也能断定对方就是傅北臣没错了。

姜知漓趴在床上，脚在空气中晃呀晃，然后把他的微信备注改得和手机联系人备注一样。

不得不说，倪灵提供的昵称，目前念起来还是蛮顺口的。

昏暗的房间内，唯有手机屏幕发出微光。

姜知漓：都凌晨四点了，你怎么还不睡觉？

傅品如：你不是一样？

姜知漓：我刚睡醒呀。

她还发了张"猫咪跳跳"的动图过去。

三分钟过去，那头的人没回消息。

姜知漓本来想问他，大半夜的，为什么突然加她微信，可转念一想，她要是皮过头了，他一个手抖把她给删了就不好了。

犹豫片刻，姜知漓只好又发了一条。

姜知漓：所以你为什么还不睡呀？

夜色浓重，仿佛连空中的浓云都歇息了下来，总统套房的灯却还亮着。

桌上的手机在持续震动着。

办公桌后，傅北臣关上电脑，疲惫地往后靠了靠，被酒意侵蚀的神经仍在隐隐作痛。

他抬手揉了揉眉心，终于拿起手机看了一眼。

果不其然，她那些花里胡哨的表情包在屏幕上肆意跳跃着。

傅品如：忙。

姜知漓看着惜字如金的他回的那一个字，不自觉开始想象他在办公桌前熬夜工作的画面。

她记得，韩子遇说过，傅北臣在短短三年之内就让傅氏的资产翻了三倍，没有任何成功是随随便便得来的。可想而知，这三年他到底有多辛苦。

姜知漓轻叹一声，鼻尖忽然有点酸酸的。

她发了张"捶肩"的动图过去。

姜知漓：以后尽量不要熬夜工作啦。

姜知漓：毕竟熬夜伤肾。

她噼里啪啦地打完字，就把手机甩到一边，盯着天花板使劲眨眨眼，把眼眶里的湿意憋回去。

三分钟之后，姜知漓捞起手机，想看看傅北臣回没回消息。

看到自己刚刚发的消息的最后一个字，姜知漓瞬间"瞳孔地震"。

谁能告诉她，她怎么把"身"打成"肾"了？

完了完了完了。

超过三分钟，想撤回都撤不回来了，傅北臣不会已经把她拉黑了吧？

姜知漓深吸一口气，强迫自己冷静下来，安慰自己，她这种毫无意义的废话，傅北臣肯定不会回的。

然而，就在下一秒，手机发出叮的一声。

竟然没直接把她拉黑，看来傅北臣今天对她还不错。

这么想着，姜知漓的嘴角不自觉翘了翘。可她点开对话框的一瞬间，嘴边的笑容一下凝固了。

傅品如：？

一个简简单单的问号，在这种时刻可以有无数种意思。

具体是什么意思，就看她要怎么理解了。

姜知漓深吸一口气，摸了摸滚烫的脸颊，镇定地敲下几个字。

姜知漓：我相信你。

姜知漓：早点休息哦。

发完最后这句话，手机彻底安静了下来，他应该是去睡觉了。

姜知漓把手机丢到一边，拎起一个抱枕捂住自己的脸。

她努力做着心理建设，然而一分钟之后便宣告失败。

姜知漓又一把拿起手机，用几乎能戳破手机屏幕的力度，把某人的微信备注修改为：傅品如——当代语言艺术大师。

这天下午，乌云蔽日，站在公司的窗边往外看去，云层厚得仿佛下一秒就能挤出水来，看着便让人心情压抑。

"知漓姐，请你喝咖啡。"

姜知漓循声抬头，就看见叶嘉期献宝似的递过来一杯咖啡，一看就是有事相求。

姜知漓莞尔一笑，无奈地抬手接过咖啡，道："什么事啊？说吧。"

叶嘉期讨好一笑："知漓姐，是这样的，刚才部长让我把这些珠宝送到一个地方，好像是拍宣传广告要用，但是我临时有点事。你等会儿下班后能帮我送一下吗？"

姜知漓想了想，她下班之后也没什么事。

"行，你把东西拿来吧。只是送过去就可以？"

叶嘉期点头如捣蒜："嗯嗯，送到就行。"

"好，我知道了。你等会儿把地址发给我。"

叶嘉期双手合十，表情非常浮夸："谢谢知漓姐！我爱你！"

姜知漓哑然失笑，忽然想起什么，举了举手里的咖啡，问她："买的是什么口味啊？不是蜜桃吧？"

"不是，我这杯是蜜桃，你那杯是香草。"

姜知漓这下放心了。她对蔷薇科植物过敏，一点都不能沾。

"那我先走了啊。"

"好，拜拜。"

叶嘉期跟她打了声招呼，就拿着包离开了。没多久，姜知漓也站起身，她将装着珠宝的首饰盒塞进包里，然后下楼打车。

也许是快要下雨的缘故，姜知漓足足排了半个小时的队才上车。

叶嘉期发来是一家摄影棚的地址，虽然也在市中心，可赶上晚高峰，路堵得水泄不通。

时间一分一秒地过去，外面也淅淅沥沥地下起了小雨。

离影棚那边要求的送达时间只剩下不到半个小时。广告拍摄和影棚租赁应该都是有规定时间限制的，如果东西送迟了，很可能会影响广告的拍摄进度。

姜知漓看着前面没有一丝好转迹象的路况，心一横，果断打开车门下车。

细密的雨丝倾斜而下，姜知漓今天出门忘了带伞，此刻只能把包顶在头上，用最快的速度在雨幕中朝着地铁站跑。

冰凉的雨丝沁湿衣物，深秋的寒意一寸寸渗进皮肤。

等下了地铁，离约定的时间只剩下最后五分钟。

姜知漓咬了咬牙，也顾不得用包挡雨了，直接冲进了雨里。

等姜知漓到了摄影棚门口时，她最外层的大衣已经湿透了，沉甸甸地包裹在身上，让她整个人的步伐都变得沉重起来。

顺利将首饰交给工作人员之后，姜知漓靠在走廊的墙上，终于能喘上一口气。

还没等姜知漓完全缓过来，前方突然传来一个尖锐的年轻的女声。

"姐？还真是你？"

姜知漓不着痕迹地皱了皱眉，抬眼看去。

沈思萱穿着一件红色深 V 吊带，外面罩着一件白色貂皮大衣，波浪状鬈发垂到肩头，明明是一身艳丽的打扮，可她五官压不住，反而显出几分俗气来。

姜知漓这才想起，参与广告拍摄的明星有沈思萱。

自从那次出轨事件爆出来，沈思萱现在也就只能演一演广告里的配角，由于名字放的位置太不显眼，姜知漓压根没在意。

沈思萱见姜知漓一身狼狈，垂在肩头的发丝都是湿的，嘴角克制不住地上扬，幸灾乐祸的样子也藏不住。

"姐，没想到来送东西的人还真是你。你不是已经勾搭上傅总了吗？怎么还要做跑腿的活？"

姜知漓双手环抱在胸前，似笑非笑地打量着她："你不是还勾搭上韩子遇了吗？怎么连拍广告都只能演配角？之前那件事还没让你火遍大江南北？"

沈思萱一下子被戳到痛处，刚刚还得意的脸瞬间发白。

她化着精致妆容的脸微微扭曲起来，她恨恨地瞪着姜知漓："你少在这里得意了，你以为傅北臣帮你撤热搜，就是真的喜欢你了？别忘了，你当初说走就走，是怎么让人家在雨里等了你一个又一个晚上的。

"你还真指望着傅北臣帮你夺回姜氏？那你未免也太天真了点。"

听见她那句"你以为傅北臣帮你撤热搜"，姜知漓神情微愣。

看见姜知漓的神色变化，沈思萱还以为她是被刺痛了，嘴上更加咄咄逼人起来。

"哦，对了，你还不知道姑姑已经回国了吧？姜氏的事，姑姑都已经知道了。"

闻言，姜知漓神色一僵，瞬间通体冰凉。

沈茵已经知道了吗？

她已经知道了，这群人为了抢夺父亲留下的心血，在欺负唯一与她有血缘关系的女儿。可，她什么都没说、什么都没做。

看着姜知漓煞白的脸色，沈思萱嗤笑出声，像是为了她好似的劝说道："姐，你放弃吧，连姑姑都不站在你那边，你自己一个人究竟在这里坚持什么呢？你体面地离开，回Y国去，不好吗？"

姜知漓攥紧指尖，目光冷冷地看向沈思萱。

她勾起唇，讥讽道："沈思萱，你知道你让我想起了一句什么话吗？"

她一字一顿地道："山中无老虎，猴子称霸王。"

沈思萱的脸色瞬间由白转青。

姜知漓抬脚朝她走过去，眼睛微挑，居高临下地看着她，笑得妩媚而高傲。

"本该属于我的东西，早晚都是我的。"

她理了理头发，虽身上狼狈，却仍然目光炯炯，明艳不可方物。

"该担心的人从来都不是我，而是你们才对。"

姜知漓从影棚里出来，外面的雨还没歇下来。她站在屋檐下躲雨，望着雨幕的目光有些空洞。其实她一点信心都没有，尤其是在得知沈茵知道这一切之后。

连世界上唯一有理由帮助她的人都不愿意站在她的身边，她真的在孤军奋战。

那一瞬间，姜知漓忽然有些找不到坚持下去的勇气，毕竟，仅剩的那丝希望如今也彻底被打破了。

忽然，姜知漓感觉身上一阵发痒，胸口憋闷，呼吸变得困难起来。

她察觉到不对，连忙将袖子拉上去。白皙的手臂上赫然布着星星点点的红疹。

完了，她好像过敏了。

姜知漓立刻招手拦车赶往医院。

去往医院的路上，姜知漓一边止不住地挠着胳膊，一边回想自己这次是因为什么过敏的。

没一会儿，姜知漓就想起，叶嘉期下午说过，她自己那杯咖啡是蜜桃味的。也就是说，店员做完叶嘉期那杯咖啡之后，很可能没有洗干净器皿，导致她那杯香草味的咖啡里沾上了桃子的残渣。

因为知道自己对什么过敏，姜知漓在吃喝这方面一直都非常小心，可还是挡不住这种意外发生。

人倒霉的时候，果然诸事不顺。

司机师傅看出来姜知漓的脸色不对，加快车速驶向医院。可碍于雨天的路况，车速再快也没快到哪里去。

傍晚的医院里，急诊部格外拥挤，空气中弥漫着医院独有的消毒水气味。姜知漓用尽全身的力气强撑着，自己挂号抽血，然后找到问诊室。

医生接过她的化验单扫了一眼，手指飞速敲打着键盘，见她是一个人进来的，面色担忧地问："你是自己一个人过来的？你现在这个情况需要先输液，可能得到后半夜，还是让家人或者朋友过来陪同一下吧。"

姜知漓抿紧唇，艰难地露出一抹笑："不用了，我自己可以的。"

倪灵这几天不在江城，就算告诉她，也只是白白让她担心罢了。

更何况自己一个人来医院这种事，她早就习惯了。

见状，医生叹了口气，只好说："那好。医院现在腾不出床位，你先在输液室挂水，等半夜有床空出来，我让护士告诉你。你现在除了过敏之外还有些其他症状，后半夜很可能会发烧，记得要频繁测温。"

"谢谢医生。"

输液室的人有些多，护士过了一会儿才走过来，动作利索地给姜知漓挂上了第一瓶药。

坐在冰凉的长椅上，姜知漓只觉得浑身上下更冷了。她只穿了一件薄薄的丝质衬衫，外面那层湿了的大衣早已经被她脱掉了。

窗外，雨势似乎转小了些，但仍有雨水拍打树叶的声音传来，和医院里嘈杂的人声混杂在一起。

姜知漓深吸一口气，鼻腔里充斥着消毒水的气味，冰冷的液体一寸寸流入体内，五脏六腑都跟着冰凉起来。

她很想喝一杯热水暖暖身子，可水喝多了，等会儿怎么上厕所就成了问题。

她只好放弃了这个念头。

姜知漓舔了舔有些干涩的唇瓣，用另一只空着的手解锁手机屏幕，点开微博刷了刷。看了会儿热搜后，她鬼使神差地点开了简语凡的微博。

自从知道沈茵改嫁给了简语凡的父亲之后，姜知漓就常常关注简语凡的微博动态，譬如沈茵和简语凡又去看了哪里的大秀，圣诞节时一家三口是在哪里度过的。

她就像一个躲在暗处的偷窥者，可怜，又可笑。

半个小时前，简语凡更新了一条动态。

是两张图片，其中一张是一条精美华贵的项链，另一张是简语凡靠在沈茵肩头的亲密合影，幸福都写在了脸上。

配文：谢谢妈妈的生日礼物，我永远爱你。

她的妈妈，原来正在陪着简语凡过生日。

明明早有预料，可姜知漓不得不承认，她还是被这张照片里两人幸福的笑容刺痛了。

姜知漓关掉手机，转头环顾四周。偌大的输液室里，病人很多，但似乎只有她一人形单影只。

人越是处在喧闹的环境里，孤独感就越强烈。

姜知漓附近坐着一对年轻情侣，女孩靠在男孩肩头，正在输液。

男孩的手中捧着一碗小米粥，一边喂女孩，一边低声哄道："就吃两口好不好？空腹会难受。"

女孩撒着娇："我不想喝这个，我想喝皮蛋瘦肉粥。"

男孩面色为难，又柔声劝道："那个太难等了，每次买都要提前预约，我不放心留你一个人在这。等你病好了，我再带你去吃好不好？"

平凡而温馨的场景，却让姜知漓的眼眶一阵阵酸涩。

她也好想喝皮蛋瘦肉粥。

可现实是，她连医院楼下两元一碗的小米粥都喝不到。

姜知漓吸了吸鼻子，点开微信的置顶聊天，拍了一张输液的照片给某人发过去。

虽然姜知漓知道，傅北臣出差了，应该是赶不回来的。

她原本以为，她可以像以前一样，一个人照顾好自己，不麻烦任何人；可是现在，她忽然很想他。

姜知漓：我今天去输液了。

姜知漓：你知道是什么液吗？

姜知漓：是想你的夜。

盯着这段土味情话，姜知漓忍不住想象了一下傅北臣看见这段话时的反应，然后被自己逗笑了。

她垂眸盯着手机，笑着笑着，一滴晶莹的泪忽然砸在屏幕上。

她擦了擦眼泪，没有等傅北臣回复，直接关掉了手机。

其实还有一句话，她没有发出去。

——傅北臣，如果现在你在我的身边就好了。

她想说这句话，并不是想要责怪他。

而是因为，每一次人声鼎沸的时候，她都比平时更想他。

也许是药效使然，姜知漓竟然昏昏沉沉地睡了过去。

姜知漓再次睁开眼后，愣愣地盯着头顶的天花板片刻，才缓缓清醒过来。

她努力睁大双眼，试图分辨眼前的情况。她所处的不再是那间冰冷拥挤的输液室，而是一间宽敞舒适的单人病房。原本笼罩着全身的寒意被温暖取代，舒服得让人不想睁眼。

身侧传来窸窣的声响，姜知漓一脸蒙地转头，才看见护士正在给她拔针。而护士身边还站着一道高大挺拔的身影。

傅北臣只穿着一件单薄的白衬衫，领带松松垮垮地挂着，透着些痞气。他的衣服像是被雨水打湿了，领口散着，他比平日多了一丝狼狈，却不损金贵。

他单手插兜静立在那里，另一只手刚刚从输液管上松开。

姜知漓一度以为她是在做梦，因为眼前的景象她很熟悉。

以前她生病输液时，总是嫌药凉，流进血管里时不舒服。傅北臣就会像现在这样，轻轻握着输液管，用体温让药液变得温热些。

不同的地点，熟悉的动作，熟悉的人。

这一刻，姜知漓的心充满了不知名的情绪，混入了一丝丝他带来的甜。那种酸涩的情绪一直积蓄在心口，在这个瞬间被打开了阀门，做好的伪装溃不成军。

她无法宣泄，只能任由眼泪顺着眼眶流出。

她甚至都不知道傅北臣是怎么找到这里的，她明明只给他发了一张照片而已。

姜知漓的视线逐渐被泪水模糊，她陷在自己的世界里，忽然呜咽出声。

"哭什么？"傅北臣的目光里染上一丝不易察觉的慌乱。

他抿了抿唇，转身就要出去找医生，忽然，手腕被人一把拉住。

他停下脚步，就听见她哽咽着开口："你是怎么找到这里的？"

闻言，傅北臣又想起刚刚的情况，冷冰冰地吐出两个字："猜的。"

四个小时前，看见姜知漓发来的微信消息时，傅北臣刚下飞机。等他打电话过去时，已经是关机的状态了。不知道她人究竟在哪，傅北臣只能在市中心的医院里一家一家地找。

下雨的傍晚，每家医院的急诊室都人满为患。在第四家医院的急诊室里，他终于找到了她。

他悬着的心沉沉地落了回去。

嘈杂拥挤的环境里，她孤零零地缩在椅子里，睡得很香，浑然不知药袋里的药快滴完了。

他如果再晚来一刻，输液管里就要回血了。那个瞬间，傅北臣感受到了前所未有的无力感。

不管他愿不愿意承认，他此生锻炼出来的所有耐心，应该只够给她一个人了。

听到他那冷冰冰的语气，姜知漓缩了缩脖子，拉着他手腕的指尖不自觉收紧了些。

她的声音细如蚊鸣："你不是出差了吗？怎么这么快就回来了？"

傅北臣停在原地，就那么任由她拉着自己，目光静静地打量着她。

姜知漓抬起眼时，视线猝不及防和他的视线交汇。

房间内光线明亮，他的瞳孔一如往常般漆黑而深邃。他面上不动声色，却又好像比往常多出了什么情绪。

姜知漓呼吸一滞。

傅北臣望着她，忽然很轻地笑了下。

"你不是说想我了吗？"

足足好几秒过去，姜知漓才终于反应过来。

她愣怔地眨了眨眼，确认自己没听错之后，脸瞬间烧得火热。

她一时竟然分不清傅北臣这句话究竟是认真的，还是在逗她玩。

"我，那个只是……"

他的神色平静而坦然，姜知漓动了动嘴唇，白皙的脸颊一片绯红。她支支吾吾半天说不出来话。

她好像的确没办法否认她想傅北臣这件事。可要她当着傅北臣的面说"我想你了"这种话，好像也很难为情。

毕竟傅北臣到现在连个准话都没给她，她要是把话说得太直白，会不会显得太不矜持了？

虽然在傅北臣面前，她好像也没怎么矜持过。

就这样，姜知漓纠结万分地陷入了自己的情绪里。

还没等她想好要怎么说，护士便拿着体温计去而复返，她只好把没说出口的话咽回了肚子里。

护士一边在病历表上记录，一边叮嘱道："你这个过敏情况不轻啊，现在有点低烧。等会儿先把桌上的药吃了，一次两片，每日三次。还有，身上起的红疹后半夜可能还会痒，千万忍住别去挠，抓破了就麻烦了。"

说完，护士又看向傅北臣，再次认真强调："你作为她的男朋友，可千万钉住她啊。"

听见"男朋友"三个字，姜知漓瞬间瞪大眼，傅北臣却依旧没什么表情。他微微颔首，送护士出去了。

回来后，他走到床头柜旁倒了一杯温水，又将桌上的药片倒出来两片，一起递给她。

姜知漓抬手接过，垂着眼不看他，小声说："谢谢。"

从傅北臣的角度，能看见她的睫毛轻轻颤着，眼尾还是红的，模样可怜兮兮的。

傅北臣目光暗了暗，刚想开口说什么，电话铃声就突然响了起来，他只好走到窗边接起电话。

姜知漓坐在床上，慢吞吞地小口喝着温水，听他打了十五分钟的电话。

他那么忙，如果大半夜还要在这里陪她……姜知漓仅剩不多的良心忽然开始隐隐作痛。

等傅北臣挂了电话转身，姜知漓不自觉地绞着身上的被子，斟酌着开口道："那个，如果你还有很多工作的话——"

就先走吧。

她话没说完，窗外又划过一道闪电，几乎要把夜幕撕开来。

姜知漓冷不防被吓了一跳，咽了咽口水，瞬间改口："就留在这里做吧。"

话出口后，姜知漓隐约觉得这话听起来有点不对劲。

她心里一阵懊恼，抬眼迎上傅北臣的视线，神色认真："我是说，反正在哪里都可以工作。外面那么大的雨，出门很危险的。"

闻言，傅北臣抬了抬眉梢。

她一本正经地补充道："医院树很多，打雷闪电的时候出门太危险了，我是担心你。"

他勾起唇，语气玩味："担心我做什么？"

姜知漓无语。

傅北臣的目光忽然变得意味深长，他一字一顿地道："我又没做过亏心事。"

姜知漓："……"

她觉得他这话是在暗指她，但她没有证据。

阴阳怪气的傅北臣。算了，今天她先不跟他计较。

姜知漓正在心里腹诽时，傅北臣绕过病床，迈步走到门口，打开病房的门出去了。

走了，他真走了。姜知漓忽然有点欲哭无泪。

空荡的病房再次安静下来，窗外呼啸的风顺着窗户缝进来，像哀切的哭声。她心里的落差感和孤独感再一次被无限放大。

也不知道是因为生病了还是天气不好，姜知漓的多愁善感、伤春悲秋的情绪，在此刻被尽数勾了出来。

他还不如不来，来了又走，让她更难受了。刚刚他还说着那些容易让人想歪的话，现在他说走就走，不会是陪简语凡过生日去了吧？

女人在某些时刻联想能力总是很强，譬如现在，姜知漓就不受控制地想象起了傅北臣陪简语凡过生日的画面。她咬了咬牙，狠狠地捶了几拳怀中的枕头，几乎将枕头砸变形。

"傅北臣!

"说走就走，脚踏两条船！"

就在姜知漓骂得起劲时，门把手发出一声轻响。她停下手里的动作，怔怔地抬头看去。

傅北臣就站在门口，一只手拿着一沓文件，另一只手拎着一个透明的塑料袋，里面是全新的洗漱用品。

姜知漓呆呆地眨了眨眼。

完了，她好像误会了。傅北臣好像只是出去取东西而已，并没有打算留她一个人在医院。

完了完了完了，她刚才骂他的话没被他听见吧？

傅北臣拎着东西走到沙发边坐下，长腿交叠，目光沉沉地凝视着她，一副要她给个解释的架势。

姜知漓吞了吞口水，默默地抚了抚枕头上的褶皱。

她讪讪地笑着道："输液输太久，手麻了，活动活动而已。"

傅北臣轻嗤一声，看她的眼神清晰地表达出一个信息：信你才怪。

被他盯得心虚，姜知漓只好先发制人，嘟囔道："你不是走了吗？怎么又回来了？"

他冷冷挑眉："不敢，怕被雷劈。"

姜知漓反应了几秒，嘴角忽然不受控制地上扬。

"这就对了嘛。"

傅北臣不再搭理她，神情淡然地翻开刚刚拿进来的资料，看了起来。

哪怕他态度冷淡，姜知漓还是很高兴，她忍不住笑着嘟囔道："下雨天不能乱跑……"

你要好好地待在我身边。

深夜，窗外电闪雷鸣，瓢泼大雨似要将整座城市淹没。

病房内则温暖如春，只有一盏落地灯静静地散发着光芒，安静而温馨。

姜知漓今天睡得太久，加上药效逐渐过去，身上越来越痒，现在已经彻底睡不着了。

她盯着窗外的雨景看了一会儿，忍不住又悄悄地翻了个身，把头转向傅北臣那边。

他就坐在沙发上，距离她不到五米，眉眼冷淡，俊朗立体的五官轮廓被光影勾勒得异常柔和，他正神情专注地看着手里的资料。

无数次出现在自己梦里的场景终于成真，姜知漓的心猛地跳了下。

很快，傅北臣察觉到她的目光，忽然抬眼看过来。

他那原本漆黑的眸被灯光映成了柔和的琥珀色，此刻盛满了她的身影。

"还没看够？"

清冷低沉的嗓音回荡在静谧的房间内，带着一丝蛊惑人心的意味。

没料到会被他如此直接地戳穿，姜知漓慌乱地收回目光，嘀咕道："你长得好看，让人看一会儿怎么了……小气。"

她正说着，手臂上又是一阵痒意袭来。

姜知漓咬紧唇，嘴唇都快被咬出血，还是挡不住那种浑身上下仿佛有虫子爬一样的痒。

她难受地皱起眉，控制不住地想悄悄地伸手抓，就听见傅北臣冷声道："姜知漓。"

134

姜知漓的动作倏地停住。

"别动。"他的语气不容置喙。

他的语气冷冰冰的，姜知漓知道他是为了自己好，可还是因为太难受，忍不住出声："可是我好痒……忍不住了。"

她的语气又软又娇，撒娇似的，尾音像一把小钩子，能轻而易举地让人心软。

见他沉默了，姜知漓眼底又燃起希望，小手蠢蠢欲动。真的太痒了，凭她的自制力，她是真的忍不住。

就在姜知漓想再次伸出手时，傅北臣忽然从沙发上起身，资料被他扔到了一边。

他一边抬脚朝她走过来，一边伸手扯着颈上系着的黑色领带。

修长白皙的手指很快轻车熟路地将领带解开，他的目光直直地凝视着她，带着十足的侵略性。

姜知漓被他突如其来的动作吓了一跳，根本反应不过来，只能呆呆地望着他。

属于他的气息一点点逼近，周围的空气仿佛都在这一瞬间稀薄起来。

姜知漓的脸噌的一下升温，她下意识就想往后退，说话都结巴起来："傅……傅北臣……我还生着病呢……

"你要干什——"

没等她把话说完，傅北臣抿了抿唇，面容平静地将她的双手拉过来，用领带捆在了一起。

他的动作很快，却很轻柔。

没一会儿，姜知漓的手就被捆得严严实实了。他捆的松紧度刚刚好，不至于紧到让她觉得不舒服，也实打实地让她挣脱不了。

这下她就算想偷偷抓一抓手臂也不可能了。

这怎么跟她想的不一样啊？

姜知漓足足傻了好几秒才反应过来眼下是什么情况，她刚抬起头，就猝不及防地撞进他深邃的眸中。

他垂眸看着她，幽深的目光更暗了几分，似逼视，似引诱。

气氛一瞬间变得更加灼热暧昧。

就在姜知漓紧张到快无法呼吸时，她终于听见他开口。

傅北臣嗓音低哑，声音染上一丝轻佻的笑意，他慢条斯理地反问她："你以为我要干什么？"

这句话在这种情景下被傅北臣说出来，实在是太容易让人误会了。

况且他看她的眼神又那么……

她也不知道这个男人是怎么做到顶着一副冷淡的皮囊，偏偏看她的眼神又饱含深意，简直要命。

此时此刻，姜知漓只能听见自己的心脏在胸腔里一下比一下剧烈地跳着，震得她耳膜都跟着发疼。

扑通、扑通、扑通。

被他一句话搞得紧张成了这样，姜知漓觉得自己这二十多年的面子都在今晚丢光了。

她缓缓吸了一口气，试图平复心跳，面上淡定自若地说："你绑我干什么？先把我松开……"

傅北臣看着她这副故作镇定的模样，确保她挣不开之后，像是没听见她的话一样，转身朝着沙发走去。

"喂，傅北臣！"姜知漓又羞又怒，挣扎着。

她的声音清清楚楚地回荡在房间内，傅北臣停住脚步，转过头。

病床上，姜知漓被捆着双手，像一只羸弱待宰的羔羊，一张巴掌大的小脸白皙干净，黑发垂落肩头，嘴唇是浅浅的樱粉色，望着他的目光直接而明亮。

傅北臣在心底轻笑一声，不徐不疾地坐回沙发上，重新拿起刚刚被扔到一边的资料。

他眼也没抬，语气平静地道："我是怕你把持不住。"

姜知漓瞬间瞪大眼，不敢相信自己听见的话。她不就是刚刚多看了他几眼吗？

脸皮这东西如果有的卖，她砸锅卖铁也得给傅北臣买上一张。

傅北臣简简单单的一句话，就让姜知漓刚在心里排练好的反击的话全部变得苍白无力。

她心想：没关系，忍忍就好了，一辈子很快就过去了。

她认命地把被子一把扯上来蒙住头，试图在被窝里给自己的脸降降温，以致她并没有看见，傅北臣的视线一直落在她的身上，不曾移开，以及他的嘴角处扬起的那一抹微不可察的笑意。

次日清晨，雨过天晴，日光穿透云层，洒下一地金辉。

姜知漓是在护士给她拔完针后醒来的。睁开眼后，她下意识地先看向沙发，沙发上已经空无一人了。

昨天夜里，她睡得很晚，傅北臣应该是今天清早离开的。

她不由自主地轻叹一声，被一旁的护士听见。护士顿时笑道："你男朋友刚走不久。我早上看他在外面的走廊上接了不少电话，你输完最后一瓶液，他看着拔完针才放心走的。

"你现在已经没什么事了，体温也正常，红疹也消得差不多了，等会儿就可以出院了。"

"谢谢。"

"不客气。"

护士收起仪器往外走。路过沙发的茶几旁时，她忽然又想起什么，转头说："对了，刚刚有人送了这个过来，好像是外卖，你吃完再走吧。"

姜知漓一怔，顺着她的视线看过去。

茶几上静静地放着一个保温袋，袋子外面的商标清晰晃眼——寻香记早茶。

这家茶餐厅根本没有外卖服务，连排队去买还需要提前预约。

姜知漓眼睛一亮，飞快地翻身下床，打开保温袋，将里面仍然温热的食物一件件拿出来。

有皮蛋瘦肉粥、虾饺，还有她最喜欢的蛋挞，这些全部符合她的喜好，是她从昨晚开始就一直心心念念的食物。

姜知漓深吸一口气，打开包装盒，里面色香味俱全的皮蛋瘦肉粥还在冒着热气，热气渐渐地模糊了她的视线。

她的眼眶突然好湿，可偏偏嘴角还是不受控制地往上扬。

姜知漓又想哭又想笑，她觉得自己都快精神分裂了。

虽然听见胃在叫嚣，但姜知漓还是先拿过手机，挑最好的角度拍了几张照片。

她先是发了一条朋友圈，没有文案。

怕他根本不看朋友圈，姜知漓又点开跟他的聊天框，发了一张照片过去。

姜知漓：谢谢老板的早饭。

等傅北臣回消息时，姜知漓一边美滋滋地喝粥，一边打开刚刚发的那条朋友圈，看底下的评论。

同事A：哇哇哇，寻香记的粥，我上次排队都没喝到。

同事B：楼上+1。

姜知漓正苦恼着要怎么低调地回复，傅北臣的消息就回过来了。

傅品如——当代语言艺术大师：嗯。

好嘛，他一如既往地惜字如金。

姜知漓撇了撇嘴，还是忍不住感到开心。她算是看明白了，傅北臣这个人就是别扭。

姜知漓想了想，又问：老板今天晚上有空吗？我请你吃饭吧。

姜知漓：你都请我吃早饭了，不回请一次，我的良心过意不去。

她把这条消息发过去后，好一会儿没收到回复。

等姜知漓一碗粥都快喝完了的时候，终于有新消息弹出来。

傅品如——当代语言艺术大师：知道了。

他这是答应了的意思？

但为什么她又感觉有点像是"已阅，退下"的意思？

不管他到底是什么意思，姜知漓都默认他答应了。心里一激动，手一哆嗦，她不小心点了个"找不到你做人的证据"的表情包出去。

她飞速撤回，换了个跟傅北臣同样"高冷"的表情发出去。

姜知漓：OK。

两分钟后，那头的人没回消息，姜知漓以为傅北臣是去忙了，于是开始自行搜索餐厅。

等她再次回到微信页面时，朋友圈顶部出现了一个新的小红点。

以为是哪个朋友给自己点了赞，姜知滴顺手点开小红点，看清对方备注的一瞬间，她的脸一下涨红了。

两分钟前，"傅品如——当代语言艺术大师"点赞了她的朋友圈。

与此同时，旗岳总部，总裁办公室内。

安阳站在办公桌前，手里拿着平板电脑，正在汇报行程。

"晚上六点高层会议结束，七点钟是和林亿集团的商业应酬……"

办公桌后，傅北臣放下手机，淡声说："六点之后的行程取消，应酬让霍思扬去。"

安阳一愣，险些没拿稳手里的平板电脑。

向来号称"工作机器"的人居然主动取消行程？

秉持着秘书的专业素养，安阳很快掩住惊讶，冷静地扶了扶眼镜："我知道了，傅总。"

说完，他正要转身，身后的人又把他叫住。

傅北臣掀了掀眼皮，神色淡然："去订一家餐厅，晚上七点。"

安阳点头应下："好的，傅总，需要包场吗？"

"嗯。"

闻言，安阳心里好像有点明白了。他犹豫了下，又小心翼翼地问："需要帮您订一束花吗？"

话音落下，办公室里静了片刻，只剩傅北臣笔下唰唰的签字声。

就在安阳以为自己多嘴了，正想悄悄地转身离开时，他身后再度传来男人低沉的声音。

"订吧。"

中午，姜知滴刚从医院回到家，就收到了傅北臣发来的餐厅地址和用餐时间——晚上七点，在国贸中心顶层的一家旋转餐厅。

看见消息之后，姜知滴整个人瞬间像是打了鸡血，冲到衣柜前开始选衣服。明明满柜子都是衣服，姜知滴却找不出一件满意的。

于是，她只好用最快的速度直奔附近的商场。

到商场后，姜知漓一边试衣服，一边拍照发给倪灵和叶嘉期征求意见，最后终于订下了一条烟粉色的连衣裙，外面搭配了一件白色的羊绒大衣。

这条裙子的颜色虽然没有红色那么艳丽，但同样衬得她肤色白皙清透；有些小心机的收腰设计恰到好处地勾勒出她盈盈一握的腰线，她整个人似乎都比平时更温柔了。

姜知漓满意地走出服装店，又在商场里找了一家理发店做头发。

微信弹出一条来自叶嘉期的消息。

叶嘉期：知漓姐，搞得这么隆重，晚上是要约会去？就上次你跟我讲的那个小学生式谈恋爱的那位？

姜知漓：他才不是小学生。

叶嘉期：好吧好吧，我相信你的眼光，你只要别找我哥那样的男人就行。

姜知漓好奇地回：你哥？你还有哥哥吗？

叶嘉期：别提了，晦气。他除了有钱就没有优点了，又冷血，又刻薄，我一度怀疑他孤独终老也是有可能的。

叶嘉期：据说，他以前被狐狸精骗过，现在清心寡欲的，就是个工作机器。谁跟我哥谈恋爱，那可真是够想不开的。你遇见这样的人就快逃！

姜知漓：这么可怕？放心吧，我对这种类型的男人不感兴趣。

叶嘉期：但凡我有一个字是夸张的，罚我三年没男人。

姜知漓：大可不必这么狠。

叶嘉期：好了好了，不说了。今天约会顺利啊！

姜知漓失笑，回了个"OK"。

做好了发型，姜知漓回到家，细致地化完妆后，居然已经快下午六点了。

端详了一会儿镜中挑不出一丝瑕疵的人，姜知漓又从一众口红里挑了一支跟裙子同色系的，慢条斯理地涂起来。

放在梳妆台上的手机就在此时忽然震动起来。

以为是傅北臣打来的，姜知漓连忙丢下手里的口红，接起电话。

"喂？"

电话那头是一个温和的男声，来电之人并不是傅北臣。

"知漓，你现在忙吗？"

姜知漓听出是商琰的声音，讪讪地笑道："啊，商先生。我晚上……已经约好跟朋友见面了。"

话音刚落，姜知漓忽然反应过来，急道："是姜氏的事情有消息了吗？"

商琰声音含笑："没错，上次你告诉我时间紧急，我就委托朋友第一时间去查，已经有了些眉目。还有一件重要的事，我想，还是当面跟你讲比较方便。"

姜知漓一时犹豫不决，沉默了下来。

当初跟严蕙约定的一个月期限就要到了，她处处受阻，目前的进展近乎为零。

只有先调查清楚严蕙究竟做了什么手脚，她才有可能挽回局面。她前天刚委托商琰调查这件事，没想到这么快就有了消息。

早一天知道，她就能多出一天时间做准备，赢的概率也能大一点。

可她已经跟傅北臣约好了晚上一起吃饭。

听见电话那头没了声音，商琰感觉到她的犹豫，又开口问道："要不你看看等会儿能不能抽出一点时间？应该不用太久。姜氏的情况不容乐观，我想你还是尽早知道这些信息比较好。"

姜知漓咬了咬牙，心想：等会儿跟商琰见面时快点聊完，应该不会耽误晚上七点跟傅北臣见面。

她点头应下："好，那我们就在国贸中心楼下的咖啡厅见吧。"

晚上六点半。

国贸中心一层咖啡厅。

姜知漓匆匆忙忙赶到时，商琰已经坐在窗边的位子上等着了。

从看到姜知漓到她走近坐下，商琰的目光一直落在她的身上，带着毫不掩饰的惊艳。

他笑着道："你今天很漂亮，看来晚上的约会对象是很重要的人啊。"

姜知漓把包放到旁边的椅子上，不好意思地冲他笑了笑："谢谢。"

商琰也笑了笑，知道她赶时间，便立马把手边的资料递给她，直入主题。

"这是我的朋友查到的一个海外账户的流水记录。你猜测得八九不离十，姜氏前段时间参与的那个房地产项目，明面上是亏损状态，实际上内部大笔公款被转移到了这个海外匿名账户上。

"按照我的经验来看，应该是公司财务部有人员配合做了假账，营造出了项目失败导致资金链断裂的假象。"

果然，跟姜知漓当初猜测的几乎一模一样。

严蕙应该是联合了其他股东一起造出了公司资金链断裂的假象。

一旦姜知漓拿不出这五个亿，他们就可以借此顺理成章地将她赶出姜氏。

就算姜知漓拿出了这笔钱，他们也有早就挪用出来的公款，那些股东只要将手里的股份抛出去，也能顺利脱身，只留下一个空壳子给她。

他们果然打得一手好算盘。

姜知漓沉吟片刻，指尖摩挲着温热的咖啡杯壁，忽然想到什么，抬头看向商琰，眼里染上几分期待之意。

"商先生，如果能掌握他们挪用公款的证据，是不是就可以报警？"

商琰苦笑了下，有些不忍打破她的期待，却还是不得不对她实话实说："知漓，你之前说只剩下不到五天，他们做得很隐秘，在这么短的时间内，想要合法地找到一些他们做假的证据，可能性并不高。"

姜知漓的眉头蹙得更紧了，静了片刻，她才道："我明白了。"

看着她眼里的光亮暗下去，商琰抿紧唇，又道："但是，知漓，还有一个办法。

"先拿出五个亿打消他们的警惕性，争取更多的时间收集证据。

"这五个亿，我可以给你，如果你不嫌弃的话。你当初借给我的那笔钱，我早就应该还给你了。"

姜知漓愣了下，刚想出言拒绝，商琰又温声道："知漓，你可以放心。五个亿虽然数目不小，但对现在的我来说，还在承受范围之内。你如果实在有压力，可以算作是我借给你的。毕竟对你而言，目前最重要的是守住姜氏，它是你父亲多年的心血，不是吗？"

姜知漓攥紧指尖，一时不知道该怎么办才好。

商琰说得没错，当务之急是守住姜氏。

其实，如果她真的向傅北臣开口，或许事情也会有转机。

可她不想让傅北臣认为，她是为了姜氏才接近他。哪怕所有人都认为她接近他，是因为姜氏，是因为那五个亿。

哪怕所有人都不信她喜欢他，她也不会将这两件事混为一谈。

他们之间的误会已经够深了，不能再因为这件事恶化。

可如果她不跟傅北臣开口，就只有商琰能帮她了。

看出她的犹豫，商琰浅浅地笑了笑，宽慰道："没关系，你可以回去仔细考虑，决定下来的话，告诉我就好。"

顿了顿，商琰又看着她说："对了，知漓，还有一件事，我想还是应该告诉你一声。"

姜知漓怔怔地抬眸，问："什么？"

他犹豫了下，缓声道："是关于傅总的。"

晚上六点五十分。

国贸中心顶层旋转餐厅。

这家法式旋转餐厅宽敞明亮，透过巨大的落地窗，脚下的夜景一览无余。这里向来以高消费、风景极佳著称。

而今晚，旋转餐厅被清场，唯余穿梭于内的侍者和一支正在演奏的乐队，优美的旋律在空气中静静流淌着。

侍者走到窗边，对着桌旁的男人恭敬弯腰："傅先生，这是您挑选的香槟，现在需要为您打开吗？"

挺括的西装勾勒出男人的宽肩长腿，衬衫不带一丝褶皱，他眉眼冷淡，轮廓立体。

傅北臣低头看了看手上的腕表，沉声说："再等等。"

时间一分一秒地过去。

晚上七点零一分，桌上的手机忽然震动起来。

傅北臣看了一眼来电显示，接起电话。

电话那头传来霍思扬火急火燎的声音："喂，你今晚不是跟姜知漓约会去了吗？"

傅北臣眉心一跳，语气平静地反问："怎么了？"

"我在国贸楼下接嘉期，怎么看见她跟商琰在一起？对了，还没来得及告诉你，我最近听见一点风声，商琰好像在调查姜氏的事，有可能是姜知漓找他帮忙的。

"还有，他前段时间做的那笔并购案，听说几个亿的分成都被他提出来了，也不知道他要干什么用。"

霍思扬每多说一句，傅北臣的脸色就沉一分。

一口气说到最后，霍思扬听见那边没声音了，才反应过来自己刚刚都说了什么。

他小心翼翼地问："那个……姜知漓到现在还没求你帮她救姜氏？"

前段时间那份收购计划做出来后，傅北臣就再没让人推进过。

霍思扬也看明白了，他就是在等。等着姜知漓服软低头，亲口求他一句，他就会毫不犹豫地答应。

可霍思扬完全没想到，姜知漓竟然到现在还没有开过口。

他实在找不出一个可以解释她行为的理由。

她明明已经主动到旗岳接近傅北臣，却不提一句救姜氏的事。为什么呢？

除非，她已经把希望寄托在别人身上了，并不打算向傅北臣低头。

他能想明白的，傅北臣也一定想得明白。

电话那头的人沉默许久，就在霍思扬还想开口说什么时，电话猝不及防地被挂断了。

晚上七点零八分。

干净的玻璃窗上倒映出男人棱角分明的侧脸，以及深沉似海的黑眸。

他的眼睛如平静的寒潭，压抑着的情绪在眼底翻涌着。

下一刻，他忽然站起身往外走。

不远处候着的侍者刚推着摆有花束和香槟的推车走过来，见状有些疑惑，开口问道："傅先生，您的香槟不开了吗？"

"不了。"男人头也没回地道。

侍者又急急地问道："那您的花呢？"

傅北臣脚步一顿，转身看了一眼那束刚刚从外地空运来的仍然鲜艳欲滴的玫瑰花束。

他的眼神很冷，极淡地瞥了花束一眼后，他转回头，嗓音暗哑："扔了吧。"

晚上七点一十二分。

姜知漓以最快的速度飞奔着乘上电梯，看着电梯的楼层数一点点升高，她心里十分着急，还在试着给傅北臣打电话。

她是晚上六点五十八分从咖啡厅里冲出来的，咖啡厅和餐厅只隔了一条马路的距离，可她刚好赶上红灯，最后还是迟到了。

一路上，她一直在给傅北臣打电话，想向他解释情况。可他的电话刚开始是正在通话中，后面直接无人接听。

她给他发微信，也没人回。

姜知漓心里越来越慌，某个念头不受控制地在心里冒出了尖。

按电梯按钮的时候，因为着急，她不小心把下午刚做好的指甲弄劈了，钻心的疼痛蔓延开来，但她也顾不得了。

电梯门缓缓打开，姜知漓连忙冲到餐厅门口，却被侍者拦下了。

"抱歉小姐，我们今晚已经打烊了。"

姜知漓累得不停地大口喘气，下午做好的鬓发因为急速奔跑有些乱了。

她皱起眉："打烊了？"

侍者歉疚地点点头："是的，我们餐厅今晚被一位客人包场，可那位客人提前离开了，所以我们也要提前闭店。"

闻言，姜知漓怔了怔："他已经走了吗？"

"是的，小姐。"

话音落下，姜知漓浑身的力气仿佛在这一瞬间被卸去，眼神一点点暗淡下来。

她还是来晚了吗？

沉默片刻，姜知漓说了句"谢谢"，转身离开。

再次按下电梯按钮时，指尖又是一阵钻心的疼痛袭来，她猛地倒吸一口凉气。

渗出的鲜血染红了细白的指尖，姜知漓皱起眉，余光忽然瞥到旁边开着门的消防通道，一簇鲜艳的玫瑰花正静静地立在那里。

她鬼使神差地走过去，看清了那束刚刚被人扔掉的玫瑰花。

玫瑰花花瓣饱满，颜色夺目而耀眼，散发着淡淡的香气，在昏暗的消防楼梯里依然美得让人无法移开视线。

姜知漓深吸一口气，弯腰将那束花捡起，小心翼翼地捧在了怀里。

走出大楼的那一刻，姜知漓又点开了微信的那个置顶聊天框。

马路边，汽车呼啸着驶过，冷风萧瑟，直钻进衣服里。她用手臂拢住花，腾出手来打字，指尖的血迹已经干涸，形成一片暗红。

姜知漓：对不起，我今晚临时有事，去晚了。想打电话告诉你，可你应该没有看见吧。

发完这条微信，姜知漓又鼓起勇气拨出电话，心里默念着：接电话，接电话好不好，让我亲口解释一下。

嘟嘟嘟——

还是无人接听。

原本她用来麻痹自己的话，现在再也无法继续欺骗她了。

傅北臣应该只是纯粹地不想接她的电话了而已。

姜知漓不明白，为什么本该被他亲手送给她的花会被扔掉。

不管是傅北臣不想再继续逗她玩了，还是其他的原因，她都得死个明白。

于是，姜知漓咬紧唇瓣，再一次拨出电话。

电话终于通了。

对面静得几乎只剩下轻微的电流声，姜知漓动了动嘴唇，嗓子有些发干。

她小心翼翼地开口："傅北臣……你已经走了吗？"

电话那头静了片刻，终于响起男人冷冽得像是掺了冰的嗓音。

"还需要我留在那里吗？"他忽然这样问了一句。

姜知漓愣了下，紧接着就听见他轻笑一声，语气里透着浓烈的讽刺意味："我还有其他利用价值吗？"

心脏仿佛被一只无形的手紧紧攥住，姜知漓几乎快要喘不上气来。

她刚想开口解释，电话却已被挂断。

路上车水马龙，怀中的花束香气扑鼻，令人眼眶一阵阵发酸。

忽然，一滴晶莹的泪砸在饱满的花瓣上，洇出一片暗色。

周末两天，姜知漓过得浑浑噩噩。

她哪里也没去，客厅卧室两点一线，时间基本不是用来睡觉，就是用来画图，手机没电关机了一整天也不知道。

反正不管手机开着还是关着，微信都是安安静静的。

刚开始，姜知漓还会一直盯着手机看有没有回复，手机几乎一刻不离手。可她等得越久，心里的期待就越少，到最后，她已经彻底不抱任何希望了。

她被判了"死刑"，甚至连当面解释的最后机会都没有。

独自在家的这两天，姜知漓发呆时不止一次想过，傅北臣究竟为什么突然转变了想法，没等她来就离开了。

可她想不明白。

或许是因为，他和其他人都觉得，她是为了钱和姜氏才接近他的。

可她明明不是。

她很委屈，很难过，却又一滴眼泪都流不出来。

因为她知道，傅北臣不愿意相信她。当初分开的时候，她是那么无情又决绝，几乎折断了他所有的傲骨。

既然她曾经让他相信了她不爱他，现在就要承担一切后果。

姜知漓突然变得很迷茫很迷茫。

夜里失眠时，她的脑中甚至忽然有了一个想法——

她和傅北臣之间，其实大多数时候都是他在无声地纵容她。

一旦他不想再纵容她了，她除了给他打电话、发短信之外，根本就找不到任何机会进入他的世界。

八年时间过去，他们其实已经隔得很远很远了。这样的距离，让她不知道该怎么办才好。

那天新买的裙子被她挂在了衣柜最深的角落里，捡回来的那束玫瑰花则被她悉心养在了客厅和厨房的花瓶里。

不知道是不是因为玫瑰娇贵，哪怕姜知漓每天换水浇水，周一早晨她出门上班时，花瓶里也只剩下两支还顽强存活着。

而她好像也跟大多数玫瑰花一样，在这个周末失去了生机和活力。

上班时，大概是因为周末刚过，设计部门的同事都提不起什么精神，也就没几个人注意到姜知漓的异常。

只有平日里大大咧咧、什么事也不关心的叶嘉期扭头端详了姜知漓好几次，小心翼翼地问："姐，你这两天是不是瘦了啊？"

姜知漓翻着资料的手顿了顿，很快，她抬起头，若无其事地笑着道："有吗？那不挺好的嘛，省得减肥了。"

叶嘉期的目光滑过她纤细的腰，羡慕道："你身材够好了姐，再减还让不让我们这些人活了……"

姜知漓总算露出了今天的第一个笑容，她端着杯子站起身："少拍马屁，一起去泡杯咖啡？一会儿开会了。"

"哎呀姐，喝什么速溶咖啡，我订外卖。"叶嘉期一边说着，一边就要掏出手机。

姜知漓想起之前那杯咖啡，心有余悸，连忙开口制止道："别别别，不用破费，我还是自己去吧。"

叶嘉期只好收起手机："那好吧，我陪你一起去茶水间。"

两人来到茶水间，姜知漓拆开一包咖啡粉往杯子里倒时，隔壁的休息室里传出一阵谈话声。

"你说你刚才看见那个简设计师了？真是她啊？"

另一个人笃定地道："我肯定没看错。刚才我看她坐电梯下来，好像是刚从总裁办公室出来。"

先说话的人倒吸一口气："她跟傅总……"

"有可能啊。毕竟她也是刚从 M 国回来的，她妈妈还是大设计师沈茵，她家挺有背景的，说不准两家会家族联姻呢。我还听说，傅总今晚好像要在半岛酒店参加一个商业酒会，不知道简语凡会不会是傅总今晚的女伴……"

姜知漓盯着面前的饮水机出了神，叶嘉期的声音忽然响起："知漓姐？"

她骤然回神，转头看向叶嘉期，怔怔地问："怎么了？"

叶嘉期看着她心不在焉的模样，又看了一眼她手里的杯子，犹豫着开口："你杯子里接的是凉水。"

姜知漓愣了愣，低头看向面前的饮水机。

果然，她按错了出水键，流入杯中的不是开水。褐色的咖啡粉糊成一团，一片狼藉，没法喝了。

她静了静，像是什么都没发生一般，将咖啡粉倒进一旁的水池里，面色平静地道："走吧，去开会。"

周一例会如往常一般，会议室里人满为患，气氛压抑而沉默。

因为今天除了宣布本周的工作内容，还要公布季度新品主设计师的最终人选。

姜知漓、夏梓悠，还有今天刚到的简语凡，只有一位会是主设计师。

简语凡就坐在姜知漓的正对面。她妆容精致，整个人容光焕发，嘴角时刻保持着浅笑，看起来平易近人。

夏梓悠自始至终绷着一张脸，仿佛已经提前预知了失败的结果。

姜知漓则是最平静的那个，淡漠得就像个局外人，仿佛结果怎样根本对她没有任何影响。

终于，会议接近尾声，坐在主位上的焦艳清了清嗓子，视线在会议室里扫了一圈，开口道："关于新季度主设计师的人选，公司上层已经有了决定。"

所有人都瞬间精神了。

姜知漓也终于抬起了头。

焦艳先是看了姜知漓一眼，然后转头看向简语凡，微笑道："新季度的主设计师是——简语凡设计师！让我们一起恭喜简设计师。"

会议室里静了一秒，众人面面相觑，随后掌声稀稀拉拉地响起，无数同情的目光顿时朝姜知漓的方向投过来。

姜知漓入职后的将近一个月的时间里，她的实力，整个部门的同事有目共睹。本来所有人都以为这次姜知漓稳操胜券，可谁都没想到，最后关头杀出了一个空降的简语凡。

叶嘉期攥紧了拳头，满脸写着愤愤不平，心里盘算着，等会议结束就找霍思扬算账。

当事人却是全场最平静的一个。

听到结果的一瞬间，姜知漓握着笔的指尖紧了紧，便再让人看不出情绪。

简语凡探究的目光落在姜知漓身上，姜知漓却浑然不觉，自顾自地收拾起面前的纸笔。

会议结束，众人鱼贯而出，姜知漓也起身往外走。

夏梓悠踩着高跟鞋经过姜知漓身边时，不轻不重地冷笑一声，嚣张得仿佛成了主设计师的人是她一样。

姜知漓没心情理会她那无意义的挑衅，回到工位上之后，便继续做自己的事了。

整整一个下午，姜知漓表现得没有一丝异样，该做什么做什么，仿佛早上公布的结果并没有对她造成一丝一毫的影响。

只有一旁的叶嘉期发现了，整整两个小时过去，姜知漓手中的资料没有翻动一页。

到了下班时间，办公室里的人陆陆续续离开了。

姜知漓还在工位上，等修完最后一稿，她长舒一口气，脑子里仍是乱糟糟的。

她举起手机看了看，又点开了半个小时之前和安阳的聊天记录。

姜知漓：安助理，请问傅总最近什么时候有空？可以麻烦你帮我预约一下时间吗？什么时候都可以。

安阳：抱歉，姜小姐，傅总最近很忙，恐怕没有时间。

姜知漓不甘心地又问了一遍：真的什么时候都不行吗？

安阳的回复依旧干脆明了：实在抱歉，姜小姐。

应该是傅北臣授意安阳这样拒绝她的。

他的态度已经很明确了。

意识到这一点，姜知漓深吸一口气，本就混乱的大脑仿佛运作得更迟缓了。

一种深深的无力感将她笼罩，让她几乎快要喘不上气来。

余晖透过窗子洒进来，昏黄的光亮一点点从桌上消退，整个世界仿佛只剩下她一个人，浓浓的凄凉和无助的情绪越发汹涌。

不知过了多久，姜知漓强行让自己从低沉的情绪里抽离出来，目光变得清明而坚定。

她抬手揉了揉发酸的眼眶，拎起包往外走。

轻易言弃从来就不是她的风格。

她必须亲口跟傅北臣解释清楚，她不是因为姜氏才处心积虑地接近他。

只要她有机会解释清楚一切，哪怕傅北臣讨厌她也好，再也不想见到她也好，她都认了。

晚上八点半。

半岛酒店。

姜知漓从出租车上下来时，冷风呼啸着刮过，总算把她的脑子吹得清醒了点。

她只是在茶水间听见别人随口说了一句傅北臣今晚会在这里参加酒会，就想也没想地打车过来了。

走到酒店门口时，姜知漓才后知后觉：她没有邀请函，根本进不去。

里面的酒会已经开始了，姜知漓被拦在门口，心里十分着急，只好拿出手机打电话给倪灵，看看倪灵能不能想办法帮她弄来入场资格。

可关键时刻倪灵也不知道干吗去了，电话怎么都打不通。

姜知漓叹了口气，刚想再拨一次试试，身后就响起一个熟悉的声音。

"知漓，你怎么在这里？"

姜知漓转过头，便看见商琰身穿一身深蓝色西装，身姿笔挺地站在她的身后。

他一身正装，应该也是来参加商业酒会的。

姜知漓放下手机，讪讪地笑着道："好巧，商先生。我在这里等人。"

商琰刚出来打电话时就远远地看到姜知漓站在这，心里猜到了个大概。他微笑着说："你是自己来的吗？要不要先跟我进去等着？"

姜知漓眼睛亮了亮："方便吗？"

商琰嘴边笑意更深了，温声道："这有什么不方便的？反正我也是孤家寡人。走吧。"

姜知漓感激一笑，抬脚跟了上去。

宴会厅内，酒会已经开始，满室灯光明亮，目之所及皆是衣香鬓影、觥筹交错。

姜知漓刚一进去，便在人群中搜索起来。

很快，她的目光定在一道极为显眼的身影上。

男人一身黑色西装，身材线条利落分明，肩宽腰窄，熟悉的侧颜轮廓立体而冷硬，气质高雅却透着疏离感，浑身散发着生人勿近的气息。

而他的身边，站着一个纤瘦婀娜的身影。

简语凡穿着一条白色的礼服裙，漂亮优雅得像只高高在上的白天鹅，十分端庄。

姜知漓的脑中忽然又响起早晨在茶水间里听到的话。

原本她不相信傅北臣会找简语凡做女伴，可现在事实摆在她眼前，活生生地戳破了姜知漓最后一丝希望。

她就这样直勾勾地看着那个方向，不远处的傅北臣像是感觉到了什么，侧眸看过来。

姜知漓来不及收回视线，猝不及防地跟他对视上，她的呼吸都跟着慢了一拍。

然而，傅北臣的目光仅仅在她的身上停留了一瞬便收了回去，他仿佛只是看见了一个陌生人，面容平静得不见一丝反应。

姜知漓心里所有的期待都在这冷淡的一眼中彻底被粉碎。

压抑了几天的情绪像是忽然找到了宣泄口，如海浪般一阵阵袭来，将她整个人彻底包裹。

察觉到眼眶止不住地发酸，姜知漓果断转身，跟身旁的商琰轻声说："抱歉，我去一下卫生间。"

说完，她脚步飞快地走出宴会厅，仿佛身后有什么洪水猛兽在追她。

酒店的卫生间宽敞明亮，空荡得让人心慌。

姜知漓全身的力气好像一下子被卸去了，她软软地靠着墙壁滑下来。

她蹲在地上，把脸埋进臂弯里，小声地抽噎着，哭声压得很低很低。

早上公布季度主设计师的名单时，她的心上就已经像压下了一块巨石。

其实她并不在乎结果如何，她在意的是，在她和简语凡之间，傅北臣选择了简语凡。虽然理智提醒着她，不应该简单粗暴地得出这样的结论，可这几天过去，委屈和压抑一点点堆叠，已经容不得她做出更理性的思考。

哭了不知道多久，姜知漓的腿已经有些麻了。

终于，她缓缓站起身，扯了几张纸巾擦干眼泪，确保镜子里的人没那么狼狈，才转身走出卫生间。

走廊里，一道身影立在墙边。

察觉到有人在，姜知漓怔怔抬头，还泛着红的眼尾顿时暴露无遗。

傅北臣静了两秒，目光沉得辨不出情绪，转身就要离开。

姜知漓忽然反应过来，连忙跟上去，一把扯住他的衣袖。

她的嗓音涩涩的，还有些发颤。

"傅北臣……"

他停住了脚步，却没有转身。

见他没有离开，姜知漓愣了下，脑中乱糟糟一片，之前想好的词全都忘了，只能想到什么说什么。

"我不是为了姜氏才接近你的。"她颤声说，"不管你愿不愿意相信，这都是实话。"

傅北臣转过头，垂眸看着她哭红了的眼，眸中隐有情绪涌起，又被他生生压了回去。

他勾起唇，笑意冰冷："既然你已经有了其他的选择，何必还在这纡尊降贵地演戏？"

姜知漓再一次被他的目光刺痛，眼眶再次不受控制地发酸。她慌乱地垂下眼，纤长的睫毛轻颤着，嗓子涩得说不出话。

下一刻，她被他扯住手腕，抵在了墙壁上。

属于他的气息瞬间将她包裹住，那双深邃的眼近在咫尺。

过近的距离使得任何情绪都无从藏匿。

他扣住她的手腕，居高临下地凝视着她，瞳孔黑如深渊，眼底情绪汹涌，却透着无声的屈服。

傅北臣轻笑着，声线低得发哑："姜知漓，你究竟把我当成什么了？"

这样的傅北臣让姜知漓感觉既熟悉又陌生。

恍惚间，她又想起很久很久以前。他站在大雨里，低着头，脊背挺得僵直。

他说出这句话时，明明是居高临下的姿态，狭长深邃的丹凤眼却低垂着，透出服软的意味。

向来高高在上、从未向任何人低过头的傅北臣，却在她的身上，栽了一次又一次。

或许在他眼里，她就是一个彻头彻尾的大骗子，满口谎言，根本不值得人相信。

如果她是傅北臣，一定恨死她自己了。

她又有什么资格奢求他的原谅，甚至要求他再把心捧出来一次？

姜知漓嗓子发涩，好一会儿才压下鼻尖的酸涩，艰难地吐出一句："傅北臣，对不起……"

除了说对不起，她真的不知道该怎么办才好。

话音落下，四周彻底陷入死寂。

明明距离那样近，近到两人的气息都交织在一起，姜知漓却始终低着头，像个做错了事的孩子，茫然又无措。

傅北臣的喉结上下滚动着，眼底平静的伪装随着时间推移一点点被撕裂。

终于，手机铃声突兀地响起，打破沉寂。

傅北臣沉默着松开钳制着姜知漓的手，紧抿着唇，一言不发。

姜知漓回过神，慢慢地循着声音掏出手机。

屏幕上，"商琰"两个字正在跳跃。

气氛在这一瞬间变得更加紧张，因为姜知漓知道，傅北臣也看见了。

姜知漓犹豫了下，刚想抬手挂断电话，不远处，商琰已经拿着手机走了过来。

看见她和傅北臣站在一起，商琰并没有露出惊讶的神色，只温和地颔首："傅总。"

傅北臣的目光终于从姜知漓的身上移开，他只淡淡地瞥了商琰一眼，连面上的客套也不屑维持，抬脚就要离开。

姜知漓愣了下，下意识就想跟上去，却被微微侧身的商琰挡住了去路。

商琰目光温柔地望着她，仿佛并没有察觉到她的意图，浅笑道："知漓，你去了很久，我刚刚一直在找你。"

姜知漓只好先停住脚步，语带歉疚地道："抱歉，给你添麻烦了。"

两人说话间，傅北臣的身影已经彻底消失在拐角处。

姜知漓心里十分着急，只好绕过商琰，快步往外走。

"实在抱歉，商先生，我有点事，先走了。谢谢你今天带我进来，改天有时间我再感谢你。"

说完，也没等商琰回答，她便匆匆追了上去。

看着她匆忙离开的背影，商琰的嘴角一点点落下，温和的目光也慢慢沉下去，变得晦暗不明。

等姜知漓一路小跑追上去时，傅北臣的身影早已经不见了，她还是迟了一步。

筋疲力尽地回到家里时，姜知漓的脑中还是一团乱麻。

她累得连澡也没洗，晚饭也没吃，用被子将自己裹成一团后，便倒在床上沉沉地睡了过去。

有时候，睡着就是最好的逃避现实的方式。

　　姜知漓就这样昏昏沉沉地睡着，直到第二天中午，沉寂许久的手机忽然像催命一样响起，将她生生吵醒。

　　她迷迷糊糊地摸起手机放到耳边，果然是倪灵打来的。

　　电话那头声音嘈杂，倪灵刚下飞机，第一时间给她回了电话。

　　听见姜知漓的声音哑得不像话，倪灵敏锐地察觉到不对，一阵"夺命连环问"，终于逼得姜知漓把这几天发生的事原原本本地讲了一遍。

　　讲到傅北臣在人群中那个漠然到近乎无视的目光，还有他将她抵在墙壁上时问出的那句话，姜知漓的心就像是被一张无形的大网笼罩，网一点点收紧，让她几乎快要喘不上气来。

　　说着说着，她忍不住哽咽起来。

　　"傅北臣他……应该再也不想理我了。我觉得我就像那个放羊的孩子，他再也不愿意相信我说的话了……"

　　听着电话里传来压抑着的低泣声，倪灵的心里也一阵难过，不知道该怎么安慰她才好。

　　认识姜知漓这么多年，倪灵从来没有听到姜知漓哭得这样泣不成声过。

　　一直以来，姜知漓都像是披着一层坚硬的外壳。之前那次意外，她险些在那条昏暗的巷子里丧命的事，她都是过了很久之后才告诉倪灵的。

　　她不想让任何人为了她担心，也不想给任何人添麻烦。

　　姜知漓越是这样，就越让倪灵心疼。

　　姜知漓现在这么难受，大概是因为傅北臣在她的心里真的很重要，重要到远远超乎了倪灵的想象。

　　倪灵以为，那几年里姜知漓从来没有提起过傅北臣，是因为已经放下了。现在看来，也许姜知漓只是把有关他的一切全部封存在了记忆的最深处，虽然不提起，却从来没有一刻释怀过。

　　倪灵长叹一口气，一时不知道该怎么劝她，只好说："别这么悲观，他可能并没有你想的那样讨厌你。你想啊，如果他真的讨厌你，会在医院陪你一整晚吗？"

　　姜知漓听着倪灵的话，数不清的回忆如潮水一般涌来，和傅北臣有关的每一个画面，此刻都格外清晰生动地出现在她的脑海里。

姜知漓沉默下来，自顾自地陷进回忆里。

发表完这一篇长篇大论，那边已经催促着登机了，倪灵只好总结道："所以啊，凡事一定要往好的地方想，爱和恨本来就不矛盾。"

姜知漓咬着唇，低低地应了一声。

电话那头的声音嘈杂起来，倪灵提高音量说："对了，还有一件事我没来得及告诉你。之前你跟韩子遇那事发生后，跟你有关的热搜突然全部消失了，我当时觉得奇怪，就让人查了查，好像跟傅北臣有关。不过我也不确定……好了好了，不说了，我要转机了。别哭了啊，等我回来。"

没等姜知漓说话，倪灵那边就已经挂断了电话。

房间内，窗帘拉着，光线从缝隙中射进来，有些晃眼。

姜知漓又合眼躺了一会儿，脑中一直回荡着倪灵刚刚说的那番话。

那次的热搜事件，她能够全身而退，果然是傅北臣从中帮忙的结果。

也许，事情真的没有她想的那么糟呢？

也许，她应该再勇敢一点，再主动朝他迈近一步，无论怎样，结果应该都不会比现在差。

闹钟时针指向下午一点时，姜知漓终于从床上爬了起来，整个人也有了些精神。她去厨房煮了一碗面填饱肚子。

吃完面，姜知漓正在厨房刷碗，餐桌上的手机又响了起来。

她急匆匆地擦了擦手，没仔细看屏幕上闪烁着的那串数字，便抬手接通了电话。

"您好，哪位？"

电话那头的人静了下，才说："漓漓，是我，妈妈。"

猛地听见沈茵的声音，姜知漓动作一顿，语气平静："有事吗？"

沈茵仿佛丝毫听不出她的冷漠疏离，自顾自地说："上次见面太匆忙，妈妈还没来得及好好跟你说上几句话，你又一直不接电话。有些事，妈妈想当面跟你聊聊。"

姜知漓下意识拒绝："我很忙——"

而沈茵还没等她把话说完，语气就变得强势起来："地方我已经找好了，等下我用短信发给你。你如果不来，妈妈就一直在那等着你。"

沈茵说完便挂断了电话，压根没给姜知漓拒绝的机会。

不管过了多久，自私的人还是那么自私，一如既往地不顾及她的感受。

姜知漓忽然很想笑。

这时，手机震动了一下。

看见短信里沈茵发过来的地址，姜知漓刚刚好不容易生出的好心情再次被毁得一团糟。

简单收拾了一下，姜知漓还是出门赴约了。

说到底，姜知漓和沈茵做了十几年母女，沈茵了解她的性子，她同样了解沈茵的性子。如果姜知漓今天不去，沈茵也会用其他手段逼姜知漓去见面的。

等姜知漓到了那家咖啡厅时，沈茵已经坐在靠窗的位子上等着了。

姜知漓攥着包带的手指紧了紧，她走过去在沈茵对面坐下。

她的语气平静却疏离："有什么话就快说吧，我等会儿还有事。"

看出她的抵触和抗拒，沈茵皱起细眉，柔声说："漓漓，我知道你不愿意见我，你心里一直都怨妈妈。当初把你留在江城，我也是迫不得已的。我原本以为有你舅舅照顾你，没想到你自己一个人出了国——"

姜知漓实在不明白她那句迫不得已究竟是怎么说出来的。

丢下自己的亲生女儿去寻找新的幸福是迫不得已的。这话竟能被沈茵如此堂而皇之地说出来。

姜知漓忽然什么都不想说了。

她深吸一口气，出声打断沈茵："你今天叫我来，到底为了什么？"

她不觉得沈茵是为了挽回她这个女儿，毕竟沈茵早就有了别的选择；而且，沈茵的愧意，自始至终就只是嘴上说说而已。

沈茵静了静，终于说了重点："我见过你舅舅了，也知道了你和韩子遇的事。漓漓，这件事是韩子遇对不住你，可你已经不小了，应该学会理智地解决问题。这种丑闻爆出来，不仅韩子遇名利受损，姜氏也受到了很大的冲击。"

听着她说教的话，姜知漓忽地笑了，反问道："什么叫理智地解决问题？

忍气吞声？等到骂声把我淹没，再让他们全身而退？"

沈茵也意识到自己的语气有些重了，她弯着嘴角，放缓声音道："妈妈不是这个意思，姜氏毕竟是你爸爸多年的心血……"

"别提我爸。"姜知漓忽然冷声打断她。

沈茵笑容一僵，嘴角慢慢变直，目光变得有些闪烁。

姜知漓深吸一口气，直直地盯着她，一字一句地问："你知道姜氏的事，对吗？可你没有阻止他们抢走姜氏。你真的在乎过我爸，在乎过我吗？"

沈茵抿了抿唇，试图说服她："漓漓，你不从商，哪怕姜氏回到你的手里，你也很难和那群老奸巨猾的股东周旋，让你舅舅他们管理，并不是什么坏事，不是吗？"

姜知漓沉默地看着她，听见她将一切说得如此轻描淡写，忽然感受到了前所未有的失望。

她今天来，心里到底还有些期待。

姜知漓沉默着起身，准备离开。

见她要走，沈茵连忙开口："还有一件事妈妈想问你，你跟傅北臣现在到底是什么关系？"

姜知漓停住脚步，转过身，轻笑着问："这跟你有什么关系吗？"

听见她是这样的语气，沈茵的脸色也沉了下来："不管你们是什么关系，妈妈都不同意。如果你是为了姜氏去找他，以后就更不能再跟他有任何接触。你真的以为他会帮你救姜氏吗？你不是小孩子了，应该明白他们这种商人有多么看重利益。就算他对你和对别人不一样，也不代表他喜欢你，不过是为了利益，你别再天真下去了。"

听出她的弦外之音，姜知漓沉默半晌，淡声问："你到底想说什么？"

见她终于有了反应，沈茵叹了口气，将刚刚放在手边的文件递给她。

"这是我让你简叔叔帮忙调查的。姜氏这些年零零散散出售的股份，现在都在一个匿名的海外账户名下，那个账户背后的人是傅北臣。现在他手中的股份占比已经超过了大多数股东。也就是说，一旦他得到了你名下的股份，姜氏也一样会轻松易主，明白吗？"

见姜知漓没有流露出丝毫诧异的神色，沈茵愣了下，道："你已经知道这件事了吗？"

姜知漓依旧沉默着。

她的确早就知道了。几天前，商琰跟她说过内容一样的话。

说来说去，他们无非就是想告诉她，傅北臣对她，目的不纯。

可她更愿意相信倪灵说的。

爱或不爱，都藏在了细节里。她不会听别人说，只会自己用眼睛去看。

顷刻的沉默后，姜知漓忽然开口："他不会那么做。"

沈茵一怔，难以置信地看向她。

"他不会那么做。"

姜知漓轻声重复了一遍，眼中是从未有过的坚定。

她弯起唇，轻轻地笑了下："无论你们怎样说，我都相信他。"

姜知漓从咖啡厅出来时，外面的天已经黑了下来。

她没有回家，而是先打车去了一家餐厅。

前几天，倪灵想尽办法帮她约到了以前和姜父交好的股东之一，对方好不容易才同意跟她见面。这是她最后的机会。

和严蕙约定的一月之期，只剩下最后两天。

哪怕希望渺茫，她也想再最后试一次。

她刚下出租车，口袋里的手机就震动了一下。

姜知漓划开手机，是焦艳发来了微信。

焦艳：知漓，关于季度新品主设计师的人选，最终结果发生了一些变动，具体怎么回事我目前还不太清楚。如果你有疑惑的话，可以直接打电话询问安助理。

姜知漓蹙了蹙眉，指尖轻戳屏幕，回了个"好的"。

结果已经确定下来了，好端端的，怎么又有了变动？

姜知漓犹豫了下，还是没抵抗住心里的好奇，给安阳打了个电话。

电话响了一会儿才被接通。

安阳走出会议室，找到一条无人的走廊后，才开口道："姜小姐，季度新品主设计师的事情，是我疏忽大意了。最近几天，傅总一直在处理国外的投资并购案，这件事傅总并不知情。"

电话那头，姜知漓静了下才道："你是说，选择简语凡做主设计师的事，并不是傅北臣授意的？"

"是的，姜小姐。"

答完这句，安阳又抬头看了一眼不远处大门紧闭的会议室。

从几天前起，傅北臣又开始了前两年那样连轴转的工作模式，工作强度高到可怕，整个周末，安阳似乎就没见傅北臣合眼休息过。

尤其是昨晚，傅北臣还得知了远在 M 国的傅老爷子悄无声息地将手伸进了旗岳，越过他们，强行把机会给了简语凡。

跟在傅北臣身边这么多年，安阳一直知道傅老爷子的手段，也知道他想让傅北臣和简家联姻的事。可碍于傅氏如今已经被傅北臣尽数掌握，傅老爷子只能想尽办法把简语凡硬塞到傅北臣身边。

原本傅北臣对傅老爷子的态度一直都是漠然到近乎无视，可这一次，他像是被触到了逆鳞。

昨晚，安阳目睹傅北臣亲自上手操盘，让傅老爷子名下私企的股票价格下跌了近六个百分点。

老爷子被气得凌晨进了医院。

刚刚开会时，整间会议室的人连大气也不敢出，原因是傅北臣这几天心情似乎非常不好，毫不留情地公开训人是常有的事，整个人戾气非常重。

安阳察觉到，这一系列的变化都是在傅北臣让他包场餐厅那天之后发生的。

还有，昨天的商业酒会上，看见姜知漓跟商琰一起出现的瞬间，安阳就敏锐感知到傅北臣身上散发出的气息更冷了。

两个人吵架，一群人遭殃。

为了自己未来一段时间的作息时间考虑，安阳犹豫片刻，还是说："姜小姐，昨天在半岛酒店举办的商业酒会，傅总并没有携带女伴。"

说完，安阳又补充道："不止昨天没有，我来到傅总身边工作之后，就从来没有见过傅总出席公众场合携带女伴。"

姜知漓静了片刻，嘴角不受控制地翘起。

"我知道了，谢谢你，安助理。"姜知漓忽然又想起什么，"对了，还有一件事。"

她斟酌着开口："之前我和韩子遇那件事发生后，热搜被撤，和傅总有关吗？"

安阳仅仅犹豫了半秒便答："是的，姜小姐，傅总知道之后，第一时间让我联系了公关部。"

她原本低落的心情像是忽然坐上了过山车，瞬间攀至顶峰。丝丝甜意无声地在心中蔓延开来，渐渐覆盖掉内心深处的那一点不确定，彻底消除了那些一直束缚着她的顾虑。

挂掉电话，姜知漓长舒一口气，嘴角久久没落下。她脚步轻盈地往餐厅里走。

侍者领着姜知漓走到一间包间门口，打开门，一个中年男人已经坐在里面了。

也许是因为年过半百，男人的身材已经发了福，面部也有些浮肿，眼底乌青严重，不是姜知漓记忆里那张还算五官周正的面孔了。他浑身散发着一股令人生腻的气息，目光在姜知漓身上来回打量，让人很不舒服。

范正德抬手招呼着她，语气殷切："来了啊，知漓，快坐，范叔叔等你很久了。"

姜知漓没有坐在他拉开的那张椅子上，直接抬脚走到了他对面坐下。

范正德脸上的笑僵了僵，讪讪地收回手，目光却始终直勾勾地黏在她的身上："这几年不见，知漓真的出落得越来越漂亮了，要是你爸爸知道了……"

姜知漓皱起眉，不想跟他浪费时间，开门见山道："我今天来是想跟您谈一笔交易，关于姜氏——"

范正德挥挥手打断她，站起来绕到她身边，拿起醒酒器往杯子里倒酒："我知道，严蕙那事我听说了，她确实做得不厚道。按我跟你爸爸的交情，你再说什么交易就生分了……来，先喝杯酒，姜氏的事不着急。"

姜知漓看着酒红色的液体慢慢滑入杯中，身体往旁边挪了挪，面不改色地扯了个谎："抱歉，我酒精过敏，喝不了酒。"

"你说你一杯酒都不喝，这是不给叔叔面子。"范正德一边说着，一边握住了姜知漓白皙纤细的手腕，想要逼她端起那杯红酒。

察觉到他的意图，姜知漓反应迅速地站起身，目光也跟着冷下来。

"我不觉得我们有谈下去的必要了。"

丢下这句话，姜知漓拎包就要走，手腕却被他一把拉住。

感受到掌心柔软细腻的触感，范正德露出狞笑，嘴里的话也肆无忌惮起来。

"你真以为自己还是当初那个人人捧着的姜大小姐？"

男女力道悬殊，姜知漓挣脱不开他的手，另一只手飞快地拿过一旁的红酒瓶，狠狠朝桌上砸去。

剧烈的碎裂声响起，碎片四溅，鲜红的液体顺着桌面往下流。

姜知漓用锋利的瓶口对准他，勾起唇冷笑道："松手。"

她的动作又快又狠，几滴红酒溅在她白皙的面容上，衬得她的眉眼越发冷峻。

这时，外面的侍者听见声响，走过来敲门，问："您好客人，请问里面发生了什么情况？需要我们帮忙处理吗？"

范正德也没料到她的性子竟然这么烈，看着尖锐的瓶口对着自己，他的面色变得铁青。害怕事情闹大，他只能悻悻地松开了手。

门外的侍者没得到回应，又敲了两下门，便匆忙推门而入。

看到屋内一片狼藉，侍者愣了下，刚想开口询问姜知漓用不用报警，便见她面无表情地扔掉手里破碎的酒瓶，转身离开了。

出了餐厅，姜知漓没急着打车回家，而是漫无目的地沿着马路慢慢走着。

冷风呼啸中，理智终于一点点回笼，她慢慢调整着呼吸，努力平复着因为恐惧而加速的心跳。

说不怕是假的，她刚刚攥着酒瓶的手此刻还在发抖。

今晚的事又让她想起了几年前在 L 市的那个死里逃生的晚上。

红酒的颜色像那晚飞溅在空气中的鲜血，触目惊心。

走着走着，姜知漓忽然在一处店面门口停下。

橱窗里，灯光明亮，一个栗子口味的蛋糕静静地摆在正中间。

她恍惚间，意识终于从血腥的回忆中抽离。

她一个人生活的那几年，其实也有许多美好的记忆。

比如实习那两年，工作室在一个有些偏僻的街区，街道尽头是一家咖啡店，每天都有新鲜出炉的栗子蛋糕的香气从里面飘出来。

那年她过生日，傅北臣第一次送给她的生日蛋糕就是栗子味的。

傅北臣应该也是喜欢的吧，她猜。

姜知漓每次路过，都被这香气勾得馋得不行，可等下班时，栗子蛋糕总是已经卖完了。

那年她生日那天，她特意早早地下班去了那家咖啡店。老板娘是个和蔼可亲的女人，得知姜知漓过生日，硬是将那天剩下的最后一个蛋糕免费送给了她。

后来，每逢圣诞节、春节以及姜知漓的生日，老板娘都会免费送给姜知漓一个栗子蛋糕。

那应该是姜知漓在孤身一人的时光里，感受到的为数不多的温暖之一。

姜知漓拎着蛋糕从店里走出来，不远处就是一个热闹的公园。

她在公园里找了一处长椅坐下，掏出手机，心里的念头忽然在那一刻变得无比坚定。

她指尖轻触屏幕，拨出了电话。

漫长的嘟嘟声过后，轻微的电流声响起。

电话通了，却没人说话。

姜知漓深吸一口气，鼓起勇气开口："傅北臣……我有几句话想跟你说，你能出来见我一面吗？"

电话那头的人依然是安静的，甚至像是无人在听。

姜知漓咬着唇，语气变得坚定："我在中心公园等你，等不到你的话，我不会走的。"

说完这句，她便挂了电话，没有给电话那头的人拒绝的机会。

热闹嘈杂的公园里，有并肩散步的年轻情侣，有带着孩子玩耍的夫妻，还有白发苍苍、互相搀扶的老人。

姜知漓就这样一个人坐在那静静地等着，怀中抱着那个已经冷却的栗子蛋糕。

头顶的路灯将她的影子拉得很长很长，她垂着头，不知道在想什么。

一阵冷风刮过，散落在她脸旁的发丝被吹起，在空中飞扬。

地上的影子忽然被遮住了一半，姜知漓顿了顿，怔怔地抬眼看过去。

刚刚还在电话那头的人此刻已经出现在了她眼前，她的眼睛瞬间亮了起来。

傅北臣站在那，以俯视的角度，居高临下地看着她，等她开口。

几秒的沉寂里，姜知漓刚刚挂他电话时的勇气瞬间烟消云散了。

她舔了舔有些干涩的嘴唇，干巴巴地问出一句："你想喝什么吗？我去买……"

说着，她把蛋糕放到椅子的另一边，就要站起身。

视线在她的脸上停留了几秒，傅北臣终于淡淡地开口："在这等着。"

姜知漓愣了下，看着他转身朝公园那边的奶茶车走去。

公园里的人不少，排队买奶茶的人也很多，傅北臣一走过去，顿时如鹤立鸡群，吸引了不少人的目光。

他身材高大挺拔，着一身笔挺的西装，在人群中更是显眼。

等傅北臣端着奶茶回来时，姜知漓呆呆地抬手接过奶茶，脑中思绪乱成一团，根本没想好要说什么。

余光瞥到身旁的蛋糕，姜知漓总算找到了一个话题："傅北臣，你吃蛋糕吗？我记得你以前喜欢吃栗子味的蛋糕来着……"

傅北臣看着她没话找话，忽然出声："姜知漓。"

他的嗓音融在静谧的晚风里，更显低沉冷淡。

傅北臣面容平静，一字一句地道："这么多年过去，人的喜好是会变的。"

姜知漓动作一顿。

这句话的弦外之音，她听懂了。

下一刻，她终于抬眼看向他，嘴角浅浅弯起，眼底是灼人的光亮。

"可你还是喜欢我，不是吗？"

像是一颗石子突然坠入平静的湖中，激荡起一圈圈波纹，他眸底如寒

165

潭般的沉寂有刹那的碎裂，却很快被他掩饰住。

"不是也没关系。"

没有从他的表情中窥探出任何情绪，姜知漓又垂下眼，语气认真而郑重。

"但是，傅北臣，我喜欢你。"

她的话音落下后，空气仿佛都静了下来，唯有被风拂动的树叶在沙沙作响，将这里隔绝成了另一个世界。

傅北臣抬了抬眉梢，目光直直地看着她。

路灯下，她的眼睛亮亮的，盛满了他的身影，眼神赤诚而炙热。

一切都如八年前那样。

他的喉结忽然滑动了下，目光沉沉："然后呢？"

姜知漓又深吸了一口气，小心翼翼地开口："我可以追你吗？"

她问出这句话后，耳边的风都仿佛跟着静了下来。

迎着他的视线，姜知漓紧张得屏住了呼吸，一颗心提到了嗓子眼，好像在等待审判结果一样煎熬。

短短几秒在此时变得无比漫长。

终于，傅北臣薄唇轻启，刚想开口说什么，手机铃声却突然响了起来。

他垂眸，面色微沉，只好先走到一旁接电话。

电话那头传来叶嘉期虚弱的声音："哥，你在哪呢？我肚子忽然好疼，快疼晕过去了，你能不能接我去医院？"

傅北臣皱了皱眉："打电话给霍思扬。"

听着他不近人情的语气，叶嘉期突然更大声地哭起来："霍思扬不是被你赶去出差了吗？现在没人管我了。我可是你同父异母的亲妹妹啊，哥，你不能这么无情——"

听她哭了两秒，傅北臣彻底没了耐心。他毫不留情地打断她："在家等着。"

不远处，姜知漓眼睛一眨不眨地看着他挂掉电话，走回她面前。

她正紧张忐忑地等着傅北臣的回答时，却见他弯腰拎起了那个栗子蛋糕，没什么情绪地说："我送你回家。"

姜知漓还没反应过来，傅北臣已经抬脚往车的方向走去了。

她好不容易鼓起勇气表个白，就这么莫名其妙地被迫中断了？

简直没人比她更倒霉了好不好？

但姜知漓转念一想，万一傅北臣刚刚是想开口拒绝，那她岂不是更尴尬？

那这通电话来得还挺及时。

这么一想，姜知漓的心里总算没那么难受了。

她在心里叹了口气，快步追上去。

为了表现得善解人意一点，姜知漓犹豫着开口道："你如果有急事的话，我自己回去就行，不用送了。"

傅北臣拉开车门，淡淡地睨她一眼："不差这一会儿。"

但刚刚那通电话听着好像挺急的啊……

不过既然他要送，姜知漓当然也不会拒绝。

她乖乖地弯腰上车："哦，好。"

刚才那场告白后劲有点大，直到上了车，姜知漓都还觉得自己的耳朵是烫的。觉得和傅北臣对视会尴尬，姜知漓索性全程头朝着窗外看风景。

虽然车窗外是飞快后退的街景，可姜知漓眼前浮现的还是傅北臣那张脸，还有刚才那场失败的表白。

她要不要挑个合适的时间和场合再来一次？

姜知漓沉浸在自己的思绪里，脸上的表情不停变化着，倒映在光洁的车窗上。

傅北臣看着她一会儿皱着眉头，一会儿舒展开眉头，一会儿又不知道想到了什么，白皙的脸悄然染上绯红，长发披散在耳后，露出小巧白润的耳垂。

忽然，他蹙了蹙眉，视线停住。

姜知漓正沉浸在自己的世界里，耳后的肌肤忽然被人轻碰了下，惊得她瞬间转过头。

他的指腹温热，像是带着电流，让姜知漓的耳根迅速红了起来。

迎着傅北臣深邃的目光，姜知漓只能感觉到心跳一点点加快，连躲都忘了躲。脑中剩下的唯一一个念头就是——这可是在车上！前排还有司机

167

在的！

姜知漓咽了咽口水，镇定下来，开口制止他："傅——"

她话还没说完，他又用指腹轻轻摩挲了下她耳后的肌肤。一阵痛感猝不及防地袭来，疼得姜知漓忍不住轻哼了一声。

傅北臣目光沉沉："怎么弄的？"

姜知漓用车窗照了下，看见耳后的肌肤上有一道鲜红的划痕。应该是晚上她摔碎酒瓶时，不小心被飞溅的碎片刮伤了，她一直没发现。

下意识地，姜知漓并不想让傅北臣知道今晚发生的事。

她不想给他添麻烦。

毕竟，总是给别人带来麻烦的人，是会被厌弃的。

下一刻，她弯起眼睛，若无其事地笑了下："应该是戴耳环的时候不小心划破的，你不说我都没感觉到疼。"

傅北臣静静地看了她几秒，目光晦暗不明，却还是没有戳穿她的谎言。

直到车子稳稳地停在公寓楼下，傅北臣都没再说什么，姜知漓总算悄悄松了一口气。

她刚要推开车门，就听见傅北臣在身后叫她："姜知漓。"

普普通通的三个字，却让姜知漓心头一跳。

她怔怔转头："怎么了？"

傅北臣看着她，语气很淡："我明天出差，未来几天不在江城。"

姜知漓被他这话弄蒙了，眨了眨眼，无声地表达出三个字：所以呢？

傅北臣倚靠在椅背上，眼中闪过一抹无奈之色："还有没有什么话？现在说。"

闻言，姜知漓愣了下，隐约明白了他话里的意思——

后天一到，她就不得不去姜氏大楼，签下那份股权转让的合同了。如果她现在跟他提这件事，或许还有转机。

傅北臣的耐心好像在此刻变得出奇地好。他只是静静地靠在那里，没有开口，目光却一瞬都没有从她的身上移开。

他在等，等着她亲口求他。

不知过了多久，姜知漓终于抬起头，冲他浅浅地笑了下。

昏黄的光线下，她的五官被映照得分外明艳温柔。

"我等你回来。"她说。

两天后。

又是一个阴天，天空雾蒙蒙的，乌云密布。巨大的暴风雨像是随时会肆无忌惮地淹没这座城市。

这天凌晨四点，姜知漓就醒了。无法再睡着，她索性起了床。洗澡后，看到镜子里的自己面色憔悴，她只好敷了一张面膜。

敷完面膜，姜知漓又仔仔细细地化了妆，本就明艳的一双眼睛被勾勒得更加妩媚上挑，极具攻击性。

确保自己看起来神采奕奕，她才换上高跟鞋出了门。

到了姜氏总部，姜知漓轻车熟路地上了楼，找到上次那间会议室。

和上次不同，此时，会议室里只有严蕙和一个秘书。

也许是因为严蕙知道，这一个月以来，姜知漓四处求助无门，所以她觉得，现在不需要那些股东来壮大声势，她就可以轻而易举地拿下姜知漓的股份。

见姜知漓独自一人走进来，严蕙终于彻底放下心来。

她就知道，不会有人愿意帮姜知漓，傅北臣那样最看重利益的商人更不可能帮姜知漓。

今天这股份，她拿定了。

严蕙笑容满面地站起身，眼尾的鱼尾纹深得怎么也盖不住。

"姜大小姐，我可等你好久了。坐吧，看看合同。"

看着严蕙小人得志的样子，姜知漓心里冷笑一声，面上却没什么表情。

她从容地坐下，不徐不疾地翻开面前那份合同。

翻了两页，姜知漓停下动作，在其中一处点了点："舅妈，这条改改吧。"

她慢条斯理地道："就改成'受让方须确保提供给出让方的全部资料（包括但不限于财务情况、生产经营情况、资产情况、项目开发情况）均为真实、合法的'。"

最后几个字，姜知漓特意加了重音，说完，她笑意盈盈地看向严蕙。

严蕙笑容一僵，忽然有种不祥的预感。

当务之急是让姜知漓签下这份股权转让合同，哪怕她真猜到了什么，她也不可能找到实质性的证据。如果姜知漓拿合同条款当借口反悔不签了，那这些手脚就全白做了。

这样一想，严蕙很快镇定下来，吩咐一边的秘书："按照姜大小姐说的，去改吧。"

接下来的一个小时里，姜知漓开始一处一处地挑刺——刚开始是某个条款，后来是单独的字眼，最后甚至离谱到了连标点符号都要修改。

"这里的'地'用错了，应该是'的'。"

"还有这个，逗号换成分号吧。"

她简直快把严蕙和一旁负责修改合同的秘书折磨疯了。

会议室的桌面上散落着不下二十个版本的合同，严蕙深吸一口气，粘着水钻的美甲深深陷进肉里，脸上也没了一开始的扬扬得意，连法令纹都快出来了。

"这回呢，这回应该没问题了，可以签了吧？"

姜知漓轻抿一口咖啡，慢悠悠地放下杯子，见他们被折腾得差不多了，才语气勉强地说了句："行吧。"

她拿起笔，垂眼的瞬间藏住眼底那抹黯然，唰唰两笔签好了名。

见姜知漓真签了，严蕙先是难以置信，然后抑制不住地狂喜起来。

姜知漓面色淡淡地拎包起身，临走之时，又转头看向严蕙。

她勾起红唇，语气意味深长："舅妈，你还是别高兴太早了。不是自己的东西，可得好好守住了，不然一觉醒来，就什么都没有了呢，对吧？世界上哪有什么十拿九稳的事？"

撂下这句话，姜知漓转身离开。

她走到电梯处时，门刚好缓缓打开，她和电梯里的沈思萱迎面撞上。

沈思萱笑了一声，语气得意："哟，真可惜啊，姐，我来晚了，没看到这出好戏。怎么，这么快就要走了？不多坐一会儿？"

姜知漓懒得理她，目不斜视地往电梯里走。

见她出乎意料地平静，沈思萱收敛了笑容。

她来就是为了看看姜知漓怎样被迫放弃一切，从昔日的高高在上跌落到最低点。

可那种走投无路、如丧家之犬一样的可怜和失魂落魄，她一点都没见着。姜知漓的姿态一如既往地从容高傲，就好像只是把那些股份施舍给了他们。

姜知漓明明什么都没有了，凭什么还是那副高高在上的姿态？

沈思萱咬了咬牙，气极反笑："姐，我是真的佩服你。你家都没了，未婚夫还出轨，甚至连姑姑也不想管你，自己父亲的公司也守不住，世界上连一个关心你的人都没有，你说人这样活着还有什么意思啊？多可怜啊。"

无论沈思萱怎么说，姜知漓都像是没听见一样，她面无表情地按下电梯的关门键。

终于，电梯门缓缓合上，隔绝掉了外界的所有声音。

姜知漓走出姜氏时，外面已经开始下雨了。

姜知漓深吸一口气，撑开伞，走进雨幕里，一步一步沿着路走。

雨滴重重地砸在伞面上，噼啪作响。寒意被雨水裹挟着，丝丝缕缕渗入骨头里。

不远处，街道上人来人往，每个行人皆是步履匆匆，只有一只黄色流浪狗孤零零地站在斑马线中央，在过往的人群中原地打转，浑身被雨淋湿，毛发湿答答的，一双漆黑的眼珠里写满了茫然。

姜知漓忽然觉得，她跟路上那只可怜的流浪狗没有区别——漫无目的，像一缕飘浮在世间的幽魂，找不到归处，是世界上最多余的存在。

沈思萱那句话的确没说错。

她没有家，不仅没有家，甚至连父亲留下的最后一样东西都守不住。

爸爸，对不起。她在心底轻声说。

她这么没用，难怪被人抛弃。

深深的无力感将她包裹住，像厚重的茧，让她的心脏不停地下坠，让她喘不上气来。

短短二十几年的生命里，姜知漓从未有哪一刻像现在这样厌弃自己。

　　就在姜知漓身后不远处，一辆轿车在雨幕中缓慢地行驶着。

　　那辆车与她保持了一段距离，从她走出大楼开始，就一直紧紧地跟在她的身后。

　　后座上，傅北臣目光晦暗，透过车窗凝视着那道纤瘦单薄的身影。

　　他看着她一个人在雨里漫无目的地走着，背影带着浓得化不开的哀伤；他看着她弯下腰，给路旁淋雨的流浪狗撑伞。

　　他心底的最深处彻底沦陷。

　　原本，傅北臣想等，等着她低头求他，哪怕只有一句也好。

　　至少那可以证明，她愿意利用他，甚至，愿意去依赖他。

　　他只想找到一点证据去说服自己，这一次，她是真心的，不会再像从前那样，说走就走。

　　可现在，傅北臣忽然觉得，她是不是真心的，已经不重要了。

　　在姜知漓身上，不管几次，他都应该输得心甘情愿。

　　他凝望着车窗外那道身影许久，终于拨出一通电话。

　　"打印一份文件，现在送过来。"

　　雨势渐渐转弱，由雨伞隔绝出的小世界里，一人一狗安静共处着。

　　像是察觉到外面的雨快要停了，原本静静地蹲在姜知漓脚边的流浪狗突然站起来，抖了抖身子，一下子冲了出去。

　　又只剩下她一个人了。

　　愣了半晌，姜知漓垂下头，盯着脚边的一处水洼，独自出神。甚至连那辆熟悉的车在旁边停下，她也浑然未觉。

　　不知过了多久，一阵冷风刮过，姜知漓猛地一哆嗦，终于回过神。

　　她鬼使神差地慢慢抬起头，看着车子后座的车窗摇下，面前赫然出现那张熟悉的脸。

　　他不是出差了吗？

　　姜知漓怔了下，确认这不是梦之后，鼻尖蓦地发酸。

　　她明明刚刚一滴眼泪都没有掉，却在看见他的一瞬间，忽然有了号啕大哭的冲动。

姜知漓吸了吸鼻子，不想让他看到自己这么狼狈的一面，于是自欺欺人地把脸埋到了臂弯里。

雨伞立在脚边，她蹲在那里，小小的一团，瘦削的肩膀颤抖着，看着比刚刚那只淋雨的小狗还要可怜。

傅北臣目光一暗，忽然沉声开口："姜知漓，上来。"他依旧是那副冷淡至极的口吻。

姜知漓听见他那冷硬的语气，眼里湿意更重，也不知道是哪来的勇气，还是蹲在那里一动不动。

紧接着，她就听见了车门被打开的声音。

男人走到她面前，半蹲下来，手里不知道拿着什么东西。

姜知漓眨了眨眼，视野里突然多出一份白花花的文件，干净的白纸中央还印着几个字。

姜知漓脑袋里乱糟糟的，下意识地以为是自己看错了，揉了揉眼睛。

可她再一次睁开眼时，看到的还是那四个黑色的大字——"结婚协议"。

姜知漓愣了半晌，脑袋像是被糨糊粘住了，好半天都无法思考。

傅北臣，要跟她结婚？他出差一趟是受什么刺激了？

姜知漓动了动嘴唇，刚想开口，就听他沉声说："结婚吧。"

他语气不容置喙，声音清晰的三个字砸进耳膜里，砸得姜知漓整个人更晕了。

她深吸一口气，终于勉强找回了自己的声音，缓缓开口问道："为什么？"

"我需要一个妻子，你要拿回姜氏，各取所需。"

傅北臣的语气平静而淡漠，仿佛他真的只是在谈一笔交易。

可是，为什么是她？

姜知漓静了片刻，垂下眼，还是没问出那句话。

雨过天晴，阳光顺着乌云的缝隙直直照射下来，明媚得刺眼。她缓慢地站起身，一言不发地就要抬脚离开。

姜知漓转身的刹那，并没有看见傅北臣眼中一闪而过的慌乱。

修长的手指蓦地扣住她的手腕，傅北臣眸色渐暗，低声问："去哪？"

他的声音里带着他自己都未曾察觉的紧张。

他攥得有些紧，像是很害怕她就这样走掉。

迫于他的力道，姜知漓转过身，整个人还处于有些蒙的状态，下一秒才反应过来，他应该是误会了。

她又不是要跑，他这么用力做什么？

姜知漓的双颊悄然染上一抹绯红，她声音细若蚊鸣："我回家拿户口本……"

被她的一举一动牵动着的心在这一刹那稳稳地落了回去，傅北臣松开手，眼中闪过一丝无奈的神色："上车。"

"哦……好……"

二十分钟后，轿车在公寓楼下稳稳停住。

姜知漓动作迅速地下了车，忽然想起什么，转头看向傅北臣。

她眨了眨眼，小心翼翼地问："你能在楼下等我二十分钟吗？"

傅北臣抬了抬眉梢，有些疑惑。

"我想补个妆……很快的，一会儿就好。"她保证道。

刚才她流了那么多眼泪，眼妆一定花得不成样子了，她怎么能以这样的状态在结婚登记处拍照呢？

见傅北臣没说话，姜知漓就当他默许了，转头朝楼上跑去。

然而，让傅北臣没想到的是，女人口中的"一会儿"跟男人理解的"一会儿"完全不同。

他腕表上的分针绕了一圈即将回到原点时，姜知漓终于一路小跑着返回了车上。

见她终于回来了，傅北臣放下手里的文件，侧眸打量着她身上崭新干净的白衬衫。

"你还换了衣服？"

姜知漓一边气喘吁吁地整理着刚吹好的鬓发，一边理所当然地答道："当然了，你穿白衬衫，我也穿白色的衣服，这样结婚照拍出来才好看呀……"

听到"结婚照"三个字，傅北臣的动作微不可察地顿了下，随即恢复自然。

她很少穿这么正经的白衬衫，毕竟上面没有任何装饰，看着太素。不过，衣柜里备的这一件，关键时刻倒也派上用场了。

姜知漓刚刚用四十五分钟重新打底化妆，又做了一下头发，此时整个人看着面若桃花，红唇饱满，一双眼睛精致明艳，眼波流转间更是分外动人。

身上规规矩矩的白衬衫让她看上去多了几分清纯的学生气，有了些八年前稚嫩的影子。

她拨了拨耳旁的碎发，扬起一个标准的微笑，紧张又期待地看着傅北臣问："好不好看？头发有没有乱？给我两个字的回答。"

傅北臣睨了她一眼，收回目光，淡淡地吐出两个字："还行。"

姜知漓觉得，这天算是聊不下去了，谁能告诉她，现在跳车算不算逃婚啊？

然而，姜知漓显然没有任何逃婚的机会。

还没等她彻底缓解紧张忐忑的情绪，车就已经停在了民政局门口。

今天来登记结婚的人不多，两人进去之后，傅北臣径直走到大厅排队领号，姜知漓则在一旁的等候区坐着。

姜知漓等傅北臣回来的时候，坐在她旁边的大姐拽着她就唠了起来。

大姐指了指那边排着队的傅北臣，好奇地问："姑娘，那边站着的那个就是你老公啊？"

听见这个陌生的称谓，姜知漓的脸噌的一下红了，她下意识想否认，但话又憋在了嗓子眼里。

好像……他还真是她老公。

姜知漓咬着唇，慢慢地点了下头："啊……对。"

大姐啧啧感叹了一句："哎哟，小伙子长得可真俊。你们认识多久了？"

姜知漓笑着答道："八年了。"

大妈点点头，显然是自来熟的性子："啊，知根知底就行。我前两天听说，小区里有个姑娘被男的骗婚了，存款啊，房子啊，全没了，又被骗财又被骗色。这年头，可得小心着点。"

听见这话，姜知漓脑中忽然蹦出之前沈茵说过的傅北臣收购了不少姜氏股份的事。

骗婚？骗财骗色？

可怎么看，她和傅北臣结婚，占便宜的都是她啊。

"您放心吧，他不可能骗婚的。"姜知漓开始认真地胡编乱造，"他追了我整整八年，本来我一点都不喜欢他的，可他实在是太执着了，挡不住啊。"

她绘声绘色地说着，跟确有其事似的："他还说，如果不跟我结婚的话，他就出家去当和尚。虽然我们中途分开了好多年，可是他还是只喜欢我一个人。后来，他又前前后后求了十几次婚吧，我才松口的。"

大姐惊得张大嘴："这小伙子看起来条件挺好的，你为啥一直不答应啊？"

姜知漓一边掰着手指数，一边慷慨激昂地喋喋不休："您是不知道，他除了长得帅点，有点钱外，就没啥优点了。他又固执，说话又难听，老是摆着一张冰山脸，根本就没有心……"

发现大姐的视线越过她一直往后看，姜知漓终于停下吐槽，转过了头。

傅北臣不知道什么时候站在了姜知漓身后，正目光沉沉地看着她。

完了完了完了，也不知道他听见了多少，翻车总是来得这么猝不及防。

姜知漓吞了吞口水，到了嘴边的话硬生生被吞了回去。在这生死一瞬，她忽然演技大爆发。

她扭头看向大姐，一脸认真地补充道："就算他没有心，也不妨碍我爱他。我爱他爱到把我自己的心给他，都不会皱一下眉头！"

一边说着，姜知漓一边捂住心口，深情款款地和傅北臣对视。

也不知道傅北臣是不是被她这浮夸做作到极致的演技征服了，他抬手一把拉过姜知漓，不由分说地带着她往登记处走。

姜知漓匆匆地跟大姐道了个别，就被傅北臣拉到了登记处前排队。

余光偷瞄着傅北臣平静看不出一丝情绪的侧脸，姜知漓像个做错事的小学生，全程低头捏着手指。

安静半晌，傅北臣看着她乌黑的发顶，终于开口。

他气极反笑："我什么时候说要去出家了？"

姜知漓心里咯噔一下，索性直接装傻，眨巴着眼睛说："我说过这句话吗？没有吧……肯定是你听错了。"

傅北臣点头，神色淡然："等会儿去医院。"

姜知漓蒙了："去医院干吗？"

傅北臣："心脏移植手术。"

他抬眼，面无表情地重复着她刚刚说过的话："就算他没有心，也不妨碍我爱他。我爱他爱到把我自己的心给他，都不会皱一下眉头。"

姜知漓一时语塞。

他用冷淡的语气把这段话念出来，让这段她临场发挥的肉麻台词听起来颇具讽刺意味。姜知漓浑身的鸡皮疙瘩瞬间起来了。

不愧是傅北臣。

短短一个小时不到，姜知漓已经不知道冒出过多少次逃婚的念头了。

然而整个登记流程进行得非常迅速，这完全归功于傅北臣的轻车熟路。

看着到手的红本本，姜知漓整个人还是晕乎乎的，没缓过来。

她就这么跟傅北臣结婚了，像是天上突然砸下来一个大馅饼，太不真实了。

等回到车上，她才后知后觉：刚刚傅北臣对整套流程太熟悉了。

姜知漓扭过头看向傅北臣，百思不得其解地问："傅北臣，你真的是第一次结婚吗？"

为什么他比登记处的工作人员对业务还熟悉啊？

难不成这就是总裁的学习能力？

傅北臣眼也没抬，抬手松了松领带，语调懒散："不是。"

姜知漓瞬间像被雷劈了一样定住。

他眼尾扬了扬，语气似笑非笑："是我骗婚的。"

姜知漓足足傻了好几秒，直到看清他黑眸中的星星点点的笑意，才反应过来自己被骗了。

无语，她刚才是真的信了他的话。

姜知漓正深呼吸平复着堵在胸口的那股火，就看见他递过来一份文件。

"这是什么？"她翻开文件，怔了下。

这是一份股份转让协议，大致内容是，将她手中的股份，全部转到傅

177

北臣手中。

她皱了皱眉，声音低低的："可是我上午已经签了严蕙的那份合同，我已经没有股份了。"

傅北臣语气平静："我有办法拿回来。"

他紧紧地盯着她，不肯放过她任何一丝细微的神色变化。

这是傅北臣对她的最后一次试探。

在彻底缴械之前，他还是想知道，她对他究竟有没有一丝信任或依赖。

这就是他，哪怕输的结果已经注定，他还是执着地想要知道她的态度。

姜知漓听见他说有办法拿回股份，愣了下，目光中染上几分欣喜之色。

她毫不犹豫地拿起笔，就要在合同的最后一页签字。

看见她干脆的动作，傅北臣眸色一暗，喉结滚动了下。

"就这么信我？"他低声问。

姜知漓抬头看向他，弯起眼睛笑，半开玩笑似的说："我们都结婚了，我的不就是你的？"

说着，她就要签下名字，手中的合同却忽然被抽走。

姜知漓还没反应过来，另一份崭新的合同便出现在了她眼前。

这同样是一份股份转让协议，不同的是，这份合同上，她是受让方。

姜知漓的视线飞快扫过几行字，眼睛渐渐睁大。

上面写着：他持有的姜氏股份，全部无条件转让给她。

这是什么情况？他不是要收购吗？

她错愕地抬眼看向傅北臣，紧接着就听见他淡声说："签这份。"

姜知漓深深地皱起眉，不解道："可这不是你的——"

傅北臣打断她道："我们结婚了，我的就是你的。你说的。"

他的面容依旧平静，仿佛转让这价值几个亿的股份只是一件无关紧要的小事。

"但是……这可是好几个亿啊。"姜知漓整个人还处于发蒙的状态。

他扯了扯嘴角："几个亿，很多吗？"

姜知漓被他这一句话堵到语塞，声音渐渐弱下来："那也不能说给我就给我啊……"

无功不受禄，她这骗婚都要被坐实了。

傅北臣低头看了一眼腕表，淡淡地道："三十秒，过时不候。"

姜知漓一个激灵，身体反应非常诚实，唰唰两下签好了名。

算了，骗婚就骗婚吧，大不了她以后再慢慢还他。

就算傅北臣以后破产，她也绝对不跟他离婚。

这么一想，姜知漓总算坦然了点，就这么心甘情愿地被收买了后半辈子。

只不过，姜知漓不知道的是，傅北臣之前收购那些股份，本来就是准备给她的。

此刻，姜知漓看着傅北臣的眼睛里都在冒星星，她好像看见了一个行走的自动取款机。

她装模作样地抽泣两声，擦了擦眼角完全不存在的泪水，道："谢谢老板……"

傅北臣忽然凑近她的眼眸，一双狭长的丹凤眼微微眯起，目光中带有十足的占有欲。

他忽地勾了勾唇，慢条斯理地开口："只有口头感谢，没有实际行动？"

第 *4* 章

ZONGWO
QINGSHEN

依旧光芒万丈

deep feeling

实际行动？

姜知漓的脸再一次不争气地红透了。

姜知漓清了清嗓子，语气正经地提议："我这几天挑一份礼物送给你？"

看到她这副掩耳盗铃的模样，傅北臣挑了挑眉，刚想开口，手机就响了。他只得接起电话。

电话那边，霍思扬没了平时的吊儿郎当，语气严肃："和林正集团的合同出了点问题，他们突然变卦毁约，要求是必须和你当面谈其他条件。你今晚坐飞机过来？"

傅北臣眼神微沉："知道了。"

挂掉电话，他对前排的司机说："先送我去机场。"

前排的司机应了一声，加速驶向机场的方向。

姜知漓瞥着他的神色，猜到他刚刚听说的大概不是什么好消息，犹豫着开口问："是发生什么急事了吗？"

他言简意赅地答道："嗯，临时出差。"

姜知漓没好意思追问下去，点了点头："哦……"

去机场的路上，傅北臣一直在不停地接电话，姜知漓连说话的间隙都没找到。

直到他开门下车时，姜知漓才找到时机。她连忙摇下车窗叫住他："傅北臣！"

傅北臣停住脚步，转头看向她，嗓音低沉而柔和："安阳晚点会联系你。明天带着律师去姜氏，具体怎么做，他会告诉你，有事打电话给我。"

姜知漓怔怔地点头，差点忘了自己要说什么。

大庭广众之下要说这样的话，她还真有些难为情。

"不是……我是想跟你说……"她的声音逐渐小下来，"一路平安，回来记得告诉我。"

哪怕她说得小声，傅北臣还是听清了。

他站在那，面容依旧平静得看不出什么情绪，喉结却轻滑了下。

他低低地应了一声："嗯。"

次日上午十一点。

姜氏集团总部大楼。

会议室内乌压压一片，坐满了股东。

严蕙坐在最中间的主位上，满面春风地宣布："非常感谢各位这些年来对姜氏的无私付出与奉献，我作为公司目前股权比重较大的股东之一，今天将正式接管姜氏集团未来的运营工作……"

没等严蕙发表完慷慨激昂的就职宣言，会议室的门就被叩响了。

秘书推门进来，面露难色："严总……"

严蕙心里咯噔一下，那股不祥的预感越来越强烈。

紧接着，两道身影跟在秘书身后走进来。

严蕙的笑容顿时凝固。

姜知漓一身黑色大衣，细长的眉眼被妆容勾勒得更具锋芒，红唇饱满，脚下高跟鞋被踩得噔噔作响，一副来势汹汹的样子。

她走进来，指节蜷起轻叩了两下桌子，笑意盈盈地开口："非常抱歉打扰大家，会议可能要暂时中断一下。"

底下的股东都看愣了，她姿态嚣张，一看就是来砸场子的。有不少人认出了姜知漓，此刻纷纷噤声。

全场瞬间一片寂静。

姜知漓满意地笑了笑，向身后随行的男人示意了下："梁律师，可以开始了。"

梁律师点头，从公文包里掏出一份又一份的文件，放在会议室的长桌上。

"严蕙女士，一个月前，您曾向我的委托人提供了一份姜氏集团的财务报表，并明确索要五个亿的金额让我的委托人对公司资金链断裂的情况负责。在此情况下，我的委托人为了确保公司能够继续运营，才签下了您提供的股权转让协议。

"但我方收集了足够的真实数据后，发现您合同内的先决条件并不成立，财务总监署名的财务报表与相关审计数据存在差异。我方认为，贵公司的人通过伪造财务报表、挪用项目公款制造了公司资金链断裂的假象。

"因此，我的委托人昨天签下的转让协议不具有任何法律效力。贵公司的相关人员犯了欺诈罪，将会接受警察的调查。"

话音落下，严蕙的脸上已经没有半点血色。一瞬间从天堂跌入地狱不过如此。她的嘴唇颤抖着，看着桌上板上钉钉的证据，还没回过神来，警察已经推门而入。

一名警察亮出证件，声音洪亮："请问你是不是严蕙女士？我们现在怀疑你涉嫌欺诈罪、挪用资金罪、提供虚假财会报告罪，请跟我们走一趟。"

"我没有！这些是假的……"严蕙嗓音尖锐，她恶狠狠地瞪向姜知滴，整个人都歇斯底里起来，"我就知道，你不可能善罢甘休！姜知滴，我还真是小看你了，你还真是好手段啊……"

姜知滴嫣然一笑，气死人不偿命地道："谢谢夸奖。"

场面变得混乱起来，警察不由分说地上前控制住严蕙，强行把她带了出去。

会议室里再度安静下来，姜知滴双臂环在胸前，慢悠悠地坐到了空着的主位上。

她的目光扫过几张面孔，意有所指地道："各位，刚刚让大家见笑了。我知道，姜氏这锅汤里，自我父亲去世后，就混进了不少老鼠屎。"

底下几个股东的脸色顿时一变。

姜知滴笑了笑，语气温和却不失锋芒："但没关系，作为姜氏目前拥有股份占比最大的股东，同时也是名正言顺的合法继承人，我依旧会厚待对姜氏有功劳的各位，但同样地，有的人需要为自己的错误付出代价。"

她环视一圈，慢条斯理地继续道："我今天坐在这里，是想告诉各位一件事。从今天开始，姜氏运营管理方面的事务，由我的人全权负责。近三年来，姜氏接手的所有项目明细都会进行新一轮核查，发现任何错误绝不姑息。严蕙的事情，希望大家引以为戒。"

话音落下，下面坐着的几个人，包括财务总监，每个人都是冷汗涔涔，面如死灰，没人敢发出一点声音。

谁能想到，他们做的账目那么隐蔽，居然照样被姜知漓挖了出来？她在股东大会上把一切公之于众，不给严蕙这个舅妈留半点情面，甚至还请来了警察。她手里还有多得惊人的股份。现在公司上下哪里还有人敢站出来跟她作对？

这下好了，姜氏算是彻底变天了。

之后三天，姜知漓都忙着跟梁律师和会计一起核实姜氏近几年的财务明细，然后当机立断地将所有涉事员工一并处理。

也不知道傅北臣到底是提前多久开始搜集严蕙动手脚的那些证据的。律师将证据递交给警察之后，审理过程便有条不紊地进行起来。

短短三天，姜氏集团就经历了一番大换血。

傅北臣给她准备的律师和会计，办事效率一个比一个高。姜知漓本人其实只用坐在一旁优哉游哉地喝喝咖啡，还没有平时去旗岳上班累。

但这三天过去，姜知漓体会到了一种前所未有的感觉。

那就是——

"抱大腿"的感觉可真爽！

不松了，这辈子她都不可能松手了。

没结婚之前那段时间，姜知漓给傅北臣发微信都是每天"早安""午安""晚安"地发，毕竟她是追人的那一方，主动点也没关系。

猝不及防地跟傅北臣结婚后，她反而有点缩手缩脚，不敢发挥了……

更何况，那天傅北臣走得那么急，想到他最近应该很忙，她就更不敢发微信骚扰他了。

这天傍晚，姜知漓回到家，一直纠结着要不要给傅北臣发一条微信，

184

问问他乘哪天的航班回来，她可以去接他。

还没等消息发出去，倪灵的电话就打了进来。

倪灵刚出机场，周边声音嘈杂，逼得她把音量提高了许多："姜氏的事都处理好了吗？有没有什么地方我帮得上忙的？"

"放心吧，都弄完了。该开的人都开了，基本运营也没受太大的影响。"

"那就行。"倪灵总算放下心来，又突然想到什么，逼问道，"对了，你说是傅北臣帮你搞定的，你实话告诉我，你是不是答应他什么了？否则他那种利益第一的冷血资本家怎么可能突然良心发现。"

姜知漓被问得一时语塞，又忍不住开口辩驳："其实他也没有那么冷血……"

那头的倪灵毫不留情地揭穿她："这可是你当时亲口跟我吐槽的，现在就不认了？感受到冷酷霸道总裁的魅力了？"

姜知漓彻底没话说了。

她犹豫着要不要把自己已经跟傅北臣结婚的事告诉倪灵，想了想，还是觉得现在说出来为好，毕竟"坦白从宽，抗拒从严"。

"那个……我跟你说件事，你做好心理准备哦。"

那头的倪灵不屑地笑了一声："世界上还有能吓到我的事？难不成你跟傅北臣复合了？"

姜知漓被她的敏锐噎了下："不是，但也差不多，"她清了清嗓子，尽量用平静的语调说，"我和傅北臣结婚了。"

电话那头，倪灵表情凝固了两秒。

她以为是自己听错了，不可置信地笑出声："你说你跟谁？"

姜知漓无奈地重复了一遍："傅北臣。"

"什么？"倪灵倒吸一口凉气，"真的假的？这么大的事你别骗我啊，我怕我直接被救护车送进医院。"

姜知漓失笑道："真的，没骗你。要看证吗？"

"看看看看，当然要看，快微信发我。"说完，倪灵就匆匆挂了电话。

姜知漓只好起身到床头柜上拿起那本结婚证。

这两天，她翻来覆去地看了无数次这个小红本，到现在还是有一种不真切的感觉。

翻开结婚证，姜知漓拍了张照片给倪灵发了过去。

刚发完，她自己忍不住点开照片看了几遍。

合照上，两个人都是一身白衬衫。她长发披肩，眼睛微微上扬，笑得格外灿烂。身旁的傅北臣一双丹凤眼天生含情，轮廓立体分明。虽然他没有她笑得那么开心，但素来冷淡的脸上，嘴角也扬起了一点弧度，让他整个人都变得柔和下来。

傅北臣竟然真的成了她合法的家人了，这一切像梦一样。

姜知漓缓缓吐出一口气，平复了一下又开始加速的心跳。

她退出照片，就看见了倪灵的消息。

倪灵：好端端的，他怎么突然跟你结婚了啊？这就叫居心叵测！

姜知漓想了想，回道：其实我也不知道为什么……

当时傅北臣只说他需要一个妻子，后来姜知漓也没多问。万一她问得太多，他后悔了怎么办？原因不重要，结果比较重要。

倪灵：他不会是骗色吧？他没借机对你怎么样吧？

姜知漓想了想，似乎除了让她用实际行动表达感谢，别的还真没有。

姜知漓：要说骗，好像也是我骗他，毕竟到现在为止，占便宜的都是我。

接下来的半个小时里，不管倪灵怎么说，姜知漓都坚定不移地相信，自己肯定是占便宜的那方。

倪灵只能放弃：行吧，我算是劝不动你了。从八年前到现在，你算是一门心思全扑在傅北臣一个人身上了。小心他在外面搞那些花花肠子，脚踏两条船，你自己留着点心眼！

姜知漓：放心吧，他不会的。

倪灵：你就这么相信他？

姜知漓：不是，主要是他那个脾气，没几个人受得了。

倪灵：……

她俩的对话以这一串省略号结束。姜知漓退出和倪灵的聊天框，鬼使神差地点进了跟傅北臣的聊天框。

犹豫片刻，她修修改改半天，终于发了一条消息出去。

姜知漓：你乘什么时候的航班回来呀？要不要我去机场接你？

后面跟了一张"期待"的动图。

与此同时，临市。

会议室门上的 LED 灯刚刚熄灭，一行人鱼贯而出。

傅北臣第一个走出来，霍思扬紧随其后。

霍思扬揉了揉酸痛的脖颈，忍不住发牢骚："我说这群人还真是看人下菜碟，要不是你跑这一趟，他们还非就咬着这两个点的利润不松口了。硬生生折腾了三天，有病。"

傅北臣没答话，全程一直在低头看手机。

霍思扬自己絮絮叨叨了半天没得到一句回应，好奇地探过头："看什么呢，这么入神？"

傅北臣不动声色地按灭屏幕，将手机塞回口袋里。

"还神神秘秘的……"霍思扬有些狐疑，嘴里啧啧两声，"对了，晚上的应酬你去？我晚上飞回江城，叶嘉期那祖宗住着院呢，没人回去陪着不行。"

傅北臣语气极淡："应酬你去，我今晚回去。"

"你不是后天的机票，怎么突然今天就要走？"

傅北臣脚步不停，轻飘飘地丢下一句话——

"我改主意了。"

姜知漓洗漱完，穿着睡衣躺到床上，又点开了置顶聊天框。

她那条消息发出去没多久，傅北臣就回她了，她早把他的备注又改成了"傅品如"。

傅品如：今晚。

姜知漓兴致勃勃地打字回复他：你几点到机场呀？我去接你吧。

发完这句，她觉得这句话显得自己有点主动，连忙补充了一句：反正我也没事干。

傅品如：不用。

干脆利落的两个字像针一样，一下戳破了姜知漓心里生出的小期待。

不用就不用，谁稀罕接你啊？

姜知漓冷笑一声，用手指使劲戳了两下屏幕，还没发泄完，就看见一张图片弹了出来。

她愣了下，点开图片，上面是航班信息。

哦，凌晨三点到达，难怪他不让她去接机。看来某人还是有点心的嘛，还知道稍微解释一下。

姜知漓兴奋得在床上打了个滚，等了一分钟，才回：那好吧，你注意安全哦。

傅品如：嗯。

手机后来再没有动静，姜知漓也沉沉地睡了过去。

深夜，梦境里，姜知漓再度置身于两年前那条昏暗的巷子里。一双肮脏的手放在她的脖颈上，如冰冷的蛇缠绕而上，一点点收紧。

令人窒息的恐惧感再度铺天盖地地袭来，如海浪一般将人吞噬进深不见底的旋涡之中。

随着一阵急促的喘息，姜知漓猛然坐起，从梦境中抽离。

额头沁出一层薄汗，姜知漓缓缓睁开眼，在黑暗中摸索到灯的开关。

咔嚓一声，满室光亮。姜知漓眨了眨眼睛，适应了光线后，理智终于渐渐回笼。

事情已经过去这么久了，她还是会时不时地从噩梦中惊醒。那场意外带来的创伤，远比她想象的要大。直到现在，她还是会心悸、会发抖。

意识到自己睡不着了，姜知漓索性开着灯，摸出枕头旁的手机。

深夜两点五十八分，连朋友圈里都是静悄悄的。

姜知漓百无聊赖地刷了一会儿手机，微信忽然弹出一条消息。

大半夜的，谁会给她发微信？

傅品如：醒了？

姜知漓顿时怔住：你是怎么知道的？已经下飞机了吗？

他很快回了消息过来。

傅品如：我看见你家的灯亮了。

姜知漓瞬间从床上蹦起来，冲到窗前一把拉开窗帘。

深夜，整个世界都歇息了，只有路灯依然静静地散发着光芒。

路灯旁，一辆车融入夜幕里，男人倚在车旁，正在低头看着手机，他的轮廓隐在光影中。像是有什么感应一般，他忽然放下手机，抬起头看过来。

两人的视线就这么猝不及防地对上，姜知漓愣了下，下意识地拉上窗帘，转身，刚刚才老实下来的心脏再度不受控制地猛跳起来。

扑通、扑通、扑通。

姜知漓深吸一口气，来不及多想，冲到衣柜前换了身衣服后，便快速向楼下跑去。

车旁，傅北臣正低头看着手机。许久没有等来回复，他皱了皱眉。

寂静的环境里，忽然响起一串急促的跑步声。

他抬眼看过去，一道纤瘦的身影正迎面跑过来。

她只穿了一件白色 T 恤，下面是粉色的格子睡裤，头上系了一个白色发箍，脸上未施粉黛，比平时多了几分清丽。

姜知漓气喘吁吁地在傅北臣面前停下，缓了缓气息，才问："你才下飞机吗？"

傅北臣收起手机，嗓音有些低哑："嗯。"

姜知漓眨了眨眼，轻声问："那你怎么——"

大半夜的跑到我家楼下？

傅北臣低声打断她："顺路。"

大半夜的，他这顺的是哪门子的路？

看到傅北臣眉眼间的倦色，这话姜知漓没敢问出口。她咬了咬唇瓣，突然鬼使神差地问："要不要上去喝杯水？"

周围静悄悄的，昏黄的路灯下，她目光清亮地望着他，眼底藏着期待和兴奋。

这话一问出来，姜知漓就发觉有点不对劲了，像是邀请他去家里一样……她动了动嘴唇，刚想开口补救一下，就听见傅北臣说："好。"

　　静谧到几乎连风都停止的世界里，姜知漓耳边回荡着的全是他低沉的嗓音，眼睛看到的只有他凝视着她的黑眸。

　　她的心跳忽然又乱了。

　　"那上楼吧……"她小声说着，转身往楼道里走。

　　然而一进楼道，姜知漓就发现了一个致命的事实。

　　她摸了摸空空如也的口袋，尴尬地转过身，嘴角慢慢地一撇。

　　傅北臣垂眸打量着她的神情，挑了挑眉。

　　姜知漓讪讪地笑道："那个……刚刚下来得太急，我忘带房卡了……

　　"这是技术性失误，完全是巧合，真的。"她急忙强调道。

　　傅北臣抬手松了松领带，懒散地靠在一旁，面容平静："所以，你的意思是，要跟我回家？"

　　姜知漓也不知道事情怎么就发展到这个地步了。

　　她明明说的是她忘记拿房卡，进不去家门了！怎么就变成她要跟他回家了？这就是总裁的理解能力？

　　虽然现在她跟他同居也是合法的，但是这未免太快了……

　　姜知漓清了清嗓子，尽量让自己看起来镇定又正直："你送我去酒店吧，明天早上，我再去找房东要一张备用房卡……"

　　傅北臣扫了她一眼，忽然问："你带身份证出来了？"

　　姜知漓怔了下，随后理直气壮地摇头："当然没有。"

　　房卡她都忘拿了，怎么可能带着身份证？

　　他轻笑一声："那你怎么开房？"

　　姜知漓充满希冀地望着他，嘀咕道："酒店不是你家的嘛……特殊情况就不能通融一下？"

　　傅北臣回答得干脆利落："不能。"

　　听见他说出的冰冷无情的两个字，姜知漓倏地瞪大眼。

　　她可是为了下去见他才着急到忘了带房卡的，这个男人到底还有没有良心？

　　傅北臣仿佛压根没看见她一脸的绝望。他淡淡地扫视了四周一圈，又低头看了一眼腕表。

"你有两个选择。第一，在这睡，大概五个小时之后，你就能进去了。"

闻言，姜知漓转头看了一眼空荡荡的楼道，冷风顺着单元门的缝隙挤进来，在这种时间段，给人一种背脊发寒的感觉。

她顿时欲哭无泪，哀怨地看着他："要不是你大半夜过来，我才不会被困在家门外呢。出了这种事，你得负责……"

他单手插兜，居高临下地看着她，继续道："第二，回我家。"

好像还真没有第三个选择了。她总不能在楼道里待上好几个小时。

姜知漓咽了口口水，无比果断地答道："我选第二个。"

话音刚落，又是一阵冷风袭来，冻得她猛地打了个喷嚏。下一刻，一件带有冷香的外套将她牢牢包裹住。

姜知漓怔怔地抬眸，看着傅北臣转身朝车的方向走去。

外套上残存的温度将寒意驱散，熟悉的冷冽气息席卷全身，将刚刚的噩梦带来的恐惧一并驱散，她的心脏仿佛正被一股暖流缓缓填满。

姜知漓将外套裹紧了点，抿唇看了前方那道身影几秒，拔腿跟了上去。

傅北臣是自己开车过来的，他带她去的也不是君茂酒店，而是一处位于市中心的高档小区——桦泰庭湾，里面是清一色的豪华平层。

车子从大门开进去，首先映入眼帘的就是花园和一个露天泳池。

她就知道傅北臣不可能缺房子住，可他之前为什么要住在君茂酒店的总统套房里啊？

姜知漓心里生出疑惑，但没问出口。她一路跟着他走过门廊，在玄关处停下。

傅北臣弯下腰，从柜子里拿出一双新的拖鞋放在她脚边。

姜知漓一边换鞋，一边偷瞄着他的侧脸，斟酌着开口问："我今晚睡哪里呀？"

他神色淡然地道："客卧。"

"哦……"果然是她想多了。

灯光下，男人动作优雅从容地解开腕表。听出她语气中略带了失望之意，傅北臣忽然抬眼看向她："不然你还想睡哪？"

他问出这话时，语气是淡漠的，好像他只是单纯地要收留一只流浪猫在家里住一晚。

没错，这就是傅北臣。

但是——

她就这么没有魅力吗？她不理解。

姜知漓忽然感觉一股血气直冲天灵盖，气得她脑子嗡嗡作响。

客卧里，柔软又宽敞的大床上，姜知漓打了两个滚，脑中还在为这个问题感到纠结。

大家都是成年人了，又是合法夫妻，她这么一个大活人睡在屋里，这人就能这么淡定地在书房里工作？这像话吗？

不行，傅北臣怎么能留她自己一个人在房间里心神不宁？明明是他害得她半夜无家可归、寄人篱下，她怎么也得折腾折腾他。

姜知漓越想越气，脑中一下子闪过无数个点子。她拿定主意，翻身下床，敲响了书房的门。

门是轻掩着的。

姜知漓轻手轻脚地推开门，探出头去，就看见傅北臣坐在书桌后，正在看着电脑。

他身上的白衬衫有些凌乱，多了几丝褶皱，最上方的几颗纽扣散着，整个人随性松弛，比平日里少了些高不可攀的疏离感。

姜知漓眨了眨眼，趴在门口轻轻地喊了他一声："傅北臣？"

男人的注意力依旧在面前的电脑屏幕上，他眉头轻皱了下，一言不发。

姜知漓抿了抿唇，以为自己真被彻底无视了，心里更不爽了。于是她干脆提高音量，像地主似的霸道地说："傅北臣，我要洗澡。"

话音落下，姜知漓隐隐察觉到不对劲，紧接着就看见傅北臣面容平静地摘下蓝牙耳机，用标准流利的英文对着屏幕说："抱歉，今天的会议暂时中止，我太太有事找我。"

姜知漓瞬间如遭雷劈，僵在原地。

傅北臣合上电脑，目光沉沉地看向她。

姜知漓咽了咽口水，刚才那股嚣张跋扈的气焰瞬间消失得无影无踪。她露出一个乖巧的笑，解释道："我想洗澡……但是没衣服换。"

傅北臣依旧不为所动："那就别洗。"

他还真是不按套路出牌啊！姜知漓深吸一口气，强迫自己保持冷静。没事，他这脾气她不是早习惯了吗？

下一刻，姜知漓一撇嘴，一脸楚楚可怜，好像今晚他要是不让她洗澡，她就能当场哭出来。

"怎么办？我不洗澡就睡不着觉，睡不着觉就有黑眼圈，吃不下饭。要不是某人大半夜搞突然袭击，我至于现在寄人篱下、无家可归吗？连洗澡的权利都没有……"

傅北臣皱着眉，面无表情地打断她的表演："主卧衣柜第二层。"

"好嘞！"

门嗖的一下被关上。

半个小时后。

姜知漓回到了书房门口。进门之前，她先是理了理头发，又拨弄了一下衬衫的衣摆。

衬衫有些短，正好露出下面白皙纤细的长腿。

这下姜知漓满意了，第二次推门走进去。

傅北臣抬起眼，目光只在她身上停留了一瞬，便回到了面前的文件上。

他淡声说："去睡觉。"

姜知漓很不满意他的反应，抬了抬下巴，挑衅的态度不加掩饰："我刚洗完澡，睡不着了。"她特意又朝他走近两步，"你有平板电脑吗？能不能借我登录一下微信？我没带手机。"

傅北臣抬手揉了揉眉心："书架上。"

姜知漓转身走到书架旁，拿下平板电脑，自顾自地玩起来。

她登上微信没一会儿，余光就瞥见傅北臣的书桌上摆着一瓶红酒和一个盛着酒的高脚杯。

姜知漓盯着那杯鲜艳的液体，忽然出声道："傅北臣，我也想喝。"

他眼也没抬，道："不行。"

姜知漓扬了扬眉梢，刻意把嗓音放软，徐徐诱导："酒精可以助眠，我就喝一点点，你也不想我一直待在这烦你吧？困了我就回去睡觉了，好不好？"

闻言，傅北臣终于掀了掀眼皮，像是被她最后这句话打动了。

他嗓音低沉，带着些无奈："杯子在外面的酒柜里。"

话音未落，书架旁的那道身影已经跑出去了。

傅北臣刚合上手里的文件，视线就被书桌上那个被她随手放下的平板电脑吸引过去。平板电脑的屏幕还亮着，停留在微信页面。

页面最上面，一个三个字的备注赫然映入眼帘。

姜知漓拿着酒杯回来时，就看见傅北臣的手里正拿着她刚刚登了微信的平板电脑，神色莫辨。

忽然想到什么，姜知漓浑身一个激灵，冲上去就要把平板电脑抢回来。

"傅北臣，你这人怎么还偷看别人的微信？这叫侵犯别人的隐私权……"

傅北臣手疾眼快地将平板电脑扔回书桌上，一把握住她的手腕，让她挣脱不了。掌心传来细腻柔软的触感，微微发烫，又格外地滑。

傅北臣的目光蓦地暗下去。

但姜知漓还是不屈不挠地挣扎着，锁骨处一片白皙的肌肤露出来，并且随着她的动作，散发出阵阵沐浴露的清香。

姜知漓没意识到，在她试图抢回平板电脑的过程里，她整个人几乎贴在了他的身上。

等她终于反应过来时，耳边男人的嗓音已经又低又哑。

他一字一顿地道："傅、品、如？"

姜知漓的动作瞬间僵住，一时间有些欲哭无泪。完蛋了，他怎么还是看见了，她不会今晚真要露宿街头了吧？

还没等姜知漓想到补救措施，手腕上就传来一阵力道。

瞬间，两人位置对调，她直接跌坐在了他刚刚坐着的办公椅上。男人的身影笼罩在上方，将她牢牢地困在这把椅子上。

姜知漓还没反应过来，就撞进了面前那双深邃的眼眸中。

他的眼神不似往常那样冷峻，在酒精的作用下，黑眸中满是隐晦不明的情绪，像是伪装终于被撕破，某些真实而灼热的情绪流露了出来。

他的鼻梁几乎已经贴着她的鼻尖，滚烫的气息交织在一起，他却突然停了下来，哑声道：“解释解释。”

姜知漓“啊”了一声，眼睫毛轻颤着，心跳加速，呼吸也跟着急促起来，脑子根本反应不过来。

他又垂眼看了看她身上的衣服，姜知漓只觉得浑身更烫了，耳边只剩下他低沉喑哑的嗓音。

“还有，穿成这样进我的房间，你想干什么？嗯？”

解释？他要她解释什么来着？

沉默间，姜知漓只觉得心跳声剧烈到快要冲破耳膜，略带着酒气的呼吸近在咫尺，她的大脑神经迟缓到根本做不出任何反应。

书房内一片静寂，仿佛全世界只剩下他们两个人。

傅北臣的耐心似乎在此刻变得极好，他不说话，就这样静静地看着她，等她开口。

在他的注视下，姜知漓觉得肺部的空气越来越稀薄，整个人都好像坠入了他眼底的旋涡之中。

她提了一口气，终于勉强找回了自己的声音，声音在发颤：“那个是……”是什么来着？

他薄唇轻启，低声打断她：“我现在不想听了。”

姜知漓还没回过神，紧接着，呼吸就被尽数掠夺。

他用掌心托着她的脸颊，迫使她离自己更近，灼热的温度从肌肤相贴之处一寸寸传来，让她无处可躲。

一个浅尝辄止的轻吻，他的唇舌轻轻地勾勒出她的唇线，并未攻城略地，却依然让姜知漓无法呼吸，肺部稀薄的空气彻底被抽空，肺里填满了属于他的清冽气息。

从未有过的失重感一阵阵袭来，姜知漓再也无法思考，此刻只有一个感知，那就是乱了拍子的心跳，已经完全脱离了控制。

她呆呆地望着他，看见他漆黑如墨的眼眸中盛满了她的身影。

两人正沉默地对视着，桌上的手机突然不合时宜地响起来。

旖旎的气氛骤然被打破，傅北臣喉结轻滚了下，却没急着动作，黑眸依旧紧紧地凝视着她。

姜知漓睫毛轻颤着，受不住他这样的眼神，她忍不住碰了碰他的手臂，语气娇嗔："你先去接电话呀。"

他垂下眸，眸光又暗了几分，但还是顺着她的意思直起身去拿手机了。

灼热的气息骤然远离，强势的压迫感消失，姜知漓猛地舒了一口气，总算能顺畅呼吸了。

傅北臣拿起手机，看到上面显示的号码，面色蓦地沉了沉。

他拿起手机，走到落地窗旁接起。

电话那头，一个苍老尖锐的男声传出来："傅北臣！你还真是出息了，连我的公司也敢动，忘恩负义！你知不知道有多少人看我的笑话，说我傅正擎养了个白眼狼？"

不知道是因为电话那头的人音量太大，还是因为书房的环境太安静，电话里传出的怒骂声，不远处的姜知漓听得一清二楚。

她脸色微凝，猜测到了什么，目光担忧地看向窗边的人。

只见傅北臣嘴角勾起一抹冰冷的笑意，刚刚在她面前流露出的温柔已经不复存在，此时的他显得戾气十足。

"你这么快就从 ICU（重症监护室）出来了？看来只跌六个点对你也不算什么打击。"

这话一出，那头的傅正擎险些又背过气去。

"我不就是想让你跟语凡多亲近亲近？和简家联姻有什么不好的？我做这些不都是为了你——"

傅北臣声线微冷，语带讥讽地打断他："你不是为了我，你是为了傅氏。"

电话那头的人顿时一噎。

傅北臣冷声道："省省力气，别再把手伸到国内来，否则我不敢保证下一次只是跌六个点这么简单。"

傅正擎气极反笑："行啊，我真是小看你了。傅北臣，我告诉你，我既然能让你坐上现在这个位子——"

傅北臣轻笑着打断他："也能毁了我，是吗？"

闻言，不远处的姜知漓脸色一白。

这样的傅北臣，对她来说是陌生的。

八年前的傅北臣，虽然性子同样冷，却不像眼下这样，只是一个背影，就散发出无尽的寂寥感。

他们之间隔着八年的长河，这些年里他经历的事，她一无所知。她想要参与这段没有她的时光，可已经没有机会了。

现在，她真的好后悔，好心疼这样的傅北臣。

落地窗前，男人轮廓凌厉分明，目光一寸寸冷下来，眼底尽是戾气和寒意。

"那就试试看，看看是你先毁了我，还是我先亲手毁了傅氏。"

话音落下，傅北臣挂掉电话，转身就看见了姜知漓微微发白的小脸。

他眸色一沉，神色更加晦暗不明。他不该让她听见这些的。很多事情，她都不需要知道。

"傅北臣……"

猝不及防对上他的视线，姜知漓欲言又止。她很想问他那究竟是怎么回事，可直觉告诉她，傅北臣不想跟她说。

他抿紧嘴唇，语气冷硬："回去睡觉。"

听到他的语气，姜知漓心里那股酸涩感顿时更重了，还掺杂着丝丝委屈。她都还没问呢，他就已经开口凶她了。明明他刚刚还亲她呢，川剧变脸都没他翻脸快。

姜知漓越想越难受，瞪了他一眼之后，便头也不回地走了。

回到客卧后，姜知漓就把身上那件白衬衫换了下来，团成一团扔到床上。

姜知漓躺回床上，盯着天花板出神。

人的欲望果然是无止境的。

比如，前几天结婚时，她想，哪怕傅北臣真有什么目的，或者其实并没有当初那样喜欢她，也没关系的，结果更重要——她已经是他合法的妻子了。

可现在，她变得贪心了，她想知道所有关于他的事。

和傅北臣成为法律上的夫妻还不够，她还想和他成为可以分享喜怒哀乐的真正的家人，而不是像现在这样，她对他这些年的经历一无所知。

心里又是一阵烦躁，姜知漓深吸一口气，翻了个身，死死地盯着墙上的时钟。

半个小时，只要半个小时之内傅北臣主动来找她，她就不生气了。

然而，时间一点点流逝，钟表上的指针绕了一圈又一圈，不知道过去了多久，门外还是静悄悄的。

姜知漓的眼皮慢慢开始打架，最后她还是沉沉地睡了过去。

姜知漓再睁开眼时，时钟的指针指向"9"——已经上午九点了。

姜知漓大摇大摆地检查完每个房间之后，看着空荡荡的房子，心里更烦躁了。

傅北臣竟然就这么撇下她自己走了？

好的，她再主动理他，她就是小狗。

联系房东，让房东把房卡放到物业处之后，姜知漓回到家，换了身衣服，化好妆，打算下午再去许婧家一趟，敲定终稿的细节。

坐在出租车上，姜知漓摇下车窗，冷风呼啸着吹进来，还是吹不散那股烦躁。长舒一口气，姜知漓把车窗关上，紧接着，手里的电话就响了。

一连串的微信提示音急促地响起，跟发电报似的。

倪灵：你知道我刚才在医院门口看见谁了吗？

姜知漓：谁？

倪灵：你先答应我，要冷静。

听她这么一说，姜知漓心里更好奇了：快说，别吊我胃口。

倪灵：你老公！我看见他陪着一个女人上了车！

姜知漓怔了下，一时还不适应"老公"这个称谓。紧接着，一张图片就发了过来。

倪灵：有图有真相。

姜知漓深吸一口气，点开图片。照片里，是她熟悉的车和熟悉的身影。

男人一身笔挺的西装，身材高大挺拔，她绝对不可能认错，这就是傅北臣。

他的身旁站着一个女人，虽然只有一个背影，但姜知漓看得出，她年纪轻，打扮非常时尚出挑，而且给姜知漓一种熟悉的感觉。

一瞬间，姜知漓的脑子里好像有无数只蜜蜂嗡嗡作响。

昨晚他还带她回家，亲了她，今天早上就不见人影了，原来他是去医院赶场了？

能让傅北臣亲自去接的人，重要性自然不用多说。难不成还真让倪灵说中了，他在跟她玩呢？

姜知漓深吸一口气，刚想回复倪灵，另一条微信消息就弹了出来。

傅品如：去哪了？

他还好意思问？

姜知漓冷笑一声，指尖噼里啪啦一顿操作后，关掉了手机。

三秒后，后座的车窗再一次被降下，冷风呼呼地吹进来。

前排的司机师傅通过后视镜看见姜知漓一脸杀气，小心翼翼地问："姑娘，这个天气，你还热啊？"

姜知漓皮笑肉不笑地点头："我肝火旺，师傅，窗开着吧。"

与此同时，桦泰庭湾。

傅北臣拎着一袋徐记早茶的茶点回来时，家里已经空无一人。

他推开客卧的门，看见昨晚她穿在身上的白衬衫此刻被规规矩矩地叠起来放在了床上，那道身影却不见了。

他蹙了蹙眉，想起昨晚她气鼓鼓地从书房里出去时的样子。他隐约察觉到，她离开时情绪不对，可说实话，他不明白她为什么生气。

沉吟片刻，傅北臣拿出手机，发了一条微信过去。

傅北臣：去哪了？

十分钟过去，他没有收到回复。

他的眉头皱得更深，只好拨出电话，可无人接听。

耐心几乎用完，傅北臣揉了揉眉心，无奈地回到微信页面，又编辑了三个字发出去。

傅北臣：接电话。

然而这次，消息后面多出了一个红色感叹号和一段小字：对方开启了朋友验证，你还不是他（她）朋友。请先发送朋友验证请求，对方验证通过后，才能聊天。

傅北臣沉默地盯着那个红色感叹号许久，紧接着，一通电话打了进来。

电话那头是跟他约好今天在庄园见面的于佑鹏。

于佑鹏的语气中带着几分歉意："北臣啊，有件事我刚刚知道，我太太今天约了上次那位姜小姐来家里。你看看，你是按照原计划今天过来聊事情，还是等明天？"

闻言，傅北臣抿了抿唇，淡声道："没事，就今天吧，我现在过去。"

庄园，茶室内。姜知漓把设计图拿给许婧过目，按照她的意见最后微调了一下，终于定下了终稿。

也许是因为这个单子跟沈茵有关，姜知漓为了达到最满意的效果，一直不停地修修改改，难免有些心力交瘁。

见许婧赞不绝口，姜知漓总算松了一口气。她本来想拎包告辞，又被许婧热情挽留，只好坐回去，又喝了两杯茶。

茶室外，两道身影越走越近。姜知漓低头看着杯中漂浮的茶叶，对身后的声响浑然未觉。

恰好，许婧在这时开口问："对了，知漓，你现在有没有男朋友啊？"

姜知漓骤然回神，脑中不受控制地跳出倪灵发过来的那张图片，胸口的郁气顿时更重了。

她弯起唇，咬紧了牙关，笑着摇头，道："没有啊。"

她话音未落，后背忽然有股寒意袭来。

姜知漓慢慢地转过头，就看见傅北臣站在她身后，正目光沉沉地看着她。

救命，为什么傅北臣今天也在这？还有，他为什么一点都不心虚，就这么坦荡吗?

姜知漓深吸一口气,心里那股火又上来了,她果断拎包起身。

"不早了,许婧姐,我就不打扰你们了,先走了。"

姜知漓面无表情地经过某人身边时,忽然被他拉住了手腕。

"我送你回去。"

他现在有时间送她了?她还不稀罕呢!

她轻而易举地挣脱他的束缚,笑意盈盈地道:"我跟傅总不熟,就不麻烦你了。"

"不熟"两个字她还特意加了重音,明明白白要与他划清界限。

说完,姜知漓也不管傅北臣阴沉的脸色,直接转身潇洒离开。

幸好她有先见之明,半个小时之前就在手机上约好了车。许婧家的庄园附近是真的不太好打车。

坐车去旗岳的路上,姜知漓还在反反复复地研究那张照片。

从穿衣风格上来看,照片里的那个年轻女人显然不是简语凡。简语凡素来是温柔类的打扮,而照片上的女人打扮得时尚前卫,年龄看着也更小。

并且这个背影让姜知漓觉得很熟悉,可她就是想不起来在哪见过这个人。最后,她想得头都快爆炸了,也没想出个所以然。

姜知漓到旗岳时,已经将近晚上七点,办公室里已经没几个人了。

几天前下班时,姜知漓把画图本落在了公司,这两天她一直在忙姜氏的事,没来得及取,今天才抽出空来。

姜知漓取完东西正要走,电话忽然响了起来。

看见来电显示,她犹豫了下,才接起电话:"商先生,有事吗?"

电话那边,商琰无奈地笑了笑,嗓音温润:"知漓,我以为我们早就是朋友了。你不用这么生疏,叫我商琰就好了。"

他这么一说,姜知漓也觉得自己好像过分冷漠了。毕竟人家之前帮她调查姜氏的事情时,还主动提出过帮她。

她讪讪地笑了声,改口道:"商琰,有什么事吗?"

商琰问:"姜氏的事,你已经处理好了吗?前几天你一直没有打电给我，所以我也没有贸然联系你。我今天联系你，是想问问你，看看有没有什么地方我能帮上忙。"

他的话说得十分体贴周到，反倒让姜知漓不好意思起来，明明之前是她主动麻烦人家帮忙调查的。

"嗯，都已经处理好了。之前的事，我还没好好感谢你……"

商琰语气含笑："你是要请我吃饭吗？"

姜知漓愣了下，只能顺着他的话应道："啊，好，那看你哪天有空……"

"今晚就有。你呢？"

姜知漓下意识想要推拒："今晚？我现在还在公司……"

商琰温和地道："你几点下班？我刚好在旗岳附近，可以接你。"

其实姜知漓原本是想挑一份礼物寄给他的，可人家都把话说到这个地步了，她再拒绝就显得太矫情了。

也不知道是不是她的错觉，她总觉得，今天的商琰语气虽然依旧温和，但比之前多了几分强势，让人没法拒绝。

姜知漓无奈地道："那好吧，我现在正要下楼。"

"好，我十分钟之内到。"

"嗯。"

姜知漓挂掉电话后，电梯也到了。她乘着电梯下楼后，刚准备在公司门口等一会儿，就看见一个熟悉的身影正要往里走。

姜知漓开口叫住她："嘉期，你这么晚才来呀？"

叶嘉期也一眼看见了姜知漓。她顿时停下脚步，跟姜知漓打招呼："唉，姐，你今天来上班了呀？"

"嗯，我来取点东西。你呢？"

叶嘉期整个人看着有些蔫："我找人来了。"

姜知漓发现叶嘉期一脸憔悴，才想起她这两天好像也请了假，于是关心道："你这几天也没来公司吗？"

叶嘉期的表情更苦了："嗯，我急性阑尾炎发作，前几天刚做完手术，今天才出院。"

姜知漓拍拍她的肩膀以表同情："那你这两天可得在家好好休息，反正公司最近业务也不怎么繁忙，等病养好你再来。"

叶嘉期无所谓地摆摆手："没事，姐，我这两天已经好多了。对了，前段时间我去旅游，给你带了瓶香薰精油回来，你不是之前总说晚上睡不好吗？晚上我如果有空的话，给你送过去。"

姜知漓顿时有点感动，连忙说："你不用特地跑一趟，好好休息啊。"

话音未落，不远处，商琰的车已经开了过来。姜知漓没再跟叶嘉期多聊，匆匆道别后就走了。

叶嘉期站在原地目送着姜知漓上了车，看清驾驶座上的男人的脸，她的眼睛瞬间睁大。

她是知道商琰的。她曾经不止一次听霍思扬提起过，这个在金融界白手起家、短短几年就让业内的人闻风丧胆的操盘手，外表温润如玉，实则手段狠到不输她的亲哥。

如果她没看错的话，那是商琰？

姜知漓……居然和商琰在一起了？

车上。

商琰单手握着方向盘，从后座拎过来一个散发着香气的纸袋，笑容温柔："你饿不饿？到餐厅可能还要一会儿时间，你饿了的话，就先吃一点垫一垫。"

姜知漓怔了下，没想到他如此细心，她抬手接过纸袋，道："谢谢。"

商琰说："不知道你喜欢吃什么，我只好擅自做主，订了一家法国餐厅。"

姜知漓扯唇笑了笑："可以的。本来应该是我主动邀请你才对，现在倒反过来了。"

商琰勾了勾唇，目光越发柔和："你能答应出来，我就已经很开心了。"

也不知道是姜知漓太过敏感，还是商琰这个人本身就是温和体贴的性格，她总觉得，他好像对她这个只有几面之缘的人过分好了。

可他又并没有什么过多的表示，将分寸把握得恰到好处。姜知漓不好说些什么，为了掩饰尴尬，只好低头刷着手机。

朋友圈里，叶嘉期刚刚发了一张图片，是在电梯里的对镜自拍照——高领黑色毛衣搭配紧身裤，脚上踩着一双高帮靴，打扮非常靓丽且出挑。

配文：今日份穿搭。

点开大图，姜知漓指尖一顿，忽然有了一个想法。

姜知漓蹙起眉，回到微信聊天界面，点开白天倪灵发过来的那张图片。下一刻，她的脑子轰的一声蒙了——这两张图里的人简直是一模一样。

姜知漓想起刚刚叶嘉期说她今天才出院，所以，傅北臣今天亲自去接的人，就是叶嘉期。

之前，公司里的人说叶嘉期有后台，她一直傻傻地以为他们说的是霍思扬，毕竟在她的认知里，傅北臣不是会管这种小事的人。

可叶嘉期和傅北臣明明八竿子打不着，他这样平日里高高在上的人怎么可能纡尊降贵地去接人出院？

她潜意识里不太相信两人会是那种关系，但她还是气傅北臣不告诉她这件事，这有什么不能告诉她的啊？

难道说，他是不想告诉她，觉得没必要告诉她？

也许在傅北臣心里，他们两个只是形式婚姻，那么，他为什么必须告诉她这些呢？

姜知漓忍不住钻牛角尖了。她攥紧手机，又深吸了一口气。

处在被气炸的边缘，直到坐在餐厅里，姜知漓整个人都是心不在焉的状态。

幸好商琰谈吐极佳，聊天时也很照顾她，主动挑起话题，整顿饭吃下来，倒也没有冷场或尴尬的时候。

饭后，侍者推着餐车过来，上面除了摆着一个漂亮的双层蛋糕，还有一束精致鲜艳的玫瑰花。

看见那束花，姜知漓骤然回神，眼里染上惊诧之意。

商琰坐在对面，面容清俊逼人，望着她的眸光中泛着温柔情意。他浅笑着开口：“知漓，我知道我今天说这些，或许会让你觉得有些突然。”

顿了顿，他又缓缓道：“其实，从我们之前在医院里见了那一面之后，我就一直在找你，但不仅仅是为了感谢你当初施以援手。”

对商琰而言，几年前在医院里，姜知漓带给他的不只是那点帮助。

绝望之际，她就像是他溺水前，从海面照进来的最后一束光。

商琰静了片刻，眼底的爱意再也无法掩饰，他垂眸微笑道："你能不能试着给我一个追求你的机会？"

沉默须臾，姜知漓忽然出声："抱歉，商琰。"

她抿了抿唇，一字一句地道："我已经结婚了。"

商琰笑容一凝，眼中闪过不可置信的神色。

很快，他掩饰住自己的失态，笑容有些苦涩："是傅总吗？"

姜知漓抬起眼，缓缓点了点头："是。"

她拎包起身，不欲再待下去。没走两步，她又停住脚步。

"商琰，或许你并不了解我。之前在医院里，我会主动帮你，并不是因为我是一个多么善良的人，我也有自己的私心在。"

她顿了顿，目光黯然："那天站在急救室门外的你很像我认识的一个人，当初的我没能帮到他。我帮你，只是为了弥补曾经的遗憾，所以，你千万不要觉得欠我什么。过去的事，就让它过去吧。我先走了。"

她的话温柔却残忍，明明白白地斩断了他所有的幻想，坚决得不留任何余地。

心口像是被刀剐过一般生疼，商琰静坐在原地，望着那束玫瑰，神色渐渐变得晦暗不明。

不知道过去了多久，他拿起手机，拨出一通电话。电话很快被接通。

商琰盯着窗外浓重的夜色，声音平静而温和："韩总，之前聊过的合作，我答应了。

"不过，我有一个条件。"

与此同时，包厢内，三个人围坐一桌，都出奇地安静。

叶嘉期一边吃饭，一边观察着自家亲哥冷若冰霜的脸色，心想，自己又赶上晦气时候了。

咽下一口菜后，叶嘉期在桌底悄悄地踢了霍思扬一脚，想随便找个话题缓解一下紧张的气氛。

"喂，霍思扬，你之前跟我提起过的那个商琰，记得吧？他是不是有

205

女朋友了啊？"

霍思扬挑了挑眉，语气有点酸："人家有没有女朋友关你什么事？"

叶嘉期忽略了他那酸不溜丢的语气，严肃地道："不是，我今天在公司楼下看见他来接知漓姐下班，我怀疑他们偷偷谈恋爱了。"

闻言，霍思扬瞬间睁大眼，下意识地转头看向身旁的人。

叶嘉期全然没感觉到危险的存在，兴致勃勃地继续说："之前和知漓姐聊天的时候，我就觉得她好像有谈恋爱的苗头——"

对面的人冷声打断她："闲事少管。你的饭吃完了？"

叶嘉期瞄了一眼傅北臣的脸色，立刻条件反射性地闭上嘴，也不知道自己哪里惹到他了。

半分钟之后，男人忽然站起身，拎起西装就朝外面走去。

叶嘉期蒙蒙地抬头，不知道这是什么情况："哥，你干吗去？"

傅北臣脚步不停，头也没回，道："晚上让霍思扬送你回去。"

姜知漓从餐厅回到家里，已经将近九点。

她第一件事就是进厨房看看有没有什么吃的，晚上折腾那一下，她根本没吃下几口东西，现在饿得前胸贴后背。

倒霉的是，冰箱里空空如也，连速冻饺子都没了。

姜知漓只好在外卖软件上现订了个外卖，又去洗了个澡，出来等着。

半个小时之后，门铃响起，她飞速起身去开门。

打开门的一瞬间，看清外面的人，姜知漓惊了下，反手就要关门，然而门外的人动作更快，直接抬手挡住了门。

害怕夹到他的手，姜知漓索性放弃挣扎，又觉得好气又觉得好笑地看着他："傅总，你这叫私闯民宅。"

傅北臣面容平静，坦然地抬脚走进来，不见一丝心虚。随后，门砰的一声被关上。

姜知漓被他这副从容淡定的样子气得不行，可还没来得及采取强制措施把他赶出去，就被他抵在了墙上。

傅北臣以一种极为强势的姿势禁锢住她，属于他的气息一瞬间将姜知滴紧紧环绕住。耳边，他的呼吸轻轻拂过，冷香侵袭鼻腔，姜知滴浑身立刻僵硬起来。

也不知道是因为生气，还是因为这个姿势，她的心跳又开始不受控制地加速。

下一刻，傅北臣的声音在她的上方响起："你昨天还穿着我的衬衫进我的书房，今天就翻脸不认人了？"

听见这句话，姜知滴心里刚刚那一点点松动瞬间消失得无影无踪。

姜知滴冷笑一声，嘴像是机关枪似的朝他开火："傅总贵人多忘事，不知道是谁昨天大半夜像个半疯儿似的跑到我家楼下。您既然档期这么满，不如多去陪陪别人，何必百忙之中抽空来堵我家的门？我们只是形式婚姻而已，您何必浪费这个时间——"

听到最后一句，傅北臣微不可察地蹙了蹙眉，打断她的话："我陪谁了？"

他不提倒好，一提这事姜知滴心里的火就往上冒。

她怒气冲冲地推开他，直接冲到茶几旁，拿起手机点开微信，找出早上那张图片给他看："我给你十秒钟时间解释为什么不告诉我这件事，不然咱俩明天直接民政局见。"

看见那张照片，傅北臣神色一松，刚刚的紧张感刹那间消失了，唇边反而挂着若隐若现的笑意。

他问："我解释什么？"

姜知滴眼睛都睁大了。看见他居然还在笑，她难以置信地道："你还问我？"

傅北臣抬了抬眉梢："所以你是因为这件事生气？"

其实不是。她了解傅北臣这人，再怎么样，他都干不出脚踏两条船这种事。她气的是，叶嘉期对他来说应该算是一个重要的人，可他从来没跟她提起过叶嘉期。

姜知滴知道，她是太在乎他了，所以才会气得口不择言。可她不想承认。她才不会承认呢。

他忽然微弯下腰靠近她，伸手抽走她手中的手机，饶有兴味地打量着她此刻的表情。

他好整以暇地盯着她，嗓音里染上几分轻佻之意："所以，你现在是吃醋了？"

姜知漓被问得一噎，眼睛忽然乱瞟起来，极力掩盖着被戳穿之后的心虚。

她慌乱地抬手，想要推他出去，嘴里恶狠狠地威胁道："傅北臣，你现在，立刻、马上，从外面把我家的门关上，否则我打电话报警了啊，明天就让你上社会新闻头条……"

只可惜，她那点力道根本起不到任何作用，傅北臣只是轻轻抬手，就不费吹灰之力地握住了她的手。

他的手掌宽厚修长，轻而易举地将她的手完全包裹在其中。掌心传来的温度像是附带着微弱的电流，姜知漓像是触电了一般僵住。

也不知道怎的，她的气势弱了下来。

姜知漓皱起细眉，红着脸呵斥道："松手，傅北臣，你这叫耍流氓……"

他神色自若，将手握得更紧："不是，合法的。"

眼看着她又要耍毛，傅北臣终于不再逗她，正了正神色，垂眸望着她，嗓音低沉："傅太太，我没有婚内出轨的习惯。"

姜知漓听到他如此自然地把那个称呼念出口，心忽然猛跳了一下。

这几天萦绕在心头的那股不真切感好像忽然被这声"傅太太"击碎了。刚刚那股怒气突然就散了大半，被丝丝缕缕的甜意取代。

姜知漓的脸瞬间红透了，她说话忽然变得磕巴起来："那你……你跟叶嘉期……"

傅北臣低声打断她："我妹妹。"

她猛地怔住，眼神中透着不解，她记得他明明是……

傅北臣将她的手握得更紧，眸中的笑意淡了些："同父异母。"

四个字宛如一把小锤子，轻轻地砸在姜知漓的心上。

见她表情凝重，傅北臣垂眼遮住眼底那抹暗色，惩罚似的捏了捏她的指尖："你现在知道自己冤枉我了？"

她骤然回神，彻底没了刚刚的气势汹汹，嘟囔道："那你怎么不早点告诉我……"

他感到好笑，看着她道："是谁白天直接把我删了的？"

姜知漓顿时更心虚了，但还是忍不住说："你可以在更早的时候告诉我啊……"

她话音落下，傅北臣却没说话。

直觉告诉她，傅北臣并不想让她接触任何跟傅家有关的事，所以不会主动跟她提起。

可他们明明已经是法律意义上的夫妻了。

姜知漓抿了抿唇，忽然想起一件关键的事，连忙问："对了，你妹妹不知道我们结婚的事吧？"

看出她的心虚，傅北臣挑了挑眉："怎么，你害怕她知道？"

这不是废话吗？她天天跟叶嘉期疯狂吐槽傅北臣，整天说他是臭男人，结果……真香。不行，这太打脸了，她绝对不能说。说了她还做不做人了？可以直接换个星球住了。

姜知漓强作镇定坦荡，干笑两声："怎么可能？我有什么可怕的……"

就在她快要顶不住傅北臣探究的目光时，门铃突然响起。

姜知漓瞬间松了口气："我去开门。"

她本来以为是外卖到了，看清显示屏上的脸后，整个人瞬间定在原地。

叶嘉期嘹亮的声音清晰地从听筒里传出来："姐，我给你送香薰来了，快开门。"

谁能想到，"修罗场"来得这么猝不及防？

姜知漓的身体比大脑更快一步做出反应，她慌忙把傅北臣往卧室里推："快点躲进去！你妹妹来了！快快快！"

傅北臣还没反应过来，就已经被推进了卧室里。

他的眉头深深皱起，神色极为无奈："我为什么要——"

他的话还没说完，卧室的门就砰的一声被关上了。

客厅里，姜知漓忙着清理痕迹，刚把傅北臣换下的鞋藏好，敲门声就响了起来。

她一边平复着急促的呼吸，一边给叶嘉期开了门。

"姐，你怎么这么慢？"叶嘉期随口说了句，弯腰开始换鞋，"对了，我刚好路过你家楼下，就把东西给你带来了，还有你的外卖。"

姜知漓讪讪地笑着，紧张到说话都有些结巴："谢……谢谢你啊嘉期，下次别这么麻烦了。"

叶嘉期非常大方地摆了摆手，将外卖放到茶几上："嗐，咱俩什么关系？对了姐，你的卧室在哪？我帮你弄一下这个香薰，还挺麻烦的呢。"

姜知漓还没反应过来，叶嘉期已经抬脚朝卧室的方向走了过去，问道："是这间吗？"

姜知漓瞬间一个激灵，冲过去挡住卧室的门："等等！"

叶嘉期冷不防被她吓了一跳，放在门把手上的手硬是没按下去："怎么了姐？"

意识到自己的反应太激烈了，姜知漓连忙挤出一个僵硬的笑，随口编道："卧室太乱了，等我收拾收拾，你再进来。"

姜知漓拉着叶嘉期坐到沙发上，微笑着拍了拍她的肩膀："你先在沙发上坐着，等我一分钟啊，很快的。"

说完，姜知漓一个箭步冲进卧室，紧紧地关上门后，终于长舒一口气。

傅北臣倚靠在书桌旁，不带一丝褶皱的衬衫顺着腰线被收进黑色西裤里。他长腿笔直，只是随意地站着，就已经有强烈的存在感。

见姜知漓一副做贼心虚的模样，傅北臣懒洋洋地掀了掀眼皮，正要开口，就被她冲过来一把捂住了嘴。

温热的触感从唇部传来，他的动作猛地一顿，目光蓦地暗了几分。

然而姜知漓完全没察觉他的变化。她一只手捂着他的嘴，另一只手比了个嘘声的动作，示意他别出声，脑中则在飞速想着对策。

突然，余光瞥到一旁的衣柜，她眼睛一亮，一把将他扯到衣柜前，打开柜门。

幸好，她搬进来的时间不长，衣柜还没被装满，底下只摆了一只粉色的小熊玩偶，空间足够容纳一个人。

姜知漓扯着他的手腕，紧张得心脏都快跳到嗓子眼。

她先把里面的熊拿出来，腾出空间，然后压低音量催促道："快点进去，等会儿你妹妹进来了……"

傅北臣只淡淡地瞥了一眼那个狭小的衣柜，嫌弃之意已经溢于言表。

他为什么要委屈自己躲进衣柜里?

见他仍站在原地不动,姜知漓快急哭了。她连忙可怜兮兮地摇了摇他的袖子,又双手合十,眼里写满了无声的哀求。

和她对视几秒后,傅北臣轻叹一口气,神色刚有些松动,就猝不及防地被她一把推进了衣柜里。

没等他发作,姜知漓先发制人地把手里的粉色小熊塞进他的怀里,急急地道:"千万别出声。"

傅北臣微眯起眼,极为嫌弃地看了一眼被塞进手里的玩偶,还没来得及开口,四周就突然黑下来,衣柜的门已经被她无情地从外面合上。

关严了门,姜知漓理了理头发,又深吸了两口气,才镇定地推开门走出去。

"好了,嘉期,进来吧。"

得了指令,叶嘉期走进来,她环视了卧室一圈,笑着说:"姐,你这也不乱呀,比我想象的好多了。"

姜知漓干笑两声,实际心脏突突直跳。

叶嘉期直接奔着床头的香薰机去了,开始忙活。

姜知漓不动声色地移到衣柜门前,用身体牢牢地挡住衣柜的门,整个人心不在焉的。

叶嘉期鼓捣着香薰机,倒也没发现姜知漓的异常之处。她忍不住好奇道:"对了姐,我今晚看见你上了那个商琰的车,你上次说的那个男的不会就是他吧?"

姜知漓笑容一僵,连忙坚决否认:"不是。"

叶嘉期戏谑道:"那你们是不是谈恋爱了啊?晚上是约会去了吧?"

姜知漓的目光一直忍不住朝衣柜瞟:"没有,真没有。"

感觉背后有股凉意,她清了清嗓子,提高音量说:"我们就是普通朋友,普通到不能再普通的朋友。"

叶嘉期喷了一声,以为姜知漓是不好意思,忍不住说:"其实那个商先生条件真的挺不错的,是个谈恋爱的好人选。处对象嘛,只要别找我哥那样的就行。"

闻言，姜知漓浑身又是一僵。快别说了嘉期，活着不好吗！

姜知漓吞了口口水，试图挽救一下局面："其实……我觉得你哥那样的也挺不错的。"

叶嘉期扑哧笑出声，毫不犹豫地揭穿道："姐，你别在这开玩笑了，你忘了你上次还跟我说，对我哥这种类型的不感兴趣，绝对不可能喜欢他那种冷血傲慢的资本家吗？"

姜知漓彻底放弃挣扎了，算了，就这样吧。

叶嘉期弄好香薰，便起身告辞了。

临出门时，叶嘉期冲姜知漓挤了挤眼："我走了啊姐。对了，你要是想谈恋爱了，微信上告诉我，我给你介绍，人选有的是。"

姜知漓强撑起一个笑，有气无力地朝她摆了摆手："走吧，回去吧。"

让我独自一人承受接下来的狂风暴雨吧。

等门彻底合上，姜知漓慢吞吞地回到卧室里，深吸一口气，做足心理准备之后，才拉开衣柜门。

看清里面的景象，她只想连夜买站票逃走。

衣柜里的空间太过狭小，男人的一双长腿被迫弯曲着，看着极为不舒服；向来整洁得不见一丝褶皱的白衬衫只这么短短一会儿就乱了，衣柜里挂着的裙子甚至有一条掉在了他的肩膀上；他怀里还抱着她那个幼稚到极点的粉色小熊。

刚刚冷酷高贵的总裁形象已经荡然无存，此刻，傅北臣的脸都是黑的。

姜知漓只偷瞄了一眼，就连忙后退，低垂着头，一副非常诚恳的认错姿态。

傅北臣面无表情地拿掉肩上的裙子，也不急着出来，换了个姿势继续坐在衣柜里。

他一只手拿着熊，另一只手松了松领带，语气极淡："过来。"

姜知漓没敢抬头，只敢小步地挪过去一点。

他语气不耐烦："再近点。"

于是她又往前挪了一点点。完了，他要跟她算账了。

下一刻，她就听见他沉声问："我有这么见不得人？"

姜知漓的头立刻摇得跟拨浪鼓似的，嘀咕道："我那不是怕你妹妹被吓着嘛……她才刚出院……"万一叶嘉期再被人吓进医院，算谁的？

傅北臣轻笑一声，语气凉飕飕的："你还挺关心她。"

姜知漓干笑两声，谦虚道："还行、还行。"

"把你的熊拿走。"

闻言，姜知漓心里一喜，还以为问罪结束了，连忙走近两步，弯腰去接熊。

突然，她不知道被什么绊到了，重心不稳，直直地朝衣柜里面栽去。

幸好傅北臣反应快，张开手臂，稳稳地将她接住了。

虽然没摔，但她此刻的姿势，实在是有点一言难尽……

姜知漓的双手下意识地搂住他的脖子，双腿非常没形象地跨坐着，整个人像树袋熊一样挂在他身上。

傅北臣喉结轻滑了下，忽然低声问："你晚上跟商琰干什么去了？"

完了，他开始秋后算账了。

姜知漓吞了口口水，诚实地答道："就吃了个饭。"

傅北臣的声音哑了些："然后呢？"

他的大掌还扣在她的纤腰上，十分灼热，还让人有点痒。

姜知漓一动不动，声音细若蚊鸣："他跟我表白，我没答应，我说本美女名花有主了。"

傅北臣忽地轻笑一声，眸光不自觉柔和了几分："白天你不是还说自己没有男朋友吗？"

他说这话时，胸腔发出的细微震动都因为过近的距离传到了姜知漓身上，微重的呼吸低沉又性感，属于他的气息完全将她包裹。

她的脸更红了些，心跳也骤然加速，有点紧张。

"我本来也没有男朋友呀……"姜知漓的声音又轻又软，顿了顿，才说，"只有老公。"

话音落下，四周静了静。

其实姜知漓从来没说过这么肉麻的话，当然，微信上的土味情话除外。

拜这个暧昧至极的姿势所赐，从她的角度，压根看不见傅北臣的任何表情。

姜知漓刚想从他身上起来，突然感觉左边的耳垂处传来一阵濡湿的感觉。傅北臣微侧过头，轻轻地亲吻着她的耳垂，温柔而细致，缠绵至极。

短短一瞬，姜知漓浑身紧绷起来，指尖不自觉地攥紧了他的衬衫。

虽然傅北臣什么话都没说……但姜知漓就是觉得，他应该不生气了。

她睫毛轻颤着，小心翼翼地问："你，是不是，不生气了啊……"

她都付出这么多了，那么肉麻的话都说出口了，他再生气可就说不过去了啊。

傅北臣轻勾起嘴角，忽地抬手揉了揉她的发顶："看你的表现。"

然而，姜知漓没想到的是，那晚之后，傅北臣竟然开始了长达一周的出差。

她压根连傅北臣的人影都看不见，整天盯着微信，眼巴巴地等着他回来，感觉自己都快变成一个深闺怨妇了。

最先看不下去的是倪灵。

倪灵真的怀疑傅北臣这人给姜知漓下了什么蛊，他怎么能把好好的一个姑娘搞得这么……

倪灵开着车，等红灯时，转头看了一眼身旁副驾驶座上回微信的女人，终于想出了一个可以形容她的成语：春心荡漾。

倪灵有点恨铁不成钢："行了行了，别发了别发了，矜持，咱们要矜持，懂不懂？"

闻言，姜知漓抬起头看她，无辜地眨了眨眼："我不矜持吗？"

倪灵细眉一挑，用指尖指向她的手机，凶巴巴地道："现在，立刻、马上，给我把手机收起来，听见没有！否则我走人了啊。"

姜知漓立刻举手投降："好好好……"

倪灵说："赶紧的。一会儿吃什么？"

姜知漓认真琢磨了下："要不去以前学校旁边的那家火锅店吧？上次我去了，味道还挺不错的。"

倪灵回忆了下，皱着眉问："那家重庆火锅？不是早黄了吗？"

"哪有？生意兴隆着呢。"

倪灵心里更疑惑了，点了点头："那行吧，就去那吃吧。"

嚣张至极的红色跑车一路驶到火锅店门口，引得无数路人注目。

进到火锅店里坐下后，倪灵摘下墨镜，转头环视了店内一圈，看起来，这家店生意确实挺红火的，她一度以为自己出现幻觉了。

她惊讶得张大红唇："什么情况？这店真没倒闭？"

姜知漓一边拆着餐具，一边笑着道："我都说了没有，你还不信。"

"不应该啊，我记得当时这店都快不行了。"倪灵回忆着，"你离开江城之后那两年，这店生意越来越差。后来有一次高中同学聚会，我还到这附近来过，那时候这家店已经倒闭了。"

姜知漓想起上次来时服务员跟她说的话，"啊"了声，道："这家店好像是后来被哪个老板给买下来了。"

闻言，倪灵扑哧笑出声："居然有人想不开花钱买这破店？他疯了吧？"

姜知漓也笑了，忍不住为这位素未谋面的老板辩解道："这家店现在不是开得挺好的嘛，说明这老板还是蛮有经济头脑的。"

谈话间，服务员陆陆续续把菜上齐了，没聊完的话题就此打住。

姜知漓很快被面前的火锅勾走注意力，没再多想，大快朵颐起来。

倪灵却没什么心思吃饭了。

那年姜知漓离开江城，后面的事姜知漓都不知道，倪灵却很清楚。

有很多事，倪灵没打算告诉她。

譬如，那时候，在学校附近姜知漓最爱去的小吃街上，倪灵经常能看见傅北臣的身影。他站在拥挤的人潮里，静静地看着一个空空如也的位子，背影安静得让人心疼。

还有这家火锅店。

让倪灵记忆犹新的是，当时这家火锅店的价位并不低，不少一中的学生都承担不起这样的价格，所以火锅店的生意奇差无比。

有一次，倪灵和朋友一起去吃，竟然在店里看见了傅北臣。

那时候，傅北臣家境清寒。

更让人惊讶的是，他是自己一个人去的。

火锅店里基本都是成群结队的学生，唯有他形单影只，显得十分格格不入。

倪灵就在角落里悄悄看着一个人坐在那里的傅北臣。

他的面前是特辣锅，冒着腾腾热气，看着都让人觉得胃部不适。

和姜知漓在一起久了，连她都知道，傅北臣这人根本吃不了一点辣。

可是那晚，倪灵看着他吃了一口又一口，近乎自虐一样地折磨着自己。倪灵只是在一旁看着，都已经觉得胃部一阵阵发疼。

当时她心想：原来看起来这样冷心冷情的人，在失恋时也会用这样幼稚的办法宣泄情绪。

那时候，很多人都觉得，傅北臣并没有多喜欢姜知漓；可倪灵知道，他已经爱她爱到近乎疯狂的地步。

至于这家火锅店，前两年已经破败到那样的地步，但凡是个长了脑子的商人都不可能花大价钱翻新。这种亏本买卖，她总觉得，只有傅北臣会做。

这个想法一直萦绕在倪灵脑中，搞得她根本无心吃饭。

倪灵用手支着下巴，盯着对面的姜知漓，忽然开口："我有一个想法。"

姜知漓一时没反应过来："什么？"

倪灵一向雷厉风行，她当机立断，按下呼唤铃叫来服务员。

没一会儿，服务员应声前来："小姐，请问您有什么需要吗？"

倪灵双手环胸，往椅背上一靠，气势十足："给我把你们的老板找来。"

服务员顿时蒙了，连对面的姜知漓都有点没反应过来。

见倪灵神色认真，服务员紧张起来，连忙道："小姐，对于我们的服务，您是有哪里不满意吗？"

"把你们的老板叫来，我就满意了。"倪灵抬了抬下巴，眼也不眨地说，"喏，对面这个是他老婆。你们老板半个月没回家了，这日子没法过了。你们最好现在打电话给他，他要么现在立刻出现在这，要么打电话亲口跟他老婆道歉。"

闻言，服务员傻了。

对面的姜知漓也没好到哪去。她瞪大眼睛看着倪灵，不知道现在到底是什么情况："我……"

倪灵截住话头，催促服务员道："快去，给你们老板打电话。"

服务员简直欲哭无泪。见倪灵一身高级名牌，根本不像是碰瓷的，看起来也不像是在说假话，服务员只好退一步，为难地道："小姐……这个我们得先向经理请示一下，只有经理才有老板的联系方式。"

"那行，你现在就去找你们经理吧。我们就在这等着。"

服务员匆匆离开之后，姜知漓终于找到机会开口："什么情况啊？"

什么半个月不回家，这又是什么家庭伦理剧本？

倪灵不慌不忙地喝了口茶："我有一种直觉。"

姜知漓没跟上倪灵的思维，她怔怔地问："什么直觉？"

倪灵神秘地笑了笑，一副十拿九稳的语气："等会儿你就知道了。"

两人约莫等了十五分钟，一个经理打扮的中年男人姗姗来迟。

突然被叫过来，经理也慌得不行，以为是服务出了问题，碰上找碴的了。

经理一边擦着头上的汗，一边恭敬地说："客人，我是本店的负责人，您有什么意见或者需求，都可以跟我提，我们一定尽力满足。"

倪灵慢悠悠地抠着指甲上的细钻："我没什么意见，只有一个需求，要么你现在把你老板叫来，要么给他打电话，让他亲口在电话里跟他老婆道歉，解释一下为什么这么多天不回家。"

显然，经理也是头一次碰见这种情况，额头冷汗直冒。见倪灵不是什么好说话的，他只能硬着头皮说："您稍等一下，我去给我们老板打个电话。"

倪灵满意地勾起红唇："行，我们等着。"

又过去了十多分钟，经理终于面如死灰地拿着电话走回来。

看来他是打通了。

倪灵笑容更灿烂，抬了抬下巴，示意他："把电话给她。"

全程蒙的姜知漓就这么接过了经理的手机，放到耳边。

"这位小姐，您要知道，造谣生事、污蔑他人是要负刑事责任的……"

一个有点熟悉的男声入耳，姜知漓听到最后终于分辨出来，有些不太确定地开口："是安助理吗？"

电话那头的声音戛然而止。

安阳深吸一口气，知道自己暴露了，只能尽力维持着镇定的语气道："您好，姜小姐。"

姜知漓愣住了，看到对面倪灵还在挤眉弄眼地暗示，才慢慢反应过来："你就是这家火锅店的老板吗？"

电话那头的人沉默着。

安阳的确不知道该怎么回答。他刚想开口解释时，电话已经被挂断了。

这时，恰逢会议室的门打开，一道高大颀长的身影走出来。

安阳苦着脸，拿着手机迎上去。

傅北臣淡淡地瞥他一眼，沉声问："怎么了？"

安阳立刻态度诚恳地低头认错："对不起，傅总，是我的失职。姜小姐好像已经知道那家火锅店是您买下来的了……"

傍晚，月上树梢。

家里只静悄悄地亮着一盏落地灯，光线柔和。

姜知漓靠在沙发上出神，她还没从下午的事情里缓过来。

她怎么也没想到，她要感谢的那个帮她弥补了遗憾的老板，竟然是傅北臣。

那么多年前的一个小片段，她记得很清楚很清楚。

就在距离她的生日还剩一周那天，她跟傅北臣说，生日那天，要他陪她一起去吃那家火锅，一定要吃特辣的。

她磨了他好久，又在图书馆做了无数页他留的作业，正确率达到百分之百，他才终于松了口。

只可惜，还没等到她生日那天，她就已经离开了。

倪灵下午还告诉了她一件事。

就在她生日那天，傅北臣应了约，去了那家火锅店。他点了她想吃的特辣火锅，履行了对她的承诺，不惜用决绝的方式折磨他自己。

失约的是她，他明明应该一直恨着她才对，可为什么火锅店的老板，偏偏是他？

一个念头盘踞在心间，姜知漓却根本不敢深想。

只是稍微触碰那片禁区，她的心口便会钻心地疼。愧疚、后悔等情绪交织着，几乎快要将她压垮。

也就是在这个她快要窒息的时刻，手机忽然发出一声轻响。

姜知漓骤然回神，拿起一旁的手机。

那是一条银行发来的短信：

××银行提醒您：尊敬的用户，您在本行的无限额黑卡副卡已成功绑定。如有任何问题，请拨打042-1938××联系我们。

看清短信内容之后，姜知漓蒙了。

片刻后，她打开微信，把短信截图给某人发过去。

姜知漓：这是什么？

那头的人几乎是秒回。

傅品如：亲属卡。

看见那三个字，姜知漓又是一怔，刚刚的苦涩情绪忽然被冲散了些。她忽然不敢去问傅北臣火锅店到底是怎么回事。她甚至不敢去想。

深吸一口气，姜知漓整理好情绪，指尖轻戳屏幕回复他。

姜知漓：突然给我绑黑卡干什么？

这下他没有立刻回复了。

姜知漓并不知道，此刻傅北臣面前的电脑屏幕上呈现的是什么内容。

如果此刻有人看见傅北臣沉重的面色，恐怕会以为是什么上百亿的项目出了问题。

寂静无声的办公室内，傅北臣盯着那条微信消息片刻后，面无表情地将电脑上"惹老婆生气了怎么办""女人生气以后是什么后果""哄太太的九十九种方法"等搜索记录一条条删除。

确保搜索记录被删得干干净净之后，傅北臣靠回椅背上，看着微信页面出神。

沉默须臾，他删删改改，终于发出去一条消息。

这边，姜知漓吹好头发回来，点开微信，瞬间怔住了。

傅品如：结婚之后，男方不都要上交工资卡吗？

姜知漓骤然失笑，有点不敢相信这条消息是傅北臣发的，但心里还是止不住地觉得甜。

姜知漓：你从哪听来的？

人家都是工资卡，他这是无限额黑卡，情况能一样吗？

不知道怎的，等傅北臣回消息的时间里，姜知漓的脑中好像忽然爆开了一小束烟花，砰的一下，炸得她晕乎乎的，整个人都不淡定了。

好像有丝丝缕缕的甜意从那简单明了的几个字里慢慢地溢出来。

姜知漓深吸一口气，呆呆地盯了会儿天花板，又拍了拍发烫的脸颊，试图让自己冷静一点。

不就是一张卡吗？她这么激动干吗？没出息。

但他说是亲属卡……她感觉心脏被某种情绪渐渐填满，原本的酸涩感被彻底驱散。

在这个爱意泛滥又浮躁的时代，有很多人都是说的比做的多；但傅北臣不一样，他和她遇到的其他人都不一样。

即便他什么都不说，她好像都能一直从他的身上得到满满的安全感。

八年前是，现在亦是。

不知怎的，姜知漓的心里又是甜蜜又是酸涩。

人这一生究竟有几个八年够他们错过呢？不过，幸好他们重逢了。

她忍不住轻叹了口气，调整好情绪后，又想起一件挺重要的事。

姜知漓：对了，你打算什么时候告诉嘉期我们的事啊？万一到时候她知道了，跟我们生气怎么办？

傅品如：她不敢。

姜知漓：……

我终于明白你妹妹为什么天天在背后骂你了。

姜知漓当然不可能把这话说出口，她清了清嗓子，按下语音键。

傅北臣站在落地窗前，手里握着手机，窗外繁华的夜色映在他如墨般的眸子里。

手指按下播放键，女人轻柔动听的嗓音随即回荡在静谧的办公室内。

"你什么时候回来呀？马上要到圣诞节了，我还没想好送你什么礼物呢。

"要不然等你回来我亲手做一桌圣诞节大餐？超豪华的那种！或者是礼物？你自己选吧。"

语音自动播放着，夜，终于不再寂静。

傅北臣静静地听完她发来的所有语音，垂眸凝视着脚下遥远而冰冷的夜景，某种情绪缓缓地填满心脏。

他轻摁住语音键，沉声说："礼物吧。"

听到傅北臣发来的语音后，姜知漓脸上期待的神色瞬间消失。

他的语气一如既往地冷淡，听不出什么明显的情绪，但姜知漓就是从里面听出了几分嘲讽的意味。

哼，他不吃大餐，她还不稀罕做呢！

她撇撇嘴，打字回复他：那你到底打算什么时候回来呀？

傅品如：怎么？

姜知漓眼里忍不住露出狡黠的笑意，指尖轻戳着屏幕。

姜知漓：当然是想你了！

傅北臣盯着那条消息，心跳忽然乱了一拍。

他抿了抿唇，神色渐渐柔和下来。他还没来得及回复她，紧接着，又收到了她发来的一条消息。

姜知漓：你想不想看烟花呀？

姜知漓：算了，反正我想。

姜知漓：别眨眼哦，我放给你看。

紧接着，一段短视频被她发送过来，那是一段绚烂至极的烟花在海面上绽放的视频。

大朵大朵的烟花在屏幕上炸开，映在他漆黑如墨的眼里，分外柔和。

视频结尾，一行文字出现在屏幕上：快把这段最美的烟花分享给你最爱的人看吧。

他眸光一凝，心尖像是被一根羽毛轻轻拂过，泛起一阵酥酥麻麻的感觉。

很快，她的微信消息又弹了出来。

姜知漓：好不好看？

傅北臣垂眸看着手机，直至视频上的那行小字彻底消失，他的嘴角忽地浅浅上扬了下。

没等到他的回复，姜知漓忽然想起视频最后那行小字，脸蓦地有些发烫。

她这算是变相跟他表白了吧？她会不会太不矜持了？

姜知漓咬着唇，刚想试图挽救一下，就看见一条新消息弹出来。

傅品如：不早了，睡吧。

哼，没情趣的男人！本来她还想再多跟他聊一会儿的。为表不满，姜知漓非常冷傲地只回了个"晚安"的表情包。

这边，傅北臣看了一眼手机屏幕，放下手机。没一会儿，办公室的门被叩响。

"进。"

闻声，安阳快步走进来，将手里的平板电脑放在他面前，面色严肃。

"傅总，出事了。"

次日一早，手机闹铃准时响起。

连着旷工几天，姜知漓今天特意早起去上班，一大早就到了办公室。

她在工位上坐下后，过了一会儿，才陆陆续续有同事走进来。

一个还算相熟的女同事走过来，递了一杯美式咖啡给姜知漓，语气真诚又带着羡慕："真的要恭喜你啊知漓，你顺利拿下新季度主设计师的名额了。我就知道你肯定没问题。焦艳前两天开会的时候给我们看了你的设计，我觉得这次的新品很有可能会火。"

姜知漓只谦虚地笑了笑，算是回应。

同事这话一出，她才想起，前两天焦艳发了微信告诉她，这次的主设计师名额还是她的。只不过那几天她请了假，一直在处理姜氏的事，这事就被她抛在脑后了。

坦白讲，姜知漓并不觉得这是傅北臣给她开的后门。

就算公司的老板不是傅北臣，她也一样有自信拿到这个名额。无论竞争对手是谁，包括被沈茵亲自带入行的简语凡，她都有自信能赢过对方。

这时，女同事凑到她耳边，压低音量告诉她："还有啊，那个简语凡这两天就离职了。其实也谈不上离职，我们都觉得人家就是空降几天来体验体验生活的，也没太意外。她既然没拿到名额，也就没理由再留在旗岳了。她母亲可是大名鼎鼎的沈茵设计师啊，她再多拿几个大奖，前途一片光明啊。"

听到简语凡这么快就离职了，姜知漓倒是小小地惊讶了一下。她还记得，上次安阳告诉她，简语凡的名额是那位傅董事长钦定的。

现在简语凡会离开旗岳，大概是因为傅北臣已经向那位远在 M 国的傅董事长施压了。

所以才有了那晚书房里那通针锋相对的电话。

她只听了个大概，就猜到傅北臣和傅老爷子的关系几乎已经可以用"恶劣"两个字来形容了。

可具体发生过什么，姜知漓一无所知。

整整一个上午，她只能靠工作来阻止自己胡思乱想下去。

午休时间，姜知漓照例到楼下的咖啡厅买咖啡。她刚用手机付完钱，就听见身后传来一个年轻动听的女声："姜知漓？"

姜知漓循声回头，看见那人是简语凡，不禁微愣。

见对方真是姜知漓，简语凡友好地笑了下，语调轻松地说："你回来上班了呀。前两天，我一直没在公司里见到你，没想到我刚走你就回来了。在这遇见还挺巧的。"

说实话，其实姜知漓跟简语凡打交道并不多，但简语凡语气和善，看起来并无恶意。

姜知漓心里觉得莫名其妙，但还是礼貌颔首，微笑了下，没当众驳她的面子。

见姜知漓神色平和，也没什么明显的敌意，简语凡松了一口气，轻声问道："你现在有空吗？方不方便聊两句？"

虽然不知道她要说什么，但不管她说什么，姜知漓都没什么不敢听的。

姜知漓点点头，看了一眼手机上的时间，应道："不过我只有半个小时的时间，午休结束我就得回去。"

两人在咖啡厅里选了靠窗的位置坐下来，简语凡率先开口："之前那个季度主设计师的人选是傅总的爷爷傅老先生擅自决定的，其实是不公平的，我也是不久前才知情，抱歉啊。"

她真诚又坦荡地说出这件事，姜知漓反倒愣了愣。

简语凡顿了顿，又说："其实回国来到旗岳也不是我的本意，是我爸爸逼我到旗岳来的，因为他和傅老先生一直有让我和傅总联姻的意思。不过，傅总对这件事的态度自始至终都很坚决。

"你和傅总，应该在谈恋爱吧？"简语凡试探地问出口。

姜知漓坦然地点了点头，简语凡立刻露出一副果然如此的表情。

难怪，如果只是因为一个小小的季度主设计师的名额，傅北臣不可能对傅老爷子下那么狠的手，对那些产业说毁就毁，毫不留情，毕竟那些以后都是他自己的产业。

这样的争斗，别人一旦掺和进去，绝没有什么好下场。

简语凡是一个足够清醒、识时务的女人，虽然以前她确实觉得，傅北臣各方面都符合她父亲的要求，是最合适的联姻人选，但如果傅北臣的心里已经住了人，一切就得另当别论了。

傅北臣的手段有多狠，从傅老爷子的事上可见一斑。他对自己的亲爷爷都如此不留情面，更不要说对别人。

她如果再试图做什么手脚，绝对得不偿失，倒不如趁早抽身。

虽然傅北臣的条件确实很出众，但不值得她冒这么大的风险。

收敛起思绪，简语凡又柔声道："你的设计我前两天也看见了，的确比我的更贴合主题，我心服口服。能离开旗岳对我来说是一件好事，我可以安心准备三个月之后的国际珠宝设计大赛了。对了，你应该也会参赛吧？"

姜知漓微微颔首，轻声应道："会。"

她知道简语凡说的那场设计大赛。那是全球最受瞩目的几场珠宝设计比赛之一，每年的得奖者会受到整个珠宝界的关注，自然令每个设计师都心驰神往，姜知漓当然也不例外。

简语凡又笑了笑，语气中含着期待的意思："那太好了。你不来的话，比赛都少了一半乐趣。到时候赛场见，来一场公平公正的对决。"

等简语凡拎包离开之后，姜知漓长长地舒了一口气。

说实话，她没想到简语凡今天会跟她说这些。抛开沈茵不谈，如果她和简语凡在设计比赛里相识，倒有可能成为朋友。

以前见到简语凡时，姜知漓的心里总会有一些莫名的情绪，大概是嫉妒吧；现在见到简语凡，她却很平静。

她似乎变得越来越不在意有关从前的人和事。也许是因为时间渐渐治愈了那些伤痕，又或许是因为，她有了傅北臣。

她好像突然重新拥有了很多很多的爱，缺失掉的一切似乎都在以另一种方式归来。

并且，她已经渐渐记不起当初被沈茵丢弃时的痛了。

是他给她的爱治愈了她那些看似永远都无法愈合的伤口，他变成了她身后的依靠，给了她面对过往的勇气。

一阵极为复杂的情绪从心口涌上来，姜知漓深吸一口气，准备起身回公司。

她随手拿起手机，屏幕忽然亮起，无数条消息接踵而至。有网页推送的新闻，也有倪灵发来的微信消息。

她看清最上面那几行字，神情骤然一变，嘴唇变得毫无血色——

《傅氏集团现任总裁傅北臣真实身世疑为私生子》《昔日豪门丑闻曝光》《傅氏集团股价暴跌》……

姜知漓指尖颤抖着点开其中一条新闻：

近日，有知情人士称：傅氏集团现任总裁傅北臣系已故富商傅鄞华与其名为叶莘的情妇所生，幼时流落在外，由情妇独自抚养。傅鄞华在狱中突发疾病逝世后，他才被现已卸任的傅正擎董事长寻回，并加以培养，最终接管傅氏集团。

自该消息爆出后，傅氏集团股东纷纷对其隐瞒真相的行为表达强烈不满。受此丑闻影响，从今晨开始，傅氏集团股价持续下跌。迄今为止，傅氏集团尚未对此发表任何声明。

看到最后一段，姜知漓的脸已经彻底失去血色，脑子一时嗡嗡作响。

突然，电话铃声尖锐刺耳地响起，是倪灵打来的。

电话接通，倪灵在那边急急地开口："漓漓，你看见那条新闻了吗？"

姜知漓嗓音发干："看见了。"

察觉到姜知漓的语气平静得有些异常，倪灵敏锐地感觉到不对劲，犹豫着开口问："你是不是早就已经知道了傅北臣是傅家私生子的事？"

过了很久很久，姜知漓才轻轻应了一声。

其实很早很早以前，她就已经知道了。

倪灵一时不知道该说什么，犹豫片刻后，才斟酌着开口："那你知不知道傅北臣回到傅家之后的事？我刚刚查到了一些——"

姜知漓的手心一片冰凉，她颤声道："你说。"

倪灵轻叹了口气，将自己知道的一切娓娓道来："八年前，你走之后不久，傅家就出事了。当时，傅氏集团有一个大项目的周转出了问题，被竞争对手陷害，傅北臣的亲生父亲傅鄞华入狱，不久之后就在监狱里去世，死因不明。

"傅鄞华只有一个女儿，但她根本不是从商的料。傅北臣的亲爷爷，也就是傅正擎董事长，重新执掌了傅氏集团，虽然短期内让傅氏渡过了难关，但他根本无力让公司发展得更好。

"于是他找到了傅北臣。听说，那时，傅正擎利用傅北臣的母亲逼他去 M 国，只有傅北臣去 M 国，傅正擎才会承担傅母后续所有的医疗费用。并且傅正擎还对傅北臣的母亲承诺，傅北臣前途无量。

"傅正擎这个人向来以冷血出名，明眼人都知道，傅正擎不过是为了傅氏集团，需要一个人来做傀儡，快速接手公司，来稳住那些虎视眈眈的股东，保证傅氏集团以后也能姓傅。

"再后来，才短短几年，傅氏集团的掌权人就慢慢成了傅北臣一人，傅正擎能插手的事情越来越少。一开始傅正擎只想借傅北臣的手来巩固傅氏在集团内的地位，但他低估了傅北臣的能力和野心。集团发展的势头越来越好，原本属于傅正擎的权力也一点点被傅北臣夺取，这几年下来，傅正擎已经基本没有实权了。"

闻言，姜知漓鼻尖一酸，心口像是被一块巨石堵住，泪水忽然夺眶而出，顺着脸颊一滴滴砸落下来。

她终于知道，分开的那些年，他是怎么过来的了。她原本以为，回到傅家对他来说是一件好事。可傅北臣那样骄傲的人，又怎么能忍受被人当作傀儡和工具?

　　他被自己的亲人困在了一场死局里,四周都是冰冷的铜墙铁壁,最终硬是依靠自己走了出来。他每天都像在悬崖峭壁上行走,姜知漓根本无法想象。

　　然后他若无其事地走到她的面前,穿着一层坚硬冰冷的盔甲,像是什么都没有发生过一样,依旧耀眼,依旧光芒万丈,依旧给了她很多很多的爱。

　　心脏像是被一只无形的手紧紧攥住,她疼得几乎快要无法呼吸。

　　她好心疼傅北臣。她很想现在就出现在他的面前,紧紧地抱住他,告诉他,他不是只有一个人,是她回来得太晚了。

　　如果可以,她想成为他以后的依靠。这次,就换她朝他走去吧。

　　下午五点。

　　外界已经乱成一团,而酒店顶层的总统套房内,厚厚的窗帘拉着,阳光几乎射不进来,这里不受任何打扰,安静压抑像是另一个世界。

　　房间内被黑暗笼罩,只有书桌上的一盏台灯静悄悄地亮着。

　　借着灯光,依稀能看见昂贵的地毯上散落着几个空了的酒瓶。

　　房间里弥漫着浓重的酒气,沙发上的男人隐在阴影中,看不出是睡着的还是醒着的,手机放在他手边,屏幕亮着,散发出微弱的光芒。

　　霍思扬看见眼前的场景时,一度怀疑自己在做梦。

　　认识傅北臣这么多年,霍思扬还从来没见过他像现在这样颓唐过。

　　之前有一次项目出事,他们险些就要输掉那场对赌协议,变得一无所有,他也没见傅北臣如此颓废,如此了无生气。

　　更何况,现在的情况远没有之前如履薄冰的时候糟糕,据他所知,傅北臣早就准备好了应对策略,可以将损失降到最低。

　　可消息真的爆出来之后,傅北臣没有第一时间阻止事态发酵,而是任由那些新闻高高挂在首页上。

　　外面已经乱成了一锅粥,没人知道他究竟要做什么。

　　霍思扬隐隐感觉到,他像是在顺水推舟,想借这次机会,将他的这个秘密告诉某个人。

一片死寂中，沙发上的人忽然低声开口："查到了吗？"

霍思扬骤然回神，才发现傅北臣根本没睡着，声音听着也异常清醒，只是比平常哑了些。

霍思扬走过去，将沙发旁的落地灯打开，没了平时那副吊儿郎当的样子。"查到了，消息是韩子遇那个垃圾爆出来的，有个项目还因此被叫停了。不知为什么商琰横插了一脚，现在股价还在跌。"

霍思扬在他旁边坐下，面色严肃："老爷子那边，看来是要彻底站在你的对立面了。不少股东借着这次的事情想逼你把位子让出来，老爷子没放出风声，相当于是默许了。"

傅北臣倚在沙发上，衬衫领口凌乱地散着，领带松松垮垮，神色晦暗。

他的声音里依旧不带什么情绪："知道了。"

听出他还是没有任何反击的意思，霍思扬急了，口不择言地道："所以你到底要等到什么时候？等到你这几年玩命拿回来的傅氏再被你亲手毁了？这是闹着玩的吗？"

"有多少人看见新闻了？"傅北臣忽然淡声问。

霍思扬被他这突如其来的问题问得一愣，反问道："在首页挂了一天，你说呢？"

傅北臣没说话，只垂眸看了一眼身旁放着的手机。手机依然安安静静。

霍思扬看见傅北臣的动作，一个令他难以置信的念头忽然冒出来："你不会是在等姜知滴看见那些新闻吧？"

话音落下，他没得到应答。

霍思扬实在难以理解傅北臣这么做到底是为了什么，气极反笑，道："傅北臣，你是不是疯了？"

沙发上的男人合着眼，神色晦暗。

房间里静得几乎连根针落下都能听到。

不知过了多久，低沉喑哑的声音忽然响起："我很怕。"

顿了下，傅北臣勾了勾唇，语带嘲弄之意："怕她知道这些之后，会像八年前那样，再次离开我。"

因为怕，所以他不敢告诉她有关傅家的一切。

闻言，霍思扬猛地一怔，不敢相信这句话居然是从傅北臣的嘴里说出来的。

傅北臣在霍思扬眼中是个什么样的人呢？他将"骄傲"两个字刻进了骨子里。除却私生子的身份，他是名副其实的天之骄子，站在"神坛"上，是可望而不可即的存在。

当初签订对赌协议，连霍思扬这个外人看着那个不可能完成的数字，都每天心惊胆战。他甚至还问过傅北臣，如果最后输了该怎么办。

那时候的傅北臣站在落地窗旁，俯瞰着这座城市，浑身透着与年龄不相符的从容沉稳，不开口便能让人信服他是天生就该站在顶端的人。

他神色极淡，只说了一句话："我不会输。"

于是他们真的赢了那场不可能赢的战役。

霍思扬从来没见过他像现在这样。那个对什么事情都十分冷淡，像是天生就冷心冷情的傅北臣，竟然会因为一个人患得患失，会因为一个人，把他与生俱来的理性和成熟都抛在脑后。

他明明是睚眦必报的性格，却给了姜知漓一次又一次的机会，甚至现在就这样什么都不做，守着手机，等着她。

霍思扬离开后，房间内只余墙上时钟的指针转动时发出的微弱声响。

时间一点点流逝，窗帘缝隙里透进来的光逐渐消失，傅北臣的心也跟着一点点沉下去，好像坠进了深不见底的深渊之中。

手机依然安安静静，昏暗的光线里，傅北臣拿着手机，将跟姜知漓的聊天记录从头看到尾，一遍又一遍。

不知道看了多少遍之后，他终于放下手机，沉默地起身走进浴室，洗漱换衣。

次日早晨七点，傅氏集团总部大楼，会议室里灯火通明。忽然召开的紧急会议，打得所有人猝不及防。

长达三小时的会议结束后，整座大楼陷入紧张而凝重的氛围里，每一位员工都忙碌起来。

公关部、项目部以及法务部全部有条不紊地行动起来。

　　业内其他大型企业在筹谋如何低价收购傅氏集团的股份时，惊觉傅氏集团的股价不知什么时候已经稳住。

　　一场接着一场的紧急会议后，会议室上方的 LED 灯终于熄灭。

　　高层们听完实时汇报，终于松了口气。

　　原本他们以为，这次危机发生后，有身在 M 国的傅董事长从中推波助澜，再加上他们已经错过了处理负面新闻的最佳时机，损失惨重是不可避免的。

　　他们没想到的是，股价下跌的趋势竟然在这么短的时间内就被控制住了，傅北臣显然提前就制订好了全部的应对计划，并且算无遗策，行动起来雷厉风行。

　　临时跟傅氏集团解约、翻脸不认人的几家企业，在同一时间内被爆出了各种丑闻，且要支付巨额违约金。

　　会议室里的人一个个面露喜色，唯独坐在主位上的男人依旧面色平静，看不出喜怒，只是漆黑如墨的眸子比往日更暗了几分，浑身散发着生人勿近的气息。

　　所有人连大气都不敢出，都打起十二分的精神仔细做事。

　　会议结束，傅北臣率先走出会议室。几个高层紧随其后，朝办公室的方向走去，打算继续商定后续策略。

　　安阳站在办公室门口，看见傅北臣的身后还尾随着一行人，素来沉稳的面容上染上一丝丝慌乱。

　　他急切地开口："傅总……"

　　安阳的话还没来得及说完，办公室的大门已经被傅北臣推开。

　　突然，一道纤瘦的身影从里面出来，像是飞起来的花蝴蝶似的，直直地冲进傅北臣的怀里。

　　因为实在太过猝不及防，傅北臣的身体僵了一瞬，眼底的寒潭刹那间裂开一条缝隙。

　　在场的所有人都愣住了，呆呆地看着傅北臣下意识地抱住了那个不知为什么会出现在总裁办公室里的女人。

　　什么情况？他们老板不是不近女色吗？

　　察觉到四周投来的无数道好奇的目光，姜知漓把头深深地埋在了傅北臣胸前，恨不得找个地缝钻进去。

太丢人了、太丢人了，本来她悄悄地坐飞机过来是想给傅北臣一个惊喜，谁知道他的办公室里竟然会进来这么多人？安阳这个不靠谱的！

空气短暂地凝滞一秒后，傅北臣最先反应过来，面容冷淡而镇定，没有显露出明显的情绪。

感觉到怀里的人羞耻得不行，他用掌心轻轻抚过她微颤的后脑勺，带着些安抚的意味，而后语气平静地对众高层道："抱歉，我太太有些调皮。今天的会议暂时延后。"

听到"太太"两个字，众高层瞬间呆住。

说完，傅北臣便拉着姜知漓的手腕进了办公室，没再理会身后众人是什么表情。

门紧紧地合上，隔绝掉外面的一切视线和声音。这下姜知漓终于好意思抬头了。她长舒一口气，抬眼就对上了他深邃的视线。

搞什么啊，他怎么这么淡定？跟她想象的完全不一样啊……

昨天下午挂掉倪灵的电话之后，姜知漓第一时间联系了安阳，想也没想就要买机票飞北城。可昨天那个点已经没了直飞的航班，她只能不停地转机，折腾了快一天才到。

她一直没告诉他自己要去找他，就是为了给他一个惊喜。可这人怎么回事？

傅北臣垂眸盯着她，没有说话，眸中暗潮涌动。

"你怎么突然来了？"他忽然开口，嗓音有些哑。

姜知漓有些不满他的反应，却还是忍不住嘴角上扬。

她看着他，眼睛亮亮的，一板一眼地说着反话："我觉得你可能想我了，所以我就来了呀。"

其实是她想他了才对。

见他神色晦暗，姜知漓侧了侧头，故意说："不过，看样子你好像一点都不期待我来，那我还是走吧。"

说完，她装模作样地就要转身离开，并没有看见男人双眸中浓烈隐晦的情绪。

转身的一刹那，手腕忽然被人拉住，姜知漓还没反应过来，整个人就被抵在了办公室的门上。

他强势霸道地吻上她的唇，与上次那个浅尝辄止的轻吻不同，他不给她半丝退缩的余地。

他的唇瓣温热，舌尖急切地攻城略地，滚烫的气息瞬间将她侵占。

姜知漓根本招架不住，浑身的力气瞬间卸去，如果他的手没有扣在她的腰间，恐怕她下一刻就会瘫坐在地上。

姜知漓想不明白，傅北臣到底被什么刺激到了。这个向来冷静自持的男人竟然在肃穆的办公室里，几乎快要将她吻昏过去。

耳边都是他粗重而灼热的呼吸，她的大脑一片空白，无意识地发出一丝轻吟。

像是被她的回应刺激到，傅北臣终于停下动作，轻柔地含了含她的唇瓣，刚刚的霸道和强势忽然消失了。

他用修长的手指微微抬起她的下巴，深邃的眸里盛满她的倒影。他嗓音低沉得发哑："那现在呢？"

姜知漓还没回过神，双眼迷离地看着他，没听懂他的话。

傅北臣眼底的情绪尚未退去，他又低下头，在她的唇瓣上轻吻了下，带着惩罚的意味。

他哑声问："能看出来我很期待了吗？"

姜知漓不知道事态怎么突然发展到这么激烈的程度，尤其还是在办公室里，简直羞耻到不行。

不过，傅北臣对她的到来好像确实……如他所表现出来的，那么期待。

都快让她招架不住了。

他用指腹缓缓擦拭了一下唇上残留的口红印，动作慢条斯理，让姜知漓的脸又是一热。

他低声开口："让安阳先送你回酒店？"

姜知漓摇摇头，嗓音还有些发颤："不要，我要留在这里等你。"

傅北臣垂着眼，抬手将她耳边散落的发丝拢到耳后，眼神中透着些无奈和宠溺的意味："你留在这，我没法工作。"

姜知漓的脸又是一红。

这人怎么……也脸红了？

男人的肤色是少有的冷白皮，因此，一点点潮红都格外明显，眼下淡淡的乌青也很显眼。

感觉他身上的温度太过烫人，姜知漓怔了怔，忽然意识到什么，抬手抚上他的额头。掌心传来的温度烫得惊人，让她的心一颤。

姜知漓急急地开口："傅北臣，你是不是发烧了？"

没等他回答，姜知漓又摸了摸自己的额头，深深皱起细眉，自言自语道："这么烫，肯定是发烧了。走，我们现在去医院……"

傅北臣拉住她，神色云淡风轻，仿佛生病只是一件无关痛痒的小事。

"等会儿还有个会。"他淡声说。

听见这句话，姜知漓忽然又想起昨天倪灵灵跟她说的那些。

看他对待生病的态度，可想而知，这些年他究竟有多不在意自己的身体。像他这样没日没夜地工作，是个人都受不住。

她又急又气，不知道该怎么办好，只能皱眉瞪着他："开会重要，还是你自己的身体重要？生病是小事吗？你当你自己是不用休息的工作机器吗？机器还需要定时维护和充电呢！我告诉你，傅北臣，我可不当寡妇……"

她喋喋不休，急得好像下一秒就要哭出来了。

看了她一会儿，傅北臣忽然低低地笑了一声。

见他居然还在笑，姜知漓心里顿时更气了："你还笑！"

傅北臣什么也没说，走到办公桌旁拨通内线："安阳，进来一下。"

随后，办公室的门被敲响，安阳目不斜视地走进来。他非常有秘书的专业素养，严格控制自己的眼睛不乱瞟，以免看到什么不该看的东西。

傅北臣语气平静："让司机在楼下等着，再叫一个私人医生到酒店。下午的会议让霍思扬负责。"

安阳一愣，表情随即恢复沉稳："好的，傅总。"

现在还是白天啊……夫人一来，他就要回酒店了……

安阳没敢多想下去，连忙出去安排司机了。

然而，直到回酒店之后，姜知漓的脸依旧是绷着的，自始至终都没给傅北臣好脸色。

因为她知道，他现在妥协了，是因为她来了。要是她今天没来，傅北臣一定会顶着高烧一直在公司工作。他根本就不知道爱惜自己的身体，这才是最让她生气的。

总统套房内，医生挂上药水后，把带来的药递给姜知漓，叮嘱道："太太，傅总输完液之后，烧应该就能退下来了。如果温度还是没降下去的话，有可能会发展成肺炎，这款消炎药一定要按时服用。"

姜知漓将用药的时间全部仔细记下来，又问了一些注意事项，才将医生送出门。

回到卧室里，她将倒好的温水和药片递给傅北臣，硬邦邦地命令道："吃药。"

傅北臣意外地顺从，接过药，仰头借水服下，喉结轻滚了下。

他抿了抿唇，看着她紧绷的脸色，忽然问："生气了？"

姜知漓冷笑一声："你自己的身体，我生什么气？"

她又笑意盈盈地补充道："你可以一直这样不要命地工作，这样过两年我就能换老公了。"

傅北臣微眯起眼，眸色一沉。

明知她说的是气话，他还是有些控制不住自己的情绪。

两人就这样无声地僵持了片刻，到底还是他的神色率先松动下来。他缓和着语气，似是低哄一样承诺："以后不会了。"

傅北臣靠在床上，黑发有些凌乱地垂在额前，向来深邃的黑眸此刻变得柔和，唇色极淡，面容有些苍白。

面对着这样的他，姜知漓剩下的那些狠话彻底说不出来了。

她无奈地叹了口气，半信半疑道："真的？"

"嗯，"他勾了勾唇，狭长的丹凤眼微微上扬，语气似笑非笑，"我舍不得让你当寡妇。"

他的记性有时候倒也不必这么好……姜知漓一口气差点堵在嗓子眼里，脸瞬间涨红。

她果断转身，终止了这个话题："不跟你说了，我要去洗澡。"

风尘仆仆地坐了一天飞机，她觉得自己浑身都脏兮兮的。

姜知漓正打算去客厅把行李箱打开拿换洗衣物，身后一个慢悠悠的声音响起，语调有些轻佻玩味："你这次带衣服了？"

她的脚步猛地一停，之前刻意找他借衬衫企图深夜勾引他的画面忽然不受控制地蹦出来，羞得她恨不得现在找条地缝钻进去。

傅北臣这个人真的好烦啊！

看着她落荒而逃的背影，床上的人无声地笑了下。

进卫生间洗澡之前，姜知漓还特意先去厨房里看了一眼，打算熬点清淡的粥，结果里面什么食材都没有。

她只好打电话给酒店前台，让楼下的餐厅送点清淡的食物上来。

等她洗完澡出来时，门铃刚好响起。姜知漓用毛巾擦着发梢的水珠，想也没想就开了门。

"哥，我来慰问你——"

门打开的一瞬，门外的声音戛然而止。叶嘉期眨了眨眼，下意识地往后退了一步，又看了一遍门牌号。

她没走错啊，是她哥的房间啊。

看清门内站着的人的脸，叶嘉期如遭雷劈，僵在原地，难以置信地开口："知漓姐？"

姜知漓艰难地挤出一个笑容："好……好巧。"

叶嘉期的音调瞬间提高了八个度："你怎么会出现在这？"

姜知漓出现在她哥的房间里就罢了，穿的居然还是酒店的睡袍？

看着叶嘉期惊恐的表情，姜知漓回过神来，脑中像是有上百只蜜蜂嗡嗡作响。

太突然了，她觉得自己已经丧失了语言能力。

她要怎么委婉地告诉叶嘉期这个"噩耗"？明明当初她俩是一起骂"大猪蹄子"的战友，结果到头来，她啃得最香？

姜知漓深吸一口气，道："嘉期，你听我说，你先冷静一下……"

正当她努力措辞的时候，叶嘉期看着她的身后，表情瞬间更僵硬了，声音也因为受到惊吓而变得尖锐起来："你……你们……"

傅北臣穿着一身深灰色的家居服，姿态闲散，走过来时，顺手将穿着浴袍的姜知漓拉到身后，动作自然熟练。

像是看见了救星似的，姜知漓骤然松了一口气。

听着叶嘉期尖锐到有些刺耳的声音，傅北臣不悦地皱了皱眉，语气有些沉："小声点，你吓着她了。"

叶嘉期的瞬间"瞳孔地震"，这到底是谁在吓谁啊？

坐到沙发上后，叶嘉期整个人还是恍惚的。

五分钟过去，她才勉强消化掉这个事实。

原来女人这么善变。

什么"臭男人"，什么"大猪蹄子"，都是骗人的。

不过，现在她更好奇的是——这到底是什么时候的事啊？

叶嘉期吞了吞口水，好奇心一点点燃起："知漓姐——"

她话没说完，就被一个冷淡的嗓音打断："她是你嫂子。"

叶嘉期瞬间改口："嫂子。"

姜知漓干笑两声，语气温柔得不像话，将知心大姐姐演得明明白白："没事，叫什么都行。你想问什么？"

察觉到那道暗含威胁的视线，叶嘉期立刻把头摇得跟拨浪鼓似的："没……没什么。"

算了，她为什么要好奇，活着不好吗？对了，她是来干什么的来着？哦，嘘寒问暖博同情。

不知道是傅北臣忽然抽风了，还是她哪里得罪他了，上周他突然给她报了个什么企业管理的课程，让她飞到北城来上这个鬼课，简直莫名其妙。

她上了一周课，实在是受不了了，不管怎样，今天都要来抗争。

叶嘉期酝酿了一下情绪，硬是从眼眶里挤出两滴眼泪："哥……那个企业管理的课，我能不能不上了……"

傅北臣低头看着财经杂志，眼也没抬："不能。"

斩钉截铁的两个字，不留任何余地。

"那个课连元旦假期都没有，这是剥夺人权，我还想回 M 国过节呢，呜呜呜呜呜……"

傅北臣依旧面无表情，语气冷漠："你想得美。"

卖惨失败，叶嘉期果断转向另一个目标，一脸悲痛欲绝："嫂子，你快看我哥，我真的好惨啊，呜呜呜呜呜。你们两个人甜甜蜜蜜，而我一个人孤零零的，要跟五十岁的教授一起度过节日，你忍心吗？呜呜呜……"

姜知漓正在旁边看热闹看得起劲，一个不留神就被钉上了。

本来她心里就愧疚，叶嘉期这么一哭，她便瞬间心软了。

顿了下，姜知漓犹豫着开口求情："那个……傅北臣，要不先让她放几天假吧。就算多上了这几天的课，她也不见得就能学会多少东西啊。"

叶嘉期立刻小鸡啄米似的点头。

嫂子还是高估她了，再给她几年她都学不明白。

见傅北臣没说话，叶嘉期顿时嗅到了希望的味道，又递了一个求救的眼神给姜知漓。

姜知漓偷瞄着男人平静的侧颜，在叶嘉期看不见的地方，悄悄地用指尖拉了拉他的衣袖，像小猫撒娇似的。

一下……没反应。

又是一下……

终于，傅北臣蹙了蹙眉，垂眸看了一眼她那只悄悄作乱的手，又对上她那双漂亮明艳的眼睛。

她眨了眨眼，目光中含着期待之色地看着他。

傅北臣忽然有些无奈。沉默须臾，他放下手里的杂志，淡声说："三天时间，晚一天回来，课程延长一星期。"

叶嘉期的眼泪瞬间止住，她直接拎包起身，变脸速度之快简直让姜知漓目瞪口呆。

"哥、嫂子，我先撤了啊，不打扰你们度蜜月了。"

临走之时，她还不忘抛了个飞吻："拜拜嫂子，我爱你！"

门彻底被合上，姜知漓回过神，长舒了一口气。她拍拍胸脯，心有余悸地道："吓死我了，我还以为她会生气呢……"

傅北臣语气淡淡的："我说了，她不敢。"

姜知漓心里的大石头彻底落了下来，以后她终于不用再担惊受怕了。

想起刚刚的事，她又小声说："其实你刚刚不答应也没关系……"

毕竟他安排叶嘉期上课也是为了叶嘉期好。姜知漓能看出来，傅北臣是真心将叶嘉期当作妹妹的，如果不是，他连管都不会管。

正当姜知漓后知后觉地有些愧疚自己打乱了傅北臣的教育方针时，低沉的嗓音在她头顶响起。

他声音平静，语调却低沉，多了几分温柔的味道："太太的意思，我不敢不从。"

听见这话的瞬间，姜知漓蒙了一秒，紧接着，脸噌的一下热了起来。

傅北臣真的只是发了个烧吗？

她发现了，好像从她来公司找他开始，他就像受了什么刺激似的……难不成他是生病了？

要命，简直要命。

姜知漓慌乱地站起身推开他，凶巴巴地命令道："快点把粥喝了，喝完去睡觉。"

傅北臣垂眸看着明明脸已经红透了却仍故作镇定的她，薄唇轻勾起一个好看的弧度："遵命，太太。"

接下来的两天，两人好像突然短暂地迈入了"同居"生活。

但，是非常纯洁的那种。

傅北臣睡一间房间，她睡另一间。这还是他主动提出来的，理由是害怕把病传染给她。

姜知漓对此也没有发表任何意见，只是每天穿着大码的 T 恤大摇大摆地在总统套房里走来走去。

嗯，她绝对一点别的想法都没有呢。

由于傅北臣生着病，姜知漓每天都在严格监督他按时吃药、按时睡觉，且工作时间绝不能超过四个小时。

他开会的时候，她就坐在一旁，边看书边计时，杜绝任何让他过度劳累的可能。

就这样，她强制规范了他的生活作息两天之后，元旦终于悄无声息地到来了。

这天，傅北臣一早就去了公司。

临近中午，姜知漓才慢悠悠地起了床，慢条斯理地化好妆，又给自己搭配了一身相当有节日氛围感的衣服——红色毛衣配短裙，外面搭了一件白色的羊毛大衣。看着俏丽又活泼，不是她平时的穿衣风格，但"美丽冻人"。

到了傅氏集团总部大楼后，姜知漓跟在一个秘书身后，从容不迫地前往总裁办公室，途径办公区时，难免吸引了无数目光。

从前天开始，不少人已经知道了姜知漓的存在。

前几天开会时，每个人都战战兢兢，生怕出任何差错，因为一旦出错，就会被傅北臣当众不留情面地训斥，公司里德高望重的高层也不例外。

可最近这几天，不少管理层都感觉到，傅北臣训人的次数减少了，有时面色甚至称得上和缓。一定是因为神秘的总裁夫人来了。

等姜知漓走远，员工微信群里就"炸"了。

同事A：我晕，那个就是总裁夫人吗？也太美了吧，呜呜呜呜……确定不是哪个女明星吗？

同事B：绝对不是。有这样的长相，她要是女明星，不早就是一线了？

同事C：就是。怪不得之前那个演电影的林卿卿连傅总的身都近不了，傅总哪是不近女色，总裁夫人美成这样，他还看得上那种庸脂俗粉？她还是什么美艳女明星呢，简直不及我们总裁夫人万分之一好不好！

同事D：+1。我宣布我现在是总裁夫人的颜粉了……

姜知漓并不知道，此时，众人已经将对她的"彩虹屁"吹到飞起了……

办公室里空无一人，傅北臣还在开会。

姜知漓一个人在办公室里百无聊赖地走来走去，又坐到那张宽敞舒适的办公椅上自顾自地转了两圈，玩得不亦乐乎。

忽然，她把椅子停住，定睛看了一眼桌上摆着的文件，好像是一个酒店的企划案。

还没等她看清楚，门被轻叩两声，刚刚带她进来的男秘书端着咖啡和甜点进来了。

温祺走进来，将咖啡放在桌上，恭敬地道："夫人，这是咖啡。如果您有什么需要的话，随时叫我就好。"

姜知漓从椅子上站起来走到沙发旁。看到刚刚那个酒店企划案，她忽然想起一件事。

她叫住温祺，好奇地问道："对了，温秘书，傅氏旗下的酒店会经常做抽奖活动吗？比如说，买机票中一等奖就可以免费住豪华套间那种。"

温祺笑了笑，虽然不知道总裁夫人为什么这么问，但他还是如实答道："您说笑了夫人。我刚好负责酒店大部分的运营内容，据我所知，傅氏集团旗下的酒店近几年从来没有与航空公司联合举办过任何类似的抽奖活动。"

姜知漓愣了下："没有过吗？"那她刚回国时中的奖又是哪来的？

温祺点点头，笃定地答道："是的，夫人，据我所知，是没有过的。"

见温祺如此肯定，姜知漓更迷惑了。她只好笑了笑："我知道了，谢谢你，温秘书。"

"您客气了。"

温祺离开后，姜知漓坐到沙发上，怎么都想不明白。心底的疑惑越来越重，她刚想拿出手机再看一下当时手机里收到的中奖短信时，办公室的门就被推开了。

傅北臣迈步走进来，西装搭在臂弯上，精致的袖扣泛着晶莹的光泽。

冷色调的空间内，沙发上的一抹亮色尤为显眼，裙子下一双白皙纤细的长腿，就那么暴露在空气中。

她的细眉深深蹙起，神色专注得像是在想什么世界难题一样，她连他进来都没发现。

傅北臣的目光在她的双腿上停留了半秒，便淡淡移开。

"等多久了？"

他忽然开口，把姜知漓吓了一跳。

她回过神，娇嗔地瞪了他一眼："你怎么进来都不出声的？我等了好久了……一杯咖啡都快喝完了——"

姜知漓看见傅北臣目光直接地盯着她，没说完的话顿时憋在了嗓子眼里。

正当姜知漓以为他就要开口夸她今天穿得好看时，只见男人忍不住皱了皱眉："穿成这样你不冷？"

姜知漓强忍着摔门走人的冲动："'美丽冻人'懂不懂？"

傅北臣坐在办公桌后，嘴角轻扬了下，果然没再管了。

见他打算继续工作，姜知漓有些坐不住了。她打扮得这么好看，可不是来他的公司当吉祥物的！

半分钟后，姜知漓果断站起来，在办公室里走来走去，试图吸引某人的注意力。

"傅北臣，你说今年会不会下雪呀？"

"看天气预报。"

又开始了，他又变回以前那副样子了，看来前两天果然是发烧的原因……

姜知漓深吸一口气，看见了对面商场显示屏上放映的电影预告。

她极为浮夸地哇了一声："傅北臣你快看，好像有一部爱情电影今天上映！你说这部电影会不会好看啊？"她的暗示意味简直不要太明显。

沉默片刻，傅北臣觉得有些好笑。

终于，他合上电脑，低头看了一眼腕表，然后拎起椅背上搭着的西服，神色淡淡地说："走吧。"

姜知漓还没反应过来，就看见他像变魔术似的从桌上摆着的那份酒店企划案下面拿出了两张电影票。

他抬了抬眉梢："好不好看，看了不就知道了？"

最后，姜知漓还是"勉为其难"地和傅北臣来了电影院。

节日的商场颇有氛围，到处都是花花绿绿的彩灯，热闹非凡。

离电影开场还有十五分钟时，姜知漓摸了摸耳垂。她今天戴的耳环有些重，坠得她的耳垂有些疼。

余光瞥到卫生间就在附近，她果断把肩上的包摘下来塞给傅北臣："等我一下，我去一下卫生间。"

傅北臣只好站在 VIP 观影厅门口，拿着包等她。

忽然，他的视线扫到不远处的零食饮品售卖处——排在长龙里的多是年轻情侣，他们几乎人手一杯奶茶或者咖啡。

顿了顿，傅北臣抬脚走了过去。

姜知漓从卫生间里出来时，就看见 VIP 观影厅门口，傅北臣的身边不知道什么时候多出了一个女人。

女人身材曼妙窈窕，不难看出是个极美丽的女人。

姜知漓抿了抿唇，加快速度走过去。

女人一张美艳的脸清晰地露了出来。

"傅总，我是晨睿娱乐的林卿卿，刚刚接下了傅氏新一季度的广告代言，您还记得我吗？"

林卿卿目光中满含希冀，像是完全没有感觉到面前男人的冷淡，也没看见他手里拎着的女式皮包。

姜知漓不悦地皱了皱眉，心里忽然十分烦躁。

同为女人，她当然看得懂这个林卿卿的眼神。拈花惹草傅北臣，她才走开一会儿！

只是还没等姜知漓发挥出奥斯卡级别的演技，傅北臣已经朝她走了过来，将手里的东西递给她，没有再理会身后站着的林卿卿。

"进去吧，电影开场了。"

顿时，姜知漓心里那股烦躁散去大半，嘴角止不住地往上翘。她连忙跟在傅北臣的身后进了影厅，也不回头看林卿卿是什么表情了。

等找到座位坐下后，姜知漓才发现，傅北臣的手里居然还端着一杯奶茶。

她呆呆地眨了眨眼，有点不敢相信他刚刚会去排队买奶茶："这也是给我的吗？"

他侧眸看她，抬了抬眉梢："不然？"

姜知漓心忽然一跳，一种难以言喻的情绪瞬间填满了整颗心脏。

还记得高中那会儿，傅北臣最讨厌的就是排队。大概因为他是一个什么事情都要讲究高效率的人，不管做什么，他都会把价值放在第一位。

242

像这种排队买奶茶的事，在他的眼中，大概能和"浪费时间吃垃圾食品"画上等号。他一向最不屑于在这些事上浪费时间。

明明这只是一件挺稀松平常的小事，可因为是他做的，就能让她感到前所未有的满足和开心，也许是因为他的行为无形中告诉着她，他是因为她才改变的。

她弯起眼睛，眉梢都爬上笑意。

广告播放完毕，电影院内的灯光熄灭了，傅北臣没再说话，转过头看着屏幕。

傅北臣确实不是一个有耐心的人，又极度讲究效率。在人声嘈杂的公共场所里排队，于他而言，是一种浪费时间的行为，他也并不理解那些所谓的仪式感到底有什么意义。

但是姜知漓喜欢。不管是八年前，还是八年后，她似乎都格外喜欢听一些甜蜜的情话，又很容易满足，一杯奶茶就能让她笑得这么开心。

他似乎也因为她，逐渐从那些浪费时间的事里找到了一些意义。

别人拥有的，她都得有。更何况，他欠了她八年的时光。

所以，既然她喜欢，那他就去做吧。

哪怕他不擅长，也没关系。

第 *5* 章

当年的真相

deep feeling

电影院内，银幕不停变幻，放的是一部唯美的爱情电影。电影里的时间是冬天，因而这部电影在元旦上映十分应景。

电影放到一半，男女主角在漫天白雪中互相告白，看得在场不少女生都感动得掉眼泪。

而姜知漓没什么感觉，从坐下开始，她的注意力就没放在电影上过。

原因是刚刚站在影厅门口的那个林卿卿居然跟在他们后面进来了。姜知漓还发现，他们看的这部电影的女主角居然就是这个林卿卿。

请问这样她怎么可能投入？

偏偏一旁的傅北臣自始至终盯着银幕，看得很认真。姜知漓看着他那副专心致志的样子，在心里气得尖叫。

请问电影有这么好看吗？啊？一个烂俗爱情片都能看得这么入迷，你还是不是霸道总裁了？

就在姜知漓的拳头越攥越紧时，身旁的人忽然有了动作。

傅北臣的目光依然盯着银幕，昏暗的环境里，他抬起手，动作十分自然地握住了姜知漓的手。

姜知漓顿时如触电一般僵住，一动不动。

宽厚温热的掌心牢牢地包裹住她的手，他手上的银色腕表触碰到她的肌肤，带来些冰凉的触感，让人心弦一颤。

姜知漓的耳根瞬间变得通红，幸好此刻他们是在电影院里，根本没人注意到他们。

反观傅北臣，他正襟危坐，面色平静自然，神情专注到任谁看见都会以为他真的只是在看电影。

实际上，在暗处，他的长指慢慢穿过她指间的缝隙，然后，牢牢地、坚定地握紧了她的手。

十指相扣的姿势，亲密得不留一丝缝隙，他的温度一寸寸地传递到她的掌心，有些灼烫。

姜知漓的心跳这下彻底乱了拍。

四周光线极为幽暗，正是因为如此，其余的感官变得尤为敏感。

他的指腹慢慢摩挲着两人肌肤相贴的地方，像是在一下一下地抚摸小猫，力道不轻不重。

姜知漓好像连电影的声音都听不见了，只能听见自己的心跳声敲击着耳膜，一下又一下，扑通、扑通、扑通……

不知过了多久，手机开始微弱震动。

傅北臣低头看了一眼手机，然后凑近她一些，低声说："我出去接电话。"

掌心的温度骤然抽离，搞得她的心里忽然有些空落落的。

姜知漓装作全神贯注看电影的样子，佯装镇定地点了点头："嗯。"

等傅北臣离开后，姜知漓忍不住低头，盯着自己的掌心出神，看着看着，嘴角忽然开始止不住地上翘。

然而下一刻，姜知漓的嘴角就僵住了，因为她看见一旁的通道上又经过了一个人影。

林卿卿。

林卿卿从影厅里出来，就看见傅北臣站在楼梯口附近打电话。

他西装革履，轮廓分明，与电影院休闲散漫的氛围格格不入。

林卿卿忽然又想起她之前跟傅北臣的那次见面。

人人曲意逢迎的酒会上，每个大腹便便的老总身边都或多或少带着年轻漂亮的女伴，推杯换盏中，让人感觉一阵恶心。

只有他在人群中格外显眼，不似其他人那样浑浊不堪，清醒到足以睥睨一切，不会被任何欲望沾染，仿佛跟他们压根就不是一个世界的人，高不可攀，让人不敢靠近。

直到林卿卿看见刚刚那一幕。

男人等在那里，身上穿着挺括的西装，臂弯里却搭着一件女士大衣，像一个在等待妻子的普通丈夫，眼睛里藏满了温柔。

林卿卿不愿意相信，她绝不相信，那个女人会是傅北臣的妻子。

所以她还有机会。

林卿卿收敛起思绪，理了理裙摆，扬起笑容，抬脚走近傅北臣："傅总，真没想到您今天会来看我的电影。以后如果您想看的话，可以直接联系我，我让经纪人把首映票送到您那去。"

傅北臣收起手机，只淡淡地瞥了她一眼。

她笑得落落大方，将目的性掩饰得很好。混迹名利场的人，每个都是天生的演员，这几年来，傅北臣见过太多她这样的人。

他敛眸，语气客气，却没什么温度："不用了，谢谢。"说完，他抬脚要走。

林卿卿见状，心里一着急，连忙开口道："傅总，刚刚和您一起来的那位，是您的女朋友吗？"

果不其然，男人停住脚步。

他的神色依旧冷淡，像是没听出她话里的试探。

见他反应冷漠，林卿卿心里一喜，脸上的笑容还没绽开，就听见傅北臣再度开口，语气中透出些不易察觉的柔情："她是我太太。"

林卿卿嘴边的笑容瞬间僵住："您……太太？"

傅北臣难得如此有耐心："是的，我太太。"

他说这三个字时，缓慢、坚定，又藏着无限温柔。

他从来没想过藏着姜知漓的身份，恰恰相反，他有一个极为幼稚的想法：他想让全世界都知道，姜知漓是傅北臣的太太。

见林卿卿愣在原地，傅北臣也不欲多留，正想回到影厅里，一道靓丽的身影刚好从里面出来。

两个人刚好打了个照面，姜知漓笑意盈盈地上前挽住他的手臂："我们走吧。"

他挑了挑眉，问她："电影结束了？"

像是没看见一旁的林卿卿似的，姜知漓语气娇嗔地说："没有呀，这部电影太无聊了，再看下去也是浪费时间，还不如早点回家呢。"

她说的倒不是假话，她确实觉得这部电影挺无聊的。在这么多人的电影院里，他们两个人又什么都做不了，还不如回酒店去呢。

林卿卿仍然不可置信地看着面前的两人。

傅北臣低头看了一眼时间，算起来电影也差不多快结束了，于是他点点头："走吧。"

两人吃完晚饭回到酒店时，姜知漓才发现，外面居然开始下雪了。

晶莹剔透的雪花从空中洋洋洒洒地落下，挂在枝头，无疑又给节日增了一分浪漫的气息。

总统套房外刚好有一处宽敞的阳台，对面就是一览无余的江景。趁着傅北臣在书房里工作，姜知漓一脸兴奋地冲到阳台，用手去接从空中落下的雪花。

过了一会儿，她身后传来声响，熟悉的脚步声响起。

她连头都没顾得上回，语气激动地道："傅北臣，你快看，下雪了！"

他低低地应了声，将手中的大衣给她披上。

一阵暖意将她包裹住，姜知漓忽然想起一件重要的事，连忙低下头，在大衣的口袋里翻找着什么。

她掏出那个小盒子递给他，弯起眼睛笑，语气极为认真："傅北臣，新年快乐，这是礼物哦。"

他眸光微滞，眼底有丝丝情绪流动着。

静了片刻，傅北臣抬手接过那个盒子，打开一看，里面静静地躺着一枚灰晶领带夹，在灯光下闪烁着耀眼的金属光泽，设计风格简约大气，没有任何多余的装饰。

他垂眸看了领带夹片刻，忽地开口问："这是你亲手设计的？"

姜知漓眨了眨眼，不可思议地道："你怎么知道的？"

她的风格已经独树一帜到让人一眼就能认出来了吗？

傅北臣微弯嘴角，没正面回答她的问题，抬手将领带夹从盒子里拿出来。

领带夹的后面，不易被人察觉的地方，还镌刻着小小的英文字母：

F&J。

他用指腹轻轻摩挲过那行字母，微凉的触感从指尖蔓延开来。

很容易被人看出的小心思，拙劣，又可爱。

"这是什么？"他抬了抬眉梢，眼里带了几分笑意。

没想到自己的小心思就这么被他发现了，姜知漓为了掩饰慌乱，只好硬着头皮道："我是设计师，刻一下徽标怎么了？万一以后你不小心把它弄丢了，也好找。"

其实，送他这个礼物，她还有小心思在里面。

领带夹，是最靠近心脏的饰品。

而且，她也没有说，其实这份礼物，她很早很早以前就准备好了，只是一直没有送给他的机会。

姜知漓眨了眨眼，忽然朝他摊开掌心，眼中露出狡黠的笑意："我的圣诞节礼物呢？"

傅北臣将盒子收起来，单手插兜，平静地问她："你想要什么？"

姜知漓瞬间难以置信地睁大眼："你真的没准备礼物吗？"

他神色坦然自若："我以为我已经送过了。"

他说的不会是他下午陪她看的那场电影吧？

姜知漓顿时被气笑了。

看她像是炸了毛的小猫似的，傅北臣轻勾起唇，慢条斯理地低头看了一眼腕表。

姜知漓气鼓鼓地瞪着他，再次朝他摊开掌心："你还笑！快把礼物还给我！"

须臾后，他的视线忽然越过她看向阳台外，低沉悦耳的嗓音融在晚风里："姜知漓，回头。"

她顿时一怔，下意识地转头看去。

身后，夜幕低垂，雪花纷纷扬扬，绚烂的烟花在空中炸开，令人目不暇接，极速飞逝而过的繁华绚丽，在刹那间点亮了漆黑的夜空。

鹅毛大雪里绽放着的烟花，是两种极致浪漫的叠加。

沉浸在这种令人震撼的美丽里，姜知漓猛地想起什么，难以置信地转头看向身旁的人："这该不会是你——"

傅北臣的侧脸隐在烟花带来的朦胧光晕中，立体分明的轮廓被映照得格外柔和。

他转头看向她，语气平静："你不是说想看烟花吗？"

姜知漓猝不及防对上他的视线，心跳忽然漏了一拍。

"我什么时候说——"

话音未落，她又是一怔，回忆不受控制地蹦出来。

一周前，微信上。

姜知漓：你想不想看烟花呀？

姜知漓：算了，反正我想。

姜知漓：别眨眼哦，我放给你看。

恍惚间，又一朵烟花绽放，响在耳畔，姜知漓怔怔地看着他，心中忽然有某种情绪随着烟花一同炸开。

那种难以言喻的感觉，甚至让她有点想哭。

相较于此刻，电影里的浪漫不过如此。

其实，她不是想看烟花，是想和他待在一起。现在两个都实现了。

巨大的烟花声中，一个低沉却柔和的嗓音在她身侧响起，清晰地落入她的耳中，砸在她的心尖上。

"新年快乐。"他说。

那之后很久很久，姜知漓都没有忘记，当傅北臣说出那句"新年快乐"时，她的脑海里浮现出的一句话——

原来，对同一个人，也可以心动千千万万次。

元旦过后，傅氏集团总部的业务再度繁忙起来，傅北臣整日忙得抽不开身，而旗岳的季度设计工作即将收尾，姜知漓只好独自一人启程返回江城。

她离开后的第二天上午，北城的一家高档茶楼内。

包厢的门被打开，傅北臣抬脚走进去，在商琰对面坐下。淡淡的茶香弥漫在空气中，两人谁也没急着开口。

商琰亲自一遍遍洗茶，熟练地将一壶茶泡好，倒了一杯放在傅北臣面前。

他语气含笑，率先开口："傅总好手段。难怪别人都说傅总心思缜密，不输商界老手，你确实让人佩服。"

明明他和韩子遇的计划已经足够周全，又有傅老爷子暗中推波助澜，原本商琰以为，由他在幕后操盘，这次事件怎么也能让傅北臣的一个重大投资项目失利，起码能让傅氏集团损失数十亿利润。

可他没想到的是，他们要走的每一步，都被傅北臣算准了。

从丑闻爆出到股价暴跌，再到一些合作方解约，直到最后，傅氏损失的也不过是点皮毛；而他和韩子遇是站在一条船上的人，韩子遇的公司要赔付的违约金远远超过他们当初的预算，原本稳操胜券的项目紧随其后崩盘，商琰这边形势同样岌岌可危。

他们被狠狠地反将一军，在这场自己设下的棋局里，被傅北臣杀得片甲不留。

傅北臣端起茶杯轻抿一口，语气极淡："商先生谦虚了，论起借刀杀人，我甘拜下风。只是这次，你的刀子选错了。太钝的刀，握在手里，只会割伤自己。"

商琰听懂了他的弦外之音，忽地笑了笑："傅总说得是，受教了。"

傅北臣屈指，慢条斯理地敲了敲桌上放着的合同，进入正题："让利五个点，换商先生一条退路。"

商琰缓缓收起嘴角的笑容，抬手翻了翻合同，脸色一沉："傅总，五个点未免有些狮子大开口了吧？"

傅北臣轻勾起唇，二话不说地站起身。

他垂眸，居高临下地睥睨着对面的人，语调漫不经心，却偏偏给人极强的压迫感："你可以选择不接受，不过得准备好承担后果。"

傅北臣抬手端起那杯没喝完的茶，手腕微微一翻，剩下的茶水就被尽数洒在了茶桌上。

做完这个动作，他抽了一张纸巾，细细擦拭过手指，然后将用过的纸不偏不倚地扔在那片水渍上，极具讽刺意味。

他的语气没什么温度，笑意不达眼底："商先生的茶煮得不错，只是不知道我下次还有没有机会喝了。"

商琰的脸色瞬间变得铁青，短短的时间里，他的额头上已经沁出一层薄汗。

他能够在短时间内达成现在的成就，有些事情必然不是清清白白的。傅北臣的威胁他算是听明白了，可让利五个点几乎等于将他扒下一层皮，这不是那么容易就能割舍的，否则傅北臣也不会提出这样的条件。

更让他觉得可怕的是，他怀疑傅北臣一开始想要的就是这五个点的利润，所以丑闻爆出的时候，傅氏集团才没有第一时间动作，而是静候时机，让所有人卸下防备。

包间内的气氛十分紧张。就在傅北臣即将推开门离开时，商琰紧咬着牙开口："等等，傅总，条件我答应了。"

傅北臣没转头，似乎并不对他会答应一事感到意外，语气仍然平静："麻烦商先生把合同签好后寄回傅氏集团。"

商琰死死盯着傅北臣的背影，沉默须臾，忽然想到什么，轻笑出声："傅总果然算无遗策，只不过这份算计用在她身上，会不会让她觉得寒心呢？"

傅北臣脚步一停，目光冷冷地睨向他。

迎着他冷得如掺了冰一样的目光，商琰笑意更深，语气意味深长："对自己喜欢的女人居然也能狠下心算计，这点我确实佩服傅总。让她亲眼撞见自己的未婚夫出轨她的亲表妹，然后乘虚而入。这些她都知道吗？

"以我对知漓的了解，她虽然善良，可并不是什么心软好骗的女人。一旦知道了这些事，她还会继续留在你身边吗？"

傅北臣眸色沉沉地看着他，嘴角忽然勾起一抹冰冷的弧度："我和我太太的事，就不劳商先生费心了。有这个时间，商先生不如研究研究合同的条款，看看你的个人资产够不够支付那五个点的利润。"

说完，傅北臣便推门离开，没再理会身后的人。

门口，安阳正在车旁等着，远远就看见傅北臣面色阴沉地走出来，让人有些不寒而栗。

安阳并不想在此时上去触霉头，可又不得不先将要紧的事说了："傅总，刚刚叶小姐一直在给您打电话，您没接，她又给我打了几次电话，应该是有急事。"

闻言，傅北臣蹙了蹙眉，还没等拿出手机，安阳的电话再一次急促地响起。

安阳一看，连忙将手机递给他。

电话刚接通，那头叶嘉期火急火燎的声音就传了出来："我哥呢？出没出来？"

傅北臣沉声道："说。"

"哥，爷爷好像回国了。他谁也没告诉，消息封锁得很严实。我妈今天去疗养院看他的时候才知道他昨天就走了，应该是回国了没错。还有，他好像已经知道你跟知漓姐结婚的事了！"

话音落下，四周陷入短暂的死寂，一旁的安阳也愣了一下。

那头的叶嘉期听见突然没人说话了，只好试探着开口："哥，你还在听吗？"

沉默片刻，傅北臣终于冷声说："知道了。"

下一秒，他挂断电话，将手机扔回安阳的手里，声音中透着寒意："回江城。"

江城。

从北城回来之后，这几天，姜知漓整个人都忙得脚不沾地，连发微信"骚扰"傅北臣的次数都跟着减少了，每天回家之后倒头就睡。

直到将收尾工作一一调整完，协调好一些产品上的细节，大部分工作才算是彻底结束了。除了公司的事情，姜知漓每天还要抽出时间准备国际珠宝设计比赛。

这几天准备比赛相关事宜时，她跟不少大学校友联系频繁起来，林心媛就是其中一个。

这天，姜知漓跟林心媛聊天时，忽然想起什么，疑惑道："对了心媛，当时毕业之后，你有没有遇到过一些主动送上门的工作机会？比如直接让你去竞争季度设计新品的主设计师那种？江城的旗岳有没有主动给你发过邮件？"

电话那头，林心媛扑哧一声笑了："怎么可能啊，那种公司怎么会给新人那么重要的岗位，那不是天上掉馅饼吗？"

姜知漓听见林心媛的话，心底的疑惑更深了。又随便聊了几句之后，她才挂了电话。

当时，她一心想着要离傅北臣近一些，对这些一直都没有多想，可是巧合的事情越来越多，一切就显得不对劲起来了。

姜知漓握着手机若有所思，突然，手机铃声响起，屏幕上闪烁着一串陌生号码。

她心头忽然生出一丝不好的预感。她稳了稳心神，接起电话。

一个苍老却浑厚的声音在电话那头响起："姜小姐，你好，我是傅正擎。"

姜知漓的神情顿时一僵，她礼貌而谨慎地道："您好，傅老先生。"

傅正擎问道："不知道姜小姐现在有没有时间，方便出来跟我见一面吗？"

郊外某别墅内。

茶室里，姜知漓用指尖摩挲着温热的茶杯壁，静静地等着对面的老人开口。

老人头发花白，比起八年前苍老了不知多少倍，但目光灼灼，不说话时仍不怒自威。

静谧的气氛下，傅正擎低头喝了一口茶，终于慢悠悠地说："姜小姐，好久不见。"

姜知漓扯了扯嘴角，实在无法把面前的这个老人当成傅北臣的亲爷爷去尊敬。毕竟从他做过的事来看，他根本没把傅北臣当作亲人。

她的笑意不达眼底："是很久没见了，最近您的身体还好吗？"

知道她是故意提起这茬，傅正擎哼笑一声，语气难辨："托我那个好孙子的福，我还没进棺材，所以我得趁着这副老骨头还能动，过来看看我的孙媳妇是什么样的。"

姜知漓抿了抿唇，没搭话。

傅正擎又喝了一口茶，神色和缓了些："你和傅北臣是什么时候结婚的？"

姜知漓神色平静："不久前。"

看出她的抗拒和防备，傅正擎嗤笑一声，目光上下打量着她，说："小丫头还真是天真，说结就结了。难道没人告诉过你，面对傅北臣的时候要谨慎着点？连我这个活了几十年的老头子都差点栽在他的手里。这小子啊，心狠手辣。"

听到这里，姜知漓皱了皱眉，眼神冷了些："如果您真心拿他当家人对待的话，他不会那样做的。"

她的嗓音轻柔，话却掷地有声："傅老先生，己所不欲，勿施于人。这个道理，您不会不懂。"

闻言，傅正擎不但没生气，反而大笑了两声。

"你这丫头还挺护短。"他收敛了笑意，又盯着她的眼睛缓缓问，"不过，跟傅北臣这样的人结婚生活，你不害怕吗？你难道不怕有一天他把在商场上用的那些城府算计使到你的身上来？"

听出他的言外之意，姜知漓攥紧指尖，抬眸看向他："您想说什么？"

傅正擎又慢慢给自己倒上一杯茶，悠悠地开口："你当初刚回国时，住的是傅氏旗下的酒店吧？那天晚上，你就碰巧撞见明明应该深爱着你的未婚夫出轨了？你就没想过，世界上真有这么多凑巧的事吗？"

闻言，姜知漓瞬间通体冰凉，心里的那种预感越来越强烈，脸上也逐渐失去血色。

傅正擎笑了笑，像是在印证她的猜想，继续道："打从一开始，你就已经掉进傅北臣亲手给你设好的局里了。从你回国开始，棋局就已经布好了。他先是让你目睹那个让人伤心的画面，再让你一步步心甘情愿地走进他的陷阱里。

"这样的人，你真的敢爱吗，小丫头？"

傅正擎欣赏着她苍白如纸的脸色，嘴角噙着满意的笑。

都说杀人诛心，他这个孙子恐怕也就眼前这么一个软肋了，他总得让傅北臣也尝尝这种痛苦的滋味。

傅正擎声音低沉，他刻意释放出压迫感，问道："难道你就不害怕，哪一天会从天堂狠狠地摔到他亲手布置的地狱里？"

话音落下，茶室内一片寂静。傅正擎优哉游哉地品着茶，好整以暇地等待着她接下来的反应。

然而，一切和他想象的截然不同。

姜知漓似乎只在听见那些话时短暂地失神了几秒，随后竟然轻轻笑了笑。

她端起茶杯轻抿一口，温热的茶水顺着喉咙滑进食道，暖意渐渐散开，她的心神也跟着稳了下来。

她勾起红唇，语气含笑："傅老先生，您未免也太过夸张了。傅北臣他是很厉害没错，可也没厉害到有操控人心的本事。韩子遇出轨，是他自己的选择，没人能逼他。傅北臣做的，只是让我提前知道了这件事。"

姜知漓怎会不懂傅正擎告诉她这些的用意？可惜，她偏不会让他得逞，无论他们说什么，她都会坚定地站在傅北臣身边。

傅正擎显然没有料到姜知漓会说出这样一番话，会是这么油盐不进。

他微眯起眼睛，目光阴沉地盯着她。

姜知漓恍若未觉，直接拎包起身，微微一笑，道："傅老先生，谢谢您今天告诉我这些，让我知道，原来我最应该感谢的人是傅北臣。我先走了，您慢用。"

就在姜知漓即将踏出门的那一刻，傅正擎低沉的声音再度响起："姜小姐，八年前的约定，你应该还记得吧？"

姜知漓脚步一停，指尖蓦地攥紧包带。

傅正擎的语气中暗含着警告之意："我希望你能继续履行约定，如果你不想看到鱼死网破的场面。"

离开别墅后，姜知漓没有直接回家，而是打车去了倪灵的酒吧。

晚上九点，倪灵过来时，桌上的酒杯早就空了，姜知漓的身体软软地陷在沙发里，眼神已经有些迷离。

倪灵皱着眉头挥了挥手，驱散掉一些酒气，才坐到她旁边。

"乖乖，你这是喝了多少啊？什么情况？你这才跟傅北臣分开几天，就已经要用酒精一解相思之苦了？"

姜知漓闭着眼睛趴在桌上，声音闷闷的："别提他。"

倪灵挑了挑眉，感到好笑，道："怎么，吵架了？前几天，你不刚追着人家去了北城……"

"他骗我。"她的声音变得更低，委屈到已经带上了哭腔。

其实，她并不像白天表现出来的那样完全不在意。

也许是因为，真的很喜欢很喜欢一个人的时候，你会希望他对你真心以待，希望他对你说过的每一句话都是真话，没有欺骗和算计。

可是先放弃过一次的人是她，她又有什么理由要求傅北臣从一开始就捧出一颗真心？更何况，他本就不是那种会轻易交付真心的人。

也正是因为这样自相矛盾的想法，姜知漓忽然陷入极度迷茫的状态中。

好像谁都没有错，可她就是不受控制地难过，还有一点点生气。

听姜知漓讲完一切，倪灵已经震惊到嘴巴都合不拢。她努力消化掉那些信息后，又细细地琢磨了一下，才发现有些事不对劲。

如果说，一开始，姜知漓回国之前，傅北臣已经设下局，那岂不是说明，他一直都在暗中关心着她的一举一动？所以连韩子遇出轨的事，他都能比她更快一步知道。

他这样费尽心思，哪里是为了报复她，分明是……蓄谋已久。

如果深想下去的话，有没有可能，他们分开的这八年里，傅北臣都一直……

只是姜知漓自己当局者迷罢了。

倪灵欲言又止，还是忍不住为傅北臣开脱："漓漓，你听我说……他是骗了你没错，但是这不也说明，他一直偷偷地惦记着你？不然他这么大费周折地让你和韩子遇解除婚约干吗？不就是为了乘人——"

"之危"两个字还没说出来，倪灵机智地改口："借机上位。"

姜知漓的大脑已经彻底被酒精麻痹，她愣愣地盯着一个空酒杯出神，好半晌才缓缓开口："你是说，他最开始就……"

倪灵笃定地点头："就是这个意思。"

见姜知漓的目光越来越涣散，倪灵也不指望她现在就能反应过来了，于是果断抽走她手里的酒杯，道："好了，别借酒消愁了，我现在找人送你回家。"

倪灵叫住一个经过的服务生，吩咐道："去把季星叫来，让他开我的车送人。"

"好嘞。"

没一会儿，一个面容清秀俊朗、气质干净的年轻男孩走过来，打招呼道："灵姐。"

倪灵把车钥匙递给他，又拍了拍他的肩膀："重任交给你了，把人给我安安全全地送回去。"

季星笑着点头，嘴角陷下去两个小小的梨涡。

车上，季星慢慢地开着车，目光时不时落在后视镜上。

后座上，女人合目休息着，精致的眉眼被窗外的灯光镀上一层柔和的光晕，是极为明艳动人的长相。

只看了一眼，季星就听见自己的心脏重重地跳了一下。他不自觉地把车速降得更慢，等车在公寓楼下停下后，他也没急着叫醒她。

姜知漓感觉到车子停下了，缓缓睁开眼，纤长的睫毛微微抬起。

她揉了揉眼睛："到了吗？"

季星的耳根有些发烫，语气也有些紧张："嗯，需要我送你上去吗，知漓姐？"

姜知漓摇了摇头，慵懒地道："不用，我自己可以。谢谢。"

说完，她便推开车门下车，脚步虚浮地往楼道里走，全然没有注意到身后季星依依不舍的目光，以及另一道凉飕飕的视线。

电梯门缓缓打开，姜知漓刚走进去，就听见一阵熟悉的脚步声在她身后响起。

她眨了眨眼，看着面前一身寒气的男人，对上了那双深邃的黑眸。

神经被酒精麻痹，姜知漓反应异常迟缓，以至全然感觉不到他身上散发出的寒意和危险之意。

她忽然露出一个妩媚的笑，伸出手指戳了戳他的胸膛，声线比往常更加娇软："这位帅哥，您哪位呀？"

傅北臣低头看着她因为酒意而变得绯红的脸颊，目光骤然变暗了几分。

她晚上醉成这样，还敢让陌生男人送她回家？

他朝她逼近一些，被姜知漓抬手挡住。

她神色娇憨，语气却相当认真："哎，别靠太近，我可是有夫之妇。"

傅北臣被她这副半醉半醒的样子气笑了："知道自己是有夫之妇，你晚上还让别的男人送你回家？你的危机意识呢？"

"你是谁啊？管这么多……"姜知漓皱着眉就要抬手推开他，突然，她的目光停留在他的脸上。

"帅哥，你长得好像一个人啊。"她颇为认真地盯着他看了会儿，然后乐不可支地笑出声，"好像我那个骗子老公。"

傅北臣的脸顿时更黑了。他低头看着她，语气阴沉得吓人："姜知漓，我是不是平时太惯着你了？"

被他这样冷冷地盯着，姜知漓愣了几秒，随后撇了撇嘴，像是下一秒就要号啕大哭。

她红着眼睛，语气哀怨地控诉道："傅北臣，你竟然凶我？"

傅北臣怔了下，皱了皱眉，下意识地开口："我没——"

还没等他说完，姜知漓的表情更委屈了："你明明就有！"

紧接着，一阵"狂风暴雨"来袭。

"你是不是不爱我了？

"你还骗我，你就是个大骗子！

"离婚，你现在就跟我去民政局离婚！"

跟喝醉的人是完全没办法讲道理的，傅北臣无奈地看着她，束手无策。

电梯门打开后，姜知漓猛地推开他，出了电梯。她刚从包里找到房卡打开门，一道身影就挤进了门里。

门砰的一声被合上。

姜知漓被傅北臣抵在玄关处，眼神都是涣散的，只能手脚并用地挣扎。她嘴里含糊地道："快点松开我！我要跟你——"

剩下的话她还没说完，唇已经被人堵住。

紧接着就是一阵她完全无法抵抗的攻城略地，姜知漓的大脑更加无法反应，周围的空气变得稀薄起来，她的四肢几乎找不到着力点。

终于，傅北臣停下动作，灼热的呼吸喷在她的颈侧。

"以后不准再说那两个字。"他哑着声音道，语气里的警告之意不言而喻。

姜知漓眨了眨眼，忽然一撇嘴，又要哭出来。

"你又在凶我……呜呜呜呜……"

傅北臣垂下眼，慢条斯理地用指腹擦拭着她唇上的水渍，动作轻而温柔。

他的语气也跟着和缓下来，他像哄小孩似的无奈地问："姜知漓，你讲点道理好不好？嗯？"

难得见他如此温柔，姜知漓心神一动，忽然没头没脑地问出一句："我们真的已经结婚了吗？"

他感到好笑，道："你说呢？"

姜知漓吸了吸鼻子，带着哭腔控诉道："那你为什么还叫我的全名？你是不是根本就不喜欢我？"

又来了，醉酒之后的夺命连环问。

不知道是不是被她的醉意感染了，傅北臣直勾勾地看着她，一双狭长的丹凤眼微微抬起，眼底情绪汹涌，莫名撩人。

姜知漓看呆了。

紧接着，他附在她的耳边，轻启薄唇，嗓音喑哑，用只有她才能听见的音量轻唤了一声："宝贝。"

原本姜知漓已经清醒了几分，被他这样一唤，意识像是再度沉进了一汪泉水里，彻底找不到北了。

姜知漓懒洋洋地靠在他身上，像没长骨头似的，目光也是迷离的。

她闭着眼，忽然轻声开口："我现在是在做梦吗？要不然，我怎么听见傅北臣叫我宝贝呢……"

他嘴角微弯了下，抬手轻轻地揉了揉她的发顶，声音低沉地道："嗯，是梦。"

傅北臣觉得，他刚刚一定是被她的酒意感染了。

他无法否认的是，姜知漓的身上就是有这样一种魔力，能让他做出从前不可能做的事，说出他根本不可能说出的话。

可偏偏，他甘之如饴，心甘情愿地一次又一次地栽倒在她手里。

不知过了多久，房间里静得只剩下时钟指针转动的声音。

姜知漓终于在他的怀里慢慢睁开眼，看起来比刚刚清醒了些。

"我要去卫生间洗脸……"

念叨完这句，她靠着自己的力量站稳，朝卫生间的方向走去。

看着步伐慢吞吞的她，傅北臣皱起眉，到底还是没跟进去。

他把身上的外套脱掉，放在沙发上，坐着等了一会儿，却始终没有听见卫生间里传来水声。

察觉到有些不对，傅北臣果断起身走到卫生间门口。

他敲了两声门，沉声唤她："姜知漓。"

无人应答。

傅北臣蹙起眉头，直接打开了卫生间的门。

卫生间里面，姜知漓并没有像她说的那样乖乖地在洗手台旁洗脸，而是跑到了淋浴间里，手里拿着花洒，长发遮住了半张脸，不知道在研究什么。

"你在干什么？"

傅北臣突然出声，把姜知漓吓了一跳。她循声抬起头，手里握着的花洒喷口直直对准了他。

不知道她按到了哪个开关，啪的一声，水喷射出来，不偏不倚地打湿了傅北臣的上衣。

姜知漓无措地站在原地，眼神还是涣散的。傅北臣这才发现她根本就没清醒，还是醉着的。

他觉得头疼不已，只能顶着水流，先走到她身边把花洒关掉。

姜知漓呆滞的目光地跟随着他，看着他身上的白衬衫彻底变得透明，湿答答地贴在身上，流畅分明的身材线条顿时一览无余，甚至隐隐能看见腹肌线条……

姜知漓默默地吞了口口水，小声为自己开脱："我不是故意的……"

傅北臣抬手将花洒挂了回去，闻言轻笑了声，语调有些轻佻："嗯，你只是想帮我洗澡。"

姜知漓咬紧唇，有种被拆穿之后的心虚感，慌乱地抬脚往卧室里走："你

261

的衣服湿了，穿在身上会生病的。换一件吧，我的柜子里有……"

他抬了抬眉梢，跟在她身后走进卧室，看着她打开衣柜的门——各种各样的裙子旁边，挂了一排整洁干净的白衬衫。

这还是姜知漓上次和叶嘉期一起买的，买了之后，她一直没找到机会给他，只能先把其中一部分挂到自己的衣柜里。

姜知漓取出一件白衬衫，塞进他怀里，非常大度地道："喏，穿吧。"

傅北臣低头看了一眼，挑了挑眉，见姜知漓没有任何要回避的意思，便低声问："你要看我换衣服？"

姜知漓的脸颊还是绯红的，她醉眼蒙眬，完全意识不到自己现在到底在说什么。

她抬了抬下巴，理直气壮地反问："不行吗？我又不是不负责。"

傅北臣直勾勾地盯了她片刻，确认她还处在不清醒的状态后，终于无奈地轻叹一声。

他抬起手，开始解第一颗扣子。

姜知漓就这样目不转睛地看着他，默默地吞了吞口水。

她实在不能理解，为什么他连脱衣服的动作都能做得这么好看。他的手指修长白皙，骨节分明，解扣子的时候，动作慢条斯理，从容不迫。

第二颗……

第三颗……

终于，湿透的衬衫被他脱下，紧实劲瘦的肌肉尽数暴露出来，冷白的皮肤在灯光下分外诱人，轮廓分明的腹肌与人鱼线一同延展至腰部。

姜知漓的脸越来越烫，心跳一点点加速，呼吸都变得粗重了些。

突然，她的视线停在他的腹部上。那里有一道狰狞骇人的疤痕，生生破坏掉了原本的美感，却平添了几分狂野之意。

他怎么受过这么重的伤？

姜知漓红唇微张，心口忽然生疼。她一时竟不知道该问什么，下意识地伸出手，想要碰一碰那道疤痕，却被他反手握住了指尖。

他垂着眼，一只手牢牢地握着她的手，另一只手慢慢地系上扣子，在她的目光下，穿好了衬衫，藏起那道疤痕。

见傅北臣并不打算主动告诉她有关疤痕的事，姜知漓紧咬着唇，声音颤抖地问："怎么弄的？"

他的动作微不可察地顿了顿，语气极淡："意外而已。"

不知怎的，看见那道疤痕的瞬间，姜知漓竟然又想起了那晚发生的事。

受了这种程度的伤，他当时遇到的意外的惊险程度应该不亚于她曾遇到过的那次。

她的心底有种奇怪的感觉。

姜知漓抬起眼望着他，眼神还涣散着，语气却极为认真："傅北臣，你不要骗我，好不好？"

话音落下，他眸光微闪了下，没有说话。

得不到他的答案，姜知漓垂下头，目光变得茫然无措起来。

她喃喃自语道："你到底还有多少事瞒着我呢？"

说完，姜知漓爬上床，用被子将自己裹成了一团，转过身背对着他，只露出一个圆圆的后脑勺。

傅北臣静立在原地，眸底闪过从未有过的慌乱之色。

不知过了多久，他半蹲下来，喉结轻滚了下，嗓音沉得发哑："那你呢，当初你为什么要离开？"

姜知漓的意识渐渐变得模糊，脑中的画面一帧帧地飞快闪过，她逐渐分不清梦境和现实。

耳边，他的声音遥远得像是从另一个世界传来的。

静谧的房间内，她小声哭泣着，压抑的声音断断续续地从被子里传出来："因为……他应该有更好的未来。"

而他的未来里，本不应该包括她。

第二天清晨。

姜知漓是在宿醉过后的头痛欲裂中醒来的。

家里没人，但床头摆着一杯温热的蜂蜜水，厨房的餐桌上还有她最爱的徐记早茶的茶点。

对昨晚发生过的事，姜知漓大部分不记得了。她只隐约记得，傅北臣好像回来了，然后是在卫生间里，他的身上好像湿透了……还是她干的。

再后来，发生了什么来着？

姜知漓皱着眉头，揉了揉隐隐作痛的太阳穴，脑中的画面一闪而过。

她拿起枕边的手机，刚想给傅北臣发一条微信，动作猛地顿住了。

不对，她为什么要主动给他发微信？他骗她的事还没翻篇呢！

这时，电话突然响起，她接起电话，是叶嘉期打来的。

电话那头，叶嘉期急急地开口："喂，嫂子，最近有没有什么陌生人来找过你？"

"陌生人？"

"对，就是……"叶嘉期犹豫了下，无奈地道，"就是我爷爷。"

姜知漓"啊"了一声，刻意将语气放轻松："见过了。"

叶嘉期倒吸一口凉气："他找过你了？我哥知道吗？"

姜知漓想了想，答道："我没告诉他。"

叶嘉期这才松了一口气。她拍了拍胸脯，想起要宽慰姜知漓："没事，嫂子，你别担心，不管我爷爷说什么，你别听就成了。"

姜知漓笑了下："知道了。

"对了，嘉期，"她顿了顿，问道，"你哥之前有没有遇到过意外，受过重伤？"

"受伤？"叶嘉期蒙了下，捂住话筒，转头问旁边的霍思扬："我哥之前受过什么伤吗？好像没有吧？我一点印象都没有。"

霍思扬目光微滞，随即便恢复如常。他语气平静地答道："我也没什么印象，应该只是小事。"

叶嘉期深信不疑地点点头，对电话那头的人说："嫂子，应该没有过吧，如果是大事的话，我肯定知道。"

姜知漓握着电话，若有所思，道："好，我知道了。"

不知道为什么，有种奇怪的感觉一直萦绕在她的心头。傅北臣似乎还对她隐瞒了很多很多事。

与此同时，郊外的别墅内。

傅正擎正在书房里练毛笔字，门口，管家匆忙敲门进来。

管家神色紧张："傅董事长，傅总的秘书来了。"

闻言，傅正擎放下毛笔，微眯起眼："秘书？"他还以为傅北臣会按捺不住，自己来找他。

管家点点头，将手里的东西放到桌上："是的，秘书只送了一份文件过来。"

傅正擎打开文件袋，面色瞬间阴沉下来，紧接着，纸张被他狠狠地摔在地上，里面的内容顿时一览无余——是一份已经撰写好的卸任书。

里头的警告之意不言而喻。

傅北臣甚至都不需要来见他，就已经是主导局面的那一方。毕竟，傅北臣早就不再是那个受他掣肘的少年，也不再是那个任他操控的傀儡。

傅正擎又狠狠地摔了一个砚台撒气，胸口不停剧烈起伏着，心脏气得开始隐隐作痛。

还没等他从抽屉里摸出药，管家又在门口敲门："傅董事长，商先生来了。"

茶室内。

商琰的面容略显憔悴，看着对面脸色同样不怎么样的老人，他也不打算拐弯抹角，直接说道："傅董事长，我希望您能帮帮我。傅总开口要的数目，我真的给不起。"

闻言，傅正擎冷笑一声："商先生这话说得就有趣了。明明是你非要联合韩子遇那个蠢人，最后败给了傅北臣，跟我有什么关系？"

商琰神色一僵，不敢相信傅正擎居然翻脸不认人。沉默片刻后，他道："傅董事长，你这样可就是过河拆桥了。如果当初不是你将私生子的丑闻透露给韩子遇，事情也不会发展到现在这个地步。"

傅正擎面容冷漠，他毫不客气地斥道："你自己技不如人，怨得了谁？我不是没有帮过你，最后的合同是你自己签的，你现在来求我帮忙，我凭什么要帮你第二次？"

"管家，送客。"

从别墅里出来后，商琰坐到车上，面容阴沉。

他之所以答应签下傅北臣的那份合同，是因为他以为拿出前几年积攒的资产是够的，可他没想到的是，又有项目出了纰漏，现在的他已经完全负荷不起合同上要求的五个点的利润了。

而现在，傅老爷子又把他当成了弃子。这也在他的意料之中。

既然傅老爷子翻脸不认人，那他也不必再留任何情面。

幸好，他还留了一手。

不知过了多久，握着方向盘的指节已经因为过度用力而隐隐泛白，终于，商琰将车停到路边，拿出手机，拨了一个号码。

电话被接起。

商琰微笑着开口，笑意却不达眼底："傅总，有一笔交易，不知道你感不感兴趣？

"十个亿，换她当年离开你的真相。"

次日上午。

别墅的茶室内，茶香袅袅。

藤椅上，傅正擎若有所思地盯着手里的书出神，正当他合上书，想要拿起桌上的茶盏时，啪的一声脆响，茶盏不慎被拂落到地上，应声碎裂开，像是某种不祥的征兆。

管家循声推门进来，见状立刻开始清扫地上的碎片。

傅正擎盯着地上的那摊茶渍，心头那股不安感越来越浓。他忽然开口问："傅北臣那边，这两天有没有什么动静？"

管家摇了摇头，一边清理着碎片，一边答道："傅总最近似乎没有什么动作，一直都在江城。"

闻言，傅正擎沉吟片刻，总觉得有哪里不对劲。

他已经见过姜知漓，傅北臣不可能不知道。只警告似的给他送了一份卸任书过来，程度未免有些轻了，这可不像傅北臣平日的风格。

正当傅正擎兀自出神时，急促的电话铃声突然响起，瞬间打破屋内的寂静，让人心慌。

看到来电号码归属地是 M 国，傅正擎目光微沉，不知怎的，心头的慌乱感更浓烈了。

他接起电话，那头，秘书的声音急急地传出来："董事长，傅总突然回老宅了，还把集团印章拿走了！"

傅正擎陡然从藤椅上站起来，声音尖锐刺耳："你说什么？"

秘书语气慌张地解释："事发突然，傅总好像是连夜坐私人飞机回来的，我们没得到一点消息……人也拦不住，印章已经被傅总带走了……"

闻言，傅正擎身形重重一晃，险些栽回藤椅上。

管家手疾眼快地上前扶住他，连忙拍着他的后背，给他顺气。

谁能想到，傅北臣会直接撕破脸？

疯了，傅北臣真是疯了！

傅正擎气得浑身发抖，苍老的声音也跟着发颤："快，订机票回 M 国！"

十八个小时后。

飞机稳稳地降落在 H 市机场，舱门打开，傅正擎坐在轮椅上被空姐推出来。

等候已久的秘书第一时间迎上去，将手里的平板电脑递过去，语气惊慌："董事长，这是集团三个小时前发布的官方声明。"

傅正擎接过平板电脑，低头一看。哪怕他刚刚在飞机上已经做足了心理准备，此刻却还是受不了刺激，白眼一翻，晕了过去。

他手里的平板电脑砰的一声滑落到地上，屏幕上是由傅氏集团官方号发表的一则卸任书。

医院。

病房内，设备运行的声音嘀嗒响着，窗帘半掩着，光线昏暗。

不知道过去了多久，病床上，戴着吸氧面罩的傅正擎缓缓睁眼时，就看见病床边坐着一道身影。

昏暗的光线里，男人分明的轮廓十分立体，神情晦暗不明。

见他醒了，傅北臣低头看了一眼腕表，慢悠悠地道："醒得比我预想的要早，看来你的心脏承受能力变得比以前好了。"

傅正擎愤恨地瞪着他，想起他的所作所为，气得五脏六腑都开始发疼："傅北臣，你是不是疯了？"

傅北臣嘴角慢慢噙起笑："不，只是想给你一道选择题而已。"

傅正擎咬紧牙关，一字一句像是从牙缝里挤出来的："你拿走了印章又能怎样？我一样可以公开发表声明，说你的那份卸任书是伪造的。"

闻言，傅北臣不怒反笑，修长的指节微微屈起，有一搭没一搭地敲击着椅子把手。

轻轻的声响回荡在静谧的房间内，给人极强的压迫感，让人背脊发寒。

傅北臣微笑着，像是真的在好心给他提建议："这是其中一个选择。你当然可以拿回董事长的位子。"

他的语气云淡风轻，像是在谈什么无关痛痒的小事："只不过，那之后不久，傅氏集团就会正式宣告破产，从此不复存在。"

傅正擎骤然睁大眼睛，歇斯底里地道："你怎么敢？"

他轻笑一声，眼神如掺了冰一般冷："我为什么不敢？比起我，你更在意傅氏，不是吗？"

对傅正擎来说，傅氏集团是他半辈子的心血，也是他最看重的东西，否则他当初也不会大费周折地找到江城，想尽办法让傅北臣去 M 国做继承人，让傅北臣做了几年的傀儡、机器，像个傻子一样被蒙在鼓里。

傅北臣抿紧唇，神色晦暗："第二个选择，放弃那个位子，承认那份卸任书，再也不插手任何集团事务。"

傅正擎闻言，脸色顿时变得惨白，手指紧紧攥着身下的床单，嘴唇都气得颤抖。

让他彻底脱离他一手建立起来的傅氏集团，那无异于让他亲手拿刀子把自己的心脏生生剜出来。

看到他面如死灰，傅北臣笑得轻狂，眸中却透着彻骨的寒意："你不是最擅长让人做这种选择吗？现在轮到自己，你终于知道疼了？"

傅北臣微微俯下身，压抑已久的情绪陡然爆发出来。他死死地盯着床上的人，声音压抑到几乎喑哑："你当年，不也是这么逼她的吗？"

话音落下，傅正擎脸上的肉猛地一抖。

傅北臣靠回椅背，表情再度变得冷漠："让我猜猜你是用什么来威胁她的。是我，对吗？"

他说着，手渐渐收紧，掌心里，那枚细长的领带夹深深地陷进去，冰冷的触感蔓延开来。

傅北臣重重地合上眼，再睁开，眼底汹涌的情绪被一点点压回去，眼睛如死寂的寒潭一般阴冷。

"如果她不离开，我绝不可能答应跟你回 M 国。只有她走得远远的，你才愿意支付我母亲的医药费，然后把我当成傅氏集团的继承人培养，给我光明的前途和最好的条件，对吗？"

他的嘴角扬起一抹冰冷的笑意："如果她不愿意，你就会亲手毁掉我这个污点，不留半分未来有可能威胁到傅家的可能。一旦将来我迈入商界，你会想尽办法，让我一辈子无法翻身，作为当初我拒绝回到傅家的代价。"

闻言，傅正擎彻底僵住，看起来瞬间苍老了许多。

难怪傅北臣这次下了狠手，原来是为了给她报仇。

他说的一点没错。

恍惚间，傅正擎又想起八年前，医院里的那个场景。

那时候，他的身体条件直线下降，一旦他撒手人寰，他辛苦建立起来的傅氏集团就会被公司里那些如狼似虎的股东瓜分得一点不剩，他只能把希望寄托在傅北臣身上。

他千里迢迢地来到江城之后，原本以为，傅北臣会二话不说跟他回 M 国。毕竟傅氏继承人的位子是多少人一辈子求不来的，不会有人不愿意要这天上砸下来的馅饼。

可出乎他的意料，傅北臣毫不犹豫地拒绝了他。

就像傅正擎并不愿意承认傅北臣是傅家的血脉一样，傅北臣对傅家的一切也不屑一顾，甚至算得上厌恶。

这样的不屑彻底激怒了傅正擎。可同时傅正擎又发现，以傅北臣这样的性格，他达到自己昔日的成就，不过是时间早晚的问题。这样的人顶着傅家私生子的身份，如果不能为他所用，对于傅氏集团来说只会是一颗定时炸弹。

所以，傅北臣必须回到傅家。所有阻碍他离开江城的，为了傅氏，傅正擎都要一一铲除。

首先就是傅北臣那个病重的母亲。傅正擎一开始就提出会承担所有医药费，并提供最好的医疗条件，以消除傅北臣的一切顾虑。

可傅北臣还是不愿意离开。

调查之后，傅正擎得知了那个女孩的存在。

巧的是，那时候的姜知漓也刚刚经历家中巨变。深知如何拿捏人心的傅正擎，只需要三言两语，就能将这个涉世未深的女孩击得溃不成军。

如果她不愿意离开，那么以后傅北臣遇到一切不好的事，都会归结为她的错。

得知傅北臣只是个身世见不得光的私生子时，她的脸上出现的除却惊讶，更多的是心疼。

谈话最后，脸色惨白的女孩只问了他一句话。

她问："如果他愿意跟您回去，您能给他更好的机会吗？"

傅正擎毫不犹豫地答："当然。"

只要她愿意离开，那么傅北臣在江城就不会留有任何羁绊。傅北臣会成为他最称手的一把利刃，帮助他铲除所有的隐患。

而他更笃定的是，眼前的女孩一定会答应离开。

她的软肋，只有傅北臣。

果不其然，她如他所料的那般答应了。

八年前，傅正擎跟姜知漓见最后一面时，女孩看他的目光中没有丝毫怨恨，反而有感激，她感谢他救了傅北臣的母亲，帮傅北臣脱离了当时的困境。

正是担心傅北臣得知她离开的真相后会像现在这样，傅正擎还恬不知耻地提出要求，让姜知漓绝不能告诉傅北臣任何有关当年的事，尤其是那次谈判。

可他忘了，纸终究包不住火。

如今这样鱼死网破的局面，他早该料到。更何况，他碰的是傅北臣这些年来唯一的逆鳞。

对傅北臣来说，自始至终，那层薄薄的血缘关系加上一整个傅氏集团，跟那个女孩比起来，都不值一提。

傅正擎躺在病床上，颓然无力地闭上眼，无比艰难地吐出三个字："我卸任。

"傅氏的事，我不会再插手。"

傅北臣闻言，神色依旧冷淡，不见任何波动。

他面无表情地站起身，临走时，打开了墙上的电视。

英文播报声顿时从电视里传出来："今日，傅氏集团已正式发布声明，董事长傅正擎因病重主动卸任，此后，傅氏集团将正式由现任总裁傅北臣接手，迈向新的篇章……"

脚步声愈来愈远，门被合上的前一刻，低沉冰冷的嗓音再度在房间内响起："从今以后，永远别再出现在她的面前。"

眨眼的工夫，除夕夜已至，城市的夜晚霓虹灯闪烁，一架飞机稳稳地停在江城机场。

叶嘉期拎着小皮箱，穿着长裙，外面套着一件拉链都没顾得上拉的羽绒服，出来时就被冻得猛打了一个喷嚏。

航站楼门口，一辆熟悉的车停在那。

霍思扬打开车门下来帮她搬行李，瞥见她那身装扮，忍不住皱了皱眉："把拉链拉好。"

叶嘉期坐到副驾驶位上，翻了个大大的白眼："霍思扬，你能不能别总是跟我爸似的管我，你以为你是谁啊？"

霍思扬回到车上，看她没有动作，二话不说地上手将她的羽绒服拉链拉到胸口处，严严实实地挡住那片白嫩的肌肤，然后给她系好安全带。

听见她最后那句话，他那双桃花眼微微眯起，目光忽然变得有些危险，语气似笑非笑："我是你未来老公，你又不记得了？"

叶嘉期瞬间像被踩着尾巴的小野猫一样炸毛了，嘴像是机关枪开火似的喋喋不休："谁要跟你结婚！八百年前的娃娃亲你记到现在，非抓着我不放干什么？"

271

见她依旧是如此抗拒的态度，霍思扬目视前方，目光微不可察地暗了暗。他挑了挑眉，面容平静地道："我答应过傅叔叔要好好照顾你。"

殊不知，叶嘉期最不想听见的就是这句话。她咬紧唇，别开脸看向窗外，不认输地反驳道："我又不是什么小孩子了，我是成年人，我还有我哥，不需要你来照顾。"

提到这茬，叶嘉期猛地想起一件重要的事，急忙转头问他："对了，我哥呢？你之前说我哥一连去酒吧好几天了，真的假的？我哥是会去酒吧的人？"

霍思扬认真地点头："真的，从 M 国回来之后，每天晚上都是。"

叶嘉期的眼睛瞬间瞪圆："老爷子这次又怎么把他惹急了？"

忽然，她灵光一闪，又问："难不成是因为他要拆散我哥和知滴姐？"

没等霍思扬回答，叶嘉期已经默认了这个答案，自问自答道："怪不得我哥这次会发这么大的火……我哥可真狠啊。"

说着说着，叶嘉期的目光里竟然还流露出一丝崇拜和跃跃欲试。

说实在的，她哥这是做了她一直以来想做却不敢做的事啊。

前方恰好是红灯，霍思扬停下车，腾出手敲了一下她的额头，又觉得好气又觉得好笑地道："跟你哥学点好的行不行？"

叶嘉期捂着额头哼了声，恶狠狠地瞪他一眼："霍思扬，你烦不烦啊？"

下一秒，她又有些不解："不对啊，那我哥这不是赢了嘛，他还借酒消愁干吗？"

霍思扬目不斜视地开着车，说："大人的事小孩别管。"

叶嘉期一挑细眉，握着车门把手威胁道："你说不说？不说我现在跳车了啊。"

她眯起眼，开始倒计时："五、四、三——"

霍思扬将一只手搭在车窗上，颇为头疼地揉了揉眉心："跟姜知滴有关，行了吧祖宗？"

见他就说了这么一句，叶嘉期气得差点一口气没上来："您能不能别话说一半吊我胃口？"

霍思扬勾唇笑了笑，打量着她憋屈的表情，道："好了，你现在跳吧。"

叶嘉期一转头，才发现车已经停在自家楼下了。她潇洒地一甩栗色长发，下了车，砰的一声把车门关上。

剧烈的关门声响昭示着大小姐此刻的怒气。

"不说就不说，谁稀罕听呢？"

霍思扬目光含笑地看着她，直到目送她的身影彻底消失，才转身上车，前往市中心的一家高档酒吧。

今晚是除夕夜，酒吧内人声鼎沸，身材热辣的女孩子尤其多。

霍思扬一进门就注意到，场内大半女孩的视线都汇聚在角落的某一处。

他一路驾轻就熟地穿过人群，果不其然，又一次听见人群里传来关于傅北臣的窃窃私语。

其中一个长相出众的女孩语气兴奋："你说他一连几晚都是自己一个人喝酒？那我今天必须上去试试啊。"

另一个女孩则苦口婆心地试图劝阻她："不是，你知道有多少人去搭讪他后是灰头土脸地回来的吗？反正我不配。"

闻言，先说话的女孩反倒更跃跃欲试了："这种顶级的帅哥当然会有点脾气，来者不拒才低级好不好，你不敢上我可上了。"

说完，她理了理头发，自信满满地走了过去。

角落的卡座里不似舞池中央那样嘈杂，黑色沙发上，男人只穿着简单的白衬衫和黑色西裤，轮廓立体分明，身材比例极好，只是浑身上下都散发着生人勿近的气息。

女孩的眼睛瞬间更亮了，她羞涩地开口道："不好意思，帅哥，我刚跟朋友玩真心话大冒险输了，你能让我在你这里待五分钟吗？"

话音落下，只见沙发上的男人皱了皱眉。

女孩的眼里顿时燃起期待之意，还以为事成了，正要过来坐下，身后忽然响起一个温和而轻佻的男声："抱歉啊小姐，这里有人了。"

她诧异地回头，就看见一个长相俊朗、皮肤白皙的男人站在她身后。

霍思扬冲她笑了笑，很不客气地绕过她，一屁股坐在傅北臣旁边。

见沙发上合目休息的男人没有丝毫排斥的意思，女孩顿时惊讶得瞪大眼睛，目光在二人之间扫来扫去，好像瞬间明白了什么。

女孩倒吸一口凉气，说了句"抱歉，打扰了"，便连忙转身离开了。

霍思扬满意地笑了笑，这下卡座里彻底清静下来，他还没来得及动作，就被身旁的人无情推开。

傅北臣皱了皱眉，语气中带着毫不掩饰的嫌弃之意："离我远点。"

霍思扬被傅北臣这过河拆桥的行为气笑了，他看着桌上散落的空酒瓶，挑了挑眉："怎么着，你这几天借酒消愁，还没够？"

他笑着道："我说傅北臣，你能不能勇敢点，躲着算什么事？你帮她把仇报了，把老爷子折腾得够呛，还有什么不敢见她的？"

闻言，傅北臣眸光骤然一暗，握着酒杯的指尖蓦地收紧。

他沉默地拿起酒杯，将杯中剩下的酒一饮而尽，喉结轻滚了下，没有回答霍思扬，只闭上眼，藏起所有情绪。

他靠回沙发上，任由酒精麻痹所有隐隐作痛的神经。

霍思扬抬了抬眼，忽然想起什么，转而问道："对了，我记得你前两年有一阵子一直没出现在公司。实话告诉我，那段时间你到底在哪？你身上那伤到底是怎么弄的？"

傅北臣轻启薄唇，只懒散地吐出两个字："意外。"

霍思扬又被他这副避而不谈的样子气笑了："行，不说是吧。"他站起来，一把抽走傅北臣手里的酒杯，搁到桌上，"起来，送你回家。"

车停在桦泰庭湾门口，霍思扬把人从车上扶下来，抬到沙发上，累得气喘吁吁。

真是造孽啊，傅家的人上辈子都是他祖宗吧？

霍思扬在沙发上坐着歇了片刻，从裤兜里摸出手机，又看了一眼已经醉得不省人事的傅北臣，果断拨出一个电话。

十五分钟后。

静谧空荡的屋子里，密码锁解锁的声音响起。

姜知滴弯腰在玄关处换好拖鞋，轻车熟路地走进客厅。

沙发上，男人闭着眼，看上去像是已经睡熟了。她还没走近，就已经闻到了一股浓重的酒气，也不知道他究竟喝了多少。

姜知漓蹑手蹑脚地走到沙发旁，无奈地轻叹一声，忽然觉得自己真是没出息。

他几天不联系她，一声不吭地跑到 M 国去。她明明说好了绝对不主动找他的，结果霍思扬一通电话，说傅北臣醉了，一个人在家，她就立马赶过来了。

姜知漓微弯下腰，凑近了些，打量着他，心里又气又无奈。

屋里只亮着一盏落地灯，柔和的灯光下，他的肤色被映照得更显白皙，五官立体而分明，黑发垂在额前，整个人都透着一股平日没有的易碎感。

就这样默默地盯了他一会儿，姜知漓忽然鬼使神差地伸出手，轻轻碰了碰他的脸颊。

她压低声音，试探着问："喂……傅北臣？你睡着了吗？"

他没应答。

这下姜知漓的胆子彻底大了起来，她忍不住开始小声念："傅北臣……你说你这人怎么这么讨厌呀，几天不知道主动给我发微信，玩冷暴力那套吗？你一声不响地跑去 M 国，我还没跟你发脾气呢。

"我告诉你哦，我们都结婚了，你这样是犯法的知不知道……下次你再一声不吭地玩失踪，我就去找警察叔叔报案……"

姜知漓嘀咕着，落在他脸边的手突然猝不及防地被他一把握住，紧接着，她的腰也被他的大掌扣住。

傅北臣一个用力，姜知漓整个人都被拽倒在他的身上，脸不偏不倚地靠上他的胸膛。

她整个人都愣住了，两秒后才反应过来，红着脸挣扎了下："喂……傅北臣，你不是喝醉了吗？"

搞了半天，原来他是在演戏呢？

察觉到她的挣扎，傅北臣仍闭着眼，抬手轻按了按她的头："别动。"

他的嗓音沉得有些发哑，说这两个字时，胸膛轻微的震动清晰地传到姜知漓的心底，她瞬间不敢动了。而且，他的手扣在她的腰间，她想动也动不了。

于是姜知漓只好安安静静地趴在他身上，任由他抱着。他身上的酒气混合着清冽的气息萦绕在她的鼻尖，奇异的是并不难闻。

房间里安静得像是另一个世界，外面的喧嚣被隔绝，她的耳边只剩下他沉稳有力的心跳声，一下一下地敲击着她的耳膜。

就这样不知过了多久，姜知漓发觉了他的不对劲，目光中多了几分慌乱之意。

她伸手抱着他，轻声问道："傅北臣，你怎么了？"

他的喉结轻滚了下，环在她腰间的手臂蓦地收紧了些。

傅北臣醉得昏沉，已经有些分不清眼前的景象究竟是梦境还是现实。即便这样，听见她的声音，他还是会情不自禁地靠近她。

"对不起。"他忽然哑声说。

姜知漓愣了下："什么？"

"对不起。"他低声重复了一遍，眼尾隐隐开始泛红。

姜知漓忽然明白了什么。她轻拍着他的后背，嗓音轻柔地安抚他："没事的……都已经过去了。"

其实，她一直不打算告诉他当年的真相，正是因为害怕看见这一幕。

他没有错，也不该自责。

自始至终，她都坚信着：傅北臣这样的人，值得拥有最好的一切。

他不该为了那笔医药费四处奔波劳累，不该被身世所累，他未来要走的路不该被任何人限制。

那时候，姜知漓自顾不暇，不知道怎样才能帮到他。甚至，她那时是自卑的，父亲去世，母亲舍弃她，她感觉自己像是一个累赘，找不到容身之所。

而傅北臣，不应该被她这样的人拖累。

所以，哪怕被他恨，她也愿意承受。他什么都没有做错，不需要自责，也不需要道歉。

"我从来都没有怪过你，你不许再道歉了。"她慢慢弯起眼睛，压下眼眶里的湿意，伸出指尖轻戳了两下他的胸膛，声音含笑，"你再说那三个字，我真的会生气哦。"

说完，姜知漓想要起身去厨房给他倒一杯温水，可她刚站起来，便瞬间被他扯回沙发上。

他一个翻身，两人的位置便对调了。

姜知漓猝不及防地被他压在身下，怔怔地抬眼，对上了他深邃的目光。

那双天生含情的眼睛直勾勾地凝视着她，因着醉意，他的目光中没了疏离感，多了几分迷离，莫名撩人。

他的眸色深沉，眼里满是化不开的情绪，眼尾都泛了红，他像是不知道该怎样面对她，那样无措和失落。

姜知漓的心忽然猛地跳了下。

温热的呼吸喷在她的颈边，她浑身骤然绷紧。

傅北臣将头埋在她的颈边，低语轻喃，带着一丝让人无法拒绝的哀求之意："别走，好不好？"

和傅北臣认识八年，姜知漓见过他冷漠骄傲的模样，对一切不屑一顾的模样，对她服软的模样，甚至是动情的模样，却从未见过他像此刻这般，小心翼翼又患得患失。

他那漆黑的眼里，除了迷离的醉意，还盛着黯然。

看着这样的他，姜知漓止不住地心疼。

被他牢牢禁锢着，她只好放柔声音安抚他："我没有要走……"

可惜喝醉的人压根不讲道理。他低垂着睫毛，手还是固执地拉着她不愿松开。

姜知漓轻叹一声，只好作罢，乖乖地任他抱着。

不知过了多久，傅北臣忽然微微地侧了侧头，鼻尖在她的颈侧轻蹭了一下，低声说："有你在，我就不疼了。"

听见这句话，姜知漓浑身又是一僵。她感受着脖子上传来的酥酥麻麻的触感，还有近在咫尺的灼热呼吸，心尖都跟着轻颤了下。

低哑的嗓音萦绕在她的耳畔，他似乎比刚刚状态清明了些，可又说着他平常根本不会说的话……姜知漓一时竟有点分不清他到底是醉着还是醒着。

姜知漓咬紧唇，压下身体里生出的那股热意。

这样患得患失的傅北臣，总是会让姜知漓想起几年前分别时他的样子，那让她觉得心痛、舍不得的模样，她怎么也无法忘怀、无法割舍。

他的脸依然埋在她的颈侧，他低低地哼了一声。

这样依赖着她的傅北臣，她根本无法抗拒。

"傅北臣……你现在头疼吗？"

他没应声，只摇了摇头。

见他如此乖巧，姜知滴不太信这回答，忍不住从他的怀里撤出一点距离，对他眨了眨眼，望着他道："别骗我。"

迎着她的视线，傅北臣缓缓抬眼，往日眼底的寒冰消融了："没骗你。"

他心底的醉意只有一点，更多的是随着醉意涌上来的情绪。

他薄唇轻启，嘴角噙着若有似无的笑意，嗓音低哑却柔和："宝宝。"

周围一片静谧，唯独他的声音清清楚楚地回荡在房间里。

瞬间，姜知滴整个人傻了，脸肉眼可见地变得通红。

她愣了好一会儿，调整了一下急促的呼吸，才呆呆地憋出一句："你被什么东西附身了吗？"

冷峻禁欲的外表下，是勾魂摄魄的灵魂。傅北臣又勾了勾唇，坐直了身体，抬手松了松领带："没。"

姜知滴的声音渐渐弱下去："那你怎么……"

这么突然……她都还没准备好呢。

傅北臣笑了笑，语调里染上几分轻佻之意："真心话。"

姜知滴：可恶，我竟然没法反驳。

她起身去了趟卫生间，把一条干净的毛巾浸了冷水，决定先给他醒醒神。

她拿着毛巾回到客厅时，就见刚刚还在沙发上的男人此刻已经挡在了门口。

他姿态懒散地倚靠在门口，领带扯得松松垮垮，衬衫最上面的几颗扣子已经被解开，里面白皙结实的胸膛若隐若现。

姜知滴慌乱地移开视线，紧接着，就看见一个黑色的小盒子被递到了她的面前。

傅北臣垂眸盯着她："打开看看。"

她眨了眨眼，边问边打开盒子："这是什——"

随着盒子被打开，话音戛然而止。

黑色丝绒的盒子里，静静地躺着一枚橙粉色的戒指。

戒指上镶嵌的是一枚成色极好的帕帕拉恰蓝宝石，灯光下，宝石闪耀着柔和的光芒，落日余晖般的颜色，美得惊心动魄。

是上次在陈蔚的私人珠宝展上，她随口夸了几句的珍贵宝石之一。

她面前这枚，比起那次在展览上见到的，色彩的过渡要更加柔和，纯净得不见一丝杂质。

姜知漓愣了两秒，才慢慢从震撼中缓过神，然后就听见他问："喜欢吗？"

她下意识地想点头，又猛然回过神，抿紧唇，努力压下不自觉翘起的嘴角，把盒子盖上塞回他怀里。

她眼里染上狡黠的笑意，故意别开脸说："喜欢倒是喜欢，但是戒指这种东西可不是随随便便就能收的。"

傅北臣微不可察地轻叹了声，态度顺从地问了下去："那要怎样你才肯收下？"

趁着他今晚喝醉了，意外地配合，姜知漓的胆子瞬间大了起来，一个念头从脑中蹦出来。

她抿唇笑着，认真地掰着手指数："嗯……起码要按照正常步骤吧。你先追我，过一段时间我再答应，谈恋爱之后才能到送戒指这一步，然后我才可以顺理成章地收下戒指。"

她不算不知道，一算吓一跳，原来他们一下子跳过了这么多步骤。

姜知漓眨了眨眼睛，认真地忽悠着眼前喝醉的人："所以，你要从头开始一步步地来，我才有可能会收下哦……"

他垂着眼，目光灼灼地望着她，低声应道："好。"

他答应得这么干脆，姜知漓反倒有点心虚了："你不是闹着玩的吧？"

灯光下，他的视线一瞬也没有从她的身上离开，眼底的光影晃动着，眼中盛满了她的倒影。他嘴角带着浅浅的笑意，望着她的眼神却莫名晦暗了几分，逐渐变得意味深长。

他笑了笑，薄唇抿起一道好看的弧度："我在你心里就是这种人？"

她认真点头："是。"

他忽然凑近了些，目光慢条斯理地从她的眼睛上缓缓滑落至唇上。

下一刻，没等她做出反应，傅北臣微微低下头，一个温柔的吻落在她的嘴角处。

他哑声说："谁闹着玩会陪你玩这么多年？"

姜知漓瞬间像是被定住了一样，脑袋晕乎乎的，根本理解不了他的话。

陪她玩……这么多年？什么意思？

他没再多说下去，眼神清明了些。他拍了拍她的头："去卧室等我。"

姜知漓觉得自己一定是被傅北臣下蛊了。

还没等她回过神，身体居然已经先大脑一步做出反应，鬼使神差地乖乖到卧室里来了。

她什么时候这么听话过？一定是傅北臣给她下蛊了。

听见浴室里传来的水声，姜知漓简直是坐立难安，脑子里乱糟糟的。

卧室里只有一盏台灯亮着，散发着微弱的光亮。

姜知漓深呼吸了好几次，坐在床边，盯着手里的玻璃杯出神。

终于，水声停止，她的神经又迅速绷紧，纤长浓密的睫毛止不住地轻颤着。

紧接着，熟悉的脚步声来到她面前。

姜知漓刚鼓足勇气抬起头，手里的玻璃杯就被他抽走，被他随手搁在了一旁的床头柜上。

"傅——"

姜知漓后面的话还未来得及说出口，一个深吻便不由分说地落了下来。

熟悉而清冽的冷香瞬间将她包裹住，混合着浅淡的酒气，吞噬掉她全部的意识。

他的气息比以往都要炽热，滚烫的气息从唇瓣相贴之处一点点渡进她的嘴里，不带丝毫克制，他仿佛要将平日里压抑着的占有欲都在此刻宣泄出来。

她被吻得喘不上气，呼吸越来越急促，甚至眼角都染上了些湿意。

视线模糊中，她看见有水珠从他的发梢滴落，滑落至他的喉结处。随着喉结上下滚动，那滴水珠又滑落至他的锁骨上，性感至极。

有一滴水珠落在了她的颈上，冰冰凉凉的，让她不自觉地战栗了下。

恍惚间，姜知漓好像听见了窗外燃放跨年烟火的声音。她的大脑里仿佛也有大朵大朵的烟花炸开，炸得她头晕目眩。

跨年夜的钟声和烟火声里，姜知漓已经全然感知不到外界的一切了，只剩下萦绕在耳边温柔至极的那句：

新年快乐。

第二天就是新年，姜知漓索性放任自己一觉睡到自然醒。

等阳光照进来时，她悠悠转醒，揉了揉眼睛，只见身边已经空无一人。

姜知漓的眼睛瞬间睁大：臭男人不会早上醒来就走人了吧？

忽然，一道颀长的身影从换衣间里走出来。

傅北臣神清气爽，他慢条斯理地系好白衬衫最上面的那颗纽扣。白衬衫不带一丝褶皱，领带同样系得一丝不苟，他神情冷淡。

他戴着手表，看向她，眉目舒展开来："醒了？"

姜知漓无语，昨天晚上跟她在一起的是另一个人对吧？果然，他酒醒之后又变回了这副死样子。

姜知漓坐在床上，眯起眼睛对他笑："你过来。"

见她笑得像只不怀好意的小狐狸，傅北臣抬了抬眉梢，只听她补充了一句："我要帮你系领带。"

他眉心舒展，抬脚走到床边，顺从地弯下腰。

已经系好的黑色领带瞬间滑落至姜知漓的眼前，她不用费力就能轻松够到。她满意地笑了笑，细白的指尖灵活地一扯，整齐的领带骤然散开。

然而让姜知漓没想到的是，系领带居然也是个技术活……这难道不应该跟小学生戴红领巾一个系法？

从傅北臣的角度，刚好能看见她纤长的睫毛如蝶翅般轻颤着，神情专注而认真。

他没说话，目光停留在她的脸上，静静地看着原本整齐的领带在她的手里乱成了一团。

几分钟后，姜知漓看着手里的成果：虽然有点丑……但起码算是系上了吧，看着还是蛮有特色的。

最后她还是靠着系红领巾那套手法搞定的……虽然是第一次系，但她自我感觉相当不错。

她伸手抚了抚他的领口，颇为得意地问："怎么样，系得还行吧？"

傅北臣低头看了一眼惨不忍睹的领带，眉头微不可察地皱了下："能看。"

本来姜知漓要松手，一听这话，指尖又拽紧了领带，往前扯了扯。

两人的距离迅速拉近，她微眯起眼，漂亮的眼尾微上挑，嚣张霸道得不行："你记不记得昨晚答应过我什么？嗯？"

姜知漓娇笑着，语气中则有几分咬牙切齿的意味，一副但凡他说错一个字就会出大事的样子。

他垂眸盯了她半晌，薄唇忽地轻勾了下："没忘。"

距离过近，他立体的五官被放大，姜知漓冷不防被他的笑晃了下心神，脑中忽然浮现出昨晚的画面。她的气势忽然就弱了下来。

这时，姜知漓忽然瞄到领带下面的位置，顿时蹙起细眉，气鼓鼓地问他："你怎么没戴我送给你的领带夹？"

傅北臣顿了下，从西装口袋里掏出一个小盒子，然后把领带夹取出来戴上。

看见他的一系列动作，姜知漓愣了愣：他居然把她送的礼物随身带着？

在她震惊的目光里，傅北臣气定神闲地整理好领带，又将那个空盒子放回兜里。

他岔开话题，问她："等会儿去哪？我送你。"

姜知漓一下子回过神，顺着他的话认真思考了下。

今天她除了要完善一下到时候比赛要交的作品的线稿，倒也没什么别的安排。

姜知漓清了清嗓子，意有所指地答："嗯……等会儿先回家，晚上也没什么事……"

然而，傅北臣挑了挑眉，语气平静："不留在这？"

他是想从追她这步直接跳到同居不成？昨晚她真是被下蛊了才会……绝对不能有下一次了。

姜知漓双手抱胸，抬了抬下巴，把骄傲冷艳的架势摆足了："我有自己的家，为什么要留在这？"

快，快挽留我！然后我再拒绝。这样来回两三个回合我就可以答应了！姜知漓在心里喊着。

然而，傅北臣根本就听不见她的心声。他点了点头，神情肃穆得像在听什么重大决策，看起来没有任何异议。

"随你。"

姜知漓语塞了。她一口气还没顺好，就突然感觉到额间传来一点温热的触感，轻轻柔柔的，如鹅毛轻拂了一下心尖。

她怔怔地抬眼，一时连说话都忘了。男人清俊的面容近在咫尺，他在她的额头上落下了蜻蜓点水般的轻吻。

他像是在哄一个不听话的孩子。

隔着鼻尖几乎相触的距离，他的眉眼依旧冷淡，语气却是柔和的："我上班去了，晚上我去接你。"

傅北臣离开房间好一会儿，姜知漓才回过神，那股酥酥麻麻的感觉好像从额头上蔓延到了心里，久久不散。

她呆坐在床上，忍不住伸手碰了碰自己的脸颊——温度烫得惊人。不用照镜子她也知道，她现在一定是一副春心荡漾的模样。

她太没出息了！

强压着不自觉上翘的嘴角，姜知漓顺手拿起一旁的手机，就看见沈茵发来的短信。

看完短信，她上扬的唇角彻底落了下去。

短信的内容很简单，沈茵想让姜知漓出来一起吃顿午饭。

说实话，姜知漓并不想去见沈茵。可即便她不愿意，血缘关系始终摆在那里，哪怕沈茵当初狠心抛弃了她，她都始终不可能把亲生母亲彻底隔绝到自己的生活之外。

姜知漓不得不承认，她还是不受控制地对沈茵抱有一丝希望。

沈茵或许还是有一点点在意她这个女儿的。

下午一点，姜知漓准时到了沈茵订好座位的餐厅。

到处都张灯结彩，洋溢着幸福和团圆的氛围。

沈茵来得迟了。她匆匆赶到时，姜知漓已经坐在窗边等了一会儿。

沈茵将手里的皮包放到一旁，歉疚地道："对不起，漓漓，妈妈临时有事，所以来晚了。"

她本该是这个世界上与姜知漓最亲密的人，此刻对着姜知漓却礼貌生疏得可笑。

姜知漓扯了扯嘴角，语气淡然："没关系。"

感觉到她的疏离，沈茵笑容不变，柔声问道："点菜了吗？你想吃点什么？"

"都可以。"

最后还是沈茵点了几个招牌菜。等侍者离开后，沈茵低头从包里翻找出一个盒子，递给姜知漓。

沈茵目光柔和地轻声说："漓漓，这是妈妈给你准备的新年礼物。"

姜知漓怔了下，下意识就想拒绝，但礼物已经被沈茵放在了她的面前。

"不用了……"

"打开看看吧。"

姜知漓抿了抿唇，没再拒绝，伸手打开了那个首饰盒。

里面躺着一条极为精致昂贵的钻石项链，有细碎的钻石装点着的蝴蝶翅膀在灯光下泛着冰冷而耀眼的光泽。

项链很漂亮，也很贵重。也许沈茵认为，送出这样一件华丽昂贵的礼物，就能表现出她还是在意姜知漓这个女儿的，可她不知道，自从那次意外之后，姜知漓已经很久没有戴过项链了。

姜知漓面带嘲弄意味地勾起唇，沈茵看见她这抹浅笑，却误以为她是喜欢这件礼物的。

"漓漓，有件事情，妈妈想跟你聊聊，是关于你舅舅一家的。"

沈茵顿了下，才缓声接着道："前几天，你舅舅一直给我打电话，你舅妈已经认识到自己的错误，承认是她一时鬼迷心窍，并且保证以后绝对不会再做出这种事了。都是一家人，闹到法庭上总归不好看。你能不能再给他们一次机会？你舅舅年纪也大了，他——"

听见这些话，姜知漓合上眼，深吸了一口气，只觉得浑身上下瞬间变得冰凉。

其实她一点也不觉得意外，从回国到现在，沈茵哪一次约她见面不是别有目的的呢？

可她还是一次又一次，天真地对沈茵抱有期待。

"那我爸爸呢？"姜知漓一字一句地问她，"他们差点就毁掉了爸爸这些年的心血，我要是原谅他们，那爸爸会不会原谅我呢？"

猛然听她提到姜父，沈茵一时语塞，目光也跟着黯然了些："漓漓……"

姜知漓深吸一口气，不欲多提父亲的事，抬手将那个首饰盒推回沈茵面前。

"你应该不知道吧，很久以前我就不戴项链了，所以这个礼物对我来说毫无意义。你拿回去吧，以后也不必再破费了，不要再勉强自己付出这些无谓的关心。我们都过好自己的生活，可以吗？"说完，她就要拎包离开。

沈茵急忙起身叫住她："等等，漓漓。我听思萱说，她上次在商场的男装柜台看见了你，你告诉妈妈实话，你跟傅北臣现在到底发展到什么地步了？"

沈茵目光犹豫地望着她，像是接下来的话有些难以启齿："你是不是为了姜氏，迫不得已地答应了他什么……"

闻言，姜知漓一愣，难以置信地转头看向她。

沈茵的话虽说得隐晦，可也不难明白。

姜知漓忽然觉得这一切很可笑。

每和沈茵多见一面，她对沈茵的失望程度就会更深一分。被最亲的人在心口扎上一刀又一刀，她现在甚至已经有些麻木了。

静了半晌，姜知漓轻笑出声，嘲弄道："原来在你心里，我是会出卖身体的那种人，对吗？"

沈茵表情一僵，下意识地辩解道："漓漓，妈妈不是这个意思……"

姜知漓满不在乎地笑了笑："可能要让你失望了，我们不是你想象的那种关系。我和傅北臣已经结婚了。"

话音落下，沈茵陡然站起来，手边的水杯被她不小心打翻在桌面上："你

285

说什么？你们已经结婚了？你怎么能这么轻率地决定这种人生大事——"

姜知漓语气平静地打断她："并不轻率，相反，这是我做过的最慎重的决定。以后我也不会后悔。"

她的语气轻缓却坚定："你有了你的家庭，我也有了我自己的家，所以你以后不必再觉得亏欠了我什么。我没有干涉过你的选择，希望你也别来干涉我的。"

闻言，沈茵身形重重一晃，险些站立不住。

从某种角度来说，她们母女两个的性格真的很相似。做选择时，她们都会坚定不移地选择自己想要的，任何人和事都无法阻止。

譬如，八年前，沈茵选择了自己渴求已久的梦想和新生活，舍弃掉了唯一的亲生女儿。

现在，她想要弥补亲生女儿，已经太迟了。

她已经缺席了女儿需要关爱的岁月，哪怕她现在想补救这段关系，想重新挽回，姜知漓也已经不再需要了。

就像她拥有了新的丈夫和女儿一样，姜知漓也同样拥有了一个新的家人。

从餐厅出来后，姜知漓站在路边等车，手机突然响了起来。

看清来电人是谁，她深吸一口气，调整了一下情绪，确保自己的声音听不出异样，才接起电话："怎么了？"

电话那头，傅北臣听见她那边嘈杂的背景音，问："下午去哪了？"

姜知漓顿了顿，还是坦诚地答道："见了我妈一面。"

话音落下，电话那头静了一瞬。

察觉到她的情绪比以往低落，傅北臣不自觉地放缓了语气，又问她："你现在在哪里？"

姜知漓瞄了一眼身旁的路牌，念了出来。念完她才反应过来："怎么，你要来接我吗？"

嘴角忍不住翘了翘，她心念一动，故意说道："可是我已经叫好车了，着急回家嘛……外面也太冷了吧……"

她又开始了。

傅北臣有点无奈，走向停车场的脚步不自觉加快。

听见那边没人说话，而且传来了车子发动的声响，姜知漓刚想说话，就听见他低声说："十分钟。"

低沉而具有磁性的嗓音掺杂着细微的电流声入耳，姜知漓还没演完的戏码此刻忽然就有点进行不下去了。

她尽力维持着高贵冷艳的姿态："啧，那我就勉勉强强等你一会儿吧。"

腔调还是要拿捏好的，毕竟现在是傅北臣在追她，她可不是那么好追的！

挂掉电话之后，姜知漓目不转睛地盯着手机上的时钟。只要他迟到一分钟，她就开始发作！

八分钟……

六分钟……

三分钟……

两分钟……

就在姜知漓考虑着要不要大发慈悲给某位追求者延长个五分钟的时候，一辆黑色豪车已经稳稳地停在了她的面前。

车窗降下，驾驶座上的男人侧头看过来。

他一只手握着方向盘，衬衫的袖子挽到手肘处，露出劲瘦的手臂肌肉线条，另一只手随意地撑在车窗上。

"上车。"

姜知漓愣了下，有点意外于他是自己开车过来的，随后拉开副驾驶的车门坐上去。

车内暖融融的，她搓了搓有些冰凉的掌心，问他："你今天怎么自己开车过来呀？"

"不是答应了接你吗？"傅北臣答道，用余光打量着她的神色。

这会儿姜知漓已经彻底调整好了情绪，面上看不出难过，只是笑容比往常浅了些。

傅北臣敛眸问："你妈妈跟你说什么了？"

姜知漓垂下眼，声音闷闷的："也没什么，就是……我妈想让我放过严蕙。她说，都是一家人，没必要闹得那么难看。"

傅北臣打着方向盘，分神问道："然后呢？"

姜知漓笑了下，语调轻缓："然后我就拒绝她了呀。做错事本来就要付出代价，严蕙之前也没想放过我啊。对敌人手软，就是对自己残忍。"

说完，她又眨眨眼，问他："你说对吧？"

傅北臣难得地笑了下："嗯，你做得很对。"

他一直都知道，她虽然善良，但不心软。面对这些事，她一向清醒又果断。

难得听到他夸奖自己，姜知漓有些得意地抬了抬下巴，一本正经地转移了话题："明天你如果来接我，记得提前微信预约领号啊。今天本来你前面还有两百五十个追求者排队的，我可是给你走了后门的……"

傅北臣虽目不斜视地看着前方，黑眸中却染上了星星点点的笑意。

他语气淡却认真："我的荣幸。"

这位 251 号追求者态度还是蛮不错的嘛。

姜知漓别开脸看向窗外，想要藏起脸上不自觉变得灿烂的笑容。

她这次绝对不能再轻易被他动摇了。

她清了清嗓子，一副非常坚决的样子："我要回自己的家哦。"

快，再给你一次挽留我的机会！姜知漓心想。

傅北臣："嗯。"

一路上，傅北臣接了好几个电话，姜知漓一直没机会开口说话。

等到了地方，她二话不说，直接推开门下车，飘逸的长发在空中划出一道优美的弧线，异常潇洒。她头也没回地甩手走人，像是真把傅北臣当成司机了。

傅北臣下车，看了一眼她无情的背影，没说什么，径直走向了后备厢。

姜知漓走了两步，忍不住竖起耳朵注意着后面的动静，却没听见车子开走的声音。紧接着，轮子滑过地面的声音响起，伴随着熟悉的沉稳的脚步声。

姜知漓虽然心里好奇，却仍然忍住了没回头看。

姜知漓就这样像女王似的一路昂首挺胸地走到家门口，没回头看他一眼。

就在她走到家门口时，一阵风在楼道里刮过，一阵花香扑鼻而来。

她动作一顿，一个念头忽然浮现在脑海里——

他不会买花了吧？他跟过来就是为了把花送给她？要不，她还是勉为其难地回头看一眼吧？她就看一眼，大不了她不收下花就好了。

一阵天人交战后，姜知漓控制好脸上的表情，确保自己的神情还算矜持之后，才款款地转过身去。

然而，只看了一眼，她就愣住了。

眼前的画面跟她刚刚想象的一样，但好像又不太一样。

傅北臣从容不迫地站在那，右手中的确拿了一束鲜艳欲滴的玫瑰花。可他的左手竟然拖着一个黑色的小行李箱。

姜知漓有点没明白眼前是什么情况，呆呆地憋出一句："你拿着行李箱做什么？"

傅北臣挑了挑眉："你不是不愿意住在我那？"

姜知漓依旧面带疑惑。

他神色平静坦然地说："所以我只好委屈自己搬过来了。"

他委屈？有没有搞错！

听见这句话，姜知漓的眼睛瞬间睁大。她还没来得及说话，就看见他拎着行李箱绕过她，像是回自己家里一样泰然自若地进了她家，轻车熟路地走进她的卧室。

姜知漓反应过来跟进去时，就看见傅北臣单手插兜站在那里，正垂眸看着她昨天刚刚换上的浅黄色布朗熊系列的床单，床上还放着各种各样的玩偶。

原本姜知漓对自己的睡眠环境是非常满意的，可她一转头就看见傅北臣皱了皱眉，嫌弃之色溢于言表。

片刻的安静后，傅北臣终于开口，轻飘飘地说了句："原来你喜欢这种。"

姜知漓合理怀疑傅某人是在暗笑她。

她深吸一口气，连珠炮似的反问他："怎么了？有问题吗？多有活力多可爱啊！"

傅北臣难得被她问得哑口无言了。

这下姜知漓总算找到了一个突破口,她叉着腰,笑眯眯地看着他问:"你打算什么时候走?"

他慢条斯理地脱下外套放到一边:"我不打算走了。"

姜知漓的眼睛瞬间瞪得更大了:"我家可没有客卧,就这一张床。"

傅北臣说:"我知道。"

姜知漓也不知道事情怎么就演变成这样了,她咬紧牙,只能使出撒手锏:"我的床上很挤,玩偶什么的,我都不会挪走的!"

她就不信傅北臣受得了她这个睡眠环境!

让姜知漓万万没想到的是,傅北臣沉思片刻后,面色平静地点了点头,皱紧的眉头舒展开了些,像是想通了什么:"可以。"

姜知漓顿时如遭雷劈:霸道总裁都这么没有底线的吗?

迎着她震惊的目光,傅北臣又侧眸看了一眼她的床单,神色忽然更释然了些。

他语气淡然地说:"我换换口味,不行?"

姜知漓一时无语。

看着傅北臣依然暗含嫌弃的表情,她只好踮起脚增加气势,瞪着他咬牙切齿地道:"床上才没你的位置!"

傅北臣淡然颔首,目光落在她怀里的玫瑰花上:"那这个你也不要了吗?"

姜知漓顿时把花抱得更紧了,警惕地盯着他:"谁说我不要了?"

他语气平静地道:"花算作住宿费,你既然收下了,就相当于同意我住在这了。"

姜知漓差点气到当场掐人中。

她确实没想到,有生之年居然还能看到傅北臣如此厚脸皮的样子。她怎么可能被区区一束花轻易收买呢?不可能!

姜知漓很有骨气地哼了声:"一束花才值多少钱?"

说完,她抬手想把手里的绝美玫瑰花扔到一边,转念一想,又将芬芳扑鼻的玫瑰花抱回了怀里,抬脚往外面走。

不能暴殄天物，浪费可耻。傅某有罪，玫瑰无罪！

目睹她一系列的动作，傅北臣嘴角轻扬了下，故意问她："不扔了吗？"

姜知漓脚步一顿，头也不回地吼道："花也是有生命的！傅北臣你有没有心？"

他唇边噙着的笑意更深了："你有就行了。"

客厅里。

姜知漓正把玫瑰花一枝一枝地插进花瓶里，傅北臣则站在窗边，正在接工作电话。

花瓶是上次留下来的，自从捡回来的那束玫瑰枯萎了之后，姜知漓就再也没在花瓶里养过花。

而现在，原本空荡的花瓶再次盛满了玫瑰，房间里满是怡人的花香，闻着让人心情十分舒畅。

果然，收留傅北臣……哦不，收留这束玫瑰花，是个正确的决定。

等花全部被细致地放到了瓶子里后，姜知漓拿手机拍了一张照片。看着眼前鲜艳欲滴的玫瑰，她忍不住轻叹了一声。

这时，傅北臣恰好挂掉电话走过来，就看见她盯着花瓶，一副伤春悲秋的模样。

听见他的脚步声，姜知漓一边摆弄着花枝，一边小声念叨："要么你下次还是别送玫瑰了……上次那束，不管我怎么精心地养，都没能多活几天……"

听见她说上次，傅北臣神色微怔，随即想起了那次还未开始就已经结束的约会，还有那束他让人扔掉的本应送给她的花。

原来，那束花最后还是到了她的手中。

一种不知名的情绪在这一瞬间席卷了他冷硬冰封的心，在上面无声地敲开了一丝裂缝。

不可否认的是，他是后悔的。

如果一开始她说爱他的时候，他愿意再多相信她一些；如果在她迟到了的时候，他愿意再等她几分钟，他们也许就不会错过这样久。

他的喉间蓦地有些发干，他刚想开口，手中的电话再次响了起来。

傅北臣垂下眼，掩住眼底的情绪，走到旁边接起电话。

这边，姜知漓刚从自己营造的伤春悲秋的氛围里抽离出来，却发现旁边的人早就走了。

她知道他忙，但没想到他居然这么忙。

接下来的一个小时，傅北臣一直在客厅里工作，接电话或者开视频会议，姜知漓几乎连个说话的机会都找不到。

而傅北臣呢，堂而皇之地待在她的家里办公，并且无视她。

他坐在沙发的一侧，姜知漓坐在另一侧，中间刚好摆着一个碍眼的抱枕，像是隔开牛郎织女的银河。

姜知漓无数次想挪开抱枕，但又担心会显得自己过于主动。她可是被追求的那一方，挪开抱枕这种事应该他来干好不好！

抱着敌不动我不动的心态，姜知漓一边告诫自己要沉住气，一边试图把注意力都放在眼前的比赛图稿上。

今年珠宝设计大赛的主题是"无言的爱"。

起初拿到题目时，她还没什么思路。要具象地表达出"无言的爱"这个主题，难度系数并不低。

无言的爱，顾名思义，是不需要诉说却能让人深深地感受到的爱。

此刻，傅北臣坐在她的身边，她的脑海内无数的灵感忽然涌现出来。

好像自始至终，他都没有正式地对她告过白，像其他人那样说一句"我爱你"，可她从来没有怀疑过傅北臣爱她这个事实。这是为什么呢？

大概是因为，那个雨夜，她孤身一人在医院里时，远在千里之外的人忽然从天而降，出现在她的面前，只因为她发过去的那张输液的照片。

在沈茵和简语凡面前她难堪得像个笑话时，他站在人群中，对她说了那句"过来"。

还有那晚，因为一句她自己都忘了的玩笑话，漫天大雪里，多了只为她而燃的一场烟花。

姜知漓忽然有了灵感。

半个小时后。

傅北臣挂掉电话，转头就看见姜知漓坐在旁边，正全神贯注地画着设计稿。

她低垂着头，颈部线条纤细优美，耳边几缕碎发随意地垂下，勾勒出白皙明艳的侧脸，纯净而美好。

她微微抿着唇，像是在专注地思考，完全没注意到他。

傅北臣把横在中间的抱枕挪到旁边，两人中间终于没了阻碍。

他没说话，拿起一缕散落在她耳旁的发丝把玩着，一会儿把头发缠绕在指尖，一会儿散开，一遍一遍，乐此不疲。

姜知漓准备休息一会儿，转头就看见傅北臣正神色认真地……玩她的头发！他在用他那只握钢笔、养尊处优的手，做着极其幼稚的动作。

姜知漓把手里的笔和本子放到一旁，迅速将自己那缕秀发从他的手里拽出来，语气娇嗔地斥道："傅北臣，你无不无聊？"

他轻笑了下："有点。"

下一刻，傅北臣微微俯身凑近她，手臂撑在她的身旁，深邃的目光在她的脸上游移。他语气意味深长地道："所以，要做点别的吗？"

原本温馨的气氛被他这句意味不明的话打破，空气忽然凝滞，暧昧在这沉默里一点点蔓延开来。

低沉的嗓音萦绕在姜知漓的耳边，他不加任何掩饰的目光盯得她的脸骤然发烫，呼吸都乱了起来。

姜知漓默默地攥紧了沙发垫，别开脸不看他，以防又被美色蛊惑。

她刚转过头，就瞥见茶几上放着的手机，忽然心念一动。她一把将手机拿过来，飞速解锁屏幕的同时，还不忘冲他弯起眼睛笑。

"好呀，不如我们做——"她刻意停顿了下，笑得像一只不安好心的小狐狸。

心里生出不祥的预感，傅北臣挑了挑眉，就看见她举起手机，将屏幕转向他，嘴里说："这个吧？"

与此同时，手机里传出声音——

"想吃到男朋友做的爱心甜品吗？在这条视频下 @你的男友，让他亲手把这道红糖小丸子做给你吃吧！"

短短几十秒的视频播放完，姜知漓眼看着傅北臣的眉头越皱越深。

她找的这个视频做的还是升级版的红糖小丸子，需要用到卡通模具的那种……总而言之，她非常想吃。

光是想想傅北臣这样养尊处优的人站在厨房里，用那双平时用来签合同的手揉面，然后用模具给她按出一个个卡通图案，她就已经觉得非常不可思议了。

但是——

她就是很想看到这个画面，就是很想吃到他亲手做出来的升级版红糖小丸子！

姜知漓眨巴眨巴眼睛："傅——"

他无情地打断她的话："不可能。"

姜知漓的目光瞬间变得哀怨："你刚刚不是说要做点别的吗？就做红糖小丸子不行吗？"

傅北臣面无表情地答道："不行。"

他实在不能理解为什么人要浪费时间把面团做成奇怪的样子，明明可以选择更高效简洁的方式。

将面团做成带着蝴蝶结的猫，他就更不能理解了。

被傅北臣这么坚决地拒绝，姜知漓只能改变方式。毕竟傅北臣这人吃软不吃硬。

她琢磨了两秒，忽然捂着肚子倒在他身上，皱起细眉，表情非常痛苦："怎么办？我的肚子忽然好痛，痛到要晕过去了……"

傅北臣微眯起眼打量着她，没急着嘲笑她这拙劣的演技。

见他完全没反应，姜知漓用下巴蹭了蹭他的肩膀，像小猫撒娇似的轻声道："你就给我做一碗红糖小丸子嘛……吃完我的肚子肯定就不疼了……"

她身上淡淡的馨香萦绕在他的鼻间，沉默两秒，傅北臣的目光中染上些无奈的神色。

姜知漓又不轻不重地哼了一声，继续加大火力："你昨天才说过要追我，今天就说话不算数了，那干脆明天我就找 250 号追求者来给我做吧……"

他眉心一跳，神色微微松动了些，轻叹一口气，道："不做那个猫的图案行不行？"

"不行。"姜知漓答得飞快。模具她早就准备好了，怎能不用上？

见他又皱了皱眉，她一撇嘴，像是下一秒就要哭出来。

然而，下一秒，鼻尖被他用指节轻轻刮过。

他的语气听着没什么情绪："停。"

姜知漓眨了眨眼，然后就看见他站起身，朝厨房的方向走去。她的眼睛顿时亮起来："你要给我做小丸子了吗？"

傅北臣没回头，低低地应了一声，低沉悦耳的嗓音回荡在房间里："当作住在这的房租了。"

厨房里。

男人一身白衬衫黑西裤，站在料理台前，腰上被迫围了一条粉色格子的围裙。

傅北臣将衬衫袖口挽到手肘处，白皙修长的手指上沾满了面糊。他有心无力地看着身上那条粉嫩的围裙。

他的语气听着不太好："姜知漓，解开。"

姜知漓憋着笑躲远了："我不。不穿围裙衣服会被弄脏的，洗衣服浪费水，所以你先忍一下吧。"

接下来的十分钟里，傅北臣只能选择迅速地揉好面团，然后被迫拿起那个戴着蝴蝶结的猫头的模具。

姜知漓觉得自己应该是全世界唯一一个有幸看见卡通模具出现在傅北臣手里的人。

她见过太多次他高傲冷淡的样子。学生时代，她看着傅北臣作为学生代表上台讲话，他站在高台上，沐浴在阳光里，距离所有人都很远很远，受人仰望。细微的灰尘在空气里浮动，却沾染不上他的白衬衫半分。

后来，他们重逢时，他依旧是那个让人无法触及的存在。

而现在，在这间小小的厨房里，那个始终站在高处的傅北臣，好像已经为了她而走了下来，甘愿染上凡尘里的烟火气，变得和从前不一样了。

等到那碗幼稚到极点的小丸子出锅时，姜知漓激动到险些烫到手。

傅北臣慢条斯理地将手洗净，解下腰间的围裙。见她兴奋得不行，他挑了挑眉："这么开心？"

她看起来比那晚看见那枚价值不菲的戒指时还要开心。

姜知漓拿着手机从各个角度拍照，嘴角控制不住地上扬，随口敷衍道："对呀对呀，我最喜欢这只猫了……"

傅北臣觉得好笑："你刚刚不是还说最喜欢那只熊？"

姜知漓不搭理他，舀起一个丸子轻咬了一口。

红糖的甜意瞬间在舌尖蔓延开来。姜知漓抬起头，一脸惊喜，眼睛亮晶晶地盯着他："好甜！"

他直勾勾地看着她，嘴角扬起一抹极浅的弧度："是吗？我尝尝。"

姜知漓沉浸在兴奋的情绪里，没注意到他那意味深长的语气。她刚想把勺子递给他，下巴就被人用指尖钩起。

紧接着，唇上传来温热的触感，空气变得稀薄，那缕还未完全散开的甜意被他尽数夺走。

她的呼吸一下子乱了节奏。她呆呆地看着他浅淡的唇色变得殷红，嘴唇上覆上一层薄薄的水光，性感至极。

两人之间的距离被拉开后，姜知漓看见他轻舔了下薄唇，狭长的眼尾微微挑起，漆眸里浮现出笑意："确实很甜。"

头顶洒下一片暖黄的灯光，原本温馨的厨房里，暧昧的气息缠绕交织，空气也跟着一点点升温。

傅北臣垂眸盯着她，正微微低头凑近她时，桌上的手机突然不合时宜地响起，骤然打断了他的动作。

姜知漓被电话铃声惊得猛然回过神，红着脸推了他一下，小声说："你先去接电话……"

他瞥了眼一旁那碍眼的手机，神色有些烦躁，却没说什么，走到外面去接电话了。

等傅北臣离开厨房，姜知漓松了一口气，总算能顺畅呼吸了。

她先是捧着脸傻笑了会儿，然后才想起把刚刚拍的照片编辑成一条朋友圈发出去，配文：有生之年系列。

没过两分钟，叶嘉期就在下面点了个赞。

紧接着，叶嘉期的微信消息就发了过来。

叶嘉期：嫂子，这该不会是我哥做的吧？

你知道得太多了。

姜知漓憋着笑回复她：对呀。

叶嘉期：？？？

姜知漓非常能理解叶嘉期此刻的震惊，于是安抚性地回复了一个"摸摸头"的表情包。她回到朋友圈界面，就看见叶嘉期以迅雷不及掩耳之势把那个赞取消了。

叶嘉期：幸好我反应够快。

叶嘉期：要是被我哥发现我知道他做了一碗红糖小丸子出来，我下节管理课程可能就要跑到南极去上了！

看见这条消息，姜知漓没忍住扑哧一声笑出来，指尖轻戳着屏幕回复她。

姜知漓：放心吧，他不敢。

这时，傅北臣正好接完电话回来，就看见她对着手机笑得花枝乱颤。

他从她背后伸手过去，不轻不重地捏了一下她的脸颊："笑得这么开心，看什么呢？"

姜知漓没来得及藏起手机，被他抓了个正着。

看见最底下那条消息，傅北臣抬了抬眉梢，低声问她："我怎么不敢了？嗯？"

后面那声"嗯"带着鼻音，低沉而性感。

姜知漓有些心虚地仰了仰下巴，努力营造出气势："你之前不是说了，我说什么你都听吗？"

傅北臣神色淡然，慢悠悠地道："我只听我太太的话。"

他嘴角噙着笑："我们目前的关系，应该还没到这种地步。"

可恶，她不就是让他追她一下吗？这个记仇的天蝎座男人，现在跟她演上了！

看着她气鼓鼓地瞪着自己，傅北臣没再逗她，又问："明晚有一场商业酒会，你陪我一起去？"

姜知漓正在气头上，想也没想，脱口而出："不要。"

然而，话一出口，她就后悔了。

她还记得，上次她去半岛酒店找他，当时简语凡站在他的身边，被她误会了。这次她不去也不知道会不会有别人……

可她刚刚坚决地拒绝了他，现在就改口，会不会有点太丢脸了？

直到晚上，姜知漓都没想到委婉合适的重新提出要跟他一起去酒会的方式。

洗完澡出来，姜知漓准备坐在梳妆台前吹头发。她刚进卧室，就看见那条柠黄色的布朗熊床单上，男人穿着一身深灰色的家居服，靠在床头，正拿着本书在看，简直和她可爱的床单格格不入，不协调到了极点。

偏偏他躺在那一堆布朗熊上，姿态非常从容自然，像是已经完完全全地适应了。

姜知漓真的非常想拿手机把眼前的画面拍下来，但想了想，还是没这么干。

她强忍着笑，没忍住调侃了他一句："傅北臣，你是忍者吗？"

堂堂傅氏集团总裁，竟然能如此没有底线！

傅北臣的视线还停在书上，他像是听不出她语气里的嘲讽，神色依旧平静："小不忍则乱大谋。"

窗外月色皎洁，屋内安静得只剩下吹风机运作的声音。

姜知漓的头发是快及腰的长度，每次吹干都要耗时很久。这不，十分钟过去，她才吹干了三分之一。她有点手酸，刚想换一只手继续吹，手里的吹风机就被人抽走了。

傅北臣微垂下头，指缝穿进她的黑发间，学着她的动作继续帮她吹头发。

姜知漓怔怔地通过镜子看着这一幕，耳边都是吹风机呼啸的声音，其余什么都听不见了。

镜子里，男人低着头，神情专注认真，像是在做什么极为重要的事，动作慢而细致。他的手指白皙修长，穿插在她的乌发之中，黑白分明，极为养眼。

失神间，某种情绪随着吹风机带来的暖意一点点蔓延开来，如一汪温热的泉水，将她紧紧包裹着。她心跳加速，无法遏制。

不知过了多久，傅北臣最后检查了一遍，确保没有一根发丝是潮湿的，才把吹风机放下。

镜子里，姜知漓满意地把头发拨到耳后，白皙的脸蛋此刻红扑扑的，如落日时分的晚霞。

她弯起眼睛冲他笑："251号技师服务还不错哦，五星好评。"

傅北臣回到床上，重新拿起书看。听见她这句话，他掀了掀眼皮，语气似笑非笑："251号技师竭诚为您服务。"

夜色渐深，黑暗中，屋里静悄悄的。

借着窗外透进来的微弱的月光，姜知漓看见身侧的人以一种极为规矩健康的姿势平躺着。

在黑暗里，她可以更加肆无忌惮地打量他。

姜知漓的目光从傅北臣高挺的鼻梁上一点点滑落到他的唇上，而后她开始用视线描摹他那清晰立体的脸部轮廓。

和他喝醉那次不同，今晚算是两个人第一次在清醒的状态下同床共枕。

姜知漓翻来覆去睡不着。反观傅北臣，呼吸清浅，气息平稳，好像已经睡熟了。

姜知漓气闷地翻了个身，朝远离他的方向挪了挪，打算背对着他睡。她刚有动作，腰间就伸过来一只手臂，轻而易举地将她捞了回去。

紧接着，低沉的嗓音在她的头顶响起，有些哑："乖，睡觉。"

原来他没睡着……

还有，她是要睡觉啊！现在好了，她彻底睡不着了。

幸好光线很暗，他看不见她的脸又红了。丢人！

沉默须臾，姜知漓心念一动，明知故问道："明天那个酒会，如果我不去的话，你是不是就没有女伴了啊？"

傅北臣闭着眼低笑一声，道："你说呢？"

"好惨……"姜知漓装模作样地感叹了声,又压低声音问,"要不我还是陪你去吧?不然别人都有女伴,你一个人多凄凉呀,对吧?"

傅北臣没忍住轻笑了声:"嗯,你说得对。"

姜知漓听见他笑,有点心虚,总觉得自己的小心思被识破了。她慌乱地闭上眼,道:"好了好了,睡觉吧。"

"嗯。"

次日。

姜知漓醒来时,身侧已经空了。桌上摆着打包回来的徐记早茶的茶点,还是温热的。

酒会晚上六点才开始,于是白天姜知漓索性待在了家里,把昨天没画完的稿子全部画完后,又修改了一些细节,成稿就出炉了。

确保没什么问题,姜知漓就把设计稿给比赛主办方发了过去。

她弄好这些,已经将近下午四点。紧接着,她马不停蹄地开始化妆、挑衣服。

等她搞定一切,傅北臣的车已经在楼下等了有一会儿了。

姜知漓拉开车门上车,被精心卷好的发尾在空气中划出一道亮丽的弧线。

傅北臣刚刚挂掉电话,目光微不可察地停留在她的身上。

剪裁得体的红裙勾勒出她窈窕的曲线,细腰不盈一握,鲜艳如火的颜色越发衬得她的肤色莹白如玉。

在打扮自己这方面,她永远叫人挑不出一丝错处。

她坐上车,车里蔓延开一股淡淡的香。

姜知漓理了理头发,笑眯眯地转头问他:"我今天好看吗?这条裙子怎么样?是不是挺合适的?"

车上还有司机,傅北臣淡淡地收回目光,注意力回到文件上:"还行。"

有外人在的场合,他永远都是这副死样子。姜知漓虽然习惯了,但还是非常不爽。她不轻不重地哼了一声以表不满,随即低头刷着手机,不搭理他了。

一路无言，车子很快驶到酒店门口停下。

进入宴会厅之前，傅北臣垂眸瞥了一眼她乌黑的发顶，微微地弯曲手臂，留出一点空间。

姜知漓明白了他的意思，非常大度地把刚刚他在车上评价的那句"还行"暂时抛到脑后，挽上了他的手臂。

两人携手进入会场，顿时无数目光朝他们投了过来。

迎着那些打量的目光，姜知漓保持着处变不惊的笑容，跟在傅北臣身边。一直有人过来打招呼，她笑得脸都有点僵了。

这时，又有一个西装革履的年轻男人走过来，看起来，他与傅北臣十分熟，因为他是第一个走过来后率先对姜知漓说话的人。

程晟目光中流露出惊艳之色，友好地朝她伸出手："姜小姐，久仰大名。我叫程晟，晨锐集团的副总裁。"

姜知漓虽然没想通他那句"久仰大名"是什么意思，但还是伸手轻轻地回握了下他的手，微笑着道："你好，程先生。"

程晟有些恋恋不舍地收回手，转头笑着问傅北臣："我爸在那边等着你呢，你先跟我过去？"

"好。"傅北臣点了点头，低声跟姜知漓说了句："在这等我。"

见她乖乖地点头应下，傅北臣才抬脚跟着程晟离开。

他们往会场二楼走，程晟又回头看了一眼，语气调侃地对傅北臣说："我记得你以前可从来不迟到啊。今天你不仅来晚了，还破天荒地带了女伴，咋回事？"

傅北臣神色淡然，没搭理他。

程晟忍不住感叹道："啧，要我说吧，女人就是麻烦，越漂亮的越麻烦，没个几小时出不了门……"

傅北臣挑了挑眉，语气平静："还行，但她确实挺漂亮。"

程晟一时语塞，被他这有点炫耀的语气活生生气笑了。

傅北臣这是铁树开花啊，了不得了不得。

他听说，前段时间，傅北臣为了一个女人心甘情愿地让了商琰十个亿的利润。起初他还不相信，今天看见姜知漓倒是有点理解了，"英雄难过

301

美人关"这话真是亘古不变的真理。

只是他们这个圈子里，漂亮的女人更多是被当作成功男人的装饰品。

可傅北臣好像自始至终都跟程晟认识的其他人不一样。

他站在名利场的顶端，最擅长衡量得失利弊，却为了一个女人做了一笔那么不划算的买卖。在程晟来看，这不值。

程晟吸了口烟，笑着道："女朋友？"

傅北臣的神色顿时柔和下来，他轻描淡写地道："不是，我太太。"

闻言，程晟手一哆嗦，手里的烟差点掉在地上。

等事情聊得差不多了，程晟还没从听到惊天大新闻的震惊里回过神。

他之前一度以为像傅北臣这样不近女色已经有点不正常了，没想到人家是闷声干大事的人。

而傅北臣也懒得给他消化信息的时间，一聊完正事，便拿起椅背上搭着的外套往外走。

见他这么快就要回去，程晟心下明了，但还是忍不住调笑道："不用这么着急吧？只一会儿不见，你老婆又不会丢了，昔日冷酷无情的傅总结了个婚就变成这样了？"

陷入爱情的男人果然都一个样，傅北臣也不例外。

老天公平，诚不我欺。

傅北臣迈步离开，头也没回，走之前只丢下一句轻飘飘的话："你没老婆，当然不懂。"

程晟无语了。

第 *6* 章

ZONGWO
QINGSHEN

再打一个赌

deep feeling

宴会厅里，傅北臣离开后，不少人寻找着机会上前跟姜知漓搭话，他们面上看着十分亲切和善，实则话里话外都想套出她和傅北臣的关系，要么就是恭维讨好。

圈子里的人都知道，傅北臣出席这类场合从不带女伴，无数人想要攀附、结交傅北臣，可根本无从下手，今天出现的姜知漓无疑成了不少人认定的突破口。

可他们没想到的是，姜知漓也只是看上去好说话。

碰到任何涉及傅北臣的话题，她都不露痕迹地避而不答，看着与旁人相谈甚欢，其实什么有效信息都没有透露。

众人对她的身份的猜测，只能在女伴和女朋友这两个选项之间打转，他们得不到一个准确的答案。

几轮下来，姜知漓待得有些烦了，索性出去找了一个人少的地方等傅北臣。

她拍了张周围的环境的照片发给他。

姜知漓：我在这里等你哦。

消息刚发出去，姜知漓就听见一阵脚步声渐渐靠近，在她面前停下，一个熟悉的中年男声响起："漓漓……"

姜知漓微顿，抬头一看——果然是沈宏光。

姜知漓上次和沈宏光见面还是她去姜氏亲手扳倒严蕙的时候，她并不知道严蕙做的那些事沈宏光究竟知道多少，可不管怎样，他脱不了干系。

也许是沈宏光自觉心里有愧，严蕙被收押在公安局后，他没有联系过姜知漓，而是自己到处想办法帮严蕙减刑。

可证据确凿，哪怕他去求沈茵找了最好的律师，只要姜知漓这边不松口，严蕙就没有办法避免更长时间的牢狱之灾。

比起之前，沈宏光的面容更显苍老憔悴，两鬓也生出了些白发。他原本看起来比同龄人要年轻，现在看起来却像是老了十岁。

沈宏光是真的曾将姜知漓当成家人看待过的，可在利益面前，他到底还是选择了放弃这份亲情，助纣为虐。

姜知漓的目光骤然暗下来，她一时没应声。

沈宏光见她不说话，心里当然明了她的态度，可又不想就此放弃。

这些日子里，他已经找遍了人，可依然求助无门。毕竟姜知漓不是当初那个孤苦无依的小女孩了，她的身后是傅北臣，这也是没人敢帮他救严蕙的原因。

求姜知漓放过严蕙，是沈宏光现在唯一的希望。

他紧张地搓了搓手，吞了下口水，才开口恳求道："漓漓，舅舅求求你，这次你能不能放过你舅妈？我保证，等她出来之后，我一定好好看着她，绝对不会纵容再做这种错事……你舅妈她嫁给我这么多年，我不能就这么眼睁睁地看着她去坐牢啊……"

说到最后，沈宏光不由得捂住了脸，身形颤颤巍巍，看着好不可怜。

他的音量并不小，周围过往的人已经有不少投来了好奇的目光。

姜知漓当然明白他在这个场合说这些用意何在，心里对他的失望已经累积到了极点。她深吸一口气，尽量让自己保持心平气和："舅舅，您也说了，是她先做错了。做错了事情，就要付出代价，不是吗？这件事情，警察会依照证据和法律来审理，我也只能等最后的审判结果，毕竟这不是我可以决定的。我说放过严蕙，法律也不会同意。"

在这件事上，她是绝不可能退让的。

而沈宏光已经完全听不进去这些话了。最近他因为这件事一直吃不下饭、睡不好觉，精神已经接近崩溃边缘，此刻被姜知漓毫不犹豫地拒绝，他脑子里那根弦直接绷断了。

他想也不想就对着姜知漓跪了下来，语无伦次地哀求道："漓漓，舅舅求求你了，我们都是一家人，舅舅今天在这给你跪下了，求你帮帮我们……"

姜知漓一愣，还没来得及上手扶他，一道身影就从旁边冲了过来，先一步扶住了沈宏光。

"爸，你是不是疯了？你给她跪下做什么？"沈思萱一边搀扶着沈宏光站起来，一边恶狠狠地瞪向姜知漓，"姜知漓！你还是不是人？我爸已经多大年纪了，你居然忍心让他当着这么多人的面对你下跪，你还有没有良心？

"我爸妈这些年一直帮衬着你，没想到你的心肠这么狠，到头来，他们不过是养了一头白眼狼。如果不是我爸妈，你以为姜氏集团能苟延残喘到现在吗？

"你以为姑姑为什么不要你？像你这样忘恩负义的人，活该连个家人都没有！"

她的声音尖锐刺耳，不少人停住脚步朝她们这里看过来，窃窃私语。

看着她歇斯底里的模样，姜知漓的语气骤然冷下来："沈思萱，你是不是疯了？"

沈思萱觉得自己的确快疯了。

自从严蕙彻底失势后，沈宏光整日低声下气地到处求人，她则只能努力地依附着韩子遇。哪怕韩子遇整天对她冷着脸，为了让他帮她一把，她也只能热脸贴冷屁股。

前两天，她还抓到韩子遇跟一个模特一同出入酒店。当时她怒气上头，不管不顾地当众闹了一顿。

结果韩子遇不仅跟她提了分手，还因为被她闹得颜面尽失，放话要在娱乐圈里封杀她。现在，她接下的所有代言都没了，连个龙套角色也拿不到，演艺路算是彻底毁了。

从小到大，她一直活在姜知漓的阴影下。

姜知漓长得漂亮，家世好，走到哪里都是被众星捧月的存在。不管是谁，站在她的身边，都会变得黯然无光。

可沈思萱始终坚信，如果姜知漓不是姜氏集团的千金，如果她有那样的身世，她一定能比姜知漓活得更好。

上天大概听见了她的心声，所以让姜知漓一夕之间从高高在上变成一无所有。

她如愿地抢来了姜氏集团千金的头衔，也抢到了韩子遇。

但她没看清，韩子遇这个人只是披了一层温文尔雅的皮，他爱的是那个能给他带来更多利益的姜氏集团，不是她沈思萱。

这些年来她好不容易从姜知漓那里偷来的一切，其实不过是一场泡影。

她自顾自地活在这个虚伪华丽的假象里，最后一切破灭，现实变得像眼前这样，如此残忍而又令人无法接受，她只能近乎疯魔地麻痹自己。

这一切都是姜知漓的错。

如果没有姜知漓，她绝对不会沦落到今天这个地步。

沈思萱冷笑一声，清秀的面容变得扭曲起来："姜知漓，你有什么了不起的？你摆着这副高高在上的姿态，不就是因为傍上了个大金主？不过是出卖身体换取利益，你以为你自己很高贵吗？"

闻言，沈宏光面色一僵，他没想到沈思萱胆子大成了这样，什么都敢说，可他现在阻拦已经来不及了。

这话一出，刚从宴会厅里出来的几个人纷纷将视线投了过来。与此同时，更多的人围了过来，人群中的讨论声也大了起来。

"我说呢，原来她是傅总的情人啊……我就说她不可能是他的女朋友吧，那种身份的人找女朋友可能都嫌麻烦呢……"

"嘘，小点声，她能被带来这种场合，肯定是最近很得傅总的欢心，咱还是别凑这个热闹了。"

大庭广众之下，沈思萱就像个歇斯底里的泼妇，姜知漓无意再跟她纠缠下去，不想平白让别人看了笑话。

和疯子吵架，别人会分不清到底哪个才是疯子。

她冷冷地瞥了沈思萱一眼，转身就要离开。没想到，沈思萱不依不饶地追了上来，还抬手拉扯她："你不准走……"

姜知漓的脸色顿时变得更难看，她刚想将沈思萱甩开，就被沈思萱从身后狠狠地推了一把。

姜知漓脚上穿着高跟鞋，鞋跟猛地一歪，脚踝处传来一阵剧烈的刺痛，而后姜知漓整个人摔在了地上。

砰，肉体撞击地面的声音有些骇人，有人率先反应过来，连忙过去扶姜知漓。

借着外力艰难地站起身时，牵扯到脚踝的伤处，姜知漓瞬间疼得脸色煞白。

无数目光落在她身上。她今天是作为傅北臣的女伴出席的，没给他争面子就算了，现在还被弄得这么难堪，已经不能用"丢人"两个字形容了。

生理上的疼痛与心理上的委屈和难堪一同袭来，姜知漓不禁眼眶有些发红。

场面一下子变得混乱起来，沈思萱则呆愣在原地。

这时，一阵沉稳有力的脚步声响起，人群自动散开，让出了一条路。

一个身材颀长的人步履飞快地走了过来，衣角在空气中划出一道冰冷的弧线。

看见被人搀扶着站在那里的姜知漓眼里含着水光，模样委屈，目光再扫到一旁站着的沈宏光和沈思萱，傅北臣顿时明了。刚刚人群里也有人在小声议论，推理出事情的始末并不困难。

他的目光瞬间沉了下来，冷冷地扫向站在一旁的两人。

他的眼神冰冷而充满戾气，看得沈思萱心里一紧，她下意识地开口解释，却因为紧张有些支支吾吾："傅总……我不是故意的……"

傅北臣像是没听见她说话，径直走到姜知漓身边扶住她，低声问："伤到哪了？"

姜知漓疼得脸色发白，却不想让他担心，摇了摇头，轻声道："只是崴了一下脚，没什么事……"

这时，沈宏光看着傅北臣阴沉的脸色，声音颤抖地开口："傅总……这其实是个误会，我女儿她不是故意的……刚才她是不小心——"

傅北臣冷声打断他的话："我对她是不是故意的不感兴趣。"

沈宏光顿时脸色一白，没想到傅北臣竟然如此不给他这个长辈面子。不过，以傅北臣的身份，他也的确不需要给沈宏光什么面子。

此刻，沈思萱终于清醒过来，后知后觉地开始害怕，额头上瞬间沁出了一层薄薄的冷汗。

迎着男人冰冷凌厉的眼神，她浑身一抖，尾音都开始发颤："傅总……对……对不起，刚刚是我太冲动了……"

傅北臣的语气没有任何温度："你该向我太太道歉。"

沈思萱骤然一惊："太……太太？"

此刻，在场的人皆是一惊，一时间他们看向沈家父女二人的目光又是鄙夷又是同情。

他们在这里用道德绑架人也就算了，明明人家是正牌太太，居然信口污蔑人家做的是情人，难怪会惹得傅北臣这种喜怒不形于色的人都动了怒。

沈宏光也没想到事情竟然发展成了现在这样，而傅北臣的态度已经非常明确了——如果姜知漓不满意，今天这件事是绝不可能过去的。

想到傅北臣的手段，沈宏光背脊一阵发寒。他立刻压低声音狠狠地呵斥沈思萱："快点，给你姐姐道歉！"

"姜……"沈思萱虽然心里不情不愿，可也知道惹恼傅北臣的后果会是什么，那绝对不是他们承受得起的，她顿时面如死灰，紧咬着牙关改口，"姜小姐，对不起。"

随后，她又被沈宏光按着腰深深地鞠了一躬，口中说："今天是我说话欠考虑，还不小心推了你，都是我的问题，我跟你道歉，希望你能原谅我今天的莽撞。"

这些话她说得有多不情愿，姜知漓是知道的。像沈思萱这样的人，不可能诚心悔过。

姜知漓也不想再计较下去，只点了点头，随即轻扯了下傅北臣的袖口。

他反手握住她的手，语气冷得如同掺了冰，毫不客气："我太太心肠软，可我不一样，睚眦必报。再有下次，就不会这么轻易算了，听明白了吗？"

话音落下，沈思萱的瞳孔陡然紧缩。

姜知漓则愣住了。一股说不清的情绪从心口处涌出来，那种极强的踏实感与安全感汇成了一股暖流，冲散了她刚刚无从言说的委屈和难堪。

她的眼眶瞬间变得更红，怔怔地看着他的侧脸，嗓子涩得说不出话。

　　紧接着，在大庭广众之下，姜知漓忽然被傅北臣拦腰抱起。

　　顶着不少人的目光，姜知漓的耳根瞬间红透，指尖不自觉地攥紧了他的衬衫，她声音细若蚊鸣："我自己能走，你先放我下来……"

　　傅北臣眼里的冷意还没散去："别动。"

　　就这么被他一路抱到了停车场，迎着无数人的注目礼上了车，姜知漓的脸已经红透了，明亮的眸里还泛着水光。

　　傅北臣瞥她一眼，目光落到她红肿的脚踝上，语气不自觉和缓下来："我才离开几分钟，你就被人欺负成了这样？"

　　姜知漓小声反驳："那你还不快点回来……是鞋跟太高了，我才没站稳的……"

　　他嗓音淡淡，却不容置喙："以后别穿了。"

　　她瞬间炸毛："那怎么行？"

　　傅北臣睨她一眼，平静地道："穿了还是比我矮，还穿它干什么？"

　　姜知漓顿时被他这歪理气笑了："我摔倒明明是因为那个讨厌的沈思萱，怎么能怪我的高跟鞋？"

　　脚踝处又是一阵钻心的疼，她倒吸一口凉气，忍不住念叨："我最近是不是走霉运啊，怎么感觉一离开你十米就碰不见什么好事？"

　　他的漆眸紧紧地凝视着她，目光忽然暗了下来，染上些晦暗不明的意味。

　　他抬手揉了揉她的头顶，嗓音低哑，一字一句地问："所以，我是不是要把你时刻绑在身边才行？"

　　倪灵：所以他真是这么说的？在车上还有司机的情况下？

　　姜知漓：对呀对呀，我觉得他可能是受什么刺激了……

　　倪灵：啧啧啧……傅总好霸道啊……你爱了吗、爱了吗？

　　倪灵：那还能是什么刺激？心疼你了呗，所以变相发出同居邀请。你都是成年人了，这点话外音都听不懂？

　　姜知漓：那你说，我要不要答应啊？他还没怎么追我呢……我就这么妥协了，是不是有点太快了？

　　倪灵：这两件事又不冲突，本来你伤了脚也需要人照顾，顺理成章啊姐妹！

倪灵：更何况，你们同居是合法的。

这话后面还跟了张"你快醒醒"的动图。

姜知漓：你说得有道理。

姜知漓刚回完倪灵的消息，还没来得及收起手机，急诊室的门就被人推开了。

傅北臣走进来，把刚刚取回来的 X 光片递给医生。

医生把挂在脖子上的眼镜戴上，扫了一眼片子，边打字边说："还好，没伤着骨头，轻度扭伤，最近这段时间不要剧烈运动，定时上药冰敷，最好正确按揉肿起来的部位，这样有利于消肿。如果走路困难的话，可以适当用轮椅辅助一下。"

姜知漓的眼睛倏地睁大："轮椅？"

她已经虚弱到被人推倒了就要坐轮椅的地步了？

"对啊，为了避免二次损伤，这两天，你最好让家里人照顾着，减少移动次数。"

出了医院，傅北臣把她放到车里："你在这等我一会儿。"

说完，他抬脚走了，也没说自己要去哪。

姜知漓乖乖地在车里等着他。

不多时，傅北臣去而复返，姜知漓已经迷迷糊糊地睡了过去。

她歪着头靠在座位上，细眉轻皱，饱满的红唇微张着，面色有些苍白，一副楚楚可怜的模样。

车子缓缓发动，傅北臣放下前后座之间的隔板，动作轻柔地将她歪着的头放到自己的肩上。

掌心不小心轻触到她的脸颊，一阵滑腻柔软的触感袭来，伴随着淡淡的香气。温热的呼吸近在咫尺，车厢里十分静谧，像是被隔板隔绝成了另一个世界。

片刻后，他微微侧头，缓慢而温柔地在她的额前落下一个轻吻。

姜知漓醒来时，意识尚未回笼，也不知道自己睡了多久，整个人晕乎乎的。她揉了揉眼睛，迷蒙地看着窗外的景色飞速滑过。

五秒后，她终于反应过来，眨了眨眼。这好像不是回她家的路啊？什么情况？

姜知漓立刻转头看向身侧的人，呆呆地问他："我们要去哪？"

傅北臣的注意力还在手里的文件上："我家。"

因为还没睡醒，姜知漓的反应有些迟钝："为什么要去你家？"

傅北臣语调平静："医生说了，你最近生活不能自理，需要人照顾。"

医生有说过这话？她什么时候生活不能自理了？不过……她需要他照顾倒是真的。

姜知漓觉得自己可能真的被傅北臣下了什么蛊。好像，每时每刻，她都想和他待在一起。哪怕什么都不做，只是待在他的身边，她就已经开心得不得了了。

姜知漓抿了抿唇，尽量不让自己内心的想法表现得太明显。她仰了仰下巴，故作淡定地反问他："那为什么不能回我家？"

傅北臣翻了一页文件，眼也没抬，道："我睡不惯。"

姜知漓一时语塞。昨天睡觉的时候，她也没听他说睡不惯啊？

察觉到姜知漓愤然瞪向他的目光，傅北臣终于淡淡地瞥了她一眼，慢条斯理地补充了一句："我会觉得自己睡在儿童乐园里。"

她不就是在沙发上摆了几个卡通抱枕外加换了布朗熊的床单吗？怎么到他这就成儿童乐园了？

姜知漓非常不满地反驳他："我那叫生活情趣，你懂不懂？"

傅北臣轻笑了声，没搭话。

她不轻不重地哼了一声以表不满，那股倔劲又犯了："那我也要先回家收拾行李。"

闻言，傅北臣掀了掀眼皮："我已经帮你收拾好，放在后备厢里了。"

姜知漓的眼睛倏地睁大："你什么时候……"

他的神色极为坦然："刚刚，你睡着的时候。"

嚯，她还真是第一次见先斩后奏还这么坦荡的。

姜知漓的确没想到傅北臣会如此雷厉风行，就在她睡着的短短的时间里，她已经被他直接打包带回家了。虽然她心里很乐意、很欣慰，毕竟傅北臣终于开窍了，但她也不能让他轻易把她骗到家里来。

车子稳稳停下后，傅北臣率先下去，随后就看见姜知漓朝他张开双臂。

她弯起眼睛笑，像只狡猾的小狐狸："抱我进去。"

明知前面还坐着司机，可姜知漓就是忍不住想试探傅北臣的底线到底在哪里。

虽然今晚在宴会厅里他就当着很多人的面把她抱了起来，但那是因为情况紧急，跟眼前的情况不一样。

司机已经从后备厢里把轮椅和行李都搬了出来，有辅助工具，其实姜知漓根本用不着他抱，可她偏就坐在那里不动，眼巴巴地看着他。

见他没动作，她又说："你不抱我进去的话，那我现在就回家了哦。脚好痛哦……"

见姜知漓的表演欲又开始发作，傅北臣本来冷淡严肃的神色松动了些，他忽地轻叹了声。

一旁的司机马不停蹄地回到驾驶座上坐下，把自己当成透明人，尽量降低存在感，当作没看见这一切。

傅北臣弯下腰，动作熟稔地抱起她，语气无奈地道："怎么这么娇气？"

姜知漓的手臂环上他的脖颈，下巴搁在他的肩膀上蹭了蹭，嘴角不自觉地上翘，然后她用鼻音轻哼了声："那你别管我呀……又不是我自己要来的。"

明明已经不是第一次来他家了，但进家门时，姜知漓还是会有些紧张……和兴奋。

这次就像是她真的要闯进他的私人领地一样，很刺激。

把她和行李箱一起送到主卧之后，傅北臣就去了书房办公。

卧室里，姜知漓慢吞吞地收拾着行李，把一包内衣从箱子里翻出来时，她的脸噌地一下红了。

这内衣……也是傅北臣给她装进来的？丢死人了！

姜知漓只觉得浑身的血液一下子都冲到了脑子里，想也没想就要去书房质问某人。

然而，不依靠其他力量，她行走的速度显然比她想象的慢。

等姜知漓像蜗牛一样一步步慢慢挪到书房门口的时候，被羞耻感淹没的理智终于回笼。

她质问傅北臣什么？

你为什么要给我装内衣进去？

然后傅北臣就会像平时那样淡定自若地反问她一句："你难道不需要吗？"

不行，她不能给他这个机会。

姜知漓站在书房门口进行了一番天人交战后，正打算灰溜溜地离开，书房的门就从里面被打开了。

她的动作尴尬地僵住了。

四周安静了一瞬，傅北臣用目光上下打量着她，看起来倒没那么意外："你站在这做什么？"

姜知漓脑子一热，顺口答道："散步。"

她说什么不好，非要说散步，这不就跟盲人说要看电视一样离谱吗？

幸好，傅北臣没深究她这句漏洞百出的话，只绕过她往洗手间的方向走："进去等着。"

虽然不知道傅北臣让她进去干吗，但她还是非常听话地挪了进去，在书房的沙发上坐下。

卫生间里隐隐传来水流声，他像是在洗手。

姜知漓刚左顾右盼了一会儿，就看见傅北臣拿着一瓶不明液体走过来。她定睛一看，原来那是医生开的治跌打损伤的药。

姜知漓还没反应过来，就看见他摘掉腕上的手表，慢条斯理地挽起衬衫袖口，拧开了那瓶药水。

"脚伸过来。"

这动作有点眼熟。姜知漓浑身一个激灵，转身就要逃走，但立马被他一把捞了回来。

"别跑。"傅北臣将她受伤的那只脚放到自己的腿上，语气虽淡，却不容置喙。

迎着她愤愤的目光，傅北臣淡然地搓热手掌，将药水倒在掌心里，而后将掌心覆到了她肿起的伤处上，慢慢地揉捻。

原本姜知漓都已经认命地闭上了眼，准备迎接那种钻心般的疼痛到来，却没想到，这次并没有她预想中的那么疼。

也许是因为傅北臣刻意放轻了力道，比起疼痛，她更强烈地感受到的反而是他掌心传来的温热，他掌心的温度传递到她的肌肤上，引起一阵酥酥麻麻的感觉，她甚至觉得有点痒。

那种温热仿佛从脚腕处蔓延开了，让她浑身都热了起来。

姜知漓怔怔地看着他。柔和的灯光下，他低着头，神情严肃得像是在处理什么上亿的项目，手下的动作有条不紊，甚至还挺专业。

姜知漓有点奇怪，刚想开口问他，忽然想起那时她上车之后，傅北臣离开了一会儿。难不成，他那个时候特意回去找医生学了按摩手法，就因为她抱怨医生的力道太大？

姜知漓想得有些出神，这时，他忽然加重了一点力道，疼痛感瞬间袭来，她的脚不受控制地缩了一下。

傅北臣的动作瞬间停住，皱了皱眉，低声问她："疼了？"

她红着脸小声答道："有一点点……"

傅北臣"嗯"了一声，声音中没带什么情绪："忍着。"

姜知漓又忍不住往回缩了缩脚，轻声撒娇："你轻点……"

傅北臣的面色蓦地沉下来："别乱动。"

姜知漓冷不防被他这语气吓到了，有点委屈地嘀咕道："疼还不让我动了……凭什么？"

最终，她率先别开了脸，慌乱地躲着他的视线，说话也紧张得结巴起来："你……你快点，我要去睡觉了。"

她就没有一次说得过傅北臣。

他抬起眼，漫不经心地道："你紧张什么？"

姜知漓的腰背瞬间绷紧："我哪有紧张？是屋里太热了……"

傅北臣抬了抬眉梢，没继续逗她，拿起桌上的毛巾擦拭起手指上沾到的药水。

姜知漓松了一口气，就听见他再次慢条斯理地开口："要我抱你上床吗？"

她瞬间从沙发上弹了起来："不用了！"

站起来时，姜知漓才发现，脚踝好像真的没有刚刚那么痛了，行走的速度也比来时快了许多。

于是，她立刻头也不回地往外走，几乎算得上落荒而逃。

傅北臣盯着她的背影彻底消失在门口，嘴角轻扬了一下。

接下来的几天，姜知漓甚至觉得自己已经提前过上了退休后的生活。

因为伤的是脚踝，她连出个门都费劲，索性整天待在家里画图，闲暇时，还顺便写好了辞职信。

哪怕没有和傅北臣结婚，姜知漓也打算在季度设计上市后就离开旗岳。

她仔细考虑过，她的理想还是成立一间个人设计工作室，那样，她可以自由地做她想做的事，画自己喜欢的设计稿，不被太多事情限制和拘束。

那晚，她写好辞呈，直接把电脑屏幕转向某人，让他看。

傅北臣对于她的选择也没有感到太意外，只问了她一句"考虑好了吗"。

姜知漓坚定地点了点头。

第二天，她本人都没到公司，辞职手续就顺利地办完了。

果然，这就是老板是老公的好处吗？

不仅如此，姜知漓留在公司没来得及收拾的东西，也在次日被叶嘉期收拾好送到了家里。

叶嘉期也没想到，自己刚从那个折磨人的企业管理课程里解脱出来，还没买好出国旅行的机票，就又被傅北臣差遣去当搬运工了。

幸好她的嫂子是姜知漓，但凡换一个人，恐怕叶嘉期都要当场揭竿起义。

不过叶嘉期肯亲自来当搬运工，目的也不是那么纯粹的。

听说姜知漓脚伤了，叶嘉期还特意让厨师熬了骨头汤，带了过来。

"嫂子，你的脚没事了吧？"

姜知漓也没跟她客气，上手把保温桶拧开，骨头汤浓郁的香气瞬间扑鼻而来。

"好得差不多了，只要不跑不跳就没问题。"

叶嘉期拍了拍胸脯，道："那就好。"

顿了顿，眼睛滴溜溜转了一圈，她问道："对了，嫂子，你是不是参加那个 CMA 设计大赛了啊？"

姜知漓正低头小口喝着汤，闻言把嘴里的汤咽下，点了点头："对啊，怎么了？"

今天上午，她刚刚收到比赛主办方发来的邮件，通知她，她的作品已经入围。过几天，她就要飞去 L 市赛场等待比赛结果出来。

叶嘉期的语气里隐隐地透着些兴奋："那你最近是不是要去 Y 国参加颁奖典礼了呀，嫂子？"

姜知漓不明所以地点点头："嗯，怎么了？"

叶嘉期眼巴巴地看着她，扑闪扑闪的大眼睛里盛满了期待之意："那我可以跟你一起去吗，嫂子？我保证不打扰你，到了那里，我就乖乖地自己去玩，绝对不会影响你的。"

其实叶嘉期是这么想的——

如果她是自己出去玩，那她怎么也逃脱不了傅北臣的魔掌，保不齐正玩得开心时就被他抓回去继续上课了；但如果她是和姜知漓一起出去，她哥绝对不会半路来抓她回去！

就算他来了叶嘉期也不怕，反正有姜知漓在身边，她就是一把活生生的万能保护伞，专治傅北臣的那种。

上次在北城，叶嘉期就尝到甜头了。她的生活就这样因为有了嫂子而变得美好。

而姜知漓并不知道叶嘉期心里打的这些小算盘。

怎么说呢？自从她和傅北臣结婚之后，每次面对叶嘉期时，她都不自觉带着一种长辈的慈爱。她本来就跟叶嘉期合得来，现在又有了这层关系，就更拒绝不了叶嘉期了。

姜知漓笑着说："那就一起去吧，正好我还没买机票呢。"

叶嘉期顿时坐直了，兴奋地道："好哇好哇！对了，嫂子，这件事咱们就先别告诉我哥了，到时候给他一个大惊喜！"

　　她突然想到什么，义愤填膺地道："我听霍思扬说，我哥最近天天泡在公司里，他根本没多少时间陪你吧？正好给他点颜色看看！让他急一次！"

　　这话倒是没错，最近这几天，傅北臣好像很忙，每天都早出晚归，姜知漓和他同住一个屋檐下，反而连面都见不到几次。几乎每晚傅北臣都是在她睡着了之后才回来，不知道的还以为她搬进他家是为了当个吉祥物呢。

　　这个"离家出走"计划深得姜知漓的心，不让傅北臣有点危机感，她姜知漓三个字倒过来写！

　　有人和自己同仇敌忾，姜知漓顿时有了底气，当机立断道："好，那等到了机场之后，我再告诉他。"

　　两个人就这样雷厉风行地订好了第二天下午的机票。

　　这天晚上，姜知漓刚收拾完行李，就听见玄关处传来声响。才晚上八点，这应该是傅北臣最近这几天回来得最早的一次。

　　他回来得突然，姜知漓差点没得及把刚装好的行李箱藏起来。幸好她反应快，藏好箱子之后，她随手抓起床头柜上的一本书，装模作样地看起来。

　　傅北臣走进来时，就看见她的脸红扑扑的，人坐在床上，手里还捧着一本书。

　　他把沾着酒气的外套脱下丢到一边，抬脚走近她："在干什么？"

　　姜知漓的视线还在书上，她强装镇定地答道："看书啊。"

　　"你把书拿反了。"

　　她失误了。

　　姜知漓深吸一口气，将手里的书丢到一边，决定先发制人："你今天怎么这么早就回来了？"

　　傅北臣抬手扯开领带，在她旁边坐下，目光直直地盯着她："回来陪你。"

　　他坐下来的时候，姜知漓隐约嗅到了一丝酒气，加上他说的这句话，她断定他今晚是去应酬了。

　　因为只有喝多了，他才会说好听的话！

姜知漓轻哼了声，重新拿起手边的书，语气酸不溜丢："我还以为你都忘了家里有我这个人了呢……你信不信我明天就离家出走？"

他轻哂一声，狭长的眼尾微微上扬，妖孽似的勾人："不信。"

姜知漓被盯得脸一阵发烫，总觉得他今天有点不对劲，又说不出来是哪里不对劲。

她坐直身子，正想说话时，整个人突然被抱到了他的腿上。

姜知漓的手下意识地钩住了他的脖子，紧接着，唇上传来一阵温热的触感。他含着她的唇瓣，一下一下地亲吻着，不同于之前攻城略地那般，此刻他动作极其温柔。

姜知漓最抵抗不了他这样，无意识地慢慢缴械投降，在一汪春水里浮浮沉沉，整个人恍若踩在了云端。

不知过了多久，他的吻又落在了她的颈侧，带来一阵酥酥麻麻的触感，像是在留什么独特的标志。

安静的房间里，只有细碎的声响，空气仿佛都已经停止了流动。

半晌，他忽然抬起眼，用气音在她的耳畔低声说："你舍不得。"

姜知漓的目光有些涣散，迟钝地咀嚼着他这句话。

——你信不信我明天就离家出走？

——你舍不得。

恍惚间，姜知漓觉得：今天的傅北臣真的跟往常太不一样了。

姜知漓平复了下呼吸，轻声问他："你今天怎么了？"

话音未落，环在她腰间的手臂收紧了几分。他低声答道："没怎么。"

其实，他今天见了商琰一面。在重新签订了一份合同之后，傅北臣正要离开时，商琰忽然开口叫住他："傅总，十个亿换这个真相，我总觉得我有点黑了。"

商琰轻笑一声，语气轻松地道："不如我再告诉你一件关于她的事吧，这样利润我才拿得心安理得。你一定很好奇，我和她是怎么认识的吧？我觉得，你应该是想知道的。

"几年前，在医院里，我母亲病重，我凑不齐医药费，差点就在手术室外跪了下来。当时，只有她走了过来。我对她很有印象——作为医院里唯一一个独自住院的华人女孩，她明明自己过得很辛苦，却还是拿着自己不多的积蓄朝我走了过来。"

商琰有些出神，眼前不禁又浮现出了当时的画面。

想起她曾经拒绝他的话，商琰颓然地笑了笑，继续道："后来，我也问过她当初为什么要帮我。她说，她并不是多么善良的人，只是因为那个时候的我和她曾经认识的一个人很像。那时候的她没有办法帮到那个人，她很自责，所以在看到有相似困境的我时，她才毫不犹豫地伸出了援手。我想，她说的那个人，应该就是你吧？"

这夜，明明两人什么都没做，姜知漓"离家出走"的决心却有些动摇了。

本来姜知漓还打算早上起来后跟傅北臣说一声，结果等她醒来时，他已经出门上班去了。于是姜知漓就畅通无阻地拎着行李箱离家出走，下午准时和叶嘉期在机场碰了头。

机场的贵宾等候室里，叶嘉期刚慢悠悠地抿了一口手里的热美式，就看见姜知漓拿着手机，面色纠结："要不，上飞机之前我还是给你哥打个电话吧？不然，我怕他知道咱俩偷偷跑出去后，会飞来 Y 国抓咱们。"

叶嘉期抬头看了一眼墙上的时间，觉得姜知漓的担忧不无道理，点头应道："行，嫂子，你打吧。反正咱们还有十五分钟就登机了，这点时间我哥也赶不过来。"

巧的是，姜知漓才刚拿起手机，傅北臣的电话就打了进来。她接起电话时，贵宾室正好响起了机场的播报声。

电话那头，办公桌前，傅北臣把文件递给安阳，听见那边的声音，忍不住皱起眉，问："去哪了？"

姜知漓轻咳一声，有点心虚："机场。"

哪怕隔着电话，姜知漓都能感觉到，她说完这句话之后，身边温度骤降。

果然，他语气发沉："你要去哪？"

"离家出走，去 Y 国，怎么了？"姜知漓缩了缩脖子，戏瘾又发作了。

然而，她不知道的是，电话那边，傅北臣已经从办公桌后起身，脚步飞快地往外走，带着一丝不易察觉的慌乱。

她抿着唇笑，摇头晃脑地说："反正某人也没什么时间陪我，那我不如回去继续念书，读个研什么的——"

他冷声打断她，语气不是那么顺耳："姜知漓！"

姜知漓隐约察觉到了一丝危险的气息，不敢再胡闹了："好了好了，不骗你了，我去 L 市参加 CMA 的颁奖典礼，和嘉期一起。"

公司走廊里，傅北臣脚步骤停，身上的寒意蓦地散去了些，神情又变得波澜不惊了。

不远处，几个高层看见傅北臣突然停下，面面相觑。紧接着，他们就看见平日在公司里清雅高贵的男人神情突然变得柔和下来，温柔地低声道："你怎么不早点告诉我？"

姜知漓用指尖拈起一缕发丝，嘴角止不住地往上扬，一副沉浸在爱情里的模样，对面的叶嘉期看了止不住地啧啧摇头。

姜知漓挑了挑眉："提前告诉你我要走，那还叫离家出走吗？"

她又轻哼一声，故意说："反正某人整天忙得不得了，又没空陪我，我当然要找——"

"找外国小哥哥！"

叶嘉期一激动，没控制好音量，这句话直直地钻进傅北臣的耳中。

姜知漓没来得及捂住话筒，只觉得背脊一凉。她还没来得及开口解释，就被人打断。

刚刚端来咖啡的接待人员走了过来，一脸歉意地说："实在抱歉，姜小姐，我们刚刚接到通知，T378 班次的航班因为航线变动，很可能会延误或被取消，您看，需要我们现在帮您办理退票或者改签手续吗？"

坐在对面的叶嘉期瞬间瞪大眼："取消？"

接待人员歉疚地点点头："是的，实在不好意思。如果您需要办理退票的话，我们这边是不会收取任何手续费的；如果需要改签，最近一趟飞往 L 市的航班是明晚的。"

闻言，姜知漓轻皱细眉。如果改签，飞机明晚起飞，后天早上才能到 L 市，那样的话，她肯定赶不上颁奖典礼了。

她皱着眉问："就没有其他更早的航班了吗？"

"抱歉，小姐，没有了。"

这时，她手里握着的电话里忽然传出傅北臣的声音："航班取消了？"

姜知漓顿时更郁闷了，她这离家出走的计划就这么夭折了。

她闷声答道："对啊，我可能都赶不上颁奖典礼了……"

傅北臣又问："你现在在江城机场？"

姜知漓虽然不知道他问这个干什么，但还是点了点头："对啊。"

这时，叶嘉期忽然想到了什么，冲她做起口型。

姜知漓蒙蒙地眨了眨眼，没读懂她的唇语。

傅北臣淡声道："你在那里先等着。"

"等什——"

没等她问完，电话就被他挂断了。

叶嘉期好奇地问道："嫂子，我哥说什么了？"

姜知漓云里雾里地答道："他就说让我们在这先等着，然后就挂了。"

闻言，叶嘉期忽然露出一副耐人寻味的表情，却也没多说什么："那我们先等着吧。"

十多分钟过去，一个经理打扮的人走进休息室，在她们面前站定，恭敬地问道："您好，请问您是姜知漓姜小姐吗？"

"我是。"

经理微笑着说："您好，姜小姐。实在抱歉让您这次出行遇到阻碍。傅总刚刚已经联系过我们，让我们带您搭乘傅总的私人飞机前往 L 市，L 市是傅总的常飞航线，正好提前报了计划，您现在就可以跟我前往 VIP 通道了。"

闻言，姜知漓愣住，叶嘉期则露出一副果然如此的表情。

直到上了傅北臣的私人飞机，姜知漓还是没缓过来。合着刚刚傅北臣让她等的就是飞机？

她环视一圈，私人飞机内宽敞豪华，宽大的座椅舒适至极，桌上还摆好了两杯香槟。

她只是去参加一个颁奖典礼，他却给她搞出了这么大的排场，但她还是得说——爽是真的爽。

这下，她不用担心参加颁奖典礼迟到了。

姜知漓刚松了一口气，电话又响了起来。

"上飞机了？"

听见傅北臣的声音，姜知漓的嘴角微微翘起："对呀。话说，我就是去参加个颁奖典礼，你要不要这么夸张？"

说到这，她忽然又有些怅然："万一我没能拿个冠军回来，那多尴尬……"

毕竟是国际设计大赛，人外有人，天外有天，对于冠军，她也不是十拿九稳的。

沉默片刻，低沉的嗓音缓缓入耳，隐约带着笑意："有这种可能吗？"

也不知怎的，听见他这句话，姜知漓心里刚刚生出的那一丝紧张刹那间就烟消云散了。

她也忍不住笑出来，语气轻快地道："啧，看不出来，你很相信我嘛。"

这时，空姐过来提醒姜知漓飞机要起飞了，姜知漓急急地道："不说了啊，要起飞了。等我到了，我再给你发微信。"

电话那边，明亮宽阔的落地窗前，傅北臣拿着手机，垂眸看着脚下的风景。

窗外，阳光明媚，云似在飘摇。

他轻勾起唇，嗓音低沉地对电话那头的人说了一句："加油，傅太太。"

十二个小时后，飞机准点降落至 L 市机场。

这一趟飞行相当舒适，原本可能枯燥无味的行程因为有叶嘉期在显得没那么难熬。

下了飞机，叶嘉期深吸了一口新鲜空气，忍不住感叹道："嫂子，我哥他可真是太'双标'了！"

姜知漓好奇地问："怎么了？"

一提到这个，叶嘉期瞬间来劲了："你知道以前我管他借私人飞机去旅行的时候，他是怎么拒绝我的吗？"

"嗯？"

叶嘉期学着傅北臣平日冷漠无情的语气，面无表情地道："他说，我这叫浪费资源，污染环境。"

姜知漓憋着笑，差点把自己憋出内伤，连连点头："这倒确实像他能说出来的话。没事，等我回去说他。"

两人到了酒店，姜知漓刚给傅北臣发完微信消息报平安，就接到了大学校友陈悦婉的电话。

前几天，陈悦婉知道姜知漓今天到 L 市，就准备组织一次同学聚会。

本来姜知漓不打算去，奈何陈悦婉这人实在是太热情，刚开始她拒绝，陈悦婉还以为她是害怕遇到韩子遇，所以再三跟她保证韩子遇不会来。

话都说到这个份上了，姜知漓也不好再拒绝，想着晚上去待一会儿就直接走人。

然而，不知道陈悦婉的安排哪里出了岔子，聚会过半，韩子遇竟然还是出现了。

比起上次见面，韩子遇的脸庞瘦削了不少，因为气色不佳，原本还算俊逸的容貌大打折扣。

他人一进来，目光就不加掩饰地在姜知漓身上停留了几秒。姜知漓却跟没看见他这个人似的，该干什么干什么。

刚刚还算热络的气氛一时间冷清下来。不少在场的人都知道当时网上闹得沸沸扬扬的韩子遇出轨的事。察觉到桌上的其他人都变得有些不自然后，姜知漓没打算久留下去，借口出去上厕所，给陈悦婉发了条微信消息，就从后门离开了。

她在马路旁等车时，身后响起了一阵脚步声。

"漓漓……"

姜知漓有些不耐烦地转过身，就看见韩子遇脚步虚浮，眼里也带着几分醉意，活脱一个失魂落魄的醉汉。

等的车还没到，她现在没法走人，只能往后撤了两步，跟韩子遇拉开距离。

她的语气冷冰冰的："还有事？"

韩子遇舔了舔有些干的嘴唇，嗓子沙哑着开口："你真的跟傅北臣结婚了吗？"

看着他这副深情得感动了自己的样子，姜知漓只觉得好笑："这还能有假的？"

韩子遇好像真的已经醉到不省人事了，变得语无伦次起来："你之前明明答应过跟我订婚的，你答应过的……"

闻言，姜知漓轻笑一声："我当初答应你是为了什么，你不记得了吗？"

韩子遇身形重重一晃，眼里的慌乱之色一闪而过，嘴里仍含糊地重复着："是我救了你……是我救的你。如果不是我的话……"

他重复了一遍又一遍，却像是在麻痹自己。

姜知漓冷眼看着他，没有错过他飞快藏起的眼中的慌乱和闪躲之色，一种奇怪的念头忽然在她心底升起。

这时，脑中有一个画面一闪而过，她攥着包带的指尖蓦地收紧。

不知怎的，那种荒谬的直觉在她心头久久盘踞不散，如同巨石般压在她的心口，令她十分难受。

姜知漓的嗓子有些发干，她顿了顿，用锐利的目光紧紧地盯着他，一字一句地问："韩子遇，那天晚上救我的人，真的是你吗？"

这晚，姜知漓睡得并不安稳。她又梦到了那天夜里出事的画面，然而不同的是，这次在梦的结尾，她竟然看见了挡在她面前的那道身影。那人的白衬衫上沾满了鲜血，他缓缓地转过身——

是傅北臣。

虽然她逼问韩子遇时，韩子遇什么也没说，可他的沉默无疑让姜知漓心头那丝说不清道不明的疑惑变得更深。

明明那个时候傅北臣已经去了 M 国，相隔千里，他怎么可能会碰巧出现救了她？

从噩梦里惊醒后，姜知漓满脑子都是这件事，根本睡不着了，于是她索性给傅北臣打了个视频电话。

视频电话很快被接起，那头，背景是公司，男人还穿着衬衫，上面的扣子随意地散开了几颗，显得有些放荡不羁。

瞥了一眼时间，傅北臣皱了皱眉："怎么还没睡？"

姜知漓弯起眼睛，细白的脚丫在空气中晃呀晃，没打算告诉他自己刚刚做了噩梦的事。

她眼睛亮晶晶地盯着屏幕里的他："当然是想你想得睡不着呀。"

眼睛滴溜溜地转了一圈，她忽然又问："你有没有想我？有没有有没有？"

傅北臣嘴角轻弯了下，语气似笑非笑："你明天不是要参加颁奖典礼吗？再不睡觉会变丑的。"

他这样一说，姜知漓才想起来提醒他："对了，明天颁奖典礼的直播你要看哦，要认认真真地听我的获奖感言。"

紧接着，低沉而具有磁性的嗓音透过电话传入她耳中，他十分配合地说："知道了，傅太太。"

听见那个称呼，姜知漓笑弯了眼睛，但也没忘了刚才被他岔开的话题："所以你到底有没有想我？"

明明知道傅北臣最不会的就是说这种肉麻的话，但姜知漓就是想听。

她一副今天得不出答案誓不罢休的姿态，语气中多了一丝丝逼迫的意味："快说，不说的话，我就——"

傅北臣忽然低声打断她："嗯。"

屏幕里，他目光灼灼地望着她，黑眸如同一汪深邃的潭，吸引着人不自觉地沉溺、下坠。

"很想你。"

他的语气格外正经严肃，却掺杂着一丝柔和的味道，寂静的夜里，随着他的话音落下，姜知漓感觉到自己的心猛跳了下。

她努力压着不受控制地上扬的嘴角，却藏不起眉眼间荡漾着的笑意。她不用照镜子也能猜到，她现在肯定又是一副春心萌动的样子。

姜知漓抬了抬下巴，维持着高傲的表情，殊不知自己的脸早就已经红了："好，我知道了，睡觉吧。"

他低声应了一句："晚安。"

这晚，挂掉电话之后，姜知漓再也没做噩梦，睡得异常香甜。

第二天下午，姜知漓化好妆，和叶嘉期一起准时到了颁奖典礼现场。

找到自己的座位坐下后，姜知漓才看见，最前排的颁奖嘉宾席位里坐着沈茵。

沈茵本来就是首屈一指的珠宝设计师，这种大型的国际设计比赛，邀请她来做颁奖嘉宾不稀奇。姜知漓早就做好了会遇到沈茵的心理准备，此刻倒也没表露出过多的情绪，全当遇到了一个陌生人。

沈茵的目光却频频扫过来，连坐在一旁的叶嘉期都发觉有些不对劲了。她侧头压低声音问："嫂子，她怎么总看你啊？"

姜知漓笑了笑，没打算隐瞒："她是我妈妈。"

闻言，叶嘉期瞬间瞪大眼。她只知道简语凡和沈茵是母女，在圈里挺出名的，却没想到姜知漓和沈茵还有这样一层关系。

姜知漓语调平静，缓声接着道："我小的时候她就离开了，后来她改嫁了，多年来我跟她都没有在一起生活，现在几乎跟陌生人差不多吧。"

自觉说错了话，叶嘉期语气歉疚地道："对不起啊，嫂子……"

姜知漓无所谓地笑了笑："这有什么？反正都过去了。"

没过一会儿，简语凡也来了，就坐在她们斜前方的位子上，离沈茵很近，恰好阻隔掉了沈茵投过来的视线。

姜知漓淡淡地收回了目光，藏起了眼底一闪而过的黯然。

没一会儿，场地里的灯光暗下来，颁奖嘉宾的席位还有一个是空着的。随后，台上的聚光灯亮起，主持人走上台，嗓音嘹亮地宣读着致谢辞。

姜知漓隶属公开组别，组内设有一个冠军奖，应该会被压到最后才宣布。

主持人先是公布了其他组的奖项，会场内一时间掌声雷动，无数摄像机来回移动。趁着这会儿工夫，姜知漓拿手机给傅北臣发了一条微信消息。

姜知漓：记得等会儿要看直播哦。

十分钟过去，姜知漓没等来回复，只好先收起手机。

这时，主持人再次上台讲话："接下来，是我们今年设置的一个不同以往的特殊环节。为了激励新人设计师们的创作热情，也为了给予他们更多展示才华的机会，今天到场的几位颁奖嘉宾将从入围的作品中选择一个，为该作品的设计师颁发最佳新人奖，奖品是由我们比赛主办方出资，为得主举办一场个人珠宝设计展览。"

话音落下，场内响起一片掌声。

这个奖品无疑让不少人为之心动。毕竟，由比赛主办方出资举办的个人展览，能够大大提升一个设计师在国际上的知名度。

片刻后，便有礼仪小姐徐徐入场，将整理好的作品集和投票卡一一发给第一排坐着的几个嘉宾。

沈茵也是要投票的，在她和简语凡之间，沈茵又要做一次选择了。

想到这里，姜知漓竟然有点想笑，但又笑不出来。

投票结束，进入短暂的中场休息环节。和叶嘉期打了声招呼之后，姜知漓就起身去了卫生间。

傅北臣刚刚一直没回她消息，也不知道是不是在忙。等会儿就要开始颁奖了，她还想打个电话提醒他一下呢。

姜知漓拿着手机，刚找到了一个没人的角落，想拨出电话，对面就走来了一道身影。

沈茵深吸一口气，有些紧张地叫住她："漓漓。"

姜知漓停下脚步，语气中不带什么情绪地道："有事吗？"

沈茵有些无措，像是不知道该怎么面对她。

那次见面之后，她找人打听到了一些消息，知道了姜知漓几年前遇到的那次意外，知道了那次意外之后姜知漓看了很久的心理医生。

当时姜知漓也只是一个小女孩，遇到那样的事，该有多怕？

她的女儿，孤零零地生活了八年。

沈茵的声音有些哽咽："漓漓，妈妈这些年对你疏忽了，不知道你当时遇到了那种事，对不起……"

姜知漓静了静，才淡声道："事情都已经过去了，你也不需要道歉。"

迟到的愧疚，其实毫无意义。

沈茵平复了下情绪，又缓声说："漓漓，妈妈刚才看了你的设计，真的很好……妈妈很欣慰——"

姜知漓忽然开口打断她："那你刚才把票投给我了吗？"

她抬起眼，静静地望着沈茜，没有错过沈茜脸上一瞬间的迟疑。

沈茜顿了下，慌乱地解释道："漓漓，妈妈的那一票是不会计入结果的，所以……"

姜知漓忽地笑了笑，对她的反应并不感到意外："所以你还是投给了简语凡，是吗？"

沈茜动了动嘴唇，刚想开口，就看见从姜知漓的眼角处滑落了一滴泪水。

姜知漓抬手擦拭掉那滴眼泪，声音极轻地问："你知道吗？自从当年你离开之后，我一直在不停地想一个问题——

"我到底是不是一个值得被爱的人，是不是我哪里做得不好，所以你才会那么不想要我，才会像丢掉累赘一样把我丢掉。"

甚至，在很长一段时间里，姜知漓都在想，这一切或许都是她的错，也许该反省的人是她自己。

没有人有义务一直陪在她的身边，包括沈茜，她得学着一个人好好生活。

她会不受控制地想，为什么在一次又一次的选择里，她永远都是被舍弃的那一个。甚至，当初离开傅北臣时，她也不自觉地想，她是应该主动离开的。

她这样的人，或许不值得被他爱。

哪怕到现在，每次她对沈茜抱有一丝丝希望时，那丝希望都会在下一刻被击碎。她开始还会隐隐作痛的心口，现在已经彻底麻木了。

见姜知漓落泪，沈茜的眼睛也红了，她连连摇头解释："漓漓，妈妈真的不是这么想的……"

姜知漓抿紧唇，轻声说："算了，不重要了。"

既然伤害已经造成，她做不到释怀，也总该做到朝前看。

等姜知漓补好妆回到会场时，主持人已经在台上就位，准备颁奖了。

场地内人头攒动，光线再度一点点暗下来。

姜知漓正低着头看手机，刚才沈茜突然过来，她都没来得及给傅北臣打电话。她正犹豫着要不要再给他发条消息，周围忽然奇异地安静下来。

紧接着，大门被打开，一道高大颀长的身影阔步走进来，引得无数道视线瞬间朝那个方向聚焦。

姜知漓顺着众人的视线看过去，看清来人的面容后，一时愣住了。

一旁的叶嘉期率先反应过来："嫂子，那不是我哥吗？"

姜知漓还处于发蒙的状态，眼睛一眨不眨地看着那个方向："好像是……"

这时，叶嘉期忽然想起什么，恍然大悟地道："啊，我想起来了，这个比赛傅氏集团好像是赞助商之一来着，应该是主办方邀请我哥了吧……不对啊，他不是昨天还在国内吗？"

姜知漓分不出神回答叶嘉期这个问题，视线紧紧地跟随着那道身影，刚刚心里的阴霾随着他的到来瞬间一扫而空。

这时，傅北臣好像察觉到了她的目光，转头看过来。

隔着人群，两人遥遥对视，他虽然神情淡漠，却还是让姜知漓笑弯了眼睛。

她没想到，251号还蛮会给人惊喜的嘛。

傅北臣落座后，台上的主持人语气更加激动。

之前主办方发出邀请函，估计傅北臣这种身份的人今天应该是不会来的，没想到，他们还真请动了这尊大佛。

"接下来，我们即将宣布本次比赛中公开设计组获得冠军奖的作品。在本次比赛主题为'无言的爱'的作品中，荣获冠军奖的就是——"

主持人清亮的嗓音无比清晰地回荡在会场的每一个角落，与此同时，无数人的目光投向在第三排坐着的女人。

"出自姜知漓设计师之手的作品——《雪夜烟火》！让我们有请姜知漓设计师上台发表获奖感言，为我们分享她本次设计的灵感！"

话音落下的那一刻，无数聚光灯摄像机同时对准了台下坐着的那个女人。

热烈的掌声中，姜知漓从容地鞠了一躬，随后便迎着众人的视线款款走上台。

明亮的光线下，她肤白如玉，五官明艳，一双细长的眼睛更是艳丽至极。

她面上挂着浅而柔和的笑容，站在台上像是会闪闪发光一般，让在场的人移不开视线。

傅北臣也一样。

他坐在台下，黑眸一眨不眨地盯着台上的人，冷硬的神色变得柔和。

姜知漓回望着傅北臣，微笑着缓缓开口："《雪夜烟火》的设计灵感其实来自我身边的一个人。我拿到'无言的爱'这个主题时，也曾苦恼过该怎样用具象的形式表现主题。后来，我想到了。在一个人不说爱你的情况下，你能怎样看见他的爱呢？

"答案或许是，他会把你说过的每一句话都记在心上。

"他会因为我随口说了句想看烟花，就真的送了我一场浪漫的烟花作为圣诞节礼物；他会在我心情不好跑去坐公交车的时候，一直开车跟在我的身后。

"他不是一个喜欢表达的人，可还是会说一些他不擅长的情话来哄我开心。我想，我们之间唯一的遗憾，应该就是曾经错过的那八年时光。可兜兜转转，我们还是在一起了。"

众人都安静地听着，唯有她轻柔动听的嗓音回荡在会场内。

"大家应该猜到了，我说的这个人，就是我的丈夫。"

她顿了顿，脸颊染上绯红，温柔的目光落在坐在第一排的傅北臣身上。

不少人顺着她的视线看过去，顿时发出一阵起哄声。

姜知漓有些不好意思地笑了笑："他不喜欢说的那些情话，在以后的日子里，就都由我来说吧。"

无数的摄像机，将这场盛大而浪漫的告白记录了下来。

她静静地望着他，嘴角轻轻弯起，脸颊上的那抹绯红灿若晚霞。

她的语气极为郑重，语调轻缓，却又十分坚定："我爱你。以前很爱，现在很爱，未来也是。"

傅北臣不知道该怎么形容那一刻自己的感觉——像是心底冰冷坚硬的某一处彻底地塌陷了下来，一种从未有过的炽热感觉填满了他的心房。

他从来没有哪一刻像现在这样，无比坚定地确信一件事——

即便生性冷淡，他也想将全部的炽热的爱给她。

这辈子，他只会心甘情愿地栽在她的手里。

傅北臣这一趟来得十分匆忙，当时没有告诉她，也是为了给她一个惊喜。

颁奖典礼结束后，姜知漓看见傅北臣等在门口，就抱着奖杯直直地冲进了他的怀里。

傅北臣张开双臂，稳稳地将她抱住。

她得意地冲他晃了晃奖杯："没想到251号追求者还很会搞突然袭击嘛，怎么样，我今天没给你丢脸吧？"

他垂眼笑了笑："还不错。"

姜知漓瞬间装模作样地板起脸："只是不错吗？"

傅北臣抬了抬眉梢，伸手轻揉了下她的发顶，才低声说："很棒。"

他的语气温柔得像是在哄小孩，搞得姜知漓瞬间脸红起来。

她眨了眨眼，眼睛亮晶晶地盯着他："那，要不你给我个奖励吧，亲我一下好不好？"

此时，参加颁奖典礼的人都已经走得差不多了，没什么人往他们这里看，所以姜知漓才敢提出这种要求，反正她也只是想让他亲一下脸颊。

两人这么面对面地站着，傅北臣垂下眸，便能看见她轻颤的睫毛。

突然，姜知漓感觉到额头上传来轻柔濡湿的触感。蜻蜓点水般的一吻，如鹅毛轻抚过心尖，温柔至极。

姜知漓还没回过神，就听见他说："我马上就要回国了。"

她瞬间清醒，眉眼也跟着耷拉下来："这么快？"

看出她的失落，傅北臣的语气不自觉变得更温柔了："嗯，公司有急事需要处理，不能耽误太久。"

他都这样说了，姜知漓当然不会耽搁他的正事，甚至还生出了一丝现在立刻跟他一起回去的冲动。

她生生把那股冲动压下来，闷声说："好吧，那我也尽量早一点回去。"

傅北臣轻笑了下，嗓音低沉柔和："嗯，我等你。"

送傅北臣到机场之后，姜知漓无奈地独自进行原本计划好的行程。

当时在颁奖典礼上看见傅北臣之后，姜知漓就想着要带他去一趟当时她实习的工作室旁边的那家咖啡店，顺便再让他尝一尝那里的栗子蛋糕。

没想到他这么快就回国了，现在她只能一个人去了。

那家开在街角的咖啡店果然还在营业中，姜知漓推门进去时，里面的陈设比起几年前没有什么大的改变——还是复古风的装修，几盆绿植随意地摆着，平添了几分生机，留声机在角落里徐徐转动着，轻柔悦耳的旋律回荡在咖啡店里。

咖啡店里的人并不多，姜知漓刚进去找了一个窗边的位子坐下，熟悉的华人老板娘就走了过来。

老板娘笑着开口："真是好久没见到你了。之前你说你回国了，我还以为这几年都没机会见了呢。"

姜知漓也跟着笑了笑，半开玩笑地说："这不是想念你做的栗子蛋糕了嘛，离得再远我也得过来呀。"

其实，比起栗子蛋糕，真正让她怀念的是彼时那一块老板娘赠送的蛋糕让身在异乡的她感受到的温暖。

那块蛋糕让她觉得，在无数个寂寞孤单的日子里，其实还有人在陪伴着她。

老板娘笑眯眯地应道："我呀，现在都成了习惯，每天总想着留一块栗子蛋糕给你。等着啊，我这就给你拿去。"

老板娘去拿蛋糕时，姜知漓起身在店里四处转了转。咖啡店里的陈设改动不多，唯一明显的一处应该就是角落里的照片墙。

姜知漓的视线随意扫了一圈，突然，停留在中间贴着的那张照片上。

她愣了愣，有些不敢相信自己看见的，连忙走近了几步。

照片里，一个男孩坐在咖啡店桌边的位子上，穿着一身白衬衫，目光沉静地望着窗外，露出俊朗而分明的侧颜。窗外的阳光洒进来，将他的轮廓勾勒得分外柔和，又让人觉得莫名悲伤。

这是她很熟悉的一张脸，不，应该说是，既熟悉又陌生。

照片里的人是傅北臣没错，却不似他现在这般成熟稳重，这张照片应该是几年前拍的。可是几年前的傅北臣，又为什么会出现在这里？

正当姜知漓发着愣时，老板娘端着蛋糕走了过来，见她看着那张照片，便知道事情要瞒不住了。

姜知漓神色茫然地问："陈姨，这张照片是怎么回事？"

陈芬犹豫了下，道："这是我女儿前几年放假在店里打工时拍下来的，你现在跟这个男孩……"

"我们已经结婚了。"

闻言，陈芬终于松了一口气，露出欣慰的笑："结婚了？那就好。这小伙子也算没白等。"

姜知漓不可置信地道："等？"

"是啊，你不知道，你在这附近实习的那段时间，这个小伙子经常过来。"陈芬一边说着，一边抬手指了指姜知漓刚刚坐的那个位子，"就在那里，他常常一坐就是一天。"

坐在那个位子上，恰好能够看到姜知漓那时每天上下班会经过的路口。

姜知漓猛地愣住，又听见陈芬说："不过他也不是天天都来，大概半个月里会来坐上个一两天。那时候，你不是想吃我们家的栗子蛋糕嘛，但是第一次没买到。后来啊，那个小伙子就给我留了一沓子钱，让我每到过年过节还有你的生日时，都给你送一块蛋糕过去，还让我告诉你蛋糕是免费赠送的。

"我记得，他好像是从很远的地方赶过来的，每次来的时候，人看起来都特别累，但他每个月都会过来几天，几乎雷打不动。只有一次，他晚上突然从这里离开，之后很长一段时间我都没看见他。再看见他的时候，他人瘦了不少，像是大病初愈似的。"

话音落下，姜知漓脑子轰的一声，什么都听不见了。

独自生活在异乡的那几年，她觉得自己度过了一生中最艰难孤单的时光。她被迫离开了傅北臣，离开了她从小生活的江城，来到了一个没有家人、没有朋友的地方，成了世界上最多余的那个存在。

过年时吃到的团圆饭、生日时收到的栗子蛋糕从未缺席过，都被她当成了珍藏于心的温暖，成了她在自我厌弃的时候握住的那根救命稻草。

可姜知漓从未想过，每年雷打不动送给她蛋糕的人，是傅北臣。

明明那个时候，她已经说了那么狠的话，明明那个时候，他远在 M 国。

他们隔着几千几万里，他却出现在了离她不远的咖啡店。他们距离那样近，他却从未出现在她的面前。

也许是因为她当初说了那句"再纠缠下去，就没意思了"，于是，他就真的没有再出现在她的面前。

那样骄傲的人，在她说出了那么决绝的话之后，仍然选择了来到她的身边，不去打扰她的生活，却在没有人看见的地方，守了一天又一天，一年又一年。

她以为的那些错过的岁月，其实他从未缺席。

只要她回过头，就能在身后来来往往的人群里，找到他的身影。

次日。

总裁办公室的内线电话响起时，傅北臣难得地露出意外的情绪："她已经回来了？"

安阳答道："是的，傅总，姜小姐好像是连夜买机票飞回来的，眼下已经搭乘专属电梯上楼了。"

"好，我知道了。"

没一会儿，总裁办公室的门被推开，傅北臣立刻起身去迎她。

"怎么急着回来了？"

姜知滴缓缓抬起头看向他，眼睛明显有些肿，像是哭了很久，眼尾也有些红。她脆弱得像个瓷娃娃。

傅北臣看出她的不对劲，皱起眉，眼里流露出难得一见的慌乱神色："怎么了？发生什么事了？"

她没说话，只快步走过去，伸手紧紧地抱住他，声音轻轻的："没怎么。你现在能回家吗？"

听她这样说，傅北臣的眉头皱得更深了。虽然他不知道到底发生了什么事，但她此刻的情绪不对劲，他不能耽搁下去。

他当即点头，牵着她的手往外走。

从公司开车到家，傅北臣只用了十分钟，两人一路无言。

进了玄关后，家门合上，姜知漓什么都没说，忽然上手开始解他的衣服。

傅北臣怔了下，刚想抬手止住姜知漓的动作，就看见她的眼泪掉了下来。

她带着哭腔说："你不许动。"

傅北臣想要阻拦的动作瞬间顿住。

她的动作十分急切，细白的指尖费劲地解着他的衬衫扣子，像是急于印证什么一样。

傅北臣隐约猜到了什么，目光暗了几分。

很快，扣子被尽数解开，露出他紧实流畅的肌肉线条，还有腹部那一处显眼的疤痕。

她的眼泪瞬间流得更凶，她哽咽着问："你告诉我，这到底是怎么弄的？你要是敢说一句假话，我们就离婚。"

她的话听着其实毫无威胁力，可傅北臣看着她泪眼婆娑的模样，早就准备好的借口一个都说不出了。

安静半晌，他勾了勾唇，眼神有些无奈："你都知道了？"

姜知漓吸了吸鼻子，心一阵阵发疼。那种浓烈的、快要将她吞噬掉的愧疚感，让她的声音止不住地发颤：

"那天晚上，救我的那个人其实是你。

"这几年里，你明明一直都在我身边，却从来没有出现在我的面前。为什么？"

她说话时，泪水一直簌簌地往下落。

傅北臣抬起手，用指腹轻柔地拭去她眼角挂着的泪珠，轻笑了下，只说了一句："我以为你不想见到我。"

听见这句话，姜知漓又哭着问："那你为什么不早一点告诉我……"

他抬手把她抱进怀里，小心翼翼地拍了拍她的后背，安抚着她的情绪，嗓音低沉："我怕你像现在这样，哭个不停。"

已经过去的事，如果会惹得她像现在这样流泪的话，那就没有任何说的必要。

因为他舍不得见她哭，所以，有些秘密就那样无声地被掩埋，也很好。

姜知漓的脸靠在他怀里，她一边抽泣着，一边断断续续地问："你是不是……这些年……一直都喜欢我……"

傅北臣微微低头，吻去她眼角的泪。

他笑了笑："是。"

姜知漓的泪水瞬间流得更凶，他也不再说话，而是轻柔地亲吻着她，一点点抚平着她此刻的情绪。

半晌，她忽然哽咽出声："傅北臣，你又输了。"

那年，她十分任性，见傅北臣第一面时，便大言不惭地当着他的面立了一个赌约。

少女不可说的心意，全部藏在了那个荒诞的赌约里。

"傅学长，我们打一个赌吧。

"我赌，一个月之内，你一定会喜欢上我，而且是一辈子都忘不掉的那种喜欢。"

明媚的阳光下，俊朗的少年勾起一抹嘲弄的笑，语气更是冷漠至极："我赌你会输。"

明明已经是很多年前的画面，在他们记忆中却仿佛从未褪色。

傅北臣垂眸望着她，嗓音喑哑地轻笑着问："这么多年，在你身上我赢过吗？

"我习惯了，认了。"

在姜知漓的身上，无论输多少次，他都认了，只要她能留在他的身边。

其实，她不知道的事还有很多。

她离开之后，他回到傅家，没有一刻不在打听她的消息。后来，就是无数张往返两国的机票，漫长得看不见尽头的等待。

那次意外之后，其实傅北臣就和她住在同一家医院。他住在医院养伤整整一个月，也知道她那段时间不敢走夜路，不敢自己回家。

后来，她跟韩子遇订了婚。那段时间，他真的以为，她喜欢上了韩子遇。哪怕嫉妒得发疯，他还是忍住了去见她的冲动。他以为，那或许才是她想要的生活。

甚至，他还想过，就这样吧，只要她能幸福，那么他一辈子不见她，

337

好像也没关系。

可是后来，他比她更早知道了韩子遇和沈思萱的事。既然韩子遇不是真心待她，那他绝不可能允许她留在这个人的身边。

于是就有了后来的一切。

在他的精心设计下，姜知漓目睹了真相。他甚至给了她一次又一次接近他的机会。

他所做的这一切，皆是为了让她回头。

幸好，她愿意。

窗帘拉着，房间内光线昏暗，外面的光线在一点点变暗，流泻到屋内的光越来越少。

"漓漓。"恍惚间，姜知漓听见他低哑的嗓音萦绕在她的耳边。

无比真切的亲密感受，让她的心都跟着发颤。所有汹涌的情绪，就这样渐渐被抚平。

她喃喃出声："傅北臣……我到底该怎么还你？"

她该怎样做，才能还给他错过的这八年时光，弥补独自等待她八年的他。

"不用还。"他勾了勾唇，哑声道，"我这一辈子的时间都是你的。"

书房的灯啪的一声亮起，姜知漓走到书桌边低头翻找，想要找到傅北臣上次送给她的那枚戒指。

她拉开抽屉，里面静静地躺着好几个首饰盒。

姜知漓怔了下，将盒子都拿出来，一个个打开。

看清某个盒子里的东西，她瞬间定在原地。

那是一条她无比熟悉且记忆犹新的项链。

那是几年前她亲手设计的第一条项链，后来她拿去参加了一场慈善拍卖会。

项链本身所采用的材质价值并不高，那时，她更是个毫无名气的新人设计师。

然而，那条项链以高于同场拍品平均拍卖价近两倍的价格被拍卖了出去。也是因为那次拍卖会，她在业内开始变得小有名气。

她还记得，拍卖场的人告诉过她，买下项链的是一个海外买家。

可现在，它躺在傅北臣的书房里。

原来，他的爱意深沉炽热，又始终有迹可循。

一滴晶莹的泪又砸到了她的手背上。

傅北臣醒来时，身侧已经空了。他穿好衣服出去，便看见她站在窗边。夕阳的余晖洒进房间，给她的侧脸镀上一层柔和的光晕。

他走过去，从背后轻拥着她，随后，目光落在她的手上。

白皙的指间，那枚橙粉色的宝石在落日的光芒下散发着耀眼的光泽，仿佛将窗外那抹余晖留在了她的指上，并且永远不会消失。

两人就这样安静地相拥着，看着窗外的斜阳一点点落下。

姜知漓弯起眼睛，忽然笑着开口："傅北臣，我们再来打一个赌吧。"

他也跟着笑了笑，眉眼间神色分外柔和："赌什么？"

"我赌，我们会永远永远在一起。"

无论错过多少次，他们终会回到对方身边。

为什么不能再赌一次呢？

这次，她赌，他们再也不会分离。

互相深爱着的人，永远不会错过。

【正文完】

ZONGWO
QINGSHEN

番外

deep feeling

婚礼

农历新年假期过后，城市里的人们开始忙碌起来。

姜知漓虽然从旗岳离了职，可最近也没清闲到哪里去。筹备个人工作室的过程烦琐又复杂，直到四月初，工作室的装修才算是接近尾声。

这天，春日已至，阳光明媚，拂面而过的清风都格外柔软。

市中心一条不起眼的巷子尽头，一栋两层的小楼安静地伫立着，红色的墙壁已有了些岁月的痕迹，墙上遍布着葱绿的爬山虎，给这座颇具年代感的小楼增添了几分生机。

门口的墙上还挂着一块实木牌匾，上面刻着一串飞扬的英文字母：F&J Studio。

工作室还没有正式举办开业仪式，此时却已经迎来了第一位客人。

一辆低调的白色保姆车在门口缓缓停下，一道纤瘦的身影从车上下来，轻轻地推开工作室的门。

门口挂着的风铃发出清脆悦耳的声响，姜知漓正弯腰整理着沙发上的抱枕，闻声抬头看去。

这是一张姜知漓在大银幕上时常看见的脸，此刻她见到对方不由得一怔。

女人身材纤瘦窈窕，穿着一身素净的米色长裙，一头如瀑黑发随意地披散在肩头，衬得肤色更显白皙清透，如冬日屋檐上的皑皑白雪，不染纤尘。

她生得更是如古画里的美人一般，小脸只有巴掌大小，柳叶细眉下，一双眼如春水般清澈，气质清丽出尘，一颦一笑都极富古典韵味。她的长相不是当下主流审美偏爱的那种妩媚的类型，她具有的是那种不带任何攻击性的美。

女人见姜知漓怔在那里，弯唇笑了笑，柔声开口："姜小姐，我今天冒昧登门拜访，实在抱歉。"

她的嗓音轻柔，带着些江南的调子，吴侬软语听得人心弦一颤。

姜知漓骤然从惊艳中回神，有些不好意思地笑了下："没关系，时小姐，你先坐在这稍等一下，我马上就来。"

时鸢微笑着点点头，在沙发上坐了下来。

很快，姜知漓端着两杯玫瑰花茶走出来，将其中一杯放在时鸢面前。

时鸢这个大顾客，是前几天许婧介绍过来的。姜知漓知道这是个急单，但没想到对方居然这么着急。

短暂地聊了几句后，时鸢从手边的包里拿出一个盒子："姜小姐，这条手链，我想麻烦你帮我修复一下。"

姜知漓打开盒子前，还以为她说的手链会是镶嵌着钻石之类的极为贵重的手链，没想到里面只是一条极为普通的银质手链。手链已经断裂开，上边镶着几颗并不值钱的水钻，价值不会超过一千块，看上去已经有些年头了，却没怎么褪色。不难看出，这条手链这些年被主人保管得很好。

这样的手链，能被珍重地留到现在，想必是有深远的寓意的。

姜知漓仔细检查了一下手链的断裂情况，随即点了点头："可以修复的。"

闻言，时鸢顿时面露喜色，嘴角微扬地道："那太好了。另外，能不能麻烦你在修复的基础上，重新设计一下这条手链……"

姜知漓笑着点头："没问题。你可以大概跟我讲一下你的想法。"

……

谈话进行了半个小时左右，时鸢起身告辞："姜小姐，那就麻烦你了。"

"没关系，到时候好了，我再微信告诉你。"

姜知漓送她出门时，叶嘉期正好来了。

目送着保姆车消失在路口后，叶嘉期还是有点惊讶。她一边进门，一边啧啧感叹："嫂子，那个就是时鸢啊？还真是'女神'啊……真人比电视上看着还漂亮。"

"是啊，她的气质特别温柔干净……"姜知漓随口应和着，弯腰收拾好桌上的茶杯后，才想起来问她，"对了，你怎么突然来了？"

叶嘉期这才想起自己来的目的，瞬间笑靥如花："哦，对，我来请你出去喝咖啡呀，嫂子。我看这工作室都收拾得差不多了，一起出去呗？"

姜知漓抬头看了一眼墙上挂着的时钟，犹豫着道："可是你哥说等会儿下班后过来接我呢，约了下午五点去婚纱店试婚纱……"

最近这段时间，她和傅北臣一个比一个忙，连试婚纱这种大事都得等到接近傍晚的时候才有空去。

闻言，叶嘉期眨巴着大眼，再次卖力地劝道："哎呀，没事的，你们不是约的下午五点嘛，现在才下午两点钟。到时候，让我哥直接来咖啡厅接你，肯定不会耽误你们的正事的，我保证！"

她都这么苦苦哀求了，姜知漓有点不忍心拒绝她，又总觉着没什么好事。纠结了下，姜知漓只好应道："那行吧，我跟你哥说一声。"

一路上，姜知漓总有一种自己被骗了的感觉，问叶嘉期到底干吗去，她又神秘兮兮地什么都不说。

等到了咖啡厅坐下来后，叶嘉期才终于开口："姐，等会儿有个帅哥会来，我要签他，你要帮着我劝他啊。"

姜知漓一下子没反应过来："签什么？"

叶嘉期的表情兴奋不已："签他当艺人呀，我做他的经纪人。我是前两天偶然发现他的，觉得他不做艺人真是可惜了。可我上去跟他聊，他拒绝了我。那我肯定不能轻易放弃呀，所以今天才找你陪我一起劝他，这样成功的可能性应该会大一点。"

姜知漓的眼睛瞬间睁大，她不可置信地道："艺人？你什么时候转行成经纪人了？"

闻言，叶嘉期从包里掏出一个小本本拍在桌上，语气骄傲："喏，我可是持证上岗的，傅氏旗下娱乐公司实习经纪人叶嘉期。"

姜知漓确实不知道她是什么时候去考的证。大概年轻人都像叶嘉期这样，怀着满腔热情，眼下喜欢什么，就敢于去做什么，这也不是坏事。

　　她点点头，随手翻开那本经纪人资格证看了一眼，笑着调侃道："不是在路边花百八十块买的假证吧？"

　　"当然不是！"

　　叶嘉期差点当场炸毛。那可是她辛辛苦苦考出来的，浪费了无数逛街、度假的时间呢！她想得非常简单，既然对一件事感兴趣了，那就要大胆地去做。

　　见她跟被踩了尾巴似的，姜知漓抿唇笑道："那行，等会儿你谈吧，需要我的时候，我再出手。"

　　没一会儿，一个身材高大的男孩走了过来："您好，叶小姐。"

　　叶嘉期瞬间起身，姜知漓也循声抬头看去。

　　看清来人的面容后，姜知漓愣了几秒，总觉得眼前这个年轻帅气的男孩有点眼熟。

　　看见姜知漓的一瞬间，季星眼前一亮。

　　"姜……"他面露惊喜之色，话出口后又发现自己表现得有些明显了，于是定了定神，才道，"姜小姐，好巧，没想到能在这里见到你。"

　　姜知漓有点困难地在脑中搜索着记忆，终于，她想起了他的名字，开口道："季星吗？"

　　季星的脸上顿时露出灿烂的笑容，嘴角出现两个小小的梨涡："嗯。"

　　旁边的叶嘉期有点蒙了："嫂子，你们认识啊？"

　　姜知漓有点尴尬地笑了笑，想起自己当时喝醉的样子，难免觉得有点丢人："算是吧。"

　　幸好叶嘉期没深问下去，她还是很有经纪人的职业操守的，直接进入了正题。

　　姜知漓在一旁听了几句，没想到小姑娘还是有两把刷子的，不用看合同也能把条款说得头头是道，看来是下过功夫的，不像那些随便玩玩的纨绔。

　　季星表面上全程听得认真，实则目光常常不受控制地朝姜知漓的方向瞟。

　　谈话到后期，连叶嘉期也发现了他的眼神有点不对劲。

　　完蛋，这要是让她哥知道她给他招了个情敌过来，她的管理课怕是上到下辈子都上不完了。

眼睛滴溜溜转了一圈，叶嘉期轻咳两声，问："嫂子，我哥是不是要来接你了？"

跟她对视一眼，姜知漓瞬间明白了她的意思，拎包就要起身："应该快了，我出去等他吧，你们继续聊。"

她又看向季星，笑容礼貌却带着疏离意味："抱歉，我得先走了，我老公来接我了。"

听到"嫂子"两个字，又看到了姜知漓无名指上的戒指，季星的表情瞬间一僵。他顿了顿，想开口叫住姜知漓，却不知道该怎么开口，只能目送着她走出店门。

这时，叶嘉期看准时机开口问："季先生，你看我们这个合同………"

闻声，季星恋恋不舍地收回目光，藏起眼底的黯然，微笑着道："好，我同意签给贵公司。"

总要想办法站得更高些，他才有可能离她更近，哪怕几乎毫无可能，他也想要试试。

刚出咖啡厅的门，姜知漓就看见了路边停着的那辆车，傅北臣不知道等了多久。

好巧不巧，车头的方向刚好对着咖啡厅里他们坐的位置。

完了完了完了。姜知漓瞬间有点欲哭无泪。

她整理好表情，打开车门，看到男人坐在后座，正低头看着手里的文件，神色淡然，看不出任何情绪。这让姜知漓有点猜不准他到底看没看见咖啡厅里的场景。

她舔了舔嘴唇，弯唇轻声唤道："老公？"

他没反应。看来事情有一点点棘手啊。

她刻意把声音放得更软，稍微往他的身边蹭了蹭，又叫了一声："老公？不理我啊？"

姜知漓戏瘾瞬间发作，装模作样地吸了吸鼻子，又可怜巴巴地拽了拽他的袖口："我好惨啊，还没等穿上婚纱呢，连婚礼都没有举办，我老公就不理我了……"

　　终于，傅北臣合上手里的文件，抬眼看向她："舍得出来了？"

　　他的语气极淡，不过这句话意味深长，不难听出一股酸不溜丢的味道。

　　"我什么时候舍不得出来了？"姜知漓小声反驳了一句，眼中染上狡黠的笑意，凑近他问，"怎么，你吃醋了啊？"

　　闻言，傅北臣抬了抬眉梢，没接话。

　　姜知漓立即正了正神色，一本正经地比了个发誓的手势："我保证，以后肯定不会再见他了。上次是因为我喝多了，他在倪灵的酒吧兼职，倪灵才让他把我送回去的，我只知道他叫什么，跟他连朋友都算不上。"

　　她又认认真真地解释："今天是因为嘉期突然说有事，我才来的，谁知道这么巧。早知道是这种情况，我肯定不会来的。"

　　随着她的话音落下，男人的神色慢慢缓和下来。

　　见状，姜知漓终于松了口气。

　　"傅醋缸"还是还蛮好哄的嘛。

　　听见是叶嘉期的手笔，傅北臣轻嗤一声："她还挺闲。"

　　姜知漓这才意识到自己又把叶嘉期给卖了，连忙道："她这次蛮用心的，还特意去考了经纪人资格证呢，你别找她算账啊……"

　　傅北臣淡声说："不需要我去，有人会跟她慢慢算账。"

　　听见他这么说，姜知漓顿时起了好奇心："还有谁啊？"

　　他侧眸，凉凉地瞥她一眼："你这么关心别人的事？"

　　姜知漓一时语塞："那不是你的亲妹妹吗？"

　　"傅醋缸"狠起来，连自己亲妹妹的醋都吃。

　　沉默片刻，傅北臣挑眉笑了下："亲妹妹怎么了？"

　　姜知漓有些无语。

　　她实在好奇，忍不住又问了句："所以到底还有谁啊？"

　　傅北臣嘴角微扬了下："霍思扬。"

　　与此同时，咖啡厅门口。

　　叶嘉期怀里抱着刚签好还热乎着的合同，目送着季星上了出租车后，就感觉到背后传来一道凉飕飕的视线。

她搓了搓胳膊，刚一回头，就看见不远处站着一道熟悉的高大身影。

叶嘉期的眼睛瞬间睁大，有点不可置信："霍思扬？你怎么回来了？你不是去澳洲了吗？"

男人穿着一件米色风衣，面容俊朗，皮肤白皙，气质温和。他站在那里，引得周围人纷纷注目，只是脸色看着不太好看。

他抬脚走近她，语气沉沉："怎么，打扰你约会了？"

叶嘉期嗅到了一股危险的气息，心里有点发怵，但不想在他面前认怂，只能梗着脖子反驳道："我什么时候约会了？我这是在干正经事好不好？"

霍思扬轻笑一声，眸色晦暗，向来温和的一双眼中像酝酿着一场巨大的风暴。他说："不如我带你做点更正经的事？"

叶嘉期被他盯得有点紧张，结结巴巴地道："什……什么？"

他轻启薄唇，不容置喙地吐出两个字："结婚。"

晚上六点整。

婚纱店内灯火通明，无数个晶莹剔透的玻璃柜内摆着精致而华丽的婚纱，看得人眼花缭乱。

巨大的试衣台上，厚厚的帘子拉着，三个店员正小心翼翼地整理着姜知漓身上这件比她们这间店还要昂贵的婚纱，生怕碰掉了裙摆上的细钻。

看着镜中这件在灯光下闪闪发光的婚纱，姜知漓有点说不出话，只觉得太美了。

她缓过神后，转头问店员："你们刚刚说这件婚纱是一年前就已经定做好了的？"

店员一边帮她拉拉链，一边点头应道："是的，姜小姐，傅先生在很早之前就已经定做了这件婚纱。您看这件婚纱的做工和材质，没有一年半载是做不出来的。"

店员语气羡艳："这应该是我们店里定做过的最贵的一件婚纱了，我们也是第一次见到这么好看的实物。"

就在姜知漓换婚纱的漫长时间里，傅北臣已经换好了西装，坐到试衣台正对面的沙发上等着。

随着时间一点点流逝，一旁的店员发现，今天的这位新郎和以前来过的新郎都不一样。

以前来过的新郎，基本都是还没等上一会儿，就已经失去了耐心，要么开始玩手机，要么开始打电话处理公事。

今天来的这位看着年轻，但忙碌程度应该不输以前的那些富豪。但在这样枯燥无味的等待里，他自始至终没有一丝一毫的不耐烦，仿佛世界上再没有比此刻更重要的时刻。

他在认真地、郑重地，等待着他的新娘。

…………

等到婚纱全部整理好，试衣台上厚重的帘子缓缓朝两边打开，台上的景象顿时一览无余。

傅北臣抬起头，看清眼前景象的一瞬，不由得怔了下。

头顶巨大的灯洒下光，雪白的裙摆铺散在地毯上，无数枚细钻闪耀着细碎的光芒，银线勾勒出的花纹极其精致，在光线的照射下更是迸发出一种无与伦比的美丽，像是天上的星河点缀在了她的裙摆上。

比婚纱更让人移不开视线的，是她。

雪白的婚纱衬得她的肤色越发显得白皙清透，五官明艳动人，如蝶翅般纤长的睫毛轻颤着，美得惊心动魄。

这是在他的梦中出现过的场景。

周围的店员不少，被他这么直接的目光盯着，姜知滴有点不好意思起来。

她红着脸，轻声问他："好看吗？"

傅北臣回过神，眸中一片温柔之色，眼底倒映着的都是她穿着婚纱的身影，再无其他。

那天，不少店员都看见，那个冷淡得不容生人接近的男人，眉目一点点柔和下来。

他目光深邃地望着他的妻子，嗓音低沉而温柔："好看。"

工作室正式开业后不久，举办婚礼的日子也定了下来，就在五月中旬。

而举办婚礼的地点是姜知漓怎么也没想到的，居然是一座私人海岛，并且，是一座心形海岛。

从飞机上远远望下去，碧蓝的海水围绕着小岛，美得像一处与世隔绝的仙境。

姜知漓知道傅北臣已经把这座小岛买下来的时候，别提有多……

唉，算了，他败家就败家吧。

婚礼的排场并不大，傅北臣刻意封锁了消息，前往海岛参加婚宴的宾客都是由私人飞机接来的，所以杜绝了有记者出现的可能性。

婚礼这天，沈茵也来了。

这些日子，姜知漓原本心里对沈茵的那些情绪，好像真的随着时间的逝去而一点点淡去了。

再次见到沈茵时，她的心里只剩下平和与宁静，也许因为，她拥有了新的家人，拥有了很多很多的爱。

爱，是可以抚平一切过往的伤痛的存在。

而这些，都是他给她的。

她曾以为自己孤身一人的那些岁月，其实从来都不是只有自己，只是她不知道。在这个世界上，在她看不见的角落里，一直有人爱着她。

这天，阳光灿烂，白云似有飘摇，连风也是温柔的。

花路的尽头，姜知漓穿着那身洁白美丽的婚纱，一步一步地走向傅北臣。

等到走到他的身边，姜知漓才发觉，自己的眼睛不知何时已经蒙上了一层水雾。

她抬头望着他笑，笑着笑着，眼泪却流了下来。

傅北臣揭开她的头纱，平日冷厉的眼里一片柔和。他低下头，轻柔地吻去她眼角滑落的泪珠，嗓音低沉而温柔：“别哭了。”

听见这句话，姜知漓的眼泪顿时流得更凶了。

他神色无奈，深邃的黑眸中染上温柔的笑意。

透过麦克风，他低沉而郑重的嗓音传遍婚礼上的每一个角落：

“我爱你。”

"从前是，现在是，未来也是。"

这一天，姜知漓不知道笑了多少次、哭了多少次，只有所有关于他的感受无比清晰。

她很幸福、很幸福、很幸福。

"我爱你。"

她知道。

并且，从未怀疑过。

两人蜜月旅行的地点定在了国外一座知名小岛。

工作室生意不断，一直磨蹭到十二月月底，姜知漓才终于腾出了时间。傅北臣也一直忙得不行，他本就有意将傅氏集团的重心迁移回国内，实操起来却不是那么容易，他时常要在两国之间往返奔波，陪她的时间自然变得少之又少。

终于，到了年底，傅北臣提前移交了一部分工作，才抽出时间陪姜知漓一同乘私人飞机前往小岛。

一路上，姜知漓都在闷声不响地看书，和以往黏着他叽叽喳喳的样子截然不同，因而傅北臣没一会儿就发现了她的情绪不对劲。

刚开始他还以为，她是因为他最近一直出差没时间陪她，闹小脾气了。

直到晚餐时，服务员端上一份鲜鱼汤，姜知漓脸色一变，直接捂着嘴冲进了卫生间，傅北臣这才发觉，情况似乎比他想象的还要严重。

他从餐厅出来回到酒店的房间里，紧皱着的眉头几乎就没松开过。

姜知漓在卫生间里磨蹭了很久才出来。她慢吞吞地挪出来时，看见傅北臣正面色凝重地等在门口。

她上前搂住他的腰，把脸埋在他的胸口蹭了蹭，企图用撒娇蒙混过关："怎么了呀，老公？"

只可惜这次撒娇没起到以往的效果。他牵着她二话不说往外走，脸绷得很紧："现在去医院。"

姜知漓只能默默地把口袋里的验孕棒藏得更深。

姜知漓也没想到，蜜月旅行居然能折腾到医院里来。

妇产科问诊室内，她直直地盯着桌上那一堆检查单出神。上面都是外文，她看不懂。全程都是傅北臣在用流利的语言与医生交流，他们说的内容姜知漓一个字也没听懂。

但她看得懂医生喜庆的表情。

姜知漓呆了几秒，等到走出问诊室后，才轻扯了一下傅北臣的袖口，有点不敢确信地问："傅北臣，我……不会真怀孕了吧？"

她虽然刚刚偷偷地用验孕棒测了一下，可还是不敢确定。

傅北臣的神情异常平静，他低应了声："嗯。"

他这么冷静，反倒把姜知漓搞得更蒙了。那种惊喜和恍惚的感觉，实在有点难以形容。

紧接着，她的目光下移，看见傅北臣握着孕检单的手正微微颤抖，像是在极力克制着情绪。姜知漓终于看出了他的紧张，嘴角微微翘了翘，忍不住想逗逗他。

她撇撇嘴，委屈得像个小媳妇似的："你是不是不喜欢宝宝啊？为什么表情这么严肃……"

傅北臣回过神来，喉结上下滑动了下，忽地抬手将她搂进怀里。

他沉默片刻，终于缓缓开口，嗓音有些喑哑："没有，我只是有点激动。"

姜知漓不太相信他这句话。他的手都抖成那样了，怎么可能只是"有点激动"？

察觉到他抱着她的动作都是那样小心翼翼，姜知漓的心里忽然有点酸酸的，是那种甜蜜的酸胀，像是心里在咕噜咕噜地冒着泡泡。

她重新拥有了一个家，他又何尝不是？

医院走廊里，两人安静地相拥着，像是全世界只剩下了他们两个人。

傅北臣不知道该怎么形容此刻自己内心的感受。他向来不是一个喜形于色的人，也不善言辞，只会用最直接明了的方式表达。

他静了静，低声在她耳边说了句："辛苦了。"

姜知漓有些眼眶发酸，却又忍不住笑道："才刚怀上，有什么辛苦的？"

"那也辛苦了。"

因为姜知漓怀孕了，原本只有七天的旅行被硬生生延长到了半个月。

考虑到以她的身体情况她不宜在短时间之内频繁乘坐飞机，傅北臣想办法推掉了不少工作，打算陪着姜知漓修养好身体再回国养胎。

这天，傅北臣下午就出了门，好像是有一笔重要的生意要谈，合作对象似乎不是什么简单的人物，甚至连霍思扬也特意从国内飞了过来。

酒店瑜伽室内。

姜知漓照例做完孕期运动之后，简单地收拾了下，打算去傅北臣谈生意的地方等他。

在沙发区，姜知漓居然看见了一道美丽又熟悉的女人的身影。

姜知漓眨了眨眼，有点不敢相信自己会在这看见时鸾："时小姐？"

女人闻声回眸，看见是她，随即莞尔一笑："姜小姐，好巧。"

姜知漓确实没想到居然会这么巧。她最近待在酒店里闲得慌，基本每天都上网，当然也看见了不少最近关于时鸾的消息。

据传，时鸾最近得罪了某个大人物，原本的影视资源要么停拍，要么被截和，连姜知漓这个圈外人看了都不免唏嘘。

之前和时鸾接触的时候，姜知漓就对她很有好感。那么温柔好说话的人，也不知道把谁给得罪了，姜知漓都有点想为她抱不平的冲动。

可今日见到时鸾，她没有像姜知漓想象的那样变得憔悴，整个人的气质依旧温柔平和，只望上一眼，都叫人觉得心静。

虽然不知道时鸾为什么会出现在这里，姜知漓却还是坐下跟她聊了一会儿天。

正当两人相谈甚欢时，一道颀长凌厉的男人身影忽然出现，从不远处快步走过来。

姜知漓循声抬起头，待看清他的面容时，不禁一愣。

男人一身纯黑西装，五官冷峻分明，鼻高唇薄，俊美似妖孽，一双狭长的丹凤眼生得多情，但眉眼间又充斥着戾气，让人望而生畏，是和傅北臣截然不同的类型。

但……老实说，有这样的气场和长相，他的确帅得让人移不开眼。

就在姜知漓看得愣住时，男人扫了一眼她和时鸾挽在一起的手臂，随即烦躁地皱起眉，淡淡地瞥了姜知漓一眼。

姜知漓冷不防地被他这一眼吓到了，下意识地松开了挽着时鸢的手。

这男人……怎么连女人的醋都吃？实在离谱。

见她松开了手，男人抬眼直直地看向时鸢，语气漫不经心："走了。"

这语气……姜知漓敏锐地嗅到了几分八卦新闻的气息，视线在两人之间转了几圈，觉得十分不可思议。毕竟，这两人的气质，实在是太……不配了，但是两人走在一起时，又叫人觉得莫名和谐。

时鸢有些无奈地起身，临走时不忘对姜知漓柔声道："姜小姐，我先走了。等回国之后，有时间我们再见面。"

姜知漓微笑着应下来："好呀，到时候我们再约。"

目送着两人离开之后，她才发现，傅北臣不知道什么时候已经走到她身边。

他微眯起眼，看着姜知漓恋恋不舍地收回目光，忍不住道："有这么好看？"

姜知漓有些无语：傅北臣是不会理解她想探听八卦新闻的心的。

姜知漓凑上去挽着傅北臣的胳膊问："老公，刚才那个男人是谁呀？看着好像跟时鸢的关系不简单哪。"

傅北臣抬手在她的额头上轻敲了下："别人家的事你少管。"

她不满地抓着他的手臂晃了晃："你快告诉我，不然我今晚睡不着觉了……"

傅北臣皱了皱眉，不是很想告诉她，却又经不起她这么撒娇磨人。他轻启薄唇，言简意赅地答道："裴家养子，裴忌。"

姜知漓不太了解商界的这些弯弯绕绕，也没听过这个名字，但转念一想，今天傅北臣会如此重视这次谈判，对方想必不是个简单角色。

为了避免"傅醋缸"发威，姜知漓非常识趣地止住了这个话题，笑意盈盈地问："我们晚上去吃什么呀？"

傅北臣问："你想吃什么？"

"嗯……火锅吧。"

"不行，换一个。"

姜知漓无话可说。

半个月转眼即过，回国之后，养胎日程就像是被按下了加速键，快得让人反应不及。

怀孕这段时间，姜知漓可以说是被宠上了天。傅北臣尽可能地放下了公司里的工作，争取每晚都能准时下班回家，多陪她一会儿。

生产那天，姜知漓从病床上醒来，第一眼看见的就是床边的傅北臣。

她永远都忘不了那一幕——

男人因为整夜没合眼，双眼猩红，望着她时，眼里满是心疼之意。

见她醒来，他垂下头，在她的额间轻轻地落下一吻，嗓音低哑，却温柔到了极致："辛苦了，傅太太。"

后来，姜知漓听叶嘉期说，那时她刚刚生产完出来，傅北臣没有急着去看孩子，而是自始至终守在她的床边，等着她清醒。

这个向来沉稳内敛的男人，等在产房外时，竟然慌成了那样，不知道的还以为傅氏集团快要倒闭了。

等护士把孩子抱过来时，他才分神看了一眼。

可怜的傅思漓小朋友，从出生开始，就注定了在家里排第二的地位。

姜知漓没想到，女儿的眉眼竟和傅北臣如出一辙，一点她的长相特色都没遗传到。怪只怪，傅北臣的基因实在太强大。

哦，不，准确来说，还是有一点遗传到了，那就是姜知漓的性格。

姜知漓从来没想过，她会生出一个整天跟她对着干的、不让人省心的"小作精"出来。

不过最头痛的人当然还是傅北臣。

三年后。

这天晚上，傅北臣下班回家，刚走到玄关处，就听见了母女两个激烈的争吵声。

"傅思漓！我有没有说过，不许偷吃冰激凌！"

紧接着就是傅思漓小朋友气鼓鼓的小奶音，她的声音软软的："可妈妈不是也吃了吗？为什么漓漓就不能吃？"

"……"

傅北臣无奈地勾起嘴角，还没走过去，一道小小的身影就冲进了他的怀里。他抬手将女儿抱起来，神色柔和下来："你又惹妈妈生气了？"

傅思漓小朋友简直将自家妈妈的撒娇技能学习得炉火纯青，哼哼唧唧地说："漓漓才没有，明明是妈妈先偷吃的。"

见自家闺女告状，姜知漓顿时有点心虚："我哪有？我那是光明正大地吃好不好！"

傅思漓小朋友瞬间抓到妈妈的把柄，紧搂着男人的脖颈，奶声奶气地说："爸爸你看，妈妈自己都承认了！"

傅北臣笑了下，抬手轻刮了下她的小鼻子，语气温柔："嗯，妈妈不听话，但是漓漓要听话。"

显而易见的偏袒惹得傅思漓小朋友非常不满："爸爸，到底谁是你的宝贝？"

傅北臣还没答话，姜知漓的脸倒先涨得通红了。

直到夜里，月色摇曳，风也静谧。

姜知漓好不容易找到了机会，结果还没把话问出口，就已经被他察觉到了意图。

朦胧昏暗的光线里，男人俯下身，在她的耳畔哑声唤她：

"宝贝。

"宝贝。"

…………

一遍又一遍。

沉睡过去之前，她还听见了他最后那句极为郑重、极为温柔的——

"我爱你。"

番外 二

傅北臣的独白

和她分开后的那八年，应该是我的生命里最漫长的一段时光。

刚开始，我想，我要不停地工作，这样，我就不会再有空闲的时间去想她。总有一天，我会做到忘记她的。

在以后的岁月里，她会在我的记忆中一点点淡去。

可我想错了。

无论我怎样将自己的时间利用到极致，让自己忙到没有一刻空闲，我依然会想起她。

第一次见到她的场景，她对我说过的每句话……这些仿佛都刻进了我的脑海中。

坦白讲，最开始，姜知漓并不是我喜欢的类型。

她娇气、任性，还很麻烦，喜欢在一些奇怪的事情上浪费很多时间，总是试图挑战我的底线，甚至还曾大言不惭地当着很多人的面跟我打赌。

她说，一个月之内，我一定会喜欢上她。当时，对她的信誓旦旦，我嗤之以鼻，且不以为意。

因为我知道，我不会那么轻易地对一个人产生强烈的感情。我对我的理性始终抱有绝对的自信，于是选择性地忽略掉了我第一眼看见她时突然加快的心跳。

我以为她会有多么高明的方法，其实并没有。

那天，细雨如丝，她就蹲在我兼职的那家便利店外的不远处，给一只无家可归的流浪猫撑伞。

等到我结束兼职出来时，她再装作与我偶遇，陪我一路走到公交车站，然后小心翼翼地分给我一瓶她最喜欢的草莓牛奶。

哪怕只是划破了手指，她都会极为委屈地跑来找我。即便我不理她，整日冷着脸，她也毫不退缩。

我不知道她为什么对我如此有信心。那时，我已经隐隐有预感：我们之间的那个赌约，她或许真的要赢了。

我只能用尽一切办法，去坚固心里的那道防线。

可她带来的每种感觉都异常清晰，只要我想，就能毫不费力地忆起。

我记得她的发丝滑过我的喉结时，有点痒。

姜知滴似乎有一种特别的魔力。

和她相处的每个瞬间，她都让我异常心动。

就这样，和她的那场赌约，我输得一塌糊涂，并且，我越陷越深。

随着母亲的病情加重，傅正擎找到了我。

他希望我回到傅家，因为我可以做他最称手的一件工具。作为交换，他会给我无数人倾其一生都无法拥有的财富。

可我不想。我不想离开江城，哪怕现在每一天我都过得异常艰辛，我也不想离开。

更准确地说，我不想离开她。

可是，从某一天开始，姜知滴突然不见了。我四处打听，才知道她家里出事了。

我找不到她，只能整日在她家门口等着。我忘了我究竟等了几天才见到她，只记得那晚的雨下得很大。

她甩开我的手，告诉我，她只是玩玩而已。

她说，别再纠缠了。

那是我第一次体会到如此无力的感觉。哪怕是听见医生说出高昂的医疗费时，我也不曾如此束手无策。

我相信了她的话，不知道该怎么挽留她，只觉得，在这场感情的博弈里，我一败涂地。

我仅剩的留在江城的理由也没有了。

我从未想过，我们会是这样的结局。

初到 M 国的那几年，我曾试图忘记有关她的一切，开始新的生活。

可我失败了。哪怕只是一个普通的雨夜，都会叫我想起那晚她说过的每句话，甚至她的每个表情。

我一度认为自己疯了。否则，为什么她让我如此心痛，我仍然舍不得忘记她？

随着得到的权力和财富越来越多，我终于有能力搜寻到关于她的消息。

当晚，我便独自一人乘上了飞机，跨越了数万里的距离，来到了她的身边。

我终于找到她了。

异国的街头，大雾弥漫，我就站在她身后的不远处，看着她熟悉又陌生的背影。

只是远远地看了她一眼，我便再度听见了死寂多时的心房里那震耳欲聋的心跳声。

明明她近在咫尺，我却不敢再多靠近几步；因为，我想，她应该不想再见到我。

我始终记得，分手那天，她说，别再纠缠了。既然如此，我也不该再打搅她的生活。哪怕我无法放过自己，也应该放过她。

那些她不愿想起的回忆，我一人守着就够了。

我就像是养成了习惯，为数不多的空闲时间都被我浪费在了往返两国的飞机上。

我看见她在街边的橱窗前驻足许久，一直盯着里面的栗子蛋糕。于是，我走进了那家咖啡店。

以后的每一年，她都会收到一份来自陌生人的栗子蛋糕。

她不需要知道那是我送的。她只要知道，这个世界上，永远有人在爱着她，这就已经足够了。

　　后来有一次，因为天气不好，飞机延误，我到得很晚。

　　经过去往她的工作室的必经之路时，我听见巷子里传来不正常的声响。听见她的声音的那一刻，我的心脏像是被一只手狠狠地攥紧了。

　　我从来没有如此怕过。

　　那之后很久，我仍然会后怕，不敢想象如果那天我去晚了一刻，会是怎样的情景。

　　幸好，我没有去迟。

　　将她送到医院之后，我便因为重伤而昏迷，失去了意识。再醒来时，我走出病房，就撞见了韩子遇从隔壁的病房中走出来。

　　他没有急着离开，而是先在消防通道里打了一通电话。我听见他语气惊喜地说，姜知漓已经同意跟他订婚了。

　　深夜，死一般的寂静里，我沉默了许久，陷入了从未有过的挣扎之中。

　　我不能否认，听见韩子遇说的那些话时，我嫉妒得快要发狂。

　　我不是没有想过要夺回她，并且，以我现在的能力，这不是难事。我很想自私一次，即便是绑，也要将她牢牢绑在我的身边。

　　可我还是会忍不住想：如果她不愿意呢？如果，她从未想过回头呢？

　　一切或许都只是我的一厢情愿，也许她真的喜欢上了韩子遇，喜欢现在的生活。比起将她抢回自己身边，我更想看见她笑。

　　所以，如果她过得幸福，我一辈子不见她，似乎也没什么关系。

　　后来，我像一个躲在阴暗处的偷窥者，觊觎着不属于我的一切。

　　不久之后，我便发现韩子遇并不是真心待她。

　　我很开心。因为我终于找到了一个将她夺回来的理由。

　　既然韩子遇不珍惜她，我便也不用再说服自己继续不为所动下去。我开始正视自己的心，正视自己滋生出的一切卑劣阴暗的念头。

　　我想用尽一切方法，让她回头。

　　我开始用商场上的那些心思和手段，步步设计，让她一点点地走到我的身边。

一开始，我想，哪怕她是为了姜氏才接近我，我也可以接受。

可我很快便陷入了可笑的矛盾心理之中。我既开心于她愿意费尽心思地靠近我，又不开心于她是为了姜氏才接近我。

我开始变得不满足。我更希望她是因为喜欢我才接近我，而不是为了姜氏。

当她说，想要跟我重新开始时，我内心狂喜，却又迟疑不决。

这一次，我不知道究竟该不该相信她。

八年前，我就是因为太过轻易地相信了她说的一切，才让自己沦落到了如此境地。

我觉得，对于能轻易得到的东西，人们大概都不会珍惜。

于是，我这次打定了主意，不能轻易让她发现我还喜欢她这件事。这样，她会不会比八年前追我时更用心一点？她会不会更喜欢我一点？

我没有告诉她，那家火锅店是我买下的，只因为当初她说过想和我一起去。

当我知道她和商琰有联系时，我竟然开始害怕，害怕她有了别的选择之后，再一次离开我。

那晚，我第一次精心准备的约会还未开始便结束了。我以为，她又一次放弃了我。一场自导自演的独角戏，衬得我无比可笑。

我就那样走了。

那之后很长一段时间内，我曾不止一次地感到后悔。

如果我愿意再多等她一会儿，听完她的解释；如果我毫不犹豫地相信了她说的喜欢我；如果八年前，我能在细密的雨幕里，听出她的言不由衷，是不是我们就不会错过这样久？

明明我才是那个设局之人，我却再一次在她的甜言蜜语中越陷越深。

我仍固执地想着，这次我一定不可以先低头，要等她亲口来求我，我才能去帮她。

其实我早就准备好了所有能帮她夺回姜氏的证据，以及姜氏的股份。

只是我需要一个名正言顺的理由，只要她开口。

可她不愿意。

她究竟有多愚蠢呢？蠢到要用这样的方式来证明，她并不是为了姜氏而接近我。

所以，先一步认输的还是我。

从她步入姜氏大门开始，我就已经等在门口，等着手机响起，等着她给我打电话。

可我只等到了她落寞离开的身影，并又一次看见她在雨里给流浪动物撑伞，明明她自己看上去比那只小狗还要可怜。

我想，我真的对姜知漓毫无办法。毕竟无论多少次，我都会心甘情愿地栽在她的手里。

我不知道她是不是哭了，但只要想到有这种可能性，我就会心如刀绞。

我意识到，重逢后，自始至终，我都不是在折腾她，而是在折磨我自己。

既然如此，那我就认了吧。总归这辈子剩下的时光，我都要留给姜知漓。

递给她的那份结婚协议，其实并不在我的计划之内。

我亦没有想过自己会如此快地妥协。

我只是想给自己一个名正言顺帮她的理由。哪怕我交出这一切之后，她可能再次突然离开。

我不想再见到她哭了。

之后没多久，姜知漓还是发现了我的秘密。

我藏在书房里的，曾经匿名买下的项链、手链，都是她设计的。

也正是因为这样，我无比熟悉她的设计风格，所以第一眼就认出了，她送给我的领带夹是她亲手设计的。

说起那枚领带夹，其实我并不想把它戴在身上。我不想让她送给我的礼物受到任何损伤，也害怕弄丢。

但她想看我戴，于是我只好当着她的面戴上，到了公司之后，再把它放回盒子里。

我从未想过告诉姜知漓那八年里发生的事。因为我知道，一旦她得知了那一切，一定又会大哭一场。

果不其然。

思漓从出生起就很爱哭，也许就是随了她的性子。母女两个都是闹人的性格，家里隔几天便少不了一场兵荒马乱。

可我依旧甘之如饴。

我曾十分鄙夷时光倒流这种假设。

可遇到她之后，我时常忍不住想，如果时光倒流，我不会再独自等待那样久。

但我仍然庆幸，因为我的执着，我们没有错过。

是她和思漓，用爱填补了我心中的千疮百孔。

她们是我的家人，亦是我此生的挚爱。

番 外 三

念念不忘，必有回响

　　叶嘉期怎么也没想到，霍思扬那天说结婚，竟然是认真的。

　　看见手机里收到的民政局发来的预约短信时，她蒙了几秒，随即迅速地买了当天晚上的机票。

　　没错，她要逃婚。

　　于是，当夜，叶嘉期没有惊动任何人，独自一人乘上了飞往北城的飞机。

　　她才刚签下季星，做经纪人的梦想还没有开始呢，所以她没法就这么不负责任地回 M 国，或者像以前那样不管不顾地跑到世界各地去旅行。

　　上飞机之前，叶嘉期还不忘拉黑了霍思扬的电话和微信。

　　虽然不知道到底是什么事刺激到了他，但叶嘉期可以肯定，他娶她，一定不会是因为喜欢她。

　　似乎从她记事开始，霍思扬就已经出现在她的生命里了。

　　那是很普通的一天，她正在自家的马场里学骑马，保姆过来告诉她，家里来客人了。

　　一个小男孩紧随其后走了过来。他比她高了半个头左右，眼睛很好看，鼻子也很好看，行为举止间更是透着一股同龄人没有的绅士风度。他还穿着一身干净利落的白色骑装，她甚至以为，他是从童话书里走出来的白马王子。

　　就在她呆呆地盯着这个"白马王子"出神的时候，母亲走过来，柔声细语地说："思扬，她就是嘉期妹妹。"

　　小男孩低头望着她，一双漂亮的桃花眼微微弯起，温柔得不像话。他彬彬有礼地道："嘉期妹妹，你好，我叫霍思扬。"

叶嘉期记得，那时候的自己只轻哼了一声，扭头就跑了。

母亲以为她是不喜欢霍思扬，才会使起大小姐脾气，任性地跑掉。

其实不是。

她想的是，她才不要做他的妹妹呢，她要做王子的公主殿下。

后来，叶嘉期的整个青春里，都充满着他的影子。

相处得越久，叶嘉期越觉得，霍思扬这个人根本和他表现出来的不一样。

在其他人面前，他永远戴着一副温和有礼的面具，好像不管发生什么事，他都不会生气。只有叶嘉期知道，霍思扬不仅会生气，而且生气时还很可怕。

比如有一次，她被一个学长疯狂追求，甚至用"纠缠"两个字来形容他的行为都不夸张。

幸好霍思扬家离她家很近，每晚放学有霍思扬陪着她，那个学长也不敢做出什么过分的举动；但他还是能找到霍思扬不在的时候靠近她，说一些很难听的浑话。

她就不明白了，霍思扬只比她大了两岁，怎么总是以一副长辈的姿态来教育她？

她一点也不喜欢霍思扬把她当成小孩子。因为这会让她觉得，他们之间的距离好像很远很远。

她甚至还会忍不住想：霍思扬今天破例打的这次架，是因为她。会不会，他也是有一点点喜欢她的？

那个时候，她就已经发现，她一直在关注霍思扬。

哪怕她已经长大，不再是爱看童话书的年纪，可她还是想找到自己的白马王子。

也就是那段时间，她越来越不开心。

因为她总能听到：今天学校的校花跟霍思扬表白了，送了一盒很贵的巧克力给他；

后天的校庆上，霍思扬会跟他们年级的"钢琴女神"一起合作表演节目……

关于他的绯闻数不胜数。

大概是因为霍思扬这人在别人眼中真的很完美：长得好看，学习好，性格温和。这样的人最招女生喜欢了。

虽然她几乎每天都和霍思扬在一起，却丝毫不影响那群女生飞蛾扑火。

因为大半个学校的人都默认了一件事，那就是，她叶嘉期，只是霍思扬的妹妹。

所以，她的存在根本起不到任何震慑作用。

这让叶嘉期很不爽，非常不爽。哪怕霍思扬从没跟任何一个女生谈过恋爱。当然也包括她。

她好像是最特别的那个，又好像不是。

于是，叶嘉期只能以一种最为幼稚的方式去测试她在霍思扬心里的重要性——她不理他了。

其中最明显的表现就是，她开始不和他一起上学放学了；甚至，她时不时还会故意和其他男生一起走，在霍思扬的班级门口晃悠，让他看到。

只可惜，霍思扬好像根本不为所动。

一连几天，叶嘉期都没等到他主动找她一次。有一天，他甚至连学校都没来。

到第四天晚上，她为了完成一个小组作业回家很晚。同组的男生把她送到路口之后，她看见路灯下，一道颀长清瘦的身影静静地立在那里，不知道等了多久。

他抬头看过来，素来温和的神色少见地有些阴沉："这么晚才回家？"

她一扭头，不服地回了句："要你管？"说完，她心里又是一阵发闷，抬脚就要装作若无其事地从他身边走过。

没想到，他一把扯住了她的手腕，冷着脸问："你不知道这么晚回来有多危险吗？"

听见这句话，叶嘉期这几天压抑的情绪一下子爆发了。她猛地甩开他的手，忍着哭腔吼道："霍思扬，你以为你是我的谁啊？你凭什么管我？"

霍思扬没有听出她的言外之意，他以为小姑娘只是步入了叛逆期，不想被人管束。

不出所料，叶嘉期听见他沉声说："我是你哥，怎么就不能管你了？"

"谁是你妹妹？"叶嘉期眼眶红红的，吼叫没有任何震慑力，反而显得她可怜巴巴的。

她咬紧牙，又恶狠狠地丢下了一句："霍思扬，我再也不想理你了。"说完，她便转身跑回家，没再管身后的人是什么脸色。

那次吵架之后，冷战还没持续几天，叶嘉期就迎来了成人礼。

她虽然随母亲姓，可依旧是众人羡慕的傅家小公主，成人礼自然异常隆重，邀请的宾客不少，名单里当然也包括霍思扬。

被众人簇拥着许生日愿望的时候，叶嘉期认真思考了很久。她好像要什么有什么，理想呢，她好像没有。

于是，她闭上眼，在心中默念了一句话：

她的生日愿望是——嫁给霍思扬。

可也许是因为老天本就过于偏爱她了，所以这个愿望，老天爷不想再帮她实现了。

就在她满十八岁的那天晚上，她偶然听见了霍思扬和一个朋友的对话。

朋友调侃道："哎，霍思扬，你就真没想过跟叶嘉期——"

叶嘉期的心随着这句话猛然提起，怦怦地跳了起来，然而，下一秒，她就听见霍思扬吊儿郎当地说："别胡说八道啊，她就是我妹妹。"

听到那句话，叶嘉期一点多余的反应都没有，直接落荒而逃。

房间里，她背靠着门，哭得上气不接下气，精心化好的妆容被泪水洇开。

那次是她最难忘的一次生日，那是她收到的最残忍的一份礼物。

她再也不要喜欢霍思扬了。

成年礼后没多久，叶嘉期的父亲突发疾病住了院。

这场病来势汹汹，她还没反应过来，父亲就已经生命垂危。

临走之时，她的父亲把霍思扬叫了进去，说了很久的话。

叶嘉期大概能猜到谈话的内容。因为父亲去世不久，霍思扬就提出了要跟她订婚。

叶嘉期明白，是因为父亲的临终嘱托，霍思扬才不得不把她这个小孩带在身边一辈子。

她一点也不想要这样。虽然她曾经的确许过嫁给他的愿望，但这一定要建立在他真心喜欢她的前提下。

而霍思扬，只把她当作一个需要照顾的妹妹来看。

既然如此，那她不嫁。

因为这对他不公平，而她还有梦想需要去完成。

初来北城的一个月里，叶嘉期没有告知任何人这件事，也没有依靠任何傅家的关系，只把自己当成一个普普通通、无名无势的小经纪人。

因此她才发现，原来想要做成一件事这么艰难。

只是为了给季星争取到一个广告试镜的机会，叶嘉期就在机场等了那个导演整整四个小时。等到最后，她踩着高跟鞋的脚已经肿起，几乎快要站立不稳。

就在狼狈不堪的叶嘉期打算离开时，她在 VIP 通道口看见了一道熟悉的身影。

男人径直走过来，面色紧绷，看见她脚上的伤，嘴角更是抿得僵直："玩够了吗？玩够了，就跟我回去。"

一个月没见，再次见到他时，叶嘉期的心里忽然止不住地涌出了一阵委屈之意。她压抑着哭腔，深吸一口气，道："我没有在玩，我在完成我自己的梦想。"

闻言，霍思扬冷笑一声。他实在无法理解，为什么一个娇生惯养的姑娘会突发奇想跑来受这些罪，就为了做一个经纪人？

他更愿意相信，她是为了那个季星才不远千里地把自己作践成这样。

沉默了一瞬，霍思扬压抑下火气，冷声问她："你就这么不想跟我结婚？"

叶嘉期心里的那股火也跟着上来了，她眼眶一红，抬高音量问："那你呢？你想跟我结婚吗？"

霍思扬被她气笑了："你当我那天是在开玩笑？"

叶嘉期忽然就没了刚刚的歇斯底里，感觉十分无力又无奈："霍思扬，你真的不用勉强你自己。我是成年人了，有照顾好自己的能力。我爸说过的那些话你还是忘了吧，我不需要你付出后半生为我负责。"

闻言，霍思扬顿时皱起眉，目光紧紧地盯着她："所以你一直都认为，我是因为傅叔叔的话，才一直对你好，才想娶你？"

叶嘉期听见这句话，泪水止不住地夺眶而出。她用手背擦着眼泪，一边抽泣着一边反问："难道不是吗？"

还没等来答案，叶嘉期又想像十八岁成人礼那天那样落荒而逃。

她一点都不想听见霍思扬的答案。

然而，这次霍思扬没给她逃跑的机会。

人来人往的机场里，她的手腕被人从身后一把扯住，她被迫转过身去和他对视。

向来吊儿郎当的男人此刻神色十分认真和郑重。

叶嘉期愣住了。

霍思扬望着她，一字一句地道："叶嘉期，你给我听好，我不是因为傅叔叔的话才对你好的，明白吗？想娶你是我自己的想法，跟你以为的那些无关。"

霍思扬说完这些话，神情忽然变得有些不自然。

他真的有点搞不懂这个小丫头在想什么，要不是因为喜欢她，他能心甘情愿地给她和傅北臣当保姆这么多年？

叶嘉期显然没有反应过来："你说什么？"

霍思扬无奈地垂眸看她，语气温柔地道："我说，我没有把你当成妹妹。想娶你只是因为我喜欢你，无关其他。这下你听懂了吗？"

机场里，人潮汹涌，叶嘉期却觉得自己好像什么声音都听不见了，脑袋里像是随着他的话，砰的一声，炸开了一朵烟花。

原来，她十八岁生日那天许下的愿望，老天爷真的听到了。

童话变成了现实。

人念念不忘，真的可以听到回响。

番 外 ④
/
婚后生活

婚后的日子平静而温馨，和姜知滴理想中的生活别无二致。

这天晚上，姜知滴不知道为什么做了一个噩梦。

说是噩梦，其实也不算。

她梦见的是她独自在 Y 国生活时的某一天。她从上帝视角看见，傅北臣一个人坐在街角的那家咖啡店里，目光固执地望着一个方向。

不知道坐了多久，他终于站起身离开。

大街上人来人往，只有他的身影孤单又寂寥，被茫茫的大雾笼罩着。

她想追上去，想伸出手从背后抱住他，双手却穿过了他的身体，只能看着他的身影渐行渐远。

她茫然无措地站在原地，眼泪一下子就流了下来。

那种宛如心脏被剜掉一处的剧烈疼痛感，迫使姜知滴从梦境中醒来。

枕头被泪水打湿了，她恍惚了好一阵，才反应过来刚刚只是一场梦。

身旁的温度还在，她翻过身去，用手臂紧紧地环住他的腰，不由分说地扎进他的怀里。

她抱过来时，傅北臣就醒了。

姜知滴感受着身边触手可及的温暖，眼眶一下子红了。她轻声叫他，带着几分委屈之意："老公。"

傅北臣将她揽进怀里，嗓音里带着几分刚睡醒的哑意："怎么了？"

她用掌心隔着睡衣轻轻地碰了碰他腹部的疤，忍不住吸了吸鼻子："这里还痛不痛？"

傅北臣身上的肌肉紧绷起来，他握住她的手，低声问："做噩梦了？"

他宽厚的掌心完全包裹住了她的手，温度一寸一寸地从肌肤相贴之处传过来，带给她一种难以言说的安心感。

姜知漓哽咽了下："我梦到，你就在我面前，可是我怎么也碰不到你，只能看着你离我越来越远。"

她其实不止一次想过——

如果傅北臣没有那么爱她，如果年少分别之后，他真的放下了她，他们是不是不会有重逢的那天？他们是不是就会像大多数人一样，在人群中走散？

可是，他偏就那样深爱着她，深爱到，愿意看着她越走越远，自己却仍然停留在原地。

姜知漓将脸埋进他的怀里，感受着他身上的体温。

傅北臣抬手轻揉了下她的发顶，低声安抚她："梦都是反的。"

他向来不会说那些肉麻的情话，这会儿也只是紧紧地将她拢在怀里，掌心一下下轻拍着她的后背。

等姜知漓的情绪慢慢平复下来，傅北臣才低声开口："这几天想不想出去走走？"

姜知漓仰起脸看他："你工作不忙吗？"

傅北臣轻描淡写道："不忙，总能抽出时间来。"

工作再忙，又怎么比得上陪她重要？

姜知漓翻起身，手撑在他的胸膛上，眼睛亮了亮："那我们回学校看看吧？好久没回去了，而且好像快到校庆了呢。"

"好。"

提到学校，傅北臣忽然想起，前几天江城一中给他寄了一封校庆邀请函，邀请他过去演讲。

本来他没时间，但既然姜知漓想回去，他上台一次也无妨。

校庆日当天早上，姜知漓特意穿了一身非常减龄的衣服，白色的泡泡袖衬衫搭深蓝色百褶裙，学生气十足，也很像江城一中校服的款式。她还扎了个半披肩发，显得青春又靓丽。

她换好裙子，站在镜子前看了会儿，自己觉得满意得很，又转身在傅北臣面前转了一圈，问：“老公，好不好看？”

傅北臣的视线落在她身上，久久不曾移开。良久后，他喉结轻滚了下："好看。"

似是觉得不够，他微微凑近她，在她耳边低声补充了一句："太太最好看。"

姜知漓被他这句话闹得脸彻底红了："好了好了，我先帮你系领带。"

因为要上台演讲，傅北臣身上穿的仍然是挺括的西装，深蓝色的西装衬得他身材比例极好，双腿笔直修长，轮廓挺拔，像T台上走下来的男模特。

因为看他穿的是深蓝色西装，姜知漓才特意挑了一件同色系的裙子，看起来就像是情侣装。

姜知漓微微踮起脚，如往常般帮他系好领带。一开始，她打领带还打得一团糟；时间长了，她练着练着，技术就娴熟了。

她系完领带，抚了抚他的领口，满意地夸赞道："傅学长好帅哦。"

傅北臣扯住她的手腕，一把将她拉进怀里，宠溺又无奈地道："又闹？"

姜知漓用细白的手指轻戳两下他的胸口，非常不满他这种对待小孩似的语气："哪闹了？夸我自己的老公几句还不行？你管得这么宽……"

话未说完，她的唇就被封住了。彼此的呼吸交织缠绕，说不出的缠绵温柔。

姜知漓被吻得上不来气，推着他的肩膀，声音细软无力："不闹了不闹了，一会儿迟到了。"

最开始撩拨人的是她，最后先受不住的还是她。

傅北臣终于舍得离开她的唇，视线落在她花了的唇妆上。

她的唇瓣饱满，是淡粉色的，薄薄一层水光覆在上面，亮晶晶的，显得整个人又娇又俏。

“今天的口红是什么味道的？”

姜知漓微喘着气，一本正经地纠正他这个“直男”："不是口红，是唇釉。"

她顿了顿，脸颊爬上两抹绯红："好像是桃子味的。"

傅北臣面不改色地道："嗯，味道不错。"

折腾了半天，姜知漓唇上的唇釉掉了大半，出门前只好又补上了一层。

等他们到江城一中时，距离校庆开始还有半个小时。

今天的江城一中十分热闹，校门口拉着硕大的红色横幅，人群熙熙攘攘，年轻的男孩女孩穿着校服，成群结队地往礼堂的方向走。

到了学校，傅北臣去拜访校领导。姜知漓偷偷溜了。

她在学校里留下的回忆还是很多的，上了年纪的槐树，熟悉的教学楼和操场，走过每一处，她都能回想起当时和傅北臣之间的一点一滴。

姜知漓就这样自己慢悠悠地逛到了礼堂。

礼堂被翻修过，外表和从前区别不大，内部看起来更加气派了。

她忽然想起，她第一次听傅北臣演讲，就是在这里。

其实她当初接近傅北臣，并不全是因为那个幼稚的赌约，而是因为，在这里，她对他一见钟情了。

姜知漓凭着记忆，找到她当年坐过的座位坐下。

校庆演讲开始了。傅北臣是最后一个上台的，他一出现，观众席里原本昏昏欲睡的学生们立刻精神起来。

姜知漓也目不转睛地盯着台上的人。

眼前的身影渐渐和记忆中的身影重叠，昔日的冷峻少年蜕变成如今沉稳内敛的男人，承载了她所有的青春和未来。

他给了她最好的爱，付出了最漫长的等待，以至她的眼里再也容不下其他身影。

到了学生提问环节，众学生踊跃地举起手，有人问："请问傅先生，在您的学生时代里，最难忘的是什么呢？"

傅北臣思索片刻，沉声答道："是我太太。"

顿时，观众席沸腾起来。

傅北臣的嗓音低沉而具有磁性，透过麦克风传递到礼堂的每一个角落里："我们曾经分开过，但幸好，最后她依然愿意回到我身边。"

傅北臣的视线越过人群，直直地投向姜知漓，目光温柔得仿佛能将人溺毙。

在他们曾经相遇的地方，傅北臣的爱，终于尽人皆知。

话音落下的片刻，姜知滴的眼眶忽然湿润了，眼泪不听话地滚落下来，砸在手背上。

傅北臣，谢谢。

谢谢你愿意一直爱着我。

她在心里说道。

典礼结束，学生们都散得差不多了。姜知滴从礼堂后门出来，就看见傅北臣站在那里。

他把西装外套脱了，领带也摘了下来，身上只剩下简单的白衬衫，更显得身材挺拔修长。

姜知滴朝他走过去，笑着道："你怎么把领带摘了啊？"

他低头看了一眼自己的衣服："现在不是更像情侣装了？"

姜知滴愣了两秒，回过神后，忍不住笑了。

傅北臣眉眼更柔和了，漆黑的眸里倒映出她的影子。

"傅太太，打算什么时候回家？"

"不要，我要再逛一会儿，你陪我好不好？"

"嗯。"

不管姜知滴说什么，他都答应。

她觉得，世界上恐怕找不出第二个人，像傅北臣待她这样好。

他以十指相扣的姿势牵着她的手，和她并肩漫步在林荫路上。

晚风徐徐拂面而过，夕阳的余晖洒下，金色的光穿透树叶的缝隙，撒下满地碎金。

兜兜转转这么多年，他们还是回到了这里，好像一切都变了，又好像什么都没变。

而她的身边，还是他。

"老公。"姜知滴转头看着他，眼眶忍不住发酸，"如果，我是说如果，你没有那么喜欢我的话，我们现在是不是……"

傅北臣抬手，将她被风吹乱的发丝拢到耳后，目光温柔，藏匿了无数情愫。

"没有如果。"

他会一直在她的身后等着，直到她愿意回头的那天。

只要最后与他相守的人是她，他等待的这些年，就不算浪费。

【完】